余情可待

下

闵然·著

宁波出版社
NINGBO PUBLISHING HOUSE

图书在版编目（CIP）数据

余情可待. 下 / 闵然著. — 宁波 : 宁波出版社, 2023.5

ISBN 978-7-5526-4890-4

Ⅰ. ①余… Ⅱ. ①闵… Ⅲ. ①长篇小说－中国－当代 Ⅳ. ①I247.5

中国国家版本馆CIP数据核字(2023)第032710号

余情可待.下 闵然 著
YUQING KE DAI XIA

出版发行 宁波出版社
（宁波市甬江大道1号宁波书城8号楼6楼 315040）
责任编辑 孙秀秀
责任校对 谢路漫
印　　刷 北京盛通印刷股份有限公司
开　　本 880mm × 1230mm 1/32
印　　张 10.75
字　　数 230千
版　　次 2023年5月第1次版
印　　次 2023年5月第1次印刷
标准书号 ISBN 978-7-5526-4890-4
定　　价 42.80元

如发现缺页或倒装，影响阅读，请与印刷厂联系，电话：010-57735443
（版权所有 翻印必究）

目录 Contents

她不一样，她是我的安乐乡。

闵然

第一章

元旦前两天，季侑言出发飞往兰城，准备参加31号的跨年晚会。紧张的筹备中，季侑言还时不时抽空给景琇发几张后台照片，分享所见所闻。景琇有一搭没一搭地回复着她。

31号当天，景琇结束了工作，也飞往了兰城。因为后台熟人太多了，为了避免给季侑言带去不必要的麻烦，景琇没有去探班，到点后直接戴着口罩低调进场了。

没想到，她已经包得很严实了，路过内场VIP后面的位置时，还是有眼尖的粉丝认出了她。

“啊啊啊，景……景琇……琇是不是？景老师，是不是？”一只手突然伸出来，攥住了景琇的衣摆，颤颤巍巍叫道。

景琇吓了一大跳。

女粉丝仿佛也发现了自己的失礼，连忙放开了，惊喜道：“对不起对不起，我，我太激动了……”

景琇面无表情地朝她点了点头，准备离开。

“景老师，你还记得我吗？”女粉丝小声道，“你来看季老师的吗？”

景琇闻言，这才仔细地去看粉丝的脸。她回想了一下，隐约有了点印象，好像是当年她和季侑言比赛时，经常送她们上下班的粉丝。

她看了看她手中举着的应援牌，季侑言的，不由得脸色缓和了下来。

还挺长情的。

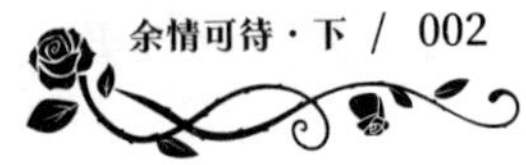

周围这一小片好像都是季侑言的粉丝，有几个还都挺面熟的。景琇摘了口罩道：“我记得你。”她目视着伸长脖子看过来的粉丝，温声道：“新年快乐。”

能被偶像记这么多年，还当面祝福她“新年快乐”，女粉丝幸福得快晕过去了，围观的其他粉丝也是一脸兴奋，一副想叫不敢叫的克制模样。

景琇看了看女粉丝双腿上放着的季侑言的应援手环，心血来潮，狡黠道：“挺好看的，能给我一个吗？”

给！怎么会不给？！倾家荡产也要给！粉丝们欢呼雀跃，争先恐后地把手环塞给景琇。

啊啊啊！每个人的心里都仿佛生出了一只土拨鼠。

景琇收了几个手环，甚至还有一个应援棒，去到了自己的席位。

这些她能给予的微不足道的温柔，是为了感谢这些年里，她们对季侑言不离不弃的陪伴。

陪她走过低谷，走上高峰。

景琇把应援手环套到了手腕上。

手环旁，是季侑言送给她的熊猫手链。

景琇这一排VIP座位坐着的都是圈内人，所以不管认没认出景琇，大家都很淡定克制。

景琇座位的右边空着，左边是大半个月没见的阮宁薇和陶行若。

见景琇在身旁坐下，阮宁薇的眼睛亮了起来，她惊喜到难以置信。

“景……景老师？！”她没认错人吧？

陶行若看着景琇，勾了勾唇。

景琇应了阮宁薇一声，淡定自若地坐下。她把应援棒递给阮宁薇：“你没有吧？帮你要的，等会可以挥一挥。”

阮宁薇抱着应援棒，一愣一愣的。这样吗？真的假的？

景琇问阮宁薇：“喜欢吗？”

阮宁薇含笑点头。她义不容辞道：“谢谢景老师，我等会儿会努力应援的。”

这怕是该粉丝生涯的巅峰了吧？不，只要粉得对，也许没有巅峰，只有更高峰！

“这么光明正大的，不怕上新闻了？”陶行若给景琇发微信，戏谑道。

景琇从容反问道：“不是还有陪同者吗？应好友陶行若邀约，与前学员阮宁薇——季侑言粉头①同行，一起看演唱会跨年，有什么不能光明正大的？”

陶行若无言以对。

新闻稿都想好了！难怪那么积极地说服她，可以邀请阮宁薇一起来。

“况且，上新闻就上新闻吧。”景琇转着手腕上的手环，噙着几不可觉的笑意道：“她邀请我，就应该做好心理准备。”

陶行若嗤笑，很霸道了。

谈笑间，观众席的灯暗了下来，晚会拉开了序幕。

看节目单的顺序，季侑言的演唱节目排在第二十个，景琇凭经验猜测，大概会在八点半上场。

八点的时候，景琇看完一个节目，低头发现手机的提示灯在闪烁。她点开屏幕，调低了亮度，点开看见是季侑言给她发的微信。

“阿琇……”欲言又止。

景琇了然地回复她：“别紧张。”

季侑言很快回复了她，一个求抱抱的表情包。

景琇回了季侑言一个拥抱的表情包。

季侑言在后台准备，整个人的紧张感瞬间被冲淡了许多。

①通常指老粉丝。

正好导演组的人找她候场了，季侑言就把手机交给了一旁的林悦。

八点二十八分，随着主持人用激昂兴奋的声调报幕，“那么，接下来，我们把舞台交给季！侑！言！”，场下响起此起彼伏的掌声和尖叫声，远远的，还有粉丝的应援声传来：“季侑言！季侑言！”声嘶力竭。

《多情路》的前奏响起，昏暗的深蓝色舞台背景下，交替闪烁着蓝紫色的特效光影，季侑言在万众瞩目中，由升降台送上来，出现在了舞台中央。

她握着话筒，闭着眼睛，偏着头，是倾听的模样。

场下又沸腾了一阵。

台上的季侑言身着一袭黑色露肩的优雅鱼尾礼裙，肘臂线条纤细柔美。她雪白的脖颈上，戴着一条别致的黑色项圈，更显得她脖颈修长，下颌线条精致温润。她侧分的长卷发上，点缀着一小撮辫子，搭配醒目的大耳坠，衬托得她整个人冷艳中又有几分不羁的帅气。

前奏即将尽了，季侑言睁开了双眼，笑意流转，款步慢走。

“季姐也太美了吧。”阮宁薇痴痴感叹。

景琇没有听见。她盯着台上，眼眸专注。

当年比赛时，观众评选一致投票景琇是《偶像创造计划》里的绝对门面之一。季侑言没有排上号。季侑言一笑而过，景琇却很不服气。在她心里，季侑言是绝对的门面，不唱歌时，眉目如画，气质动人；唱歌时，更是出众得让人挪不开眼，摄人心魂。

就像此刻。

季侑言一无所知。她站在舞台上，睁开眼，看见阔别已久的舞台下，是无边的、五颜六色的璀璨灯海，心跳如擂鼓。

她扫过台下，望见零零散散几个片区里，有成片的自己的应援牌。感动和勇气在她胸腔中涌动。

她找不到景琇在哪里，可是想到上台前景琇的鼓励，她的心，莫名地安定下来。

她用冒着汗的手心，握紧了她的专属话筒。

她张开口，唱出了第一句歌词……

台下的嘈杂声她听不见了，她满心满眼里，只剩下耳返中的音乐声。她找到了久违的畅快感，一点点放松了下来，全情投入，享受其中。

她的嗓音，一如从前的干净抓耳，张弛有度。

景琇看到季侑言抓握着话筒的五指，看见它们随着音乐的节奏和情绪的起伏，轻轻松开扬起，复又抓紧。扬扬落落，每一下，都像是蝴蝶展翅，扇起一阵飓风。

唱到副歌部分，台下季侑言的粉丝已经激动兴奋得快要缺氧了。她们迫不及待想分享给全世界她们心中的弹幕："啊啊啊，耳朵怀孕了！我们言言也太能打了！"

"啊啊啊！妈妈，就是这个女人，我要给她生猴子！"

……

《多情路》这首歌的副歌部分，音很高，很难唱，属于多数人一不小心就会翻车的那种。

但是，季侑言完美地驾驭了，并且听得出声线很圆润，她完全游刃有余。

虽然很久不唱歌了，但季侑言一直坚持着从前的饮食习惯，嗓子保护得很好。再加上，从准备要在景琇生日时送歌给她开始，季侑言就在做复健了，所以唱起来并不吃力。

有一路相随的歌迷听着听着，笑着笑着，就泪流满面了。从季侑言的台风和状态看得出来，这次她是真唱。五年了，没想到，粉丝还能在这样大型的演唱会台下听季侑言唱歌。

季侑言唱歌时，自带深情忧郁的气质。景琇捕捉着她的每一个细节，甚至觉得她不停地调整耳返、唱高音时微皱眉头，都性感迷人得一塌糊涂。

阮宁薇应援棒挥动得很卖力，陶行若冷不丁地抬手从阮宁薇手中夺过了应援棒。

阮宁薇茫然地看向陶行若。

陶行若抿唇，一脸严肃。对视两秒后，陶行若学着阮宁薇刚刚的样子，一本正经地卖力给季侑言挥动应援棒。

画面莫名滑稽，阮宁薇惊愕。

景琇也情不自禁地小幅度晃动着膝盖上戴着应援手环的那只手。她的眼底，是不加掩饰的欣赏，甚至有隐约的崇拜。

季侑言边唱边往舞台前走，和台下的观众打招呼，离景琇所在的区域越来越近。歌曲即将结束，她闭上眼，陶醉地唱完最后一句，完美收尾。

她缓缓地睁开眼，忽然在满场模糊的面孔中，生出了圆满的欢喜感。她勾起唇角，微微一笑。

“新年快乐。”撩动人心。

全场再一次沸腾，掌声如雷。

这几分钟，漫长又短暂。季侑言下台后，景琇还有些没回过神。阮宁薇侧头想和景琇分享感慨，见景琇还在回味，便没有打扰。

等景琇回神，下一个节目已经上演一大半了。她低头看手机，提示灯又在闪烁了。

她直接点开了微信，如她所料，还是季侑言发给她的。

“阿琇，新年快乐。我在台上看到你了，等后台采访完，我去找你好不好？”

景琇言简意赅地回复：“好。”

原来，她身旁的空位是这个作用啊。

她想到季侑言刚刚的演唱，忍不住打开微博搜索跨年相关的最新消息。

微博上果然已经有一片议论了。多数还是粉丝的哭泣，“今晚的眼泪不值钱”“我们宝贝是什么神仙演员啊，呜呜呜，开口跪！”“言言全世界最撩，不接受反驳”，其次是路人的惊讶，“原来季侑言唱歌这么好的吗？”“有句说句，今晚有被季侑言的歌惊艳到”。景琇与有荣焉。

最后，不小心还是刷到了那么几条不和谐的质疑，“讲真，绯后是不是假唱了？”

景琇一下子沉了脸，切换小号生气地回了一句评论：“我在现场，真唱！”

评论完，她想想又觉得自己太幼稚了。可还是很生气，怒气犹未消，她干脆关了微博，不愿再看。

她息了屏幕，发现手机提示灯还在闪，这次是蓝色的，表示是未读信息或未接来电，应该是她刚刚没有注意到。她再次打开屏幕。

本是漫不经心的一眼，等看清未接来电是来自延州时，景琇立刻坐正了身子，快速查看了未读信息。

信息是几分钟前的，同样来自延州。

“景小姐，请速回电话，季小姐的父亲病危了！”

景琇顿时脸色大变。

景琇腾地站起了身子，腿有些发软。她顾不得身后人不满的眼光和四处游走的镜头，快速地向外走去。

现场太吵了，根本不适合回拨电话。景琇一边发微信询问季侑言在哪儿，一边快步朝后台走去。

工作人员下意识地想要拦住她，等看清楚了景琇的脸，立刻放行了。季侑言大概是在做采访，所以没有回消息。

景琇此时没心思和后台的媒体人多寒暄。她问了采访间在哪儿，戴上口罩，让工作人员带路，小跑着往采访间去了。后台兵荒马乱，没有人注意到景琇的到来。

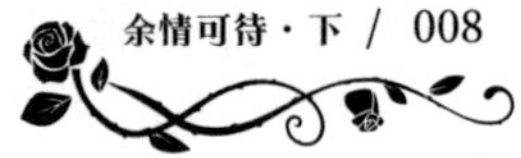

景琇边跑边回拨了延州的电话。

对方很快就接听了电话，是一个女人的声音："景小姐，你可算回电话了。"

"怎么回事？现在怎么样了？"景琇肃然道。

"季教授血糖超高，酮症酸中毒，送到医院的时候已经昏迷了，现在还在抢救。"

景琇颤着声道："哪个医院？"

"市第一医院。我第一时间联系了景小姐你之前留给我的电话，院方非常重视，现在来了很多专家。"

景琇心乱如麻，责备道："我让你们多照看他们，尤其是多留意季教授的身体，怎么会发展成这样？！"

几个月前，她找人调查了季侑言的父母，而后就买下了季侑言父母家的隔壁套房，雇请了两个人扮演邻居，就近关照这对夫妻。

对方有点委屈，辩解道："我这两天有觉得季教授精神不太好，但季教授说可能是感冒了。我劝他去看医生，他觉得没什么必要，我作为邻居也不好多说什么。晚上我不放心，多煮了点饺子让小柯送过去，顺便再看看季教授好点了没，这才发现季教授呕吐不止，钟教授已经打了急救电话。我们就连忙联系了人，跟着他们去了医院，帮着照顾钟教授，跑上跑下……"

景琇急喘一口气，回归理智道："抱歉，是我太急了，语气有点重。"

快到采访间了，拐过弯就是严阵以待的媒体记者，景琇及时地停下了脚步。她怕她出现在那里会引起骚乱，节外生枝。

她挂了电话，让陪同的工作人员出去看看魏颐真或者林悦在不在门口。

几秒后，工作人员回来答复她说魏颐真和林悦都在门口，季侑言还在采访中。

景琇站在楼梯间，给魏颐真打电话。

“是我，景琇。”魏颐真一接起电话，就听见景琇自报家门。她还在奇怪，景琇就顾自说下去道：“魏姐，言言父亲出事了，现在正在抢救。”

魏颐真的心咯噔了一下，下意识质疑道：“你说什么？”

“言言的父亲正在抢救，魏姐，言言这边的行程你能安排一下吗？地点是延州。”景琇重复了一遍。

这下魏颐真反应过来了，立刻答应道：“好，可以，我马上安排。”

魏颐真没有怀疑为什么景琇比季侑言更早知道这个消息，她转头和林悦说了两句，立刻就去楼梯间找景琇，并带着景琇去了季侑言的休息室，而后一个接一个地打电话安排后续的行程。

季侑言做完采访，笑容满面地出来，向林悦要回手机，迫不及待地想去现场找景琇。

穿过了都是记者的那条长廊，林悦把手机交给季侑言，为难道：“季姐，魏姐说行程有变，让你去休息室找她，她和你细说。”本来明天下午她们才回陵州准备后天的节目录制。今天晚上做完这个采访后，就是自由的时间了。

季侑言回景琇的短信：“我做完采访啦，稍后就去找你。”她不情愿地对林悦道：“魏姐有说什么事吗？”

林悦也很疑惑：“没有欸，魏姐接了个电话，就脸色发沉，匆匆忙忙地走了。”

季侑言皱眉，能让魏颐真这么不淡定的事，怕不是什么好事吧？

说话间，她和林悦到了休息室，她推开门，转过身就看见景琇端坐在椅子旁，惊讶道：“阿琇，你怎么在这儿？”

可景琇望向她的目光很沉重，一点笑意都没有。

“言言……”她开口艰涩地说道。

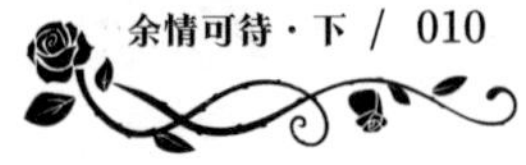

“怎么了？”她蹲到景琇的跟前，试探性地问道。

景琇这样一反常态，让季侑言心里的鼓声更大了。

“言言，你爸爸酮症酸中毒，正在延州第一医院抢救。”景琇不忍告诉季侑言这样的坏消息，可还是残忍又温柔地说出了口。

季侑言一时理解不了景琇在说什么，眼里露出迷茫。下一瞬，她脸上血色尽数褪去，身子发晃。

景琇大惊失色，连忙蹲下身扶住季侑言：“言言！”

季侑言推开景琇，稳住身体，盯着景琇，冷厉又坚定地道：“不可能！谁说的？！”

她神色明明是不相信的，嘴上也说着不可能，眼泪却不受控制地簌簌下落。

景琇心如刀绞，跟着红了眼圈。

她没有在意季侑言的疾言厉色，用大拇指擦拭季侑言的泪水：“是真的，延州来的消息。”

季侑言心痛得像是要窒息了，整个人像被抽去了灵魂一般，一动不动。

突然，她猛地站起身子，景琇也连忙跟着站了起来，防备着她随时可能歪倒身子。

季侑言喃喃道：“不可能的。”怎么可能？她离开家的时候，爸爸头上连一根白头发都没有，身强体健，怎么可能就在抢救了？她说服自己。

她像抓住了最后一根稻草般，举起手机想给父母打电话。可打开通信录的那一刻，她突然想起来，她根本……没有他们的联系方式了。

如她所料，拨出的那个备注为“妈妈”的电话，回应她的是无情的：“您好，您所拨打的电话是空号。”

季侑言泪如雨下，愧疚和悔恨撕裂了她的心扉。她这算什么女儿，连自己父母的电话号码都没有。

“魏姐呢？我要回去。”她脑子钝钝的，无法思考，满心只剩下：她要回去见他们，他们一定都好好地在延州生活着。

魏颐真正好应声而入，看见此情此景，猜测景琇已经告知季侑言了。

她直切重点道：“侑言，我都安排好了。最近的航班，一个小时后飞往延州的飞机，快走吧，别耽误了。”她又吩咐林悦道：“悦悦，去把你季姐的外套、口罩、围巾和包包都拿上。”

景琇已经快一步都收好了，递给林悦。

“言言就拜托魏姐你多照顾了。”景琇看了季侑言一眼，珍而重之地叮嘱魏颐真道。

魏颐真郑重地点头道：“应该的。那我们先走了。”

季侑言像被魏颐真牵着的木偶，跟着魏颐真走了两步，才想起什么般地转过身。

景琇站在原地，忧伤地目送着她们。

季侑言觉得脑子乱糟糟的，想说什么，却又不知道该说什么。

景琇注视着她，安慰道：“别怕，叔叔一定会没事的。快去吧，路上注意安全。”

季侑言有点哽咽，点了点头，转身离开。

景琇在原地站着，看着关上的门，看着空荡了下来的休息室，扶着椅背瘫坐了下去。

她深吸一口气，开始有条不紊地打电话。

她先给蒋淳打电话，让她把今晚对季侑言不好的言论都压下来。今晚魏颐真会侧重宣传季侑言唱功这件事，她不希望喧宾夺主。而后她给圈中好友关以玫打电话，委托她后天帮忙救季侑言的场，充当临时导师。最后，她通知陶行若，让她及时联系魏颐真，帮忙打点延州那边医院的事。

她无法陪在季侑言的身边，只能尽己所能，让季侑言后顾无忧。

季侑言在去机场的路上，慢慢冷静了一点。她接过了魏颐真递来的手机，再一次拨打了母亲钟清钰的电话。

这一次，电话在漫长的嘟声后，终于被接通了。

“你好。”女人的声音带着沙哑，明显是哭过了。

季侑言抓握着手机，欲语却泪先流。

母亲这一声陌生又熟悉的称呼，仿佛唤醒了她死寂多年的回忆，过往的种种翻江倒海般地向她涌来。不管后来有过多少隔阂与矛盾，那二十年里共同生活着的日日夜夜，父母曾给过她的关怀与温情，依旧是她心底最柔软的地方之一。

她一直没有回去找过父母，她承认是她心里有怨，她心寒。仿佛当真如当年爸爸赶她出家门时说的那样，她是死是活都与他们再无瓜葛了。

可她现在忽然不敢想，爸爸是真的绝情地不肯来？

还是，他来不了了。

“妈，是我……”季侑言哽咽道。这一声“妈”，隔了八年又从她口中喊出。

电话那端的呼吸声蓦地沉重了下来，紧接着，是清晰可闻的抽泣声。

“妈，别哭，爸爸呢？爸爸怎么样了？”

与季侑言的安慰同时响起的，还有电话那端关切的男声：“阿姨，怎么了？谁的电话？”

几秒后，季侑言听见母亲带着哭腔回答道：“小放，是言言。”

他也在？！季侑言的心绪更乱了。

“阿姨，别哭，快告诉言言，让她快点回来吧。”季侑言听见男声如是说道。

钟清钰哽咽道：“言言，你爸爸出事了，你快回来吧，在市第一医院。我刚刚……我刚刚给你打电话，你换号码了，我根本联系不到你……”

母亲声音里的无助，听得季侑言心都碎了。

“妈，我错了。”她泪如雨下，“妈，你别怕，我马上就到机场了，你等我，我很快就回去了。”

明明已经几年未见了，明明她们之间已经像隔了山川大海了，可此时此刻，听见季侑言的声音，听见季侑言的安慰，钟清钰还是觉得像找到了支柱一般，心里有了一点着落的实在感。

机场到了，季侑言挂了电话，擦干了眼泪下车。

飞机上，季侑言紧抿着唇，疲倦地靠坐着。过往的种种，在她脑海中如走马灯般回放着。

20岁那一年，为了追逐音乐梦想，也为了不再像父母手中的提线木偶般走他们安排好的路，过一眼就望得到尽头的人生，一贯被视为别人家小孩、父母骄傲的她执意退学，放弃了所有人眼中的大好前程，甚至是大好姻缘，被所有人认为是离经叛道。

季侑言清高治学一辈子的父亲季长嵩，认为万般皆下品，唯有读书高。仿佛是从季侑言出生那一刻起，他就为她规划好了人生：踏踏实实读书，安安稳稳生活。等毕业了，和父母一样当个大学教授，或者考一个公务员，嫁一个门当户对的好男人，过平淡安逸的好日子。

他看不上电视里整日浓妆艳抹、取悦他人的“卖笑明星”，在他眼里，这个职业似乎和旧日的戏子没有差别。激烈争吵后，他连说三个“好”，厉声质问她：“这么多年，我事事为你打算、为你好，我自问我这个父亲尽职尽责，问心无愧。现在，我说不动你了是不是？我管不了你了是不是？你眼里已经没有我这个父亲了是不是？！”

季侑言犟着脖子委屈道：“那是你以为的好，不是我要的好！这么多年，我一点自由都没有，我是人！不是任人装扮的洋娃娃，你有问过我想要什么吗？”

他气得浑身都在抖，沉声问她：“所以，还是我错了，我对不起你是不是?!”

她咬着唇没说话，泪水簌簌滑过脸庞。根本没有办法沟通，他永远都不会有错，永远都是对的。

她默认的态度让他越发愤怒和心寒，他指着门斥责道:“好，你要自由，我给你自由！算我季长嵩对不起你，算我季家要不起你这尊大佛。季侑言，你听着，你今天要是从这个门踏出去了，我季长嵩就没有……”

母亲试图去制止他，却被他一把推开。他还是说出了口：“我季长嵩就没有你这个女儿，京华大学也没有你这样的学子。不要挂着我们的名号，哗众取宠，辱没门风，败坏校风！”

季侑言看着他歇斯底里的模样，哭着哭着忽然笑了，心灰意冷。她跪下给他磕了个头，回房间拖了行李箱，不顾母亲的叫喊，头也不回地走了。

母亲追出来，给她塞了一张银行卡。母亲脸上都是泪，像是有万语千言想要说，最后，她只说了一句：“走吧，好自为之。”

路上，她接到母亲的短信，说:“言言，我和你爸爸一样，对你很失望。但是，我现在劝你什么你也听不进去，我不想指责你什么了。我只希望，你自己做的选择，你自己负责，永远不要后悔。家里帮不了你什么了，你照顾好自己，好自为之。希望你，好梦能圆，事业有成。”

季侑言抱着手机，蹲下身，在街头哭得肝肠寸断。

离开延州时，她最后回头看了一眼这座城市。她踌躇满志，发誓一定会闯出一番天地。

可现实远比她想得要残酷。初进娱乐圈的两年，她寂寂无闻、一事无成。她不敢再和以前的同学、朋友和老师联系，更无颜联系父母。

第四年年初，她因为转战影视，事业上有了一点水花。那一年春节，她鼓起勇气回去找父母，却找不到他们了，他们搬家了。

母亲接了她的电话，与她约在外面的餐厅。

体己话没说几句，母亲就直白地问她，之前她那些乱七八糟的绯闻是不是真的。

她无法开口否认，有真的有假的，她不知道从哪里说起。

母亲以为她是默认了，脸色大变，指责她：“你真的知道你自己现在在做什么吗？这就是你当初说的梦想吗？这就是你想要的自由和人生吗？你爸爸当初就说那是个大染缸，不让你去，可我相信你，还一度想要劝你爸爸。可你看看你出去后做的都是什么事？你知道新闻上都在怎么说你吗？你知道别人都在我和你爸爸面前指指点点什么吗？你知道同事和朋友拿着你的各种花边新闻来问我们时，我们有多羞耻难堪吗？”

“你告诉我，你是不是真的为了名利，出卖自己了？”

季侑言红着眼问她：“妈，你就是这么看我的吗？你就这么不相信我吗？”别人这么想她就算了，连她的母亲都这样想她。

她不问她这几年吃了多少苦，受了多少委屈，开口就是指责和质疑。她在意的根本只有他们的脸面吧？

母亲也红了眼，没有说话。半晌，她说：“我没有办法接受，你能不能改？”

季侑言看着她，泪水倏地滚落。“这怎么改？我也没有办法。”她的态度转为冷硬。

“你太让我失望了。你走吧，在你想清楚以前，我们不要联系了。”母亲不再看她，仿佛再看她一眼都会脏了眼睛。

季侑言的心像是被什么凌迟着，鲜血淋漓。她的骄傲，她的心寒，让她无法低头。

她哽着喉咙，擦掉了眼泪，一字一句道：“对不起，生了我这样的女儿，让你们蒙羞了。”说完，她留下了当初钟清钰交给她的那张银行卡，走进了风雪里。

后来，她事业小成，每个月给钟清钰打钱，钟清钰总会在发现后，

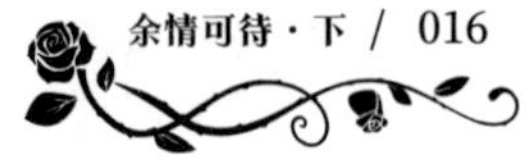

转还她双倍的钱表示拒绝。季侑言慢慢地心冷了，后来索性也放弃了打钱，只在逢年过节的时候寄点东西到学校给他们。

后来，她的个人信息泄露，换了号码，给钟清钰发短信，发现号码是空号了。父母子女一场，做成这样，也是可悲，季侑言渐渐绝望。她不知道走到现在这样，她该怎么做才能够让父母满意，才能够让父母接受自己。除了更加努力地打拼事业，求取一份成就，她无能为力，满心彷徨。

再后来，她和景琇断交，她被鼎丰雪藏，生活乱成一团，自顾不暇，也就彻底和父母没了联系。在那个梦里，她跟了魏颐真，凭自己实力拿下影后的那一年，她想要回去找父母的。可是，没来得及回去。

她死了。

细细梳理梦里的脉络，再回想刚刚母亲话语里的脆弱，季侑言悔恨难当，她真是个不孝的女儿。

季侑言捂着眼睛，抽泣着。

魏颐真看她情绪不佳，安慰她："叔叔抢救及时，吉人自有天相，一定会没事的。"

季侑言低声地应她："嗯。"

许久后，季侑言平复了心情，想起来问魏颐真："我妈说她联系不到我，所以你们是怎么知道这件事的？"

魏颐真仔细思考了一番整件事，也琢磨出了不对劲。她如实回答季侑言道："是景琇突然打电话告诉我的。我当时也很惊讶。"

季侑言道："她怎么知道？！"

"这我就不知道了，我当时也没反应过来，没细问。"

季侑言的脑海里先闪过一种可能情况，又觉得太天方夜谭，紧接着，她想到了第二种可能情况，又有些难以接受。她揉了揉眉心，把疑惑先压了下去。

她征求魏颐真的意见：“魏姐，我可能需要在医院这边陪护一段时间，你看工作方面的事……”

魏颐真叹气：“也是没办法的事。我尽量和合作方协商，能推后的尽量先推后，不过，后天的那个录制太急了，可能没办法交代。”

季侑言的心也沉了下来。

“我下飞机以后，看能不能找到人救场。”魏颐真通情达理道：“叔叔要紧，我们先看看叔叔的情况怎么样，再想后续怎么安排吧。”

也只能这样了。季侑言倦声道：“嗯，麻烦魏姐了。”

三个半小时后，季侑言和魏颐真、林悦抵达延州。下了飞机，机场里随处可闻的熟悉口音，让季侑言百感交集。她从没想过，再一次回到这里，竟会是这种境遇。

机场外已经安排好了接机的车，季侑言上了车，直奔延州市第一医院。

下了车，看见了第一医院门诊部的金字牌子，季侑言的心就开始怦怦直跳，腿脚发软。她按照路上妈妈在电话里的指引，在重症监护室的长廊上，寻到了她单薄的身影。

钟清钰正趴在玻璃前往病房里看。在她的身旁，一个年纪相当的女人正扶着她，她身后是两个男人，一个五六十岁的模样，一个不及而立之年。

季侑言呼吸发沉，步履沉重地朝他们走去。

她们一行人高跟鞋敲击地面瓷砖的声音，在沉寂的夜色中显得格外突兀，钟清钰他们循声看了过来，和季侑言的视线撞到了一起。

季侑言这才看清钟清钰的模样。她一贯梳理得整齐的头发凌乱着，眼睛发红，憔悴和疲惫显而易见。她老了好多，向来笔挺的身形都佝偻了。再也看不到曾经那个风华正茂的法语系一枝花了。

泪水模糊了季侑言的视野。她再也按捺不住，快步走向钟清钰，一把抱住了她，呜咽出声。

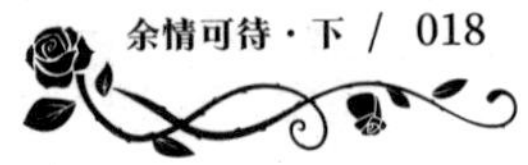

“妈，我回来了，妈，对不起，是我来迟了。”

钟清钰僵了几秒，慢慢地回抱住她，泪水打湿了季侑言的肩头。

不管她们的心曾有过多少隔阂，至少这一刻，季侑言能感受到，她们的心是融在一起的。

一旁站着的人都跟着抹眼泪。陆放的母亲刘教授拍着季侑言和钟清钰的背，安慰道：“回来了就好，回来了就好，都快别哭了，哭多了伤身。”

季侑言这才想起还有外人在，止住了泪水。她松开钟清钰，帮妈妈擦着眼泪，问道：“妈，不哭了，爸爸怎么样了？”她摸着监护室的玻璃，心痛地看着病床上的季长嵩。

“现在人是救回来了，但是医生说体征还没有稳定，后面还要再看情况了。”钟清钰的声音完全哑了。

季侑言扶着钟清钰在椅子上坐下。

“叔叔是酮症酸中毒并发心梗，还有其他的并发症，所以一度很危险，但抢救得很及时，会没事的。”一旁的男人温声解释道。他看着季侑言的眼神里，是隐忍的爱恋和深情。

季侑言这才侧过身看向陆放一家人。

“言言，我带你去见主治医生吧。”陆放体贴道。

季侑言颔首。她想了想，转头对魏颐真和林悦道：“魏姐，你陪悦悦去买点吃的上来，给我妈和叔叔阿姨暖暖身子吧。”深更半夜，她不放心林悦一个人出去。

刘教授客气道：“不用了……”

“要的。”季侑言真心地给他们举了个躬，说：“谢谢叔叔阿姨，谢谢……小放哥，谢谢你们。”

刘教授揉了揉她的头，和蔼道：“都是应该的。”她在钟清钰的身边坐下，拉过钟清钰的手，放在膝盖上拍了拍，劝她道：“现在孩子回来了，过去的事，就过去吧，一家人平平安安比什么都重要，你说是不是？”

钟清钰看着季侑言远去的身影，泪水再次打湿眼眶，她轻轻地点了点头。

刘教授跟着看向儿子和季侑言般配的背影，叹了口气。

季家这姑娘，还是那样出众，为人处事还是那样周到体贴，滴水不漏。他们是真的喜欢，儿子也是真的喜欢。

可惜了。

季侑言跟着陆放一起去到主任办公室，找到了季长嵩的主治医生。他的主治医生是这方面的权威专家，度假日被紧急叫回来，心里多少有些埋怨假期泡汤了。但救治的时候还是很尽心尽力，面对季侑言她们这些家属的时候，也挺和颜悦色的。

毕竟，不看僧面也要看佛面的。

主治医生表示季长嵩抢救得很及时，虽然救治时已经陷入了昏迷，但万幸没有出现脑损，纠酸和心梗缓解都算顺利，目前救治中也暂时没有其他严重的并发症出现，病情算是大有好转了。但是，具体的还要再看接下来 24 小时的情况了，更多其他的，也要等季长嵩醒过来后再观察，他们也不敢把话说得太绝对。

季侑言礼貌地致谢，表示了不计代价的决心，并且试图给他塞个红包。

医生不敢收，推辞了。他想了想，又决定向季侑言要个小礼物。

他向季侑言要了一个签名，说：“我女儿很喜欢你，今天是她生日，我帮她庆祝到一半出来的，现在带个你的签名回去，也算是补偿了。”

季侑言一时有些哭笑不得，自然是没有二话地给他留了个签名，还写了个“生日快乐”。

陆放站在她的身后，眼里充满欣赏和落寞。他看她低头签名，视线无意中落在了她的脚上。

从主任办公室出来后，季侑言想联系人走走关系，争取给季长嵩更好的医疗资源。

陆放阻止了她，告诉她："言言，不用了，据我所知，这个张主任是我们市这方面最权威的专家了，阿姨说抢救的时候，已经来了一个专家团队了，院长都出过面了。"

季侑言错愕，下意识道："是……我妈妈联系的吗？还是你……"

陆放不敢抢功，坦白道："好像是叔叔阿姨的邻居联系的，到时候，你记得好好谢谢人家。"

倒真是远亲不如近邻，季侑言心生感慨。她点头记下了。

回到监护室外，魏颐真和林悦已经买完东西回来了。大家吃过夜宵后，季侑言再一次谢过陆放的父母，让他们一家人先回去休息，也让魏颐真先陪着母亲回去。她表示这里有她守着就好了。

陆放一家人客气了几句回去了，钟清钰不肯走，想要留下来一起守着。她心里有许许多多的话想和季侑言说，可一时间又不知道从何说起。

季侑言劝她："妈，你先回去休息吧，哪怕只睡一小会儿也行。爸爸醒了以后，肯定还要留院观察一段时间，到时候妈你还要继续辛苦。这是持久战，所以你一定要保重自己的身体，不能跟着倒下。这里有我，一旦有什么消息，我会马上通知你的。"

"先回去。"语气中带着一点不容置喙。

她真的长大了，不是他们从前认为可以一直护在翅膀下的孩子了。季侑言眉目间，已经完全褪去了二十来岁时的青涩。待人接物时的从容有度，让钟清钰不自觉地生出信服和依赖感。

钟清钰妥协："那我先回去，明早五点过来和你换班。"

季侑言声音低柔道："晚一点也没关系的。"她看了魏颐真一眼道："要麻烦魏姐你多跑一趟了，魏姐你在附近找个酒店休息吧，等安置下来后，再派司机回来接悦悦。"

"季姐，不用了，我就在这里陪着你。你一个人，我和魏姐也不放心。"

林悦真心道。

“如果……如果不介意的话，家里有干净的客房，魏小姐和……”钟清钰意外地开口了。

林悦主动道：“阿姨，我叫林悦。”

“和林小姐，可以先在客房休息。”

季侑言有些惊讶钟清钰主动的态度，她用眼神询问魏颐真。

魏颐真沉吟道：“这样吧，那我和悦悦就叨扰阿姨一晚上。我现在陪阿姨回去，先在客房歇下，三点我过来和悦悦换班，悦悦回去睡，换我陪你。侑言你觉得可以吗？”

季侑言和林悦都点头同意。

最后离开前，钟清钰小心翼翼地问季侑言：“你……明天早餐想吃些什么？”

季侑言受宠若惊，笑中带泪道：“都可以，妈你煮什么我都爱吃。”

钟清钰哽了哽喉咙，看着季侑言，眼神有些复杂，但季侑言看见了久违的慈爱和温情。

钟清钰走后，走廊上就只剩下季侑言和林悦了，两人都有些精神不济，靠着墙闭目养神。

不知道过了多久，远远地传来了皮鞋踢踏的声音，渐行渐近，季侑言警觉地睁开眼看向来人。

竟然是陆放去而复返了。

他手中提着三个纸袋子，在季侑言惊讶的眼神中，走到椅子旁站定。他取出两条毛毯，一条递给林悦，一条递给季侑言，道：“夜里有点冷，我怕你们守在这里着凉了。”

接着，他蹲下身子，从另外的袋子里，取出了一个鞋盒打开。是一双崭新的运动鞋。

他一边穿着鞋带，一边解释道：“我刚看到你脚后跟被磨破了，穿

着高跟鞋四处奔波还是不舒服吧。鞋子是新的，照着你以前的尺码买的。”说完，他抬头眨了一下眼，像是玩笑道：“你好像是长高了，也不知道脚有没有跟着长。”

季侑言看着他一如当年的温润模样，心里有些不是滋味。是感动，也是内疚，还有沉重的负担感。

她想问他，现在这么晚了，上哪儿可以现买这么一双鞋子。但又觉得，也许答案是她更不想知道的。

“太麻烦你了，谢谢你。”季侑言开口道。

她的尴尬无措，陆放看在眼里。他穿好了鞋带，松了鞋口，摆向季侑言，站起身笑说：“客气什么，你试试吧，我就先回去了。”

他故作坚强的模样，和多年前那个强忍悲伤的身影重叠在了一起，季侑言鼻子有些酸。

“陆放。”季侑言叫住了他。

陆放回过头看她。

“对不起。”对不起，她当年的犹豫给了他不该有的希望，对不起，一起长大的那些年里，她辜负了他给过的照顾和爱护。

陆放眼眸黯了黯，随即若无其事地扯了扯嘴角。他伸手，虚虚地拍了两下季侑言的头，故作洒脱道：“对不起什么呀？你以前不是说，把我当亲哥哥看的吗？和亲哥哥这么生疏做什么？”喜欢她是他的一厢情愿，不喜欢他也是季侑言的权利，又有什么对不起可说的。

季侑言似乎要从他的神色中分辨真伪，他从容相对，而后挥手道：“好了，我真走了，明天还要上班。”他愿意留下来陪季侑言守夜，但他知道，季侑言不需要。

季侑言看着陆放离开的身影，再看看监护室里的季长嵩，长长地叹了一口气。最好过去的都可以过去，一切都能够重新开始。

林悦帮季侑言把毛毯盖好，关心季侑言道：“季姐，你睡一会儿吧，我帮你看着。”

季侑言摇头道：“不用了，你睡吧，今天也跟着我累了一天了。”

林悦见说服不了季侑言，只好打开了自己的毛毯，一边盖一边试探性问道：“季姐，这……好像是我第一次接触到你家里人呀？”今天的所见所闻，实在让她心里攒了太多的好奇。

季侑言合眸淡淡道：“嗯，我好多年没有回来过了。”

林悦错愕，但她看季侑言一副不想多说的样子，便没再问了。

季侑言闭着眼睛，身体很累，思绪却很活跃。从接到父亲病危消息的那一刻起，她就一直在审视过往，反省自己。

年过而立，她试着从更客观更成熟的角度，去看待那些年里她和父母的矛盾和争执。她开始能看到自己的不足。

如今想来，她责备父母不够理解自己，其实自己又何尝体谅过父母。人年龄越大，便越难接受新事物、新观念，越容易因循守旧。好像她做的每一个决定，都没有给够父母缓冲接受的时间，便理所当然地要求父母能够理解，更没有足够的耐心，去一点点打动父母。不论如何，父母前二十年确实不曾亏待过她，为人子女，却对父母不闻不问多年，确实是她做得不好。

他们一家人其实多么相像，每一个人都骄傲到近乎自我和固执。

之前她和景琇走到那般田地，离不开家庭教育对她性格的影响。想到景琇，季侑言想起了几个小时前在兰城休息室里，景琇的温柔，还有……自己对景琇的粗暴？

季侑言突然坐立难安。她想和景琇道歉，报一声平安，可拿出手机发现已经凌晨两点多了。太晚了，阿琇怕是睡了。怕吵醒景琇，季侑言又收回了手机。

她不知道，在兰城酒店里，景琇挂心着她的事，一直在等她的消息，一夜未眠。

最后，天明了，她从蒋淳那里得到了她的消息。

蒋淳在对话框里，删删改改，欲言又止。是景琇叮嘱她帮忙把关媒体那边关于季侑言消息的，她怕魏颐真忙不过来有所疏漏。

蒋淳没想到她最后帮忙拦下来的居然会是季侑言和男人的暧昧照片。

景琇回复蒋淳："都先拦下来，发给魏颐真。"

蒋淳心里无言以对，对话框里，还是理智地答应了景琇："好。"

第二日下午，医生说季长嵩的生命体征平稳了，就看什么时候能醒了。魏颐真联系人脉，帮她们要了一间单独的家属休息室，以便这段时间钟清钰和季侑言照顾季长嵩。

魏颐真看季长嵩的病情稳定了些，才和季侑言沟通工作上的事。她告诉季侑言，工作上近期除了一个代言活动和一个杂志内页的拍摄推迟不了，其他的都基本协商好了。《全民大制作》那边也沟通过了，节目组说找到了救场的人，可以给季侑言放行。

季侑言刚刚宽心了一点，魏颐真又为难道："有件事，我本来已经处理好了，但是我觉得还是需要和你说一声。"

"魏姐你说。"

"昨天陆先生来给你送毯子，被媒体拍到了。"

季侑言眉头发紧，"是我疏忽了。魏姐，我不希望把陆放还有我爸妈他们，这些我的私人生活都暴露在媒体的镜头下。"

魏颐真点头道："我知道，昨天太匆忙了，所以这方面我们没有做好。但你放心，现在我都处理好了。只不过……"

"嗯？"

"只不过那些照片，是蒋淳拦下来后通知我的。"

季侑言想起了什么，连忙和魏颐真道："魏姐，我先打个电话。"

魏颐真退出了房间，给季侑言私人空间。

季侑言想给景琇打电话，这才想起来，她没有景琇电话号码！她只能选择用微信给景琇发出通话请求。

景琇正好刚下飞机，在前往陵州她们住的酒店的路上。

通话一接通，季侑言立即问道：“阿琇，你回陵州了吗？”

“嗯，刚到。”景琇语气很平静。

“昨晚太晚了，我怕打扰你，就没有和你报平安。”季侑言诚恳道，“我爸爸现在基本稳定下来了，只是还没有醒。”

“医生有说什么时候醒吗？”景琇关心道。

“没有。所以我工作要暂时停下来了，明天也回不去录制节目了。”

“嗯，叔叔要紧。”景琇通情达理，表示理解。

季侑言心里直打鼓，完全摸不透景琇的态度。半晌，她问：“阿琇，你……看到蒋姐拦下来的照片了吗？”她会不会以为自己在这种时候都还想着炒绯闻。

景琇垂下长睫，不轻不重地应道：“我看到了。”

季侑言解释：“阿琇，那是我妈妈好朋友的儿子，昨天我没到的时候，是他们一家在医院陪我妈妈的。后来他爸妈回去了，他给我和林悦带了一点过夜的物资过来，结果就被媒体拍到了，捕风捉影，乱写一通。”

沉默几秒，景琇才回了一声低低的“嗯”。

季侑言听不出景琇的情绪，可是又不知道该怎么继续这个话题。谈话忽然陷入了尴尬的境地。

季侑言脑海中闪过一件事，试探性地问景琇道：“阿琇，谢谢你及时通知了我。你……是怎么知道我爸爸出事的？”

景琇的指节蜷缩起来。“我调查你了。”景琇坦诚道，带着难以察觉的忐忑。

季侑言喉咙发紧。

轻飘飘的几个字，落进季侑言的耳中，压在季侑言的心头，像有千斤重。她昨天不是没有想过这种可能，只是她不愿意相信，景琇会把这

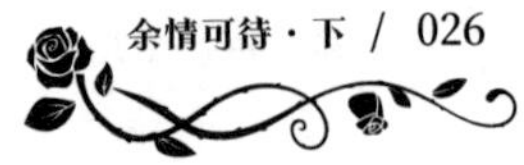

种手段用在自己身上。

之前，她在阮宁薇事件中，听景琇说调查时就感到了不舒服。私下调查他人隐私，是一种多么不尊重人的行为，无礼又傲慢。

手机那端，果然如她所料地安静了。景琇心间涌出酸楚。她知道季侑言的骄傲和自尊，所以以前再不解、再好奇，她也从来没有做过这样的事。

“没有经过你的同意，做出侵犯你隐私的事情，我向你道歉，对不起。”景琇心头发涩，声线里却没有表露分毫。

季侑言听她道歉，心里非但没有舒服一些，反而更难受了。“阿琇，对我，你不需要道歉。我没有真的怪你。况且，结果也不算坏。”

“我只是，我只是一时有些难受。我不喜欢你用这种方式了解我。”她坦白道，“你如果有什么想知道的，可以直接问我。”她承诺过，她会学着坦诚的，景琇为什么不能够再多相信她一点？

景琇听她努力控制着情绪的声音，有委屈遏制不住地漫过了心扉。她抬头忍住想要滑落的泪水，压下哽咽，问季侑言：“我没有问过你吗？”

关于父母的事情，认识的快六年里，她没有问过季侑言吗？第一年春节季侑言不回家，她就问过季侑言，季侑言含糊说和父母闹了点矛盾，不愿多说，她就不敢勉强。后来，她问多了，都怕季侑言烦，于是她不问了。她等季侑言哪一天愿意真的敞开心扉主动告诉她，可是，直到最后，她都没有等到。

季侑言张了张口，一下子无言以对。如今的她，如果景琇问，她一定会说的。可是之前，面对景琇一次次的询问，她确实始终守口如瓶。

“什么都一定要我问你你才肯告诉我，是吗？我问你了，你就会坦白告诉我，是吗？”景琇吸了一下鼻子，低哑道。她本来不想在这个时候说这些事让季侑言烦心的。

季侑言脸色煞白地发出一声“阿琇……”，卡壳了。

她的语言组织能力崩坏了，三言两语，她不知道该怎么解释，才不会变成说多错多、越描越黑的情况。

“季姐！季姐！你爸爸醒了！”林悦破门而入。

季侑言精神一振。

景琇隔着电话也听到了。她低哑地说：“算了，去看叔叔吧。”顿了顿，她又补充道：“注意身体。”

季侑言边往重症监护室跑，边恳求道：“阿琇，你等我，等我回去，我一定会给你一个完整的解释的。”

走廊上网络不好，季侑言没有听清楚景琇有没有答应她。

景琇终止了通话。

第二章

季侑言看着微信通话终止的界面，失魂落魄。林悦跑在了她的前头，见她停下脚步，奇怪地叫她：“季姐？”

季侑言回过神，应了一声，握紧手机连忙跟了上去。

她们到的时候，钟清钰和魏颐真都等候在监护室外了。监护室内，医生和护士正在给季长嵩做检查。

钟清钰双手合十握在胸前，季侑言伸手环过她的肩膀，给她依靠：“醒过来了，会没事的。”

许久后，医生和护士鱼贯而出。医生说，目前算是过了危险期，初步检查，病人意识很清醒，肢体也都有意识，只是肺部有一点炎症，还

要预防其他并发症，需要再观察两天。如果后续检查一切稳定的话，可以转普通病房。至于心脏的问题，要看病人的恢复情况和身体状况，再决定要不要做手术。

钟清钰大喜，先谢天地，而后直拉着医生的手一直说感谢。

季侑言的心终于落地了。一直绷着的弦陡然松了下来，她整个人都有些发晕。

她透过玻璃窗看病房里的季长嵩，季长嵩睁着眼，似乎一直在看外面的她们。她问医生："我们能进去看看他吗？"

医生说："可以，一个一个进去，时间不能太久，病人还是需要静养。"

季侑言答应了下来，而后办了手续，戴了口罩、帽子和鞋套，在钟清钰出来之后，进去了。

上一次这样和父亲面对着面，已经是十年前的事情了。季侑言推开门，迈进监护室，仿佛近乡情怯一般，腿脚酸软，呼吸发沉。

她攥起五指，一步步地走近季长嵩，看着病床上那个憔悴虚弱的老人。和她记忆中那个父亲，一点都不一样了。他曾经乌黑的头发，已经半数花白。似乎，并不是她记忆中的那样严肃、不可接近。

季长嵩戴着呼吸机，目不转睛地看着她走近。

季侑言在几步之遥的地方，站定了身子。她张开口，却哽咽得发不出声。

过去的种种不甘，甚至怨恨，在这一刻，都化为了满腔的心酸和愧疚。

病床上躺着的，确实是那个小时候在床边给她讲睡前故事的父亲，是那个在暴雨天背她蹚过积水的父亲，是那个带她参加夏令营、带她旅行、带她见识过世界广阔的父亲啊……

她曾经，是不是就在不知不觉中，永远地失去过他……

她蹲下身子，平视着季长嵩，再次张口，终于含泪喊出了那一声久违的"爸爸"。

她忽然就想起来，母亲曾经和她说过，她小时候，特别喜欢父亲，因为父亲下课回来的第一件事就是抱她逗她。甚至她说的第一句话都不是“妈妈”，而是“爸爸”。“爸爸”这个词，是季长嵩一次又一次哄她，教着她学会的。

季侑言埋下头，泪水打湿了她的手背。

季长嵩颤了颤唇，闭上眼，有一滴泪，顺着他眼角的皱纹滑落于枕头上。

季侑言止住了酸楚，吸了吸鼻子，让季长嵩安心道：“爸爸，医生和我说你没事的，很快就会好起来的，你安心养病，妈妈有我照顾着，你别担心。”

季长嵩静静地看着她，似乎发出一声混沌的“嗯”。

季侑言勉强地露出了一个笑。

父女间积了太久的空白，以至于她不知道现在该和季长嵩说些什么。很多她想说的，她怕都是季长嵩不爱听的。

也不急在这一时了。

最后季侑言又拣着说了几句和母亲相关的，而后给季长嵩复述了一遍昨天到今天的新闻概要。

从前他们家订报纸，每天早上吃饭前，季长嵩总要先看看报纸，了解一下天下大事。

护士提醒时间到了，季侑言站起身，和季长嵩道了声别就离开了。季长嵩久久地目送着她。

傍晚钟清钰做了饭送来，四个人吃了饭后，钟清钰见季侑言眼睛发红，满身疲倦，便让她回家洗个澡，好好睡一觉。从前天彩排到今天，季侑言一直在高强度地工作和奔波，魏颐真也担心她撑不住，附和着劝她回去休息。

季侑言考虑到现在父亲情况暂时稳定住了，家属休息室也有床可以

休息，便答应让林悦陪着钟清钰，自己和魏颐真回去睡觉，半夜再过来换班。

回去的路上，季侑言用微信给林悦和魏颐真各转了个大红包。魏颐真失笑，也没和她客气，点开收下了。

她和季侑言通报今天的工作："这次跨年演唱，大家是真的有被你惊艳到，所以热度是自己上去的，我们只稍微添了一点柴火。人设算是立起来了。"

"《瑶华传》那边的宣发也联系了，已经开始借势宣传了。"《瑶华传》是季侑言前两年拍的古装偶像剧，之前由于种种原因，屡次跳档，这次季侑言拿了视后，爆了一把，这个一直被压的存货才被翻了出来。

季侑言想了想问："我们最近上热搜会不会太频繁了？"

这个问题，魏颐真也顾虑过的。但是没办法，之前的热搜没在计划之内，现在剧要播了，和片方合约内的宣传，不做也得做。

魏颐真坦白道："现在评论下多数都是夸赞的声音，毕竟我们确实是有资本吹的。当然，确实免不了有部分人最近经常看见你在热搜上有点烦了，说你怕不是买了热搜包年。"

"不过，你也别担心。"魏颐真胸有成竹道，"这些我都考虑到了，关于后面的宣传方向，我再和《人间有信》剧方联系一下，基本可以敲定下来了。到时候要官宣，就先送这些不满的人一条引线，把火烧起来，让他们宣泄一下。等烧得差不多了，我们再反转。这样宣传的热度有了，反转后基于补偿心理，我们也能全身而退。"《人间有信》是季侑言综艺结束后要进组的新剧。

"就是可能要委屈你被骂几天了。"魏颐真缓声道。

都是宣传手段，季侑言已经学会了接受。她揉了揉眉心，默许了，只是有言在先道："不可以是绯闻的反转。"

魏颐真不以为意道："我能不知道吗？"

季侑言露出了今天第一个真切的笑。只是淡淡的，很快就又消散在了唇角。

她再一次点开微信，看着她和景琇那个不长的通话时间出神。

她和陆放认识很久了，陆放的父母是她父母的同事兼好友。他们从小时候开始，都在父母就职的大学附属小学上学，经常结伴上下学。他们一起长大，上同样的初中、高中直到大学。陆放喜欢她，所有人都知道，所有人都觉得他们应该在一起，包括他们双方的父母。除了她自己。

她不喜欢陆放，她从来都只把陆放当哥哥看。可面对着他没有彻底挑明、有分寸的示好，她暗示婉拒过，却没有狠下心让双方难堪。也许是她的态度，让双方父母误会，他们觉得，兴许自己只是小女孩的矜持或者心态没有转变过来，等交往一段时日了就会明白的，毕竟他们那一代人都是这样过来的。

于是，在她读研的那一年，陆放准备出国留学了，双方父母就商量着，让两人先订个婚，定下来，感情可以慢慢培养，反正距离两人完成学业、结婚还有时间。门当户对，金童玉女，佳偶天成，要珍惜的。所有人都这么劝她。

她也曾经试图说服自己，也许喜欢也就是那么一回事，很多人一辈子都没有真的爱过一个人，也一样好好地过了一生。陆放各方面都很好，脾气也好，兴许他们在一起生活，真的也不会太差。大部分人都是这么循规蹈矩、太太平平过日子的，她大概也可以的。

可是，订婚的日子越接近，她越明白：她不可以，她做不到，她不甘心，她不愿意！所以她爆发了。

季侑言父母的小区到了，这是一个封闭式的小区，魏颐真出示了业主卡才进去的。

这个小区的地段不算好，有点偏僻，和之前的房子差得有点远，和学校的距离也远。季侑言奇怪父母怎么会买这里的房子。

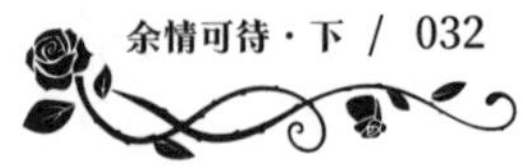

魏颐真听出了季侑言的不满意，帮忙解释道：“我接送阿姨的时候，和阿姨先聊过几句，也说过这个小区地段的问题。”

她顿了顿说：“阿姨说，你……演电视剧以后，不时会有人上门询问，甚至要采访。街坊邻居也常在背后说长道短，他们不堪其扰，就换房子了。”

季侑言错愕，随即是翻涌而来的自责。她以为他们是真的不想和自己联系了才换的房子。她以为她绝口不提，就真的能抹去他们之间的联系，竟然从来没有设身处地地为他们考虑过，她的成名，会给他们的生活带去怎样的麻烦。

她进到屋子里，站在玄关向内打量，一眼就看见了电视柜旁摆放着的全家福。有水汽漫上眼眶。

魏颐真记得季侑言之前和她说过的那一句扎心的“有辱门风”，看季侑言和父母的相处，也猜出了他们一家人应该有过很深的隔阂。

她劝慰季侑言道：“侑言，一家人总归是一家人，有什么坐下来好好沟通。我看你爸妈心里是有你的。”

季侑言拿起相框，久久地凝视。

魏颐真透露道：“我昨天睡的客房，好像是你爸妈的书房。我借用桌子的时候，注意到背后的书柜里有一本《北城钟声晚》的小说，还有几本时尚杂志和卷起来像海报的纸筒，有本杂志我扫到封面，是前段时间你刚拍的那本。”

魏颐真指了指前面的房间继续道：“还有这个房间，你妈妈说是你的房间。你看，他们其实是在期待着你回家的。”

原来，这个世界上是有盼着她回家的人啊，她不是真的无家可归的浮萍，也不是死后无处可去的孤魂。

季侑言的泪水终于无声地滴落在了相框的玻璃上，像是他们全家人都湿了脸颊。

她擦着相框上的泪，低声应魏颐真："魏姐，我知道了，谢谢你。"

魏颐真拍了拍季侑言的肩膀，温声道："好了，时间也不早了，你快去洗澡，洗完抓紧时间补个觉。我也去了。"

季侑言点头。

她推开父母给自己留的房间，卧室内的陈设布局，与她当年的卧室几乎一样。甚至连那一面奖状墙上的奖状，都被一张张搬了过来。

季侑言慢慢地合上了门，踏入房间。她扫视房间内的桌椅床被，一点点看过桌子上的摆件：她存了很久的小猪存钱罐，她参加夏令营亲手做的石膏像，她最常用的头戴式耳机……到处都是她生活过的气息。

她摸过桌椅床被，没有一点灰，这里显然是常在打理的。

为什么都这么骄傲，骄傲到谁都不肯先低头示弱，骄傲到，就这样差点错过了一生。

季侑言伫立着，心酸得发疼。

半晌，她深吸了口气，有了决断。她转身进配套的卫生间洗了把脸，梳了头发，精神了一点。

而后，她打开了微信询问景琇："阿琇，方便视频吗？"

等到她走回书桌前坐下，收到了景琇的回复，一个简单的"嗯"。

季侑言拨出了视频请求。

视频请求后不过几秒，景琇就接通了。

视频里，景琇散着秀发，穿着睡衣，靠坐在床上，是洗过澡准备休息的模样。

她看着镜头，神色很平静，光晕下，甚至透着一点温柔。季侑言本是忐忑的心，在她的注视下奇异地安定了下来。

"阿琇，我影响你休息了吗？"季侑言轻声道。

"没有。"景琇淡淡道。

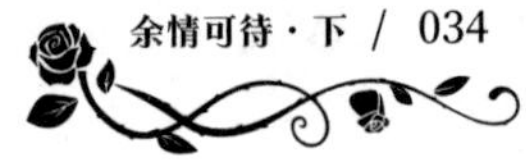

季侑言舔了舔唇说：“下午通话的时候我爸醒了，所以我来不及回答你问我的问题。”

“我知道。”景琇用听不出情绪的语气道，“叔叔还好吗？”

“现在还好。”季侑言迟疑几秒，发自内心道，“阿琇，坦白说，我还是有些介意你私下调查我这件事。但是，我真心地感谢你。谢谢你及时地通知了我。我不敢想象，如果没有你，很久以后我才知道这件事，我该会有多自责，多难以承受。”

景琇的睫毛颤了颤，“就当是我的将功赎罪吧。”

“没有那么严重。”季侑言条件反射地维护景琇。她反省自己，“我知道，追根究底是我的错，如果我可以主动一点，你也不必这样为难。”

“不论动机是什么，这件事，我承认我没有给你足够的尊重。”景琇不是不肯认错的人。

她的体贴，让季侑言鼻子发酸。“好，这件事算我们都有错，我们扯平了，翻过这一页好不好？”

景琇看着她，没有说话。

季侑言切入了这通视频通话的重点：“阿琇，我不知道你调查到了多少，但你应该能查到我其实已经很多年没有回过家了。”

景琇沉了沉眸，没有隐瞒道：“嗯，我查到了。”

“我查到了你家住哪里，父母名叫什么，从事什么职业。查到了你在哪里成长，就读什么学校，查到了你的光辉履历，还查到了你有一个从小一起长大，叫陆放的未婚夫。”

季侑言否认道：“陆放他不是我未婚夫。”

“资料显示你们订过婚了。周围人都是这么认为的。”景琇说道。

“那是他们以为的，以讹传讹。”季侑言解释，“我和陆放虽然认识很多年，也真的论及过婚嫁，但是，我和他没有订婚。”

景琇抬眸凝视着她，是倾听的姿态。

季侑言的视线落在了那一整面的奖状墙上，组织起语言剖白道："阿琇，就像你查到的那样，我出生于传统守旧的家庭，父母都是大学老师。他们对我的期待就是希望我能长成一个知书达理的淑女，长大以后，继承家风，嫁一个门当户对、品貌端正的男人，过循规蹈矩、平淡安稳的日子。陆放，就是我父母相中的那个合适的男人。"

季侑言收回视线，看着景琇，带着点自嘲："阿琇，这世界上不是所有的父母，都会像你父母那样开明温柔，尊重孩子的意愿。

"因为父母的关系，我和陆放从小认识，几乎算是一起长大的。他就像哥哥一样照顾着我。小时候，我父母为了培养我的气质，送我去学钢琴和美术，我从一开始的抗拒，到最后，真的爱上了音乐，享受其中。可是，从初中开始，因为有了升学压力，我父亲就停止了我的课外活动。那时候可能是叛逆期，他越不让我做什么，我就越想做什么。所以我总和其他的同学偷摸着出去练琴，出去写生。为了获得更多的自由活动时间，陆放就做我的挡箭牌。他帮我打掩护，骗我爸说带我去自习，然后陪我出去玩。

"我一直把他当哥哥看待，从没有多想。但从高中开始，有人会起哄让我和他在一起。一开始，他还会紧张地和我解释，到后来上了大学，他变成了默认，我开始知道他的意思了。可也许是因为我很早就和他声明过，我和他之间只有兄妹情谊，所以他从来不表白，只是有分寸地照顾着我，以至于我没有办法明明白白、彻彻底底地和他说清楚。大学快毕业的时候，我和陆放是交往关系的误会传到了双方父母的耳朵里，我母亲直接地问过我，我否认了，可他们好像没有真的相信，只当我是因为没有听从他们说的在大学毕业前不准谈恋爱的要求而不敢承认。

"你看是不是很可笑，不知道从什么时候开始，我和父母就好像无法在同一频道沟通了。多数时候不沟通，一沟通，就容易真话当假话，假话当真话。"

她说的真话父母都当了假话，父母说的假话，她全当了真。所以在那个梦里，他们死生不复相见。

季侑言脸上有泪水无声地滑下，景琇的心像被什么揪住了一般疼。

“每个家庭都有自己不同的形态，这一点都不可笑。”景琇柔声安慰。

季侑言看着屏幕里景琇温柔的面容，抹了一把眼泪继续道：“我读研究生那一年，陆放要出国留学了。我不知道双方父母怎么商量的，也不知道陆放是怎么对我父母说的，他们就决定让我和陆放订婚。他们询问我意见时，我立刻就炸了，那是我第一次那样大声和父母争执抗议。可是我争不赢他们。所有人都问我，我对陆放有什么不满意，陆放那么喜欢我，陆放有什么地方配不上我？他什么都好，只是我不喜欢。可喜欢对他们来说，是一个缥缈又幼稚的词，根本就不构成理由。

“阿琇，你知道吗？其实我是一个很懦弱的人。从小被束手束脚惯了，连挣扎都是象征性的。挣脱不开了，我就习惯性地想要给自己找一点舒适；说服不了别人，我就习惯性地说服自己。我说服自己，其实大家也不都是因为爱情才结合在一起的，可能喜不喜欢也真的不是那么重要，他们上一代人都能这么过来，我应该也可以的。又或许，我可能慢慢会喜欢上陆放。于是我妥协答应订婚了。

“现在看来完全是无稽之谈。在订婚前，我去医院看望了一个朋友。她是我大学时候参加的校外音乐社团的好朋友，突然罹患重病，时日无多了。其实那时候我已经和她断交很久了，因为我参加社团的那段时间里，做了很多我父母觉得出格的事，包括逃课参加歌手赛，夜不归宿搞音乐。这些朋友，在我父母眼中都是不务正业带坏我的人。那时候是争取保研资格的关键期，所以我父亲明令禁止我再混在那群人里面了。我争不过父母，就真的懦弱地远离了他们。”

季侑言每说自己一次“懦弱”，就像是在自己心上剜了一刀。

“我去看望她的那天，她让我给她唱了一首歌。她说很久没听我唱歌了，她以前不开心的时候，一听到我的歌声，就会忘记一切，她说我的歌，有治愈人的奇效。临走的时候，她问了我一句话，她说，一辈子很长也很短，你就真的甘心，一直这样听话地活下去吗？侑言，我觉得你，特别特别，可惜。”季侑言想起朋友当时苍白的脸和惋惜的语气，鼻子塞得像是要窒息了。

景琇看着她哭，也跟着她无声地泪流满面。

“说完这句话后不久，她就去世了。我去送她，同社团的朋友给了我一把吉他，说是她留给我的。我背着那把吉他回家，父亲看见吉他就想起我之前逃课的事，脸色一下子就发沉了。又是山雨欲来的架势，我突然觉得很没有意思。

“做他们理想中的女儿，太累了。我的委曲求全，他们从来都觉得理所应当。如果我明天就像那个朋友一样死了，那我活着的这些年里，有什么能证明我作为我自己，真切活过了吗？那天晚上我失眠到天亮，一直这样问自己，越想越恐惧。我发现我好像要找不到我自己了。

“订婚前，我下定了决心，我不想做他们理想中的女儿了，我想活出我自己想要的人生。我和他们沟通，却不欢而散，最后，以我被逐出家门，断绝关系为结局。”

景琇伸手在屏幕上擦拭，想抹去季侑言的泪水，可是，她只能眼睁睁地看着屏幕上的水珠越来越多，是她自己的眼泪。

景琇仰起头止住眼泪，沙哑回答道：“言言，我从来都愿意选择相信你，我也从来都愿意理解体谅你。只是你从前，没有给过我这样的机会。你什么都不和我说，我什么都不知道。”

她一直认为，了解一个人，包括了解她的家庭，了解她的过往，只有真正地了解，才会有真正的理解。可季侑言却从来都像是一团雾，让她看得到却看不透。季侑言的欺瞒，曾经透支了她的理解和信任。当她的不安全感压过了一切时，她找不到继续说服自己无条件相信的底气了。

季侑言吸气道："阿琇，我向你道歉。对不起，过去的那些年里，我推诿含糊，没有向你坦白过这些。我不知道原来你这么介意。"

景琇闻言呼吸沉了一些，她沉默了几秒，轻轻地问季侑言："言言，你是真的不知道我介意吗？"

直击心扉，季侑言的心跳像是停了一拍。她发现她不自觉地又在掩饰，又在为自己开脱了。不，她其实是知道的，她只是刻意忽略了，她麻痹自己这不重要，景琇不介意，让自己好受一点。然后时间久了，就当成真的了。

"对不起……"

"你知道，我要的从来都不是你的对不起。"景琇温和又悲伤地看着她，"我刚了解你和你父母的过去时，我很心疼，也很受伤。"她的泪滴落在手机的摄像头上。

"我有那么一刻，忽然不知道自己到底是不是你的朋友。我觉得我好像从始至终都没有真的打开过你的心房，没有真的被你当成闺密。"

景琇委屈的泪水让季侑言不知所措。她想给她擦眼泪，可她做不到。

她只能仓皇地解释："阿琇，我不是故意的。最开始，我没有告诉你，是因为我赌着一口气，我记着父亲赶我出门时骂我辱没门风，让我绝口不提他们。后来，我不敢提起，是因为……"她哽咽道，"是因为我越知道你的勇敢，越了解你家庭的美满，我就越想把我所有不美好、不堪的东西都掩藏起来。我开始怀疑自己，我害怕我有一丝不够好的地方被你发现，都可能导致你不再想跟我做朋友，我……"

她越自卑，就越想在景琇面前表现得骄傲、光鲜，装得越有资格站在景琇身边，好像这样，她就能多骗景琇一段时间。她该如何开口告诉景琇她的内心。

她还是说不出口。她张着口，泪流满面，却呜咽得发不出声。

景琇不知不觉中咬破了下唇，满口的铁锈味。

她不想再为难季侑言了，带着浓浓的鼻音打断季侑言道："我理解你。"

她问季侑言："言言，我知道你骄傲，你自尊心强，可是，我没有吗？"

季侑言怔怔地看着她。景琇生来就像一只永远该高昂着脖颈的白天鹅，她的骄傲和自尊，季侑言比谁都更清楚。

景琇吸了吸鼻子，涩声道："言言，主动对我来说，也不是容易的事。可从前，我对你吝啬过吗？"

季侑言不知道，每一次的主动沟通，自己鼓起了多大的勇气，更不知道，她每一次的抗拒，自己要花多久才能平复难过。

将心比心。季侑言无颜应她。

"对着别人展示自己的伤口，揭露自己的不堪，对谁来说都不是容易的事。可我对你来说，也只是那个别人吗？你说过相知可贵，知音难觅。我们之间，难道不是可以互相舔舐伤口的人吗？"景琇问她。

"我以前比赛时看着粉丝省吃俭用给我投票，想送我出道时，崩溃地告诉过你，我之所以参加这个节目，根本不是为了出道，是我妈妈不同意我进娱乐圈，让我自力更生，我先来体验一下这个圈子的压力是不是真的能承受得住。明明知道自己不会出道，却还是骗走了粉丝真心实意的支持。这是我至今想起来都觉得难以启齿的事，可那时你问我，我就告诉你了。当时，你觉得我卑鄙不堪吗？"

季侑言摇头："我从来没有那么想过你。我那时候看你哭，我只觉得心酸。"

景琇眼波荡漾，又问："那次我告诉你，我过去也不安迷茫，患得患失过，你觉得我的脆弱卑微难堪，破坏我的形象，破坏我们的友情了吗？"

季侑言哽了哽喉咙，内疚道："不，我只想安慰你。"

景琇露出了一点点让季侑言难过的笑。

她转了方向，把手机放在了床背板上，靠着墙壁立着，而后，直起

了上半身，变成了一个跪坐的姿势。

季侑言看见视频里，景琇纤长的十指交错扣在了睡衣的下摆上，而后，她腰肢一伸，小臂轻展，睡衣下摆被掀了起来。

她看见景琇白皙的肌肤上，有一道狰狞的刀疤，从她的腰间蜿蜒到文胸下，隐没其中，仿佛是白玉碎出了一道裂痕。

破坏了一切美感。

这是她第一次看见景琇的疤痕。曾经在指头上留下小小细痕都会耿耿于怀的爱美女孩，是用怎样的心理，接受了自己身上这道疤痕。

景琇凝视着季侑言的神态，手垂放在身体两侧，指尖在不自觉地发抖。

她的表情，那样忐忑，又那样坦然。

她问季侑言："丑吗？我觉得特别丑，每次洗澡的时候，都不敢细看。"

季侑言不敢想象，景琇曾经有多痛。她摇头，颤着声回景琇道："不丑，一点都不丑。"

她含着泪："阿琇，是不是好疼啊……"

景琇心暖。她双手环抱在腹间，挡住了伤疤，温声道："已经过去了。"

季侑言看到景琇环抱着的姿势，忽然紧张道："阿琇，你冷不冷啊？"

景琇冷不丁地被她这么一问，后知后觉地感受到了冷意。

她没有回答季侑言的问话，径直伸手去取被单上的睡衣。她先把两只手臂伸进袖子里，而后伸展着腰肢，把头套进去。

就在所有的肌肤都将隐没于衣服之下时，季侑言好奇地问道："阿琇，上面文的英文是什么？"

在靠近伤疤边缘的地方，有一行细小的黑色文身，季侑言看不清楚。

景琇穿好衣服，下意识地随着季侑言的问话，抚上自己肋间的文身。"第一个字母是 F。"她淡淡道。

季侑言脑海里浮现出许多个单词。

文身是绝交一年后景琇情绪不佳时，朋友建议她去的。

“设计的时候，和文身师说好文的是‘Forget’。”

“躺下的时候，我后悔了。”如果真的能够忘记，又何必把“忘记”文在身上变成铭记。

不过是欲盖弥彰，自欺欺人罢了。景琇指尖微曲，“最后，我文了‘Forgive’。”

她垂眸，带着一点自嘲的意味，“可惜，你看，这两个词，我最后都没有做好。”

是原谅啊。季侑言眼里又有水光隐现了。“不是的，阿琇，你已经做得足够好了。”

景琇不置可否。她沉淀下心思，按着那道疤，转回了刚刚被季侑言打断的话题上：“言言。”

季侑言眼神温软地聆听着景琇的下文。

“就像我给你看我身上最丑陋的疤痕，我也觉得难堪、忐忑。可是，我选择相信你。同样的，言言，如果你把你的伤口暴露给我，而我无法舔舐你的伤口，反而嫌弃它的丑陋，那像我这样的人，你也不必留恋。因为不值得。

“你对我连这样的信任都没有，是我做得不够好，给你的安全感不够吗？”

季侑言垂下头，涩涩道：“不是的，阿琇，是我自己的问题。阿琇，我……”她握着手机的五指收紧，继续了下去：“我当年被父母赶出家门，仿佛世界崩塌了。而后，那个阴影就好像再也挥不去了。”

她眼眸湿漉漉的，“我那时候觉得孤身北上，有一种自己被全世界拒之门外的感觉。我突然发现，从小在书本上学习到的，所谓父母的爱

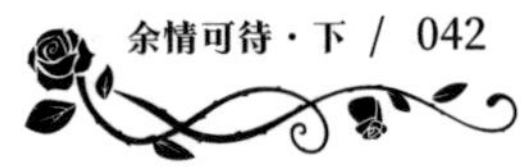

是无私的、伟大的，其实并不完全是真的。我是他们理想中的女儿的样子，他们就爱我，我不是他们理想中的样子了，他们就可以无情地赶我走。我意识到，原来连血脉相连的父母的爱，都是有条件的，都是可以随时收回的。我的自我保护机制，好像让我在潜意识中，再也没有办法去全身心地信赖依靠一个人了。我不知道，这世界上是不是真的还会有人可以完全地接纳我，接受我所有的样子，包括我和他们想象中不同的、不完美的那一面。我……太害怕再一次被抛弃了 。”

景琇听季侑言说着她的害怕，看她红着眼睛难过的样子，心痛难忍。

季侑言却在这时候挤出了一抹笑，直视着她温柔道：“可我现在相信你了。阿琇，我信你了。连曾经那样不堪的我，你都愿意再给我一次机会，足够说明了。”

景琇张了张嘴，突然发不出声了。半晌，景琇直视季侑言道：“言言，我承认，我以前也不够坦诚，自以为我可以包容一切，结果却导致了我们之间的问题越积越多。

“我们的相处方式有问题。我甚至觉得，就是我过去的过于隐忍，才纵容了你的拒绝沟通。我不想再像以前那样了，也不想再像现在这样，我逼你一点，你就和我说一点。”

季侑言承诺道：“那我来做。阿琇，这一次，换我坦诚好不好？”

景琇羽睫轻扇，是动摇的神色。

景琇垂下脖颈，几秒后，幽幽道：“你不是已经在进行了吗？”

季侑言整个人像一下子被点亮了，试探道：“那……那你看到我的诚意和改变了吗？”

景琇几不可闻地应了她一声“嗯”。

季侑言精神大振。她想到了什么，趁热打铁，鼓起勇气邀请景琇：“阿琇，那你愿意来看看我爸爸吗？”是全然放开了自己的姿态。

景琇喉咙动了一下，但她还是理智地询问季侑言：“你爸妈会欢迎我吗？”季侑言的家庭传统守旧，对娱乐行业有这样大的偏见，景琇担心他们对自己是否会有好印象。

季侑言其实也不知道答案。这两天，她还没来得及和父母谈到这个话题。

她黯了神色，诚实回复景琇：“我……不确定。你知道，他们一直不喜欢我进这个圈子的。”

景琇的神色也跟着黯了下去。她轻轻道：“那你确定，我现在去看你爸爸，你爸爸不会被气到吗？”

季侑言无言以对。

景琇理解季侑言此刻邀请她的心意，所以，她更能体谅她，现在不是合适的时机。

“言言，有些事，不急在一时。我要的从来都是你的态度。你先等叔叔好起来，把家里的事处理好。”

季侑言感受着景琇的体贴大度，看着屏幕上景琇温和的容颜，小心翼翼地询问景琇：“阿琇，如果我们之间有一个进度条，我们的友谊，已经修复到什么程度了？”

景琇被她问住了。

怕景琇说出一个低得可怕的数字，季侑言连忙自我拯救道：“有没有 80%？”这个比例她很心虚。

景琇回想本子上画的“正”字……显然完全没有。但是，她看着季侑言脸上期待忐忑的小表情，默默在心底补上了所有欠缺的“正”。

“嗯。”她低声肯定道。

季侑言瞬间笑逐颜开。她有了踏实感，得寸进尺道：“那 80% 的进程，可以要一个安慰的抱抱吗？”

景琇没说话，季侑言就当她是默认了。她敲章定论道：“可以是不是，那我先记下了。”

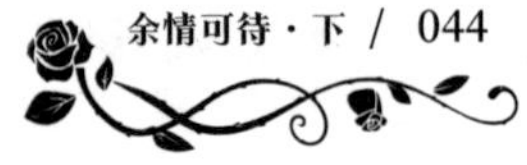

景琇动了动唇，终是没有拒绝。

季侑言打了一个哈欠。

景琇蹙眉道：“你多久没睡了？”

季侑言揉了揉眼睛，小声道：“也就昨天没有睡。”

也就？景琇道：“现在去睡觉。”她看见季侑言背后就是床，可以睡觉的。

“好，我洗个澡就去。”

季侑言问道：“阿琇，能不能先不挂视频？”

景琇没说话。季侑言补充道：“我要监督你，你把手机立在床头，做你自己的事情就好了，我不会影响你的。”

景琇叹了口气，没说好也没说不好。

但还是听话地把手机靠立在了床头，“快去吧。”她取了本书翻阅，漫不经心道。

季侑言心满意足。她看见景琇像完全不在意自己这边了一样，于是关了扬声器，而后才取了衣物进卫生间。

几分钟后，景琇发现季侑言当真一点都没有影响到自己——完全听不见季侑言那端传来的声音了。

季侑言洗完澡拉开玻璃门，包裹着浴巾出来了。她特意瞄了一眼手机屏幕，屏幕里景琇一如她刚刚进去时的模样——在一本正经地看书。

季侑言吹好了头发，爬上床，打开了手机声音，而后把手机立在枕头旁，躺下发声道：“晚安。”

景琇这才侧目看她，低声道：“晚安。”

季侑言侧着身，把手枕在脸下，盯着屏幕。

“闭上眼，睡。”景琇叮嘱道。

季侑言轻笑出声。她“嗯”了一声，听话地闭上了眼。

她是真的累极了，尽管闭上眼时思绪还在天马行空地飘着，不久后，就真的陷入了无边无际的黑暗中……

许久后，景琇合上了书，取过手机，下床进玻璃间洗澡。

夜半，季侑言听到闹钟醒过来的时候，景琇已经结束了和她的视频。

“留些电。”景琇言简意赅地留言。

季侑言失笑，阿琇总是这样周到。

忽然，屏幕顶端有消息弹窗跳出，季侑言点开，是魏颐真问她：“侑言，起了吗？”

季侑言一看时间，连忙回个“起了”，下床洗漱。

她换好了衣服，用破壁机打了易消化的米糊，装进保温桶里，而后和魏颐真一起出发去医院。

路上，魏颐真和她交接行程。魏颐真今大早上的飞机，要先回去了。季长嵩这边如果没有再生意外，季侑言就要准备开工了。她过几天要去伦敦参加一个珠宝品牌的展览活动，之后有一个南方电影圈的局，魏颐真希望季侑言能和她一起过去应酬，再后面就是《瑶华传》的开播发布会，还有一个广告拍摄，最后才是《全民大制作》的决赛录制……

季侑言揉揉额头，一一应了下来。据她在“星饭团”上了解的，景琇这段时间的行程也挺满的。这样一算，还要小半个月才能和景琇见面。干这一行，忙碌是生活的常态，她除了适应，别无他法。好在后面她和景琇一起拍《夜色中的向日葵》，可以相处好几个月。

之后两天，季长嵩的病情恢复得很好，转到了普通病房。医生说再留院观察一周，如果情况稳定，就可以回家休养了。

季侑言每日和钟清钰轮班到医院陪护季长嵩，父女俩相处的时候，沉默居多，但也算平和。像是害怕打破平静的表象，他们谁也没有再提当年那些引发争吵的矛盾。

钟清钰关心过季侑言工作的事，让她可以先去忙，季侑言有些心暖，这算是认可她的事业了吧？她和钟清钰说了自己之后的工作安排，而后给季长嵩找了一个护工，帮钟清钰分担自己离开后照顾季长嵩的压力。

季长嵩学校里的同事、朋友来医院探病闲聊，季侑言担心季长嵩并不希望自己出现在他同事们的面前，便留了林悦和护工在医院看护，自己自觉地回去找准备晚餐的钟清钰。

她明天下午就要离开延州了，现在难得有时间和钟清钰一起在家，她便带上了早就叫林悦买好的烟酒茶叶和年货礼盒，让钟清钰带她亲自去给他们家的邻居道谢。

据钟清钰所说，邻居那对夫妻是几个月前搬来的，看他们两个老人生活，一直都挺照顾的。季长嵩这次急救和住院，他们更是帮了大忙。

邻居只有一个女主人在家。女主人打开门看见季侑言，当场愣住。季侑言只当她是认出了自己是明星，惊诧自己是季长嵩的女儿。

她礼貌又诚恳地把礼物递上，感谢他们一直以来对自己父母的照顾，还有急救那天的奔波帮忙。

邻居回过神，一边开大了门邀请季侑言进去坐坐，一边推托道：“用不着这么客气，邻里之间互相帮助是应该的。”

她给季侑言和钟清钰倒了热茶，而后从一旁提了好几个滋补品的礼盒过来：“我也正打算去医院看看季教授的，这是一点心意，给季教授调理身子。”

季侑言和钟清钰连连推托，站起身表示要告辞。受人之托，要忠人之事，女人“热情”地追了出去。

盛情难却，季侑言只好收下了。也许是她世态炎凉见多了，心底里有一点疑惑：非亲非故，他们为什么对我父母这么好？甚至动用了关系，急救当天，连院长都出面了？

无意识地，季侑言脑海里就闪过了景琇的脸。景琇如果只是调查自己，怎么能第一时间得到消息？那是不是说明，景琇留了人一直关注着这边？

还有……她想起了那天在景琇来电显示上看到过的，来自延州的电话。

或许……季侑言按捺不住好奇的心绪，叫住了正要往回走的女人："那个……请问你认识，景琇吗？"

"景琇"这个名字一出口，女人就变了脸色，一旁的钟清钰也变了脸色。

问得太突然了，女人没反应过来，根本来不及掩饰惊慌。季侑言心底里有了答案。

阿琇何止在调查自己，她还帮忙照顾着自己的父母啊……

"啊，景琇……我不……"女人本想说不认识的，话要出口了又忙改口道："啊，那个影后是吗？我，我认识她她不认识我啊。"

欲盖弥彰。

季侑言弯了弯唇，似笑非笑。女人觉得自己已经被看穿了，尴尬地溜了。

钟清钰大概明白了过来。

季侑言看钟清钰的神情，猜测钟清钰是知道景琇的。她和钟清钰一起进了家门，试探性地和钟清钰解释道："妈，景琇是我圈内最好的朋友。他们应该是她找来照应你和爸的。"

"我和你爸好手好脚的，不需要。"钟清钰冷淡道。

季侑言明白钟清钰对自己圈内朋友的态度了。

她眼底黯然，解释道："这次住院急救，是阿琇动用的关系，才让院方这样重视，配给了爸最好的资源。"

钟清钰想辩驳，教养却让她说不出过河拆桥的话。她脸色发沉，沉默着回到了厨房准备晚餐。季侑言明天就要走了，她想做顿像样的给季侑言饯行。

季侑言叹气，跟进去打下手。

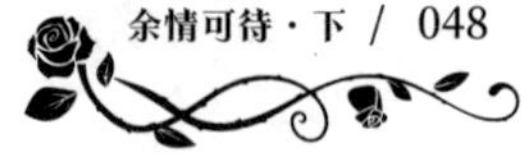

钟清钰打开电饭煲，想起来这电饭煲也是隔壁那女人听她抱怨原来的电饭煲不好用后推荐给她的。

心烦意乱。

从前以为这个女儿只是从小听话乖顺，压抑久了，所以叛逆期迟到爆发了，逼一逼，吓一吓，就会回头的。但在这些年谁都不肯退让的僵持中，钟清钰已经明白了季侑言的真实脾气了。

她长长地呼了口气。

第二日，季侑言飞往伦敦，参加了当天的品牌珠宝展和隔天的品牌时装秀，同日，景琇受邀飞往加拿大，参加电影节的开幕式和颁奖礼。隔着五个小时的时差，找不到两人都方便的通话时间，季侑言只好给景琇发语音留言。好在景琇每次看到后，也很快回复她语音消息。

从伦敦回来后，季侑言去了冈城，陪同魏颐真出席了电影圈巨头的饭局。倒时差和醉酒，让她之后在酒店昏睡了一天。睡醒后，她和林悦吃了顿迟到的午餐，准备辗转去下一个城市，参加第二日晚上《瑶华传》的开播发布会。

去机场的路上，她百无聊赖地刷手机，忽然看见景琇的朋友圈发了新动态，是几张截图——“网易云”年度听歌报告和一个正在播放的歌曲页面。

截图里，第一张公式化地写着：这一年，你有 108 天，深夜 12 点后，仍沉浸在音乐世界，睡不着的夜晚，还有音乐陪伴。

第二张：这首 *the end of the world* 是你听过年代最久远的歌。

第三张：07 月 21 日，这一天你睡得很晚，03:38 还在与音乐做伴，那一刻，你在听《勇》。

7 月 21 日那天，是季侑言的生日。

季侑言顿了好几秒才往右继续划。

跃入眼帘的是景琇正在听的歌曲界面截图——歌名是《突然想起你》。

她征求魏颐真的意见："魏姐，我想先回一趟陵州可以吗？明早就去北城，不会耽误发布会的。"

魏颐真语音回的她，先是一声叹息，而后是妥协："你不怕累就随你了。"

季侑言的心一下子飞扬了起来，喜不自胜地转头吩咐林悦。

"悦悦，订最近的机票，回陵州。"

季侑言十一点半才到达酒店，上楼的时候，她有些沮丧。

她希望能给景琇一个惊喜，所以只向姚潇确定了景琇在陵州，没有告诉景琇自己今晚回来。

时间太晚了，景琇很大概率已经休息了。如果景琇睡下了，她哪里舍得再特地把景琇叫醒见一面。

开心的是，她和林悦上到套房所在的楼层，电梯一打开，她就看见姚潇站在电梯口，一副等电梯下楼的模样。

季侑言颓色顿消。

姚潇愣了愣，问候季侑言道："季老师你回来了？我听说你要到决赛才回来的呀？"

季侑言走出电梯，语调上扬道："嗯，我是临时回来的。"

"我有重要的东西落在酒店了，中道回来取一下。"

姚潇假装信服，点头道："噢，这样啊。那今晚季老师你要一个人休息了。景老师有私人行程，明天才回来。"

什么？！季侑言如遭雷劈，笑容垮了。

姚潇走进电梯，笑出了声："我开玩笑的啦。"她狡黠道："不过，季姐你再慢一点，景老师可能就睡下了。"

季侑言羞恼地说道："潇潇，看来你最近过得太滋润了。"

姚潇见好就收，乖巧道："没有没有，季姐我错了。"

季侑言“嗤”了一声，朝姚潇挥了挥手准备加快脚步回套房。她走了一步，又停下来支开林悦道：“悦悦，你和潇潇一起下去休息吧，明早准时上来叫我就好了。”说着，她从林悦手中拉过了自己的行李箱。

姚潇拉住林悦的手，亲切道：“走吧，悦，我们回去睡觉。季姐晚安。”

季侑言颔首，而后留了一个潇洒轻盈的背影给她们。

她刷开房门，刚刚准备进去，就听见景琇清冷的声音远远响起：“潇潇，怎么回……”

季侑言闻声就弯了眉眼，迫不及待地转身看向声源。景琇站在走道口，看清是季侑言后，余下的话自动消音了。

“你怎么回来了？”景琇的声音里带着压不住的惊讶。

季侑言朝着景琇挥了挥手，示意景琇过来，轻快道：“你猜呀？”

她背过身，把门口的行李箱拉进门，而后合上了门。

景琇以为她是有什么不方便自己一个人拿的东西，让她过来帮忙，便顺从地走到了她身边。没想到，除了那一个小行李箱，什么都没有。季侑言噙着笑：“我提早完成了，所以就回来了。”

季侑言觉得自己像是一只没有脚只能不停飞的小鸟，终于找到了一座可以停落的岛屿。柔软，安定，无风无雨。

是安心的感觉。

片刻后，“你明天不是有发布会吗？”景琇问。

“嗯，所以明天就要走。定了早上六点四十五分的航班。”

景琇顿时沉眸道：“太累了，你不应该过来的。”

这么早的飞机，四五点就要起床，根本没有办法睡好。

景琇静静地看着季侑言，提醒：“明天那么早的飞机，你抓紧时间去休息吧。晚安。”

季侑言反应过来，快步拉住了景琇。

景琇挑眉。

季侑言张了张口，急中生智道：“阿琇，我房间好几天都没打理了，怕是落了一层灰。悦悦已经睡了，我自己再收拾，浪费时间。我能……”临到关键，她结巴了。

景琇接她话道：“我帮你一起收拾？”

“不是。”季侑言忐忑道：“我能不能，在你房间借宿一晚？”她越说越小声。

景琇微怔，不发一语转身走了。

季侑言站在原地，不知所措。

“还不去洗漱吗？”景琇忽然又飘来了这么一句。

这是……默许了？！季侑言连忙应道：“去，阿琇你等我一下，我马上就好。”

她把行李箱拖到了自己房间，快速地冲了个澡，并洗漱好换了睡衣，去到景琇的房门口。

景琇的房门是半掩着的。听到脚步声，景琇勉强走到了门口，扶着门把对季侑言道：“不然，你还是睡自己房间吧？”

季侑言的心“咯噔”了一下，刚想问为什么，就发现景琇脸色苍白，神情中是隐忍的痛苦。

她变了脸色，急切道：“阿琇，你怎么了？你脸怎么这么白？”

景琇握着门把的指尖用力得发白，尽力平稳了气息解释道：“我……今天第一天，有点疼……”

季侑言愣了愣，明白了过来，她想到那天景琇冰凉的身体。

“我陪你，我给你暖暖肚子，也许会舒服一点。”

景琇疼得有点站不住，想蜷缩起身体。她转过身，不愿在季侑言面前露出难看的姿态，挺直着脊背，缓慢地往床边挪动。季侑言跟进门，扶着她坐到了床沿。

“你睡这儿，我可能会打扰到你。”景琇额头上是细细密密的汗。

她已经逐渐熟悉这样的痛感了。似乎每次发作都是午夜十二点多，疼痛排山倒海地袭来，疼得完全没有办法睡。

“我不睡这儿，担心着你，也根本不可能睡着的。”季侑言扶着她躺下，给她盖好被子。“喝点热的红糖水？”

景琇摇头：“喝过了，没有用。”

“暖宝宝贴了吗？”

景琇无力地“嗯”了一声。

“那……那要吃止痛药吗？”

景琇艰难道：“不要了。”她不敢多吃止痛药，更不敢吃高效止痛药，怕上瘾。

她那样虚弱，季侑言不敢再引她说话了。她脱了睡袍，关了灯，窝进了景琇的被子里。

景琇整个人像冰块一样。

季侑言用一只手，轻柔地给景琇揉着肚子。

季侑言关心她道：“有舒服一点吗？”

景琇顺着她的话感受，不知道是不是心理作用，竟真觉得疼痛好像缓解了许多。但她还是假装道：“没什么差，我自己睡一会儿就好了。”

季侑言置若罔闻，继续揉着。

景琇怕过分推拒会让季侑言误会，只好妥协地由着季侑言。

“阿琇，过段时间，我们去看看中医好不好？”季侑言怀疑景琇是受伤后体质虚寒，需要慢慢调理。

景琇其实隐约已经知道是什么原因了，她轻轻否定道：“试过了，没有用。我没事的，痛痛就好了。”

过了一会儿，景琇觉得身体慢慢变得暖融融的，昏沉的睡意渐渐袭来，她竟第一次在疼痛发作后，安稳地入睡了。

她的身体慢慢舒展开，像是一只被舒服顺了毛的猫咪。季侑言看着她恬淡的睡颜，却陷入了忧心中。

第三章

凌晨四点半，赶在闹钟响起之前，季侑言自然醒了过来。一晚上，她挂心着景琇，怕自己睡着了会翻转身子，其实没有进入过深度睡眠。

她头昏昏沉沉的，蹑手蹑脚地支起身子，几乎没有发出声响。然而景琇还是警觉地醒了。

“言言……”她低喃出声，向来澄亮的双眸里一片迷糊。

季侑言顿住了动作，回头看景琇，压低声音哄她道：“吵醒你了？我该走了，你接着睡，不要起来。”

景琇秀眉蹙起，抬手要揉眼睛，似乎并不同意。

“闭上眼。”季侑言叮嘱道。

景琇眨巴眨巴眼睛，听话地闭上了。

季侑言心想，阿琇一定是还没有彻底睡醒，才会这么乖巧。她盯着景琇好几秒，确认景琇真的又睡过去了，才下了床，帮景琇掖好了被子才出门。

她回自己房间，先烧了壶热水，而后进玻璃间洗漱，洗了一半，她还是不放心，又放下毛巾，从柜子里翻出了林悦帮她备着的暖水袋，充上了电。

等洗漱完了，她用阮宁薇送她的还没用过的保温杯，给景琇冲了红糖生姜水，加了红枣枸杞，连同着暖水袋一起送到了景琇的房间。

保温杯放到了床头，暖水袋放到了景琇脚下的被子里。

做完这一切，季侑言换好衣服，和林悦两人一起披星戴月赶去机场。

路上，季侑言没有睡意，翻阅着手机，不停地查找补血驱寒、缓解经痛的调养方法和食谱，认真地做了好几个笔记。

景琇再一次醒来的时候，天已经大亮了。姚潇敲了敲门，抱着衣服进门时，就看见景琇已经洗漱好坐在床边了，左右手各拿着一个保温杯，正在喝水。

看见姚潇，景琇吩咐道："潇潇，帮我把这个保温杯冲烫一下，以后用这个吧。"她把阮宁薇送她的那个杯子也找出来了。

姚潇接过，一边烧热水一边奇怪道："阮小姐送了两个吗？"

"不是，另一个是言言的。"景琇平淡道。

从一开始景琇同意和季侑言同住，特意让自己多准备黑森林蛋糕和茶点，姚潇就知道她们和好应该是迟早的事。

果然如此！姚潇对自己察言观色、审时度势的能力表示很满意。

季侑言到了北城，和景琇报了个平安，关心她身体是否还难受。景琇表示没有大碍了，季侑言稍稍放心了。她和魏颐真接头后，就进入了紧张的工作状态。

《瑶华传》是一部由仙侠小说改编的电视剧，自带书粉流量，本来算是一个挺好的"饼"了。当年汪珺婵也算费了一番功夫，才夺下这个资源的。出演的时候，季侑言和男主林锴之都算是上升期的流量艺人，都打算靠这部剧更上一层楼。

但万万没想到，剧拍完了，政策变了，出了一堆限制令，以至于开播的档期一延再延，一直延到了现在。

两年时间对普通行业来说，可能变化并不是很大，但对娱乐圈里的人来说，两年足够让一个人的事业发生天翻地覆的变化了。

爆红与爆黑，有时候也不过是一夜之间。

再次见面，林锴之已经是疑似被前女友锤了家暴的渣男，男配女配们依旧是没有存在感的十八线演员，只有季侑言摇身成为当红视后，一飞冲天。

主创团队坐到一起的时候，平和的气氛中带着一点掩不住的尴尬。导演和编剧们对季侑言的态度与从前明显不同，很是关注她的意见，多了许多客气和尊敬的意味。

然而越是这样，季侑言就越是谦虚平和，并没因为自己的得势就变得傲慢。魏颐真在旁看着，越发欣赏。

对流程的时候，季侑言和男配女配们有说有笑，一如从前。除了和林锴之，她有意地保持了距离。

林锴之察觉到了，识趣地没有再主动凑上前。

对好流程，一众人没有吃饭，直接去到了发布会现场，做最后的准备。

发布会开始后，是常规流程的所有主创人员自我介绍、角色介绍、幕后故事介绍、放映未公开的最新版预告片等环节。

到了游戏互动环节，有一个环节是要求主演们揭开白板上的字条，按照其中的提示进行表演互动。

季侑言一揭，就抽到了要求按照剧中角色的性格，展示一下撩人或者被撩的反应。

这种互动，女主角当然是要和男主角一起才有爆点。林锴之理所当然地被簇拥到了季侑言的身边。

季侑言扶额，表现出恰到好处的羞涩，而后大方表示道："那我选撩人吧。"她解释道："因为瑶华其实是一个对感情比较懵懂迟钝的人，大多在被撩的时候，她其实并不知道对方是在撩自己。"

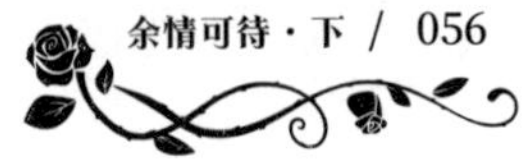

“然后剧里有段时间为避免麻烦，她是穿男装的。不自知地撩人的时候，反而会更多一点。”像是为了有信服力一点，她转过头，朗声问一众女配角们：“姐姐们，你们说是不是？”

她今天是一身利落的西装打扮，为配合服装，化妆师凸显了她眉宇间的英气，这样挑眉一问，神采飞扬，自成风流。

女配们夸张地捂着心口笑道：“她这是已经演起来了吧？不自知地开始撩了吧！”

场下媒体人发出一阵笑声。

笑完还是得搭着男主角林锴之进行表演。季侑言表演了一段剧中的情节，是和男主还是不熟悉的状态时，女主受人之托，夜闯私宅，去搭救传说中命不久矣的“病秧子”男主。

“病秧子”男主凌晔生性傲娇，怀疑女主身份，甚至怀疑她是女采花贼，叽叽歪歪话很多。瑶华人狠话不多，干脆封了凌晔的穴，直接推倒了他，上手摸这摸那进行诊断。

诊断完，她心里有数了，给凌晔说了个药方和需要备好的药材，告诉他自己明日会再来，给他泡药浴。

临要走了，她坐在凌晔床旁，瞅着凌晔的脸，忽然用指腹顺着他的鼻梁摸到了人中，停在了那里。她淡笑道：“都说凌家二公子是大夏数一数二的美男，这么看，是挺像那么回事。”

她是纯粹感慨美色，别无他意，凌晔却看着她出尘的容颜，感受着她指腹的温度，怦然心动了。

季侑言表演的时候很投入，摸林锴之鼻梁的时候，主持人在一旁故意哇哇起哄，林锴之配合地表演出了灼热的眼神。

表演一结束，季侑言就故意笑场打破了氛围。她收回手，不动声色地往旁边退了好几步，拉开了和林锴之的距离。

后面的活动，依旧有一些男女主的互动环节，比如要求林锴之学剧中凌晔对季侑言撒娇，季侑言用现场道具示范瑶华对凌晔的关心方式之类的。季侑言无一不是互动的时候全力配合，互动一结束就有分寸地拉开距离，全力避嫌。

她之所以如此，是因为之前拍戏的时候，她和林错之为了热度，剧组和团队时不时地就会给所谓小道八卦放点边角料，营造出他们有情况的气氛，以至于很多粉丝至今都认为，她和林错之之间应该是有过短暂的一段恋情。

现在剧要播了，季侑言不希望再有任何她和林错之的绯闻传出，更不想给林错之团队任何炒作的机会。

但对粉丝来说，其实不管季侑言什么态度，只要他们同台互动了，她们总能自己找出糖分供给自己。

发布会结束后，所有人员一起享用晚宴，离开的时候已经十点多了。季侑言坐上回酒店的车，这才有时间查阅网上的消息。

很快，她就发现了《瑶华传》的话题广场里，大面积的通稿都是在说刚刚发布会上，如季侑言与林错之的高能互动、季侑言撩而不自知、林错之深情告白季侑言，再配上他们暧昧互动的照片。

预告片下有观众讨论各个角色合不合适，片子色调、特效如何等问题。但还是有另一部分人在讨论，季侑言和林错之是不是之前真的有过一段，发布会上，怎么觉得两人之间气氛怪怪的。甚至有人单独剪了季侑言和林错之的互动画面，表示这过期糖有毒，但还是很甜啊。这条微博，被顶到了很前面。

季侑言戳开了超话排行榜，果然她和林错之的“之言”超话里欢天喜地，排名也突飞猛进，已经跃到了第八名。

不论如何，只要有引子，旧事被重提，总归是不可避免的。季侑言无法开口直接要求魏颐真把这些言论和猜测全都压下去，因为这些都是自发的、正常的、合理范围内的热度。全压下去了，那这剧怕该是一潭

死水了。

她揉了揉太阳穴，发了一条《瑶华传》的宣传微博。季侑言刚想发点什么给景琇，就忽然听见“星饭团”提醒她，景琇登录了微博。

紧接着，又一条提醒：景琇赞了季侑言。

季侑言愣了愣，火速戳开微博，去查看景琇的微博，几乎是同一时间，“星饭团”又一声提醒响起。

这一次，不用看星饭团，她在景琇微博主页里直接看到了景琇的操作。

景琇转发了她刚发的那条宣传微博，配字：

“不见不散。”后面是一个 [勾食指] 的表情。

上一次空降“超话”后，景琇已经很久没有登录微博了，也很久没有用自己的个人微博账号为别人营业了。这样光明正大地帮季侑言宣传新剧，更是时隔多年。

季侑言点开微博评论，看见景琇微博下是一溜的柠檬，还有粉丝的玩笑话：“奶奶，你粉的宝贝终于营业了，哦，不，打广告了”“过分，你只有这时候才记得我们，爱情骗子 [大哭]”“好绝一女的，上来了也不发个自拍 [委屈]”……

季侑言看着自己再一次跟景琇在微博里有了互动，除了欢喜，还有内疚。曾经会让她不安的粉丝言论，转变了风向，原来是这样的味道。明明是一件开心的事情，自己过去为了那些不重要的人和事，究竟给景琇带去多少难堪和委屈。

该下车了，季侑言却没有动作，叫住了正要开门的魏颐真：“魏姐，阿琇转了我的宣传微博，我可以公开回复吧？”

魏颐真没有马上答复，谨慎地看过了景琇的微博才说：“可以。”圈中人互相宣传，是正常操作。

季侑言喜笑颜开，跟着魏颐真下车进酒店。

路上，她在微信上告诉景琇“我看到微博了”，后面跟着一个可爱的表情。景琇很快地就回复了她，转移话题问她：“回酒店了？”

“嗯。”

“那补眠，早点睡，晚安。”景琇叮嘱道。

季侑言低笑，她发现景琇好像对让她早睡很有执念。迎着冷风她也觉得很温暖了，有人关心的感觉真好。

进电梯前，她答应景琇道：“好，晚安。”

但事实上，她并没有做到。她回到了酒店房间，洗完澡吹完头发，爬上床拿了手机，就不舍得再放下了。

景琇转发她的那条微博后，陆陆续续地，和景琇同公司的光娱旗下艺人、和景琇交好的圈中人，还有一些和季侑言交情平平的明星们都转发了这条宣传微博。不过几个小时，这条微博的转发量就逼近了百万。

季侑言不由得感慨景琇的号召力。她谦逊地回复了每一个转发的圈内人，比了个心，感谢支持。

第二日，季侑言舒服地睡到了自然醒。她下午才乘飞机回延州看望父亲，第二日再去海城拍摄广告。

她伸了个懒腰，去摸手机，意外地发现景琇已经给她发了微信消息。

季侑言打开，结果是景琇责问她：“不是说早睡吗？”

季侑言心虚地摸鼻子。她打开微博想看昨晚的消息，试图转移话题，不经意却扫到了热搜上的“景琇首演话剧”。

季侑言点开词条，发现是北城国家剧院公布了上半年的剧场计划，官宣景琇饰演话剧《惊雷》的女主。

有一瞬间，季侑言怀疑自己是不是记漏了什么。

在梦里，景琇参加完这个综艺就飞回了法国，鲜少露面，直到《夜色中的向日葵》开机后，才再次回国工作。

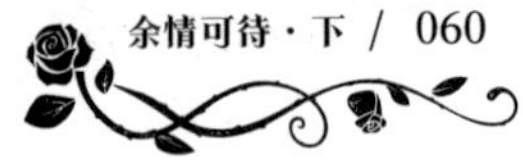

现实中，随着她这个变数的改变，景琇的安排才跟着发生了变化吗？

可是仔细想想又觉得不对，这样的计划，通常都是早早就在洽谈，官宣前几个月就已经敲定下来的。

景琇是在什么时候改变了主意？季侑言一时没有头绪。

她按下疑惑，和景琇另起了话头。

许久过去了，景琇没回她。季侑言猜测景琇应该是在忙，不再守候，先去洗脸刷牙了。

直到下午，季侑言上飞机了，给景琇留言：“阿琇，我回延州了，如果我没有回复，那就是在飞机上。”景琇十几分钟后才在北城的机场落地。

她就是不想打乱季侑言的行程，才没有提前告诉季侑言，结果真的错过了。

她回复季侑言：“注意休息，注意身体，注意安全。”

而后，她上了陶行若特意来接她的车，两人一起回老宅给外祖父林兆元祝寿。

路上陶行若和景琇闲聊：“我这两天一直在老宅里陪外公，看他们接待了几批客人，看得出来，形势不太好。”

景琇的母亲是林兆元和发妻所生，当年两个老人是门当户对的父母之约、媒妁之言，婚后不久，林兆元就去了他乡。两人感情渐薄，林兆元提出离婚，发妻带着独生女走了。之后，林兆元又娶过两任妻子。

景琇自小跟着母亲在法国长大的，因为对林兆元并不亲近的缘故，景琇成年前没有见过林兆元几次，更没有参与林家的家族经营。

“怎么这么说？”景琇淡淡地问。

林家子弟内斗得厉害，陶行若一贯谨言慎行，也就对景琇才能放心地说几句：“比起去年，今年的门庭冷落了许多，舅舅他们还……”陶行若摇头——“扶不上墙”。

景琇虽不参与，但却也听得出陶行若话里的意味。她轻叹了口气，开解陶行若道：“外公毕竟是老了。”

“是啊。”陶行若跟着叹息了一声，接着又舒眉道，“我在意的也不是这个了。我就是给你打个预防针，让你有个心理准备，以后有些事可能没有那么方便了。”

景琇沉眸道：“好，我知道了。”

陶行若见她若有所思，伸手揉了一把她的头发，温声道：“你也别想太多，再怎么样，还有我，还有陶家护着你呢。”

景琇躲开她的“蹂躏”，蹙眉道：“开车呢。”

陶行若不满地嘟囔道：“小时候中文都不会说几句，还巴巴地要跟在表姐身后，多可爱。”

沉闷的气氛一扫而空。景琇莞尔，算是默认了她的抱怨。

车子驶进老宅。

因为晚上有家宴，所以舅舅舅妈、姨夫姨母、表兄弟们差不多都回来了，济济一堂。看见景琇来了，二舅妈假笑欢迎道：“哟，瞧这谁，我们大明星来了。”

景琇一听她这声音，一看这满屋子亲切又虚伪的面孔，脑袋就有点疼。难怪她妈除了和陶行若一家来往，从不爱和这些亲戚打交道。

她被拉着在大厅里和亲戚们虚与委蛇许久，陶行若才找了个机会解救她，告诉她外公在楼上的书房等她。

景琇如蒙大赦，转身就上楼去找林兆元了。

林兆元瞧见了他最宝贝的外孙女，卸下了平日里的威严，一边给她泡茶，一边慈眉善目地关心她之前的伤，嘘寒问暖。

景琇一一回答，让老人安心。

“肖迭被押去美国了，他老头立了军令状，十年内不会让他回国，

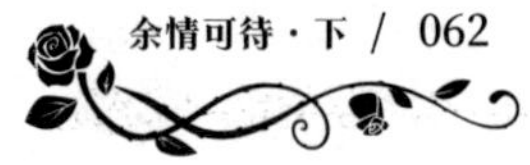

娱乐圈这一行，也永不涉足了。”老人转了转大拇指的扳指，冷笑道：“太便宜他了。”

他承诺道：“琇琇，他会受到应有的惩罚的。”

景琇想着陶行若在车上和她说的话，平和道：“外公，如果为难的话，不用强求。”

老人慈爱地玩笑道：“外公虽然老了，不比从前，但我们琇琇，也不要瞧不起老人家啊。”

景琇不好意思地抿唇笑。

老人像想起了什么，又正色道：“你先前让我帮你找的人，有一点眉目了。”

景琇敛了笑，心提了起来。

“在云坝那一带有人见过，但我们过去的时候，大师已经云游去了。根据描述，应该是你要找的那个。”老人遗憾道。

景琇有些失望，但她还是强打起了精神安慰老人道：“没事的外公，不急，我也只是听说的，我们慢慢找就好了。”

老人无奈地拍拍景琇的手。随即，他收回手，从自己的中山装胸袋中取出了一个黄色小巧的符袋交给景琇，“这是听你说了以后，外公上真济寺求的，法师说能保佑你，你随身带着试试好吗？”

他们本都不是迷信的人，可她说了，外公就信了，并全力地帮她。

景琇心暖，双手接过，乖巧地应下了。

景琇把符袋收进了衣服的内袋，与一白一红两块小巧的和田玉平安扣放在一起，贴身带着。

季长嵩已经平安出院了，季侑言抵达延州后，和林悦兵分两路，低调地去了父母的住处。钟清钰知道她要回来，虽然没有什么明确表示，但看晚饭的丰盛程度，还是让人感到她没有言明的欢喜。

这是一家三口时隔多年再次在同一张饭桌上吃饭。室内温度暖和，桌上的气氛却凉飕飕的。

沉默无声，只有碗筷的碰撞声偶尔响起。

季侑言浑身不自在。如果是以前，这尴尬的局面大概会持续一整席晚饭。但基于多年应酬的经验，还有希望能缓解关系的心愿，季侑言低头做了那个打破僵局的人。

她夹了一筷鱼肉，夸奖鱼很新鲜，问钟清钰是什么鱼。钟清钰有些意外，随即温和地答复了她，还多说了句是在哪里买的，季侑言就顺着问下去，远不远，怎么过去，而后，话题便如她所愿地发散开了。

季长嵩在一旁静静地吃着，不发一语。

钟清钰给季侑言使了个眼色，季侑言领悟。她状若自然地和季长嵩搭话道："爸，妈说你们想换一辆新能源汽车？"

季长嵩顿住筷子，抬起眼皮看她。静默了两秒，他应道："嗯。"

季侑言试探性道："我之前代言过一款，所以了解过一点这个市场。爸你想要什么样的，大概什么价位？纯电动还是插电式混合动力？"

她是故意提到代言这个话题的，想试探一下现在季长嵩对她工作的态度。

季长嵩回她："我和你妈两个人代步用的，没必要买太好的。要混合动力的。"

季侑言见他神色平平，松了一口气。她就着这个话题和季长嵩谈了下去，最后说到延州充电桩设施的配备上，一言不合，在新能源汽车的便利性和性价比上，谁也说服不了谁，差点又要吵起来了。

季侑言察觉到苗头不对，连忙打住了，季长嵩似有所觉，跟着沉默了。喝了口汤，他忽然主动开腔道："代言需要了解这些？"

季侑言惊讶地看他，他又低下了头喝汤。

笑意渐渐爬上季侑言的唇角，她坦然道："别人会不会了解我不知道，

我会尽量都了解的。一方面是为了了解产品的口碑和质量，避免因为代言了不当的产品而产生负面新闻；另一方面，也算是为了拓宽自己的知识面。”要在饭局上八面玲珑，并不是一件容易的事情，你至少要保证，别人说的任何话题，你都能搭上几句话，所以，你就必须什么都知道一点。

季长嵩微皱眉头，像是老师在听学生做报告的模样。小时候，他检查季侑言功课的时候就是这样，季侑言被他看得莫名紧张，又带着莫名的怀念。

“是应该了解。”他语气认真道，“但不应该只局限在担心发生负面新闻上，你这是典型的利己心态。你们作为公众人物，影响力越大，号召力越大，就越应该懂得谨慎克制地行使这些能力，以免误导别人。你应该有的是这样的觉悟。”

二话不说，就上纲上线，季长嵩一贯的毛病。但好歹认可他们这个行业的人是公众人物，不再是以前轻蔑的“戏子”了。

季侑言辩白道：“我有的。我还没来得及说，你先说了嘛。”

从前挨季长嵩批评时，不管心里认不认，她总是一声不吭，被逼急了就干脆认错。季长嵩的松口，给了她勇气，让她第一次放软了语气解释。

季长嵩本来还想说什么，被她突如其来的撒娇闹得卡壳了。

上一次，季侑言这样对她撒娇是什么时候？季长嵩竟完全记不清楚了，是三岁，还是五岁？好像从她开始学琴起，又或者是从她上学起，他是她的父亲，也是她的老师，他们父女的关系就越来越生疏，季侑言在这个家里的话也越来越少。

伸手不打笑脸人，季长嵩缓了脸色：“你知道就好。”

顿了顿，他语重心长道：“不管做什么，都要记着，干一行、精一行、敬一行。我从小就教你要有敬畏心，这颗心，你不管走多远，站多高，都要牢牢记着。否则，总有一天会栽大跟头的。”

这样以长辈、以过来人口吻的教诲，从前季侑言最是反感。而今季侑言学会了往好处想，只听自己想听的。不论如何，这都算是季长嵩对她的关心吧?

她温顺地应他道：“我一直记着的。就像回来前，我刚参加的开播发布会……”她和季长嵩说起工作上的事，季长嵩听着，时不时点评两句。

好歹有点温情的样子了。

饭后，季长嵩和钟清钰下楼散步，季侑言回房间休息，第一时间就想把好消息告诉景琇。

她语音和景琇说了晚饭时季长嵩关心她工作的事，感慨季长嵩好像没有以前那么固执难沟通了。

景琇秒回了她：“那很好。”

季侑言猜测景琇能收听语音消息，应该不是在工作状态，拨出了视频通话请求。

如她所料，景琇接通了。

景琇的背景，像是在一个装潢古朴厚重的室内，季侑言奇怪道：“阿琇，你不在陵州吗？”

“嗯，我回北城了。”

季侑言错愕：“啊？什么时候？”

景琇平和道：“什么时候不重要，你应该回去看叔叔。况且，有收获的不是吗？”

季侑言明白景琇的体贴。她关心道：“吃饭了吗？”

“没有，还有一会儿吧。”

季侑言看着对面的奖状墙，狡黠道：“阿琇，你要不要参观一下我现在的房间？我爸妈把它布置得和我以前住的房间几乎一模一样。”

她们相识多年，季侑言始终没有邀请她进入过自己的领地，景琇当然想看。

季侑言把镜头转成了后置摄像头，就近开始道：“这是我的床，你上

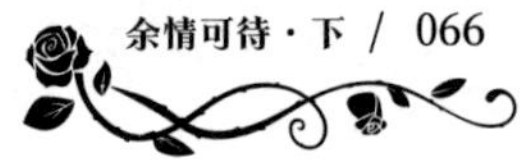

次已经见到过了。”

景琇站在窗边，“嗯。”

“这张床比我以前睡的那张大，一米八的。”

“看出来了。”

景琇又问：“对面墙壁上的是什么？”

季侑言顺着她道：“是奖状，你看得清楚吗？”

她给景琇展示书柜、书桌，甚至细致地打开了抽屉和柜子，“我之前打开发现里面竟然真的都装着东西，吃了一惊。”

“吃惊什么？”

“吃惊我爸妈好像是直接把我以前书桌书柜里的东西都搬过来了。”

季侑言介绍道：“你看，这是我拥有的第一个游戏机，大概八九岁的时候，是我攒了好久零花钱偷偷买的。那时候每天都想着把游戏机藏哪，把我愁得一个月瘦了好几斤。也是这个游戏机，让我明白了，我没做坏事的天分，于是就乖乖收心当个听话的好孩子了。没想到，时隔多年，居然还是东窗事发了。”

景琇忍笑。

“最可怕的是，他们居然还帮我把这个也搬过来了……”说着，季侑言从抽屉里掏出了一个拆封了的烟盒。

她透过屏幕，看着季侑言给她解说的那些陈旧物件，仿佛可以从中触摸到那个青少年时期的季侑言。

宛如陪着季侑言的一次时光旅行。

“带锁的笔记本是什么？”景琇主动问道。好高的一叠。

季侑言抚摸着最上面的一本：“是我从小写到大的日记本。”

季长嵩要求她必须写日记，一方面是为了锻炼她的书面表达能力，另一方面，是要让她清楚自己每天的时间是怎么过去的。

“从小？”景琇追问道，“七八岁也写吗？”

季侑言点头，“写啊。”

景琇轻轻道：“有时间可以回顾一下，也许会有意外收获。”

季侑言莞尔：“我也是这么想的。”很多事，随着阅历的增长，回想起来的感觉也不同。季侑言觉得看自己以前的日记，应该是一件有趣的事。

“可以看看你以前的照片吗？”景琇生出兴致。

季侑言大方道：“当然可以了。”她翻出了属于她自己的那一本相册，一张一张，从满月照起，翻给景琇看。

一屏之隔，天涯咫尺，季侑言翻启她的过往，景琇凝神细看那些她不曾参与的时光。

一直翻到她上一年级的照片时，景琇忽然低笑出声。

季侑言看着照片中眉清目秀、笑得可爱的自己，不解道：“阿琇，你笑什么？”

景琇含糊道：“没什么。”

明明就有什么，哪怕景琇随便说个理由都行，可景琇就是不说。直到翻完相册，季侑言还在纠结这个问题。

有用人来敲门，提醒景琇可以下楼吃饭了。景琇想到当年她卖关子后，季侑言这么多年也没发现过，便给季侑言留了条线索。

她说：“谜底在我刚刚说过的话中。”

好吧，果然有什么！但季侑言百思不得其解。

直到两天后她乘飞机回陵州，机上百无聊赖，想看点什么，才忽然福至心灵有了头绪。

一下飞机，她就打电话给钟清钰，让她寄快递过来。

季侑言回到陵州，是决赛直播录制的前一天。当天傍晚彩排完，进入决赛的 24 名学员和 4 位导师去赞助的火锅店共进晚餐，顺便录制誓师宴的素材。

饕师宴上，节目组播放了早就准备好的回顾视频，是学员一路走来的历程，还有家人和朋友录制的加油打气视频。大家一边吃火锅，一边观看。

这样的时刻，似曾相识。季侑言和景琇并排坐着，看着屏幕里闪过的一幕幕，相视一眼，都从对方眼中看到了隐约的怀念。

包厢里的气氛里，沉闷中带着伤感，景琇不知道在想什么，微蹙眉头。季侑言挪动着手，拍了拍景琇搁在桌面上的手背。景琇看她，季侑言对她从容一笑。

一旁的苏立航负责活跃饭桌气氛，视频播放得差不多了，他需要引导大家把该说的都说了，该抖的包袱都抖了，这样后期才有素材可剪。

不一会儿，苏立航就把学员们逗得哄笑连连。

季侑言这才跟着说道："我看着大家的回顾视频，触景生情，想起了我和景老师当年参加比赛时的场景。有一期也是这样回顾历程，那时候我和景老师也是这样并排坐着，互相打气。一晃眼这么多年过去了。"

领了任务的学员找到了机会把自己要说的话题抛出来了："老师，那你们从比赛到现在，觉得自己进圈这些年最大的变化是什么？"

景琇淡淡一笑，平静道："变老了。"

学员们愣了一下，感慨道："哇，景老师太过分了！""给我景老师这样的美貌，让我再长二十岁都行"。另一人"毒舌"那个人道："你可得了吧，你现在看起来就比景老师长二十岁了。"对方炸毛道："哇，许三三，你怎么说话的，我要打死你。"

大家闹作一团，气氛活跃开了。有人追问季侑言："那季老师你呢？工作这几年，觉得自己有什么变化？"

"我也有问题想问梁老师。"

大家七嘴八舌的。

梁镇主持大局道："这样吧，我们所有人，都可以向在场的导师提一个问题，只要不是太过分的或者涉及隐私的问题，我们都会尽量回答，算是这一场师生历程的总结，怎么样？"

大家都饶有兴致地答应。

于是季侑言先回答了那个向她提问的学员："我觉得，是心态变化吧。现在的心态会平稳从容很多，没有刚出道那时候那么慌张不安。打个比方吧，如果说这些年的经历像是一场自驾游旅行，那刚出道的时候，我觉得我是那个坐在副驾驶的人，方向盘掌握在别人的手里。现在，我更觉得我是司机，方向盘在我自己的手里，往哪走、什么时候走、什么时候停，我都可以自己参与掌控了。"

她笑说："我希望大家都可以放平心态，不要被外界的声音和外人的干涉牵着走，也不要因为走太远了，而忘记了出发时的目的地是哪里。"

"初心不忘，做自己人生的掌舵者。"

学员们都是在这个圈子里摸爬滚打过一段时间的人，深有感触，赞同地鼓掌。

景琇对季侑言能说出这番话，有一点惊讶，又有一点意料之中。如果是几个月前，她绝对不相信季侑言说这话不是场面话。但现在，她看季侑言沉稳的神色，知道季侑言是发自内心的。

她依旧疑惑季侑言为什么突然就和几个月前判若两人，但她渐渐相信了，季侑言是真的找回了那个曾经迷失的自我。

轮到景琇回答问题了，是一个学员问她："景老师，你是怎么看待现在流量艺人这个名词的？像我们这样选秀过来的，出道后大概率都会被贴上这个标签，但现在大家说到这个词，好像都普遍带着一点贬义的感觉。"

这个问题算是很尖锐了。

季侑言的心提了起来，觉得节目组是不是要搞事情，这种问题绝对

是学员领了台本才敢问的。

景琇泰然自若回答道："有流量是好事，流量代表着有热度和有人气，怎么能算贬义词？"

"可是大家好像一提到流量，就会想到没有演技、靠脸吃饭。"

"流量和演技本没有必然矛盾的，"景琇淡淡道，"流量不是原罪，空有流量暂时没有实力的，就只能归类到流量艺人，这才是流量被污名化的原因。"这句话，加了个"暂时"就留有余地又不失犀利了。

一针见血，大家都安静了。

景琇露出了轻松的笑："所以，有流量的艺人都没有演技吗？并不是的。只是有演技又有流量的艺人，大家都更愿意讨论他的作品而不是讨论他的流量如何了。我也是从流量艺人过来的，做流量艺人没什么不好的，至少证明了你受粉丝欢迎，但不要做一个只满足于流量的艺人。"

"我希望大家以后都是有流量的人，但希望是那种观众看到你们，首先想到的不是你们的流量，而是你们精湛的表演的人。流量艺人的正名，在座各位未来也可以献一份力。"

"难道你们没有信心以自己的实力能担得起自己的流量吗？就算是一时担不起，未来也没信心担得起吗？"

景琇问的语气很平和，大家却被问得群情激昂。

"我们当然有了。"

梁镇和苏立航对景琇刮目相看，看不出来景琇嘴皮子也挺溜的。

景琇难得主动举杯敬所有人道："学无止境，大家共勉。我祝大家从这个节目出发，从此前程似锦。"

大家纷纷鼓掌，起身碰杯敬酒。

晚宴结束后，学员们纷纷向导师们送分别的礼物，而后排着队向他们索要拥抱、合影还有签名。

等学员们都走光了，季侑言和景琇同乘电梯下楼，季侑言忽然伸出手摊开在景琇面前，狡黠道：“景老师，景老师，我也想要一个你的签名，还有还有，我能不能，要一个景老师你的电话。”她故意学着刚才学员向景琇索要签名时的语气。

景琇扫她一眼，眼神仿佛在说：“你很无聊”。

季侑言轻笑，刚要收回手，景琇就垂下雪白的脖颈，左手握住她的手腕，右手在她的手臂上，一下一下，以手指代笔，认真地书写着。

十一个阿拉伯数字书写完，电梯也正巧抵达一楼。

景琇放开了季侑言的手臂，抬眸轻勾唇角道：“给你了，看你自己记不记得了。”说完，她就步履轻盈地出去了，留给季侑言一个娇俏调皮的背影。

季侑言哑然失笑，她跟着走出了电梯，而后站在原地，取出了手机。

不过三十秒，已经走到门口的景琇听到手机响起，取出，来电显示是她早就存好的“言言”两个字。

她回过身，季侑言从不远处朝着她走来。“其实我记性挺好的。”

景琇凝视着她，转过身，边走边问：“那你猜到我之前留给你的谜底了吗？”

季侑言帮她推开门，胸有成竹道：“我明天就会知道的。”明天快递就会到了。

景琇轻哼，明显是不相信的样子。

季侑言其实还是有点没底，怕被打脸，她没有再逗景琇。她跟着景琇上车，暗暗下决心，明天一定要把谜底翻出来。

第二日，钟清钰帮她寄来的日记终于到了。季侑言在化妆室，百忙之中，还是抽空一目十行地翻阅了七八岁时候的那一本日记，找寻线索。

忽然，不经意地，她翻到了什么，整个人端坐起来。随即，她捂住了嘴，是显而易见的惊喜。林悦不明所以，追问季侑言怎么了，季侑言但笑不语。

决赛结束，《全民大制作》圆满收官，季侑言和景琇吃完庆功宴回酒店，

因为喝了不少酒，都有一点酒劲上头。

姚潇和林悦直接在自己房间的楼层出电梯了，季侑言和景琇结伴上楼。

季侑言刷房卡进门，景琇跟在后面进门。

“我去洗澡了，你也早点休息吧。”景琇和季侑言道晚安。

季侑言合上门，转身就拉住了景琇的手腕。

“你喝醉了吗？”景琇轻轻道。

季侑言摇头，眼睛亮亮道：“阿琇，我知道你那天在笑什么了。”

景琇问：“在笑什么？”

“我猜对的话有没有奖励？”

景琇莞尔：“你先猜。”

有戏！季侑言垂眸凝视着她，低柔道：“我猜，你小时候去过延州。”

景琇琥珀色的双眸一瞬间亮起，是期待的意味。

季侑言：“我们见过对不对？”

“小哭包。”她语调低沉。

季侑言想起来了。

七岁那一年，她在延州崇心门口捡到了一个迷路的法国小女孩。小女孩长得太漂亮了，引起了围观，可是小女孩不会中文只会哭。她带小女孩找到了正在找她的工作人员，途中，她送了小女孩一只眉心一点红的熊猫挂饰。

随着季侑言话音落下，景琇唇角绽出笑容。她明知故问道：“谁是小哭包？”

“你说谁是小哭包？”季侑言尾音轻扬。

景琇一眨不眨地望着她，唇角是想要扬起却又极力压下的弧度。

季侑言低笑道：“21 年前的一个夏天，有一个眼睛大大的、长发卷卷的、穿着白色小裙子、像芭比娃娃一样漂亮的小女孩，跟着母亲从法国来到延州，因为不听话而走丢迷路了。我见到小女孩的时候，小女孩正抱着崇心门下的石狮子，哭得梨花带雨，小脸通……”

“红”字还没有出口，景琇就捂住了季侑言的嘴：“不准说了，我知道了。”耳根微微泛红。

她从小就不是爱哭的性格，当时哭得那么委屈，完全是被吓的。

本来在语言不通的异国他乡走丢，景琇就很慌张了，她找了好一会儿，确定自己找不回原路了，忍着哭意想在原地等秘书回头来找她。然而，她刚站了没一会儿就有路人上前来摸她的头，而后，越来越多路过的人过来摸摸、捏捏她的脸，想逗她说话。她被这些人的热情吓到了，不知所措，结果人越围越多。

最后不知道怎么了，就演变成了一个五大三粗的男人抓着她的手腕，拉着她就要走。她根本听不懂他们在说什么，更不知道他们要带自己去哪，又蒙又慌，只能本能地抱住了石狮子不肯走，哭着用法语要妈妈。

后来，小小的季侑言背着书包从人群中钻了出来。她上前和围观的人说了几句话，而后站到她面前对她说了一句法语：“你别怕。”

她挡在了那群奇怪的大人面前，像从天而降的小仙女一样。

景琇终于听见了熟悉的语言，愣了一秒，随即莫名地更委屈，眼泪掉得更厉害了。季侑言装成可靠的小姐姐模样，抱着她，轻拍她的背，柔声安慰她：“你别怕，别哭，他们只是想带你去警察局找妈妈。”

景琇的哭泣这才慢慢停了下来。

再之后，季侑言疏散了那群大人，牵着景琇的手，按照景琇的描述，带景琇回到了她走丢的那个广场。她找广播播送了寻人启事，帮景琇找到了正在找寻她的工作人员。

一路上，景琇一直偷看季侑言的背影，看着她书包旁的熊猫挂饰随着她的走动一晃一晃的。广播后等待的时间里，景琇细声细气地问季侑

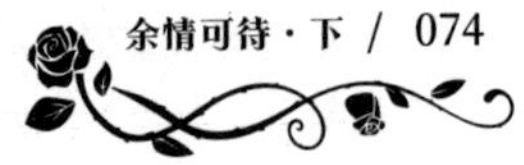

言那挂饰是不是熊猫，季侑言把书包脱下来，抓着熊猫给她看，奶声奶气地说是的。景琇发现熊猫和她在绘本上见到的不一样，眉心有一点红红的，季侑言告诉她，挂饰是她外婆做给她的，因为她小时候的照片上，额头上都有这样的一点红，所以她让外婆给熊猫也都点上了。找景琇的人匆匆地赶来了，季侑言该回家练琴了，转身就要离开。景琇不舍地伸手想要挽留她，却抓到了她书包上的熊猫。

季侑言以为景琇是喜欢，大方地从书包里取出了另一只点着红点的熊猫送给她。

“我要怎么找你玩？”景琇问她。

季侑言知道她快要回法国了，鼓励她道：“等你学好了中文，带着它回来就能找到我了。”

她挥了挥手，在景琇的目送中消失在了人海。

景琇的神态，表明了自己的猜测是完全正确的。季侑言拉下景琇捂着她的手，“好，我不说了。”季侑言轻声笑。“那你说，我算不算猜对了？”

景琇垂下脖颈，几不可闻地“嗯”了一声。

季侑言问：“那我的奖励呢？”

景琇微仰着头：“那你想要什么奖励？”

季侑言红唇动了动，刚准备试探性地张口，景琇却猝不及防地伸手搂了一下她双肩，还没有反应过来之时，景琇已经迅速地松开，站到了她两步之外。

季侑言不明所以，委屈又可怜。

景琇不为所动，眼里有狡黠的笑意：“有奖有惩，这是你忘了我的惩罚。”

季侑言这才反应过来，下意识地想要辩解：“我没有，我就是……”她边说边走近景琇。

景琇却用一只手指头抵着季侑言的肩膀，拒绝她凑近的动作，笃定道：“你就是忘了。”她都暗示过季侑言好几次了，季侑言却一点反应都没有。

又凶又可爱。季侑言哑然失笑。她听话地站住不动了，双手合十认错道：“阿琇我错了，我怎么能把这么好看的小仙女给忘了。我其实不是真的忘了，就是记忆暂时被封印了。”

景琇轻哼，装作勉强不和她计较的模样。她收回手，淡笑道：“好了，时间也不早了，明天还要赶飞机，去休息吧。”

季侑言拉住景琇，景琇蹙眉表示疑惑。

“阿琇，我今晚……能不能住你那儿？”

景琇妥协：“先回你自己房间把酒气洗了。”

“好，没问题。”

景琇忍住笑，装作淡定地转身回房了。

季侑言回到自己房间，真的认认真真地把自己洗得一点酒气都闻不到才去到景琇的房间。她敲了门进去后，不再问询。

景琇关了灯，两人并排仰躺着。

有点睡不着。

季侑言轻声地和她闲聊：“阿琇，所以你第一次看到我的熊猫时，是不是就认出我了呀？”

景琇淡声道：“嗯，不过不确定。”

“所以你后来才问我会不会法语？”

“嗯。”

季侑言喜上眉梢：“所以你一直都记着我的吗？你是因为我学的中文吗？”

景琇有点不想回答了。但她沉默了两秒，还是坦白道：“算是吧。”景舒榕因为和国内的亲戚不怎么往来，所以不是很在意景琇的中文学习。景琇确实是因为季侑言而燃起了对中文和中国的向往。

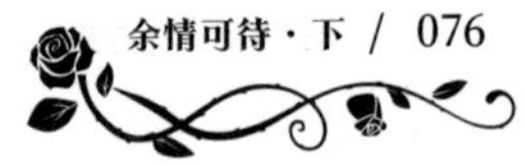

“那是为了找我，回中国的吗？”

“算一部分原因吧。”另一部分原因是她确实喜欢演戏，但法国演艺圈华人的机会太少了。

季侑言美滋滋地总结道：“所以你一直记着我是不是？”

太嘚瑟了！景琇听不下去了。她羞恼道：“我困了，你别说话了，快睡觉。”

季侑言发出一阵闷笑，景琇背过身，不想搭理季侑言。

季侑言望着她的背影，说道：“好，我不说话了。晚安。”

“晚安。”

就着这个姿势，她们渐渐地睡了过去。

第二日，她们被各自的闹钟吵醒后都不想起床，又多赖了一会儿床，结果季侑言穿着睡衣打开门，正好撞见姚潇。

姚潇体贴地问：“景老师是不是还没起？我过会儿再上来？”

“我起了。”景琇冷不丁地出现，一字一字道。

她塞了个笔记本到季侑言怀里，叮嘱道：“上了飞机再看。”

季侑言低头打量，发现是自己在飞机上被景琇顺走的那个笔记本。

她用眼神询问景琇，景琇却转过身回房洗漱了，季侑言只好先按下好奇心。

上午十点二十分，她乘上了飞机，迫不及待地打开了笔记本，终于看见笔记本里写了什么。

是画掉又补上，端端正正的“正”字和一个形象可爱的进度条。

季侑言数了数，正字是 16 个。

进度条上却涂掉了 80%，写着：90%。

第四章

回到久别的北城家中，季侑言稍做整理，在床上舒服地昏睡了大半个下午，直到钟清钰打来电话。

钟清钰是和她交流季长嵩身体恢复情况的，顺便拐弯抹角地问她工作安排。话里话外，好像是希望她能够回延州过年。

回延州过年对季侑言来说是一件很久远的事情了。她望着窗外要沉入江中的夕阳，吸了吸鼻子，主动接了话茬道：“妈，那我今年春节能休息的话，回去和你们一起过年？”

“你方便就好。”钟清钰语气里有压不住的喜悦，说出口的话语却还是硬邦邦的。

季侑言了然轻笑，没有和她计较，顺势延续开了话题。

挂电话后不久，魏颐真和林悦带着食材来找她，季侑言亲自下厨款待，三个人一边忙碌一边闲聊下个阶段的工作安排，大家有说有笑，是久违的轻松自在。正好是《瑶华传》的首播，三人一起看了一集电视剧，魏颐真和林悦见时间不早了才道别回家。

送走了两人，房子安静了下来，季侑言坐在沙发上，再一次从包里翻出景琇交给她的那个笔记本。

她猜测是她问了景琇进度之后，景琇才画上的这个进度条。在她回陵州与景琇见面之前，进度条是 80%，她从延州回来后的那段时间，友谊的进度就飞快地增长了 10%？

规则是什么？加分点在哪儿呢？季侑言摸着唇低笑。

但不论如何，她看着笔记本上景琇一笔一画认真写下的“正”，在这空荡荡、静悄悄的房子里，她感到了失去已久的踏实感。

她的所有努力和改变，景琇都看在眼里、放在心里。她们之间的友情，不是她的一厢情愿，是她和景琇的双向奔赴。

景琇这种无声的鼓励，让季侑言觉得贴心又安心。

她起身回到书房，打开电脑，取出了数位板，照着景琇画的进度条复制了一段进度条，而后行云流水般地在进度条 90% 处和终点处各画了一个 Q 版的小人。90% 处的小人代表她自己，小人胸前捧着一束花，脚下踩着三只小鸭子，一副要冲向终点处的模样。旁边画了一个景琇。

她自觉十分满意，细致地给小人上了色，而后把图片发给了景琇。进度条下还配着一行飘逸的字迹："路漫漫其修远兮，吾将上下而求索。"

景琇正在机场等候转机，本在用手机看《瑶华传》，看到消息提示季侑言找她，唇角不由自主就有了弧度。但她打开消息，瞅见图片小人上自己那张过分热情的脸，又觉得季侑言太得意了。

她淡定地回复了季侑言两个字："稍等。"

季侑言开心地回了个"乖巧坐等"的表情。

结果等了五分钟，景琇回复她了。她转发回了季侑言发给她的那张图片。

季侑言以为她发错了，打了个问号，景琇回了一个让她有点怵的微笑表情。

季侑言不明所以地戳开了景琇发来的图，大图一看才发现哪里不一样了——景琇给图片上进度条 90 到 100 之间的线段分段了，然后还在右下角补了一个比例尺：1:1000000。

比中国地图的比例尺还夸张？！季侑言整个人都不好了。

她回了个"狗子抱树"的委屈表情，而后，机智地给自己脚下的鸭子 P 上了个风火轮。

景琇被逗得捂嘴忍笑。

该登机了，景琇通知季侑言道："我要登机了。"

季侑言给她发语音：“好，路上注意安全，到了和我说一声。”

结束聊天后，季侑言盯着景琇给她画的那个比例尺，琢磨着自己是怎么惨遭滑铁卢的。她给景琇留言：“不喜欢我画的小人吗？”

她以为景琇应该已经关闭网络了，没想到不过几秒，她突然发现景琇头像变了。

变成了自己画的那个Q版景琇，只不过，景琇的脸部被马赛克了。

季侑言微愣，随即忍俊不禁，发了一串“哈哈哈”。

景琇没有回复季侑言，开启了飞行模式登机了。

季侑言给景琇发撸猫猫的表情，而后她顺势从书桌上抽出了不久后就要进组拍摄的《人间有信》剧本，开始熟悉和揣摩人物。也许是因为心安定了，季侑言支着下巴，在从前觉得冷清的夜、孤寂的灯下，感到了通体的温暖。

第二日，魏岘真和季侑言通报《瑶华传》首播收视率勉强还算令人满意，微博话题热度还不错，后续加大宣传力度，应该还能再涨一涨。季侑言想到宣传方案，叹了口气，做好了挨骂的心理准备。

下午她独自驱车去见顾灵峰和薄雪，深聊了关于《夜色中的向日葵》配乐方面的事情，三人相谈甚欢，薄雪还临时起意，带着季侑言一起去了另一位音乐界前辈发起的交流晚宴，引荐她认识了许多音乐界大腕，拿到了一张这个圈子的入门券。

回去当晚，季侑言灵感狂涌，像打了兴奋剂一样，熬夜做出了第一版曲。她改到中午，才自觉满意地发给了薄雪，倒床睡觉。

没睡两个小时，林悦拉她去机场，飞往西城准备第二天要录制的《瑶华传》剧组的综艺节目。

综艺上的所有环节都是事先沟通好的，但是，综艺不比拍戏，虽然流程是固定的，但具体的走向却有着很大的变数，需要根据现场嘉宾和观众的反应随机应变。

这期综艺的开场是季侑言和林锴之合唱《瑶华传》的主题曲，因为魏颐真这边和节目组谈的要求是真唱，节目方不想得罪季侑言，就和林锴之方协商。林锴之唱歌功力最多只有 KTV 水准，本来不愿意的，但节目组一直做工作，并且说了后期会修音，所以林锴之团队最后勉为其难同意了。

结果现场林锴之从第一个音就开始跑调，季侑言差点被带跑。她心力交瘁，努力进入了人歌合一的境地，全神贯注地找自己的调，以至于错过了林锴之几次的眼神对视和试图牵手的动作，独自美丽到了最后。

唱完歌，现场主持人指出这件事，模仿当时林锴之的动作和季侑言的无动于衷，全场爆笑。林锴之委屈巴巴，季侑言捂脸，自黑道："瑶华误我。"

"一演瞎三年，各种秋波看不见。"电视剧里，瑶华感情上就是各种看不见，实乃"钢铁直女"。

场下的观众都被逗笑了，这个尴尬事件被很好地翻篇了。

到了游戏环节，其中一个游戏是要求嘉宾们分成两组，现场变音，连线一个圈内朋友，邀请对方收看《瑶华传》，但要求对方认出声音后才可以进行邀请任务，邀请任务也不能直说，需要引导对方说出来才行。最长三分钟，三分钟没有完成即为失败，直接记录为三分钟。比赛计时，统计哪一组完成的时间最短，则该组获胜。

林锴之第一个上，主持人问现场观众希望他连线谁，现场林锴之的粉丝们都呼叫他的圈内好兄弟余朔的名字。主持人采纳了建议，让林锴之用上变声器，拨通了余朔的电话。

"喂，你好。"余朔接通了电话。

林锴之忍住笑，发声道："你好，朔朔……"是腔调奇怪的尖锐女声。

对面沉默了两秒，毫不犹豫地挂掉了电话。

"嘟嘟嘟……"随着无情的电子音响起，场上人捧腹大笑。

主持人落井下石，人工配音效：“咻，一阵冷风刮过……”林锴之自己也笑得直不起腰。

“太冷漠了，锴之，还要再挑战一次吗？”主持人擦着眼泪问道。

林锴之忍住笑，问场下观众：“你们说还要给他一次机会吗？”

大家异口同声地说“要”。

于是林锴之再次拨通余朔的电话。这次，林锴之抢先道：“别挂电话，猜猜我是谁？”

余朔蒙蒙地问：“恶作剧吗？”

林锴之否认，引导着他猜测，好不容易才猜出他是谁，三分钟时间到了，林锴之还是挑战失败了。失败确认后，林锴之装作气急败坏的样子，关掉了变声器，吼余朔道：“默契呢！兄弟！！开除友籍！”

季侑言作为敌队队长，乐不可支。

主持人们逮住了她的幸灾乐祸，戳穿她道：“我们红队队长侑言笑得可开心了，看来是很有信心了，来来来，轮到红队了，队长先上吗？”

季侑言用眼神询问队友们，他们点头答应。

主持人照例询问现场观众们连线人选，现场季侑言的粉丝都警醒地不提景琇，提议《北城钟声晚》里面看上去和季侑言关系不错的女配。

“景琇！景琇！”结果其他人的粉丝毫无顾虑地起哄到飞起，唯粉心如死灰。

主持人当然也知道连线谁更有话题度，但景琇咖位比较高，和季侑言的关系又比较敏感，主持人也不确定是不是方便。所以他们试探性地询问季侑言：“大家都在喊景老师呢，侑言你觉得呢？”

季侑言咬唇看着欢呼着的观众们，落落大方地笑道：“可以啊，那就景老师吧。”

她试了一下变音器，拨通了景琇的电话。

在所有人猛烈的心跳声中，景琇很快接通了电话。

“你好。”清冷悦耳的女声在场内响起。

季侑言唇角笑意加深，极力平稳发声道：“你好，猜猜我是谁？”是低沉粗犷的男声。

电话那端沉默不过一秒，景琇就开口准确无误地判断道：“言言？你在录节目吗？”声音是与之前在《全民大制作》中点评时迥然不同的温柔。

计时器停在了十秒那里，全场雀跃。

她是怎么听出来的？连季侑言都感到了惊讶。主持人都是一副惊讶的表情，观众们也都在惊呼。

主持人对场下比了个“嘘”的手势，让计时器先停下了计时，而后对着季侑言摆手，示意季侑言逗景琇。

季侑言满眼都是笑意。她配合着用变声器否认道：“不是，你猜错了，再猜猜？”

景琇不为所动道：“你在玩游戏吗？”

“还是领了什么奇怪的任务？”每一句都一语中的。

全场都沸腾了，场上嘉宾们纷纷鼓掌，主持人对着台下的观众惊叹道：“怎么做到的？！这个女人，她是怎么做到的？！”

他夸张的动作逗得所有人又是一阵狂笑。

季侑言笑场了。她关了变声器承认道：“是我，你怎么听出来的？”

主持人凑上来激动道：“对对对，我也特别好奇这个问题。景老师，是这变声器不行吗？”

景琇淡笑道：“我就是知道啊。”声音轻轻柔柔。场下观众都发出“嘶”的声音，内心跳出无数个弹幕。

这真的是那个高冷的景老师吗？！景琇还能用这种语气说话！她私底下这么甜这么酥的吗？！

“任务是什么？”景琇身为被套路的人，从容不迫地反问。

林锴之对着季侑言竖起大拇指，自愧不如：“史上最强外援。”

季侑言唇角的弧度怎么都压不下去了，她对主持人做了个手势，计时继续。

她回答景琇道：“你知道我最近的工作重心是什么吗？”

“宣传《瑶华传》。”景琇不假思索道。

“那作为好朋友，你应该怎么支持我？”季侑言循循善诱。

“帮你宣传？”

“除了这个，私底下还可以怎么支持？比如，在家里就可以做的。”

景琇迟疑，季侑言暗示道：“你知道这两天的剧情吗？”

“知道。”景琇回答完就反应了过来，脱口道：“看《瑶华传》？”

计时停下来了，挑战成功，全场鼓掌。

季侑言乐得不行，她装作沉稳地感谢景琇的配合。景琇配合着她，口气官方地帮她号召了两句“记得看《瑶华传》”，随后挂断了电话。

“厉害了厉害了，这个是真朋友。”主持人收尾道。

林锴之玩笑道：“我知道了，我那个是塑料兄弟情，感谢这个节目，让我看清了余朔的真面目。”

场下观众们大笑，除了季侑言的粉丝。营销号不会又要来吧？节目放出来了该怎么控评？

下了节目，季侑言上了回酒店的车就给景琇发消息：“阿琇，告诉我嘛，你是怎么猜到的呀？”

景琇回她道：“只有你会对我做这么无聊的事了。”

意料之外的答案，季侑言发了个心碎的表情。她本想再继续追问的，但眼眸一转，她狡黠地收声了。

景琇等了好一会儿都没见季侑言再发消息过来，笑意微敛。踌躇半晌，她认真补充道：“我开玩笑的。”

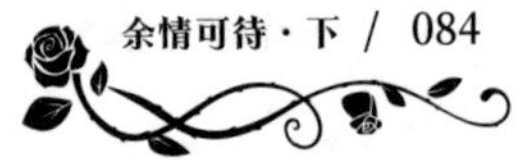

“是你的语气和语调。”

季侑言说：“我也可以认出来的。”

“嗯，过个七八年，你也可以的。”景琇意有所指。

季侑言想到自己的前科，没了底气辩解，只能发表情了。两个人闲聊了一会儿，季侑言想到了正经事，给景琇打预防针道：“阿琇，这段时间《瑶华传》的宣传会先抑后扬，所以媒体上关于我的通稿可能会不大好看，你不用放在心上，我不在意的。”

景琇随即表示知道了。

如季侑言所料，一周后随着这个综艺预告的放出、节目组和各方通稿的投放，季侑言被撕上了热搜。

节目预告为了话题度和爆点，故意断章取义，半遮半掩。预告里放了节目开头季侑言和林锴之唱歌的小片段，故意突出了季侑言唱歌时不和林锴之互动的细节，还放出了季侑言联系神秘嘉宾，引起全场惊呼的钩子。

预告一放出，季侑言状若故意无视林锴之的模样，再加上之前开播发布会上她过分避嫌林锴之的姿态，让林锴之的粉丝有些吃不消了。他们觉得季侑言走红了，高高在上瞧不起林锴之了。但是林锴之和季侑言的“之言”粉还在用这个预告放肆磕，导致林锴之的唯粉坐不住，手撕“之言”粉磕血糖。

你来我往中季侑言被内涵了，季侑言的唯粉怒了，下场参战，三方矛盾激化，撕了个血雨腥风。

两天之内，季侑言收到了网友和黑粉无数的嘲讽和攻击。仿佛是自虐心理，她控制不住地还去关注了景琇的唯粉言论，发现了景琇唯粉对自己节目上又提到了景琇深感不满。

虽然做好了心理准备，但看着这些刻薄话语，季侑言还是有些被影响到了心情。

已经是大年二十八了，工作停了下来，季侑言干脆卸载了微博，静心写歌。第二日，她低调地飞回了延州过年。

本以为这是和父母破冰的第一个春节，可以是好的开始。没想到，从她推开门的那一瞬间开始，就注定了这个春节又充满着不愉快了——是陆放给她开的门。

陆放解释说，他是从国外出差刚回来，带了点伴手礼过来看望季长嵩和钟清钰。见季侑言有些尴尬的模样，陆放识趣地就要告辞。

然而季长嵩却让陆放陪他再下会象棋，要留他在家里吃晚饭，钟清钰也出口挽留，陆放盛情难却，就留下来了。

季侑言碍于礼貌，不好在陆放还在的时候多说什么，勉强忍下了。

饭桌上，季长嵩一点都不见外地向陆放问长问短，季侑言食不知味。陆放要走了，季长嵩还让季侑言去送送他，季侑言以自己万一被拍到了不方便为由拒绝了。

陆放走后，季长嵩沉了声问季侑言：“你对小放是什么态度？”

季侑言本来心情就不好，被这么一掺和，更是心烦意乱。她沉下脸反问道：“你觉得我应该是什么态度？”

季长嵩紧锁眉头道：“你知道自己今年几岁了吗？你再要强，再有事业心，这个年纪，终身大事也该有打算了。”

季侑言压下争吵的冲动，和他平心沟通：“第一，我这个年纪也没什么大不了，圈子里我这个年纪的未婚女性比比皆是，一样过得很好。第二，我就算要考虑终身大事，也和陆放没关系。我不喜欢他，你们不要再乱点鸳鸯谱让人尴尬了。”

“现在过得好，以后呢？老了呢？！还圈子，你们圈子里多少女明星上了年纪后悔了？”季长嵩动怒道。

季侑言的太阳穴突突直跳，说：“她们是她们，我是我，你不要拿别人的例子来压我。况且，我不是没有打算，我……”

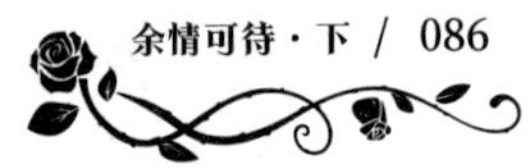

她话还没有说出口，钟清钰打断他们道："大过年的，你们吵什么吵，也不怕把一年的好运气都吵没了。"

她给季侑言使眼色，似有责备，让季侑言不要说下去了。季侑言看着季长嵩捂着心口不适的模样，攥紧了拳头，深呼吸后道："我先回房间了。"

回到房里，她靠着门，眼泪蓦地就掉了下来。她抹了一把眼泪，进浴室洗澡，而后把自己扔进了床里，什么都不愿想。

不知道过了多久，手机响起，是景琇发来的视频通话请求。季侑言一下子振作了精神，打开灯，起身接通了视频。

一看到季侑言的神情，景琇就蹙眉道："你心情不好？"

季侑言微愣，随即摘下故作轻松的面具，低声道："嗯，心情不好。"

"是看微博了吗？"

"嗯，看了。"季侑言露出了脆弱，自嘲道，"阿琇，我还以为我做好了准备，就可以完全不在意的。"她发现自己还是没有想象中的坚强。

景琇在心里叹气。她太了解季侑言了，即使现在的季侑言看起来已经强大了很多，但她本质上还是那个敏感细腻的人。季侑言给她打预防针的时候她就预料到了，季侑言不可能真的不在意的。可这是季侑言的工作需要，她没有办法干涉。

"也有很多人在为你说话，鼓励你啊。"景琇温柔地说道。

"可难听的话好像总是更深刻。"

景琇默了片刻，睫毛轻颤道："那我帮你加深印象。"

季侑言不明所以，看见她翻出了什么，而后低头娓娓念道："宝贝安心做喜欢的事，不论如何，我们会一直在你的身后。"

"宝贝要开开心心，千万不要被流言蜚语影响心情，时间会证明一切的。"

……

一开始季侑言还没有反应过来，再听了一会儿，她明白了景琇是在给她念“好听”的微博评论。

明明是那样清冷的容颜，念出的话竟是那样温柔动人。

季侑言凝视着景琇，颓丧尽消。

“阿琇，你一直在帮我关注着吗？”

景琇咬唇。

几秒后，她轻轻道：“我在反黑组打了一天的卡。”

季侑言作为流量明星，反黑这个工作有多重要又有多艰难，她比谁都清楚。景琇本身不是走这个路线的人，她本人甚至团队，对网上的数据和评论都不会格外关注，才导致之前被黑时被打了个措手不及。

可景琇却说，她在反黑组为自己打了一天的卡。季侑言心里五味杂陈，是感动，是欢喜，还有心疼。

“不要去了。”季侑言带着点鼻音低声道。

景琇眼眸微黯，淡淡道：“我知道，多我一个其实也……”

季侑言连忙道：“我不是那个意思。”

“阿琇，我是心疼。”她低沉道，“那些恶心的污言秽语，根本不配入你的眼睛。”

景琇垂下头轻声道：“也不配入你的眼，所以，你也不要看。”

季侑言看着景琇故作平静的模样，什么不开心都消散了。故意甜腻地答应道：“好，我听你的话。”

景琇抬眸看季侑言，打断道：“好好说话。”

季侑言哈哈哈地笑出声，是今天第一个开怀的笑。景琇看季侑言有了精神与自己说笑，一直沉着的心终于也跟着轻快了起来。

景琇：“看来你心情好了，可以去睡觉了。”

话音刚落，景舒榕忽然敲门叫她。

“我妈找我。”景琇想起上次季侑言的尴尬，没有直接去开门，先通知了季侑言。

季侑言以为景琇要挂断视频，她迟疑了两秒，问景琇道：“好，那……你介意我和阿姨拜个早年再结束吗？”

景琇意外，以前季侑言不太有意愿和她父母接触的。相识的后半段时间里，就算两人在同一个房间，她与母亲视频时，季侑言只要没有入镜，都是能装透明人就装透明人，从不会主动要求打招呼。

“当然可以。”景琇语气平和，眉眼温柔。

她打开门，和景舒榕解释道：“妈，我和言言正在视频，言言准备要睡了，听到你叫我的声音，特意没挂断，说要给你拜个早年。”

景舒榕挑眉，有点受用又有点怀疑。

景琇把屏幕转向景舒榕，季侑言看着景舒榕还是有一点怵，但仍是鼓足了勇气，露出了家长们最喜欢的那种沉稳又乖巧的笑，打招呼道：“阿姨晚上好，不对，法国现在是下午了。阿姨，我回家过年了，过两天就要进组开工了，没办法飞去法国给你和叔叔拜年了。所以，就只能在视频里先给阿姨拜个早年了。”

无懈可击。

景舒榕挑不出毛病。景琇在一旁用眼神锁定着她，景舒榕只好也露出了笑容，客气道：“祝福和心意有了就好。阿姨也祝你新年快乐。”

两人略带生疏地客套了几句才挂断了视频，季侑言如释重负。虽然很紧张，但其实也没有想象中艰难。

第二天是大年三十，季侑言按照从前在家里的作息起床，一家人一起吃了早饭。季侑言和季长嵩因为昨天的争吵都有点尴尬，但谁都没再提昨天的事。

吃过早饭后，钟清钰打发季长嵩去写春联，季长嵩却问季侑言：“笔你还拿得动吗？”

季侑言坦白道："手生了。"

"去写写看。"季长嵩吩咐道。

季侑言没有推辞，接下了这个任务。

写春联她并不陌生，小的时候，门口的春联是季长嵩写的，季侑言只负责各个卧室门上的"福"字，长大一点后，春联和"福"字就都是由季侑言操办的。季侑言知道，季长嵩喜欢每年客人拜访时候指着春联夸赞他女儿青出于蓝而胜于蓝、字写得好的声音。

季长嵩在一旁看着季侑言写，季侑言莫名紧张，总觉得季长嵩会挑刺。"可以吗？不然我重新写一副？"

"就这样吧。"季长嵩沉声道，"多久没练字了，再写应该也就是这样了。"

虽然听得出很不满意，但到底没有严厉说教，季侑言松了一口气。两人一起到门口贴春联，父女头对着头给春联上胶水，钟清钰在一旁看着，感慨了一句："总算是有点家的样子了。"

季侑言和季长嵩的心都颤了一下。

贴春联的时候，季长嵩一边用毛巾压春联，一边话里有话道："为什么过年被当作阖家团圆的日子？所有的人都要回家，都需要有家可回？"

季侑言不吭声。

"古话说，齐家治国平天下，家庭对一个人有多重要可想而知。"

季侑言就猜到季长嵩又要老调重弹，无奈道："爸，我知道你要说什么。我再说一次，我也不是不想成家，但陆放绝对不是那个我想要的人。"

"陆放是个好孩子，知根知底，如果能把你交到他手上，我和你妈都很放……"又是这样自说自话，季侑言语气重了些打断道："你和我妈怎么想重要还是我这个要和对方过一辈子的人怎么想重要？到底是给谁挑对象？"

季长嵩的脸严肃了下来，责备道：“是我教你和长辈说话这么没礼貌的吗？”

你和他讲道理，他就和你讲权威，反正他总是对的。季侑言拧紧眉头，默默地去贴另一张春联。

季长嵩面上也是隐忍的模样，半晌，他缓和了语气道：“你实在不喜欢，我和你妈也勉强不了你。但是，你这个年纪，该把婚姻大事放进计划里了。”

“好，我知道了，我放进计划里了。”季侑言敷衍道。

季长嵩一看就知道她没听进心里，意有所指道：“人总归是要有一个家，女人再强也总是需要一个男人帮着顶立门户、遮风挡雨的。你不要进了圈子就学些不三不四不着调的。”

季侑言手下动作顿住，侧目看季长嵩。这个圈子里有太多的大龄单身人士，也有很多人认为婚姻并不是人生的必需品，景琇便是其中一人，她也是。

“现在的社会已经不是你历史书上那个以体力谋生的社会了。不论是选择组建家庭，还是选择一个人自由生活，只要能对自己负责，能过得快乐，有什么区别？女人没有那么柔弱，男人也没有那么强大。”季侑言努力平和地说道。

可她话语里的那一句“你历史书上”似乎带着嘲讽，季长嵩的着火点被戳到了。他一字一句冷声道：“但你活在中国的社会，就要接受中国的规则。”

两人之间又升起了浓浓的火药味，钟清钰闻声出来，训斥道：“贴个春联，有什么好吵的。大门口的也不怕被别人笑话，一人都给我少说一句。”她把季侑言和季长嵩都拉进了屋里，关上了大门。

一家人还是勉强过了一个面和心不和的“平和”除夕夜。除夕十二点后，万籁俱寂。

季侑言和景琇通了个视频，碰巧景琇的父亲也在场，与法国人拜了个中国年。景琇的父亲很友善，拜完年还热情地邀请季侑言去法国游玩。

结束了视频，她想到景琇父亲对自己的善意和欢迎，再想到自己父亲用“不三不四”这种词指代景琇，越发地为景琇委屈，也为自己的无力辩解羞愧。

她失眠到半夜，决定给父母写信。

也许和《人间有信》剧本里许许多多的人物一样，只有借助文字，错开了时间和空间，她和父母之间才能够真的心平气和地沟通。

一封信说不完，那就两封信、三封信……逃避永远解决不了问题，这是她如今越发明白的道理。

凌晨五点钟，季侑言写完了要给父母的第一封信，信里的用词是对话时容易溜走的平和与理性。她零零碎碎地写了一部分成长中的遗憾、离开家后的经历，包括与景琇的相识相知、引为知己，以及自己对未来和人生的思考。

他们家从来都缺少这样平等沟通的机会，很多事情，她沉默隐忍了太久。当她在信封上写上“致亲爱的爸爸妈妈”这几个大字时，忽然有一种畅快淋漓的感觉。这是她第一次这样敞开心扉地与父母进行深层次的沟通。她不指望季长嵩和钟清钰能够通过一封信就改变想法，但她希望父母能够看到她沟通的诚意。不论如何，她为这一份亲情努力了。

她拍了张信封的照片，第一时间和景琇分享。

法国此时是晚上十点多，景琇家里的除夕派对还没结束。她去窗台边上接了个朋友的祝福电话，挂断后恰好季侑言的信息跳了出来。看清季侑言的话，景琇心里有很多话想说，但一时间却不知道怎样表达，最后她本能地用法语回季侑言：“你可以再多缓和一段时间。”毕竟季侑言和她父母的关系才刚刚修好一点。

季侑言很快就回了她：“已经缓和太久了。”如果不说开，季长嵩

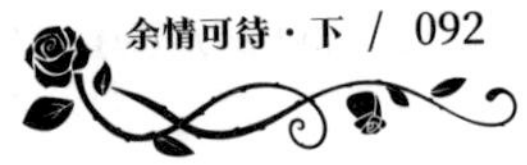

不会当一回事。

景琇刚想说什么，喝得微醺的关以玫从背后探出头道：“到处找不到你，怎么躲这里来了？”

景琇还没回话，关以玫就问道：“哇，你在和谁聊天？”

景琇冷觑她一眼，猝不及防地开窗。冷风飕飕地灌入室内，景琇淡笑道：“给你吹个风醒醒酒。”

关以玫被冻得直打哆嗦，一边撤离一边嘟囔着要去找朋友告状。

景琇站在窗边，继续回复季侑言：“你不用太勉强。”这是真心话。

“我不勉强。其实这是我自己的功课，是我本来就应该面对的事情。”季侑言心意已决。

景琇心软：“那我能为你做些什么？”

季侑言支着下巴，狡黠道：“你可以给我拉进度。”

景琇愣了两秒，看着屏幕剪影中自己渐渐高扬的唇角，咬唇说道：“加5%。”

95% 了！意外之喜！季侑言笑逐颜开。她刚要发开心的表情，景琇又说：“可现在中国的时间应该是凌晨五点半。你一晚没睡。

“扣 10%。”

季侑言紧张道：“不行不行！怎么还倒扣了？我错了，我马上就去睡，你不准扣。”

景琇心觉好笑，她装作严格道：“下不为例，否则扣 50%。”

季侑言发了个“我睡着了”的表情，没有动静了。

景琇上翻聊天记录，重新点开季侑言发来的那张信封照片。她没有了再出去和人应酬的心思，和母亲打了个招呼，回到了自己的书房。

楼下依旧不时传来欢笑喧闹声，景琇却不受影响般，只清楚地听见自己内心的声音。她在书桌前坐下，打开电脑文档，精心地制作了一份自己的简历表，认真地交代了自己往上三代的家庭背景、从小到大的教育履历、从业以来的所获荣誉。天际发白之时，她打印出了简历表，而后抽出钢笔，翻找出信纸，诚恳地写下了首行字：“亲爱的叔叔阿姨”。

大年初二，季侑言的热搜热度渐渐消退，魏颐真看准时机，联合剧组开始为季侑言澄清，把热度又炒了上去。

《人间有信》剧组在风口浪尖上官宣了季侑言为主演，导演还发声夸赞季侑言是他见过的最肯吃苦、最认真的女演员之一。网友们正排着队嘲讽导演：“如果你被胁迫了你就眨眨眼”，《瑶华传》的官方微博也跟着发了声明。

剧组澄清季侑言部分打戏使用替身纯属不得已而为之，细心的观众应该可以发现，剧中使用替身的场景只集中在天池大战那一段前后。这一场戏是前半部分的剧情高潮处，也是打戏的重头部分，所以这场戏足足拍摄了六天才完成。但拍摄第一天季侑言就因为道具组操控失误意外受伤，脚踝挫伤，神经严重受伤。威亚布景千辛万苦搭建，剧组进度和资金都很紧张，季侑言体谅剧组，所以休息两天后就拄着拐杖回归片场，打戏部分也坚持着自己上场。但脚伤还是影响了她部分动作的表现，为了画面效果，几方协商后，不得已才使用了武术替身出演高难度动作。

澄清的文字下附上了季侑言当时的就诊书，上面是清清楚楚的诊断描述和日期。拍摄时这件事没有曝光，汪珺婵也是准备等剧播了再翻出来炒的。

随后，季侑言大粉也整理出了季侑言当年拍摄的档期表，澄清季侑言当年空出了足够的档期，不存在所谓档期不足或者轧戏导致抠图的情况。

路人本就没有立场，看解释有理有据的，指责的声音便小了许多。但造谣容易，澄清不易，这样的力度和范围还不够。魏颐真再一次将早已经准备好的通稿发出。营销号依照指示把季侑言最精彩的打戏画面截

成动图，故意阴阳怪气道：大家品品，这打戏可以打几分？讲真，这时候就“脚疼”了吧？我觉得拍成这样还不如全部用替身。

季侑言的黑粉、林锴之的部分唯粉们都被带了节奏，一拥而上，继续落井下石，激化矛盾。这下不仅季侑言的粉丝群情激昂，连一些路人都看不下去了。

“就这几张截图来看，其实身形动作还可以吧？”“有些人哪里来的这么大恶意，善良一点不好吗？”“键盘侠们键盘上的戏可以打100分了。”“虽然无脑吹可怕，但是无脑黑也很恶心。”“怕了怕了，要被这些无脑黑打成路人粉了。”

没有立场的路人被无差别攻击气到后，转站了支持季侑言的立场。冉闻和魏颐真无所作为，让季侑言无辜被骂多日。季侑言在这一场风波里彻底变成了受害者粉丝“好惨一女的”，收割了一大波同情和好感。

连载多日的风波最终在修图手和剪刀手贩卖安利、路人高呼“真香”声中落下帷幕。《瑶华传》《人间有信》和季侑言三方达成三赢。

综艺在风波的余温中也播出了，季侑言能唱能演的人设，得到了越来越多人的认可。季侑言和景琇在节目中大大方方的互动，被蒋淳和魏颐真把控好了风向，只有小营销号发出了一点拉踩的声音，但很快就没了水花。

景琇陪景舒榕在尼泊尔旅行，全程都在关注进展，因为过分离不开手机，没少被景舒榕吐槽。

她看到季侑言给她报告的最新进展，不由得勾起唇角，松了一口气。

景舒榕看景琇的表情就知道事情一定和季侑言有关，问她：“小言的事情解决了？”

景琇“嗯”了一声，景舒榕跟着吁了一口气，作势要没收景琇的手机：“这下你可以安心地旅行了吧？”

景琇哑然失笑。她和季侑言招呼了一声，乖乖地交出了手机，顺便说道：“言言也说我该专心陪你。本来我想早几天飞北城，在她进组前见一面的，但她让我多陪陪你。”

景舒榕挑眉，嘴硬心软道：“还算懂事。”

景琇听着比自己被夸了还高兴。

大年初六，季侑言飞回北城，准备年后开工。离开延州前，她把信压在了季长嵩的书桌上。

回北城当晚，她去冉闻开了团队会议，第二天就带着团队飞西城参加《人间有信》的开机仪式，算是正式进组了。

刚开工没几天，情人节和元宵节在同一天，比较特殊，季侑言不方便请假。节日前两天晚上，季侑言出了片场在宾馆和景琇视频，郁郁寡欢道：“今年过节又只能在剧组过了。”

“单身的人过什么情人节？”景琇露出了点笑意。

季侑言据理力争：“那我过元宵节不行吗？”

景琇勾唇道：“那你过元宵节吧。”

季侑言：“那我元宵节也过不了啊。”

景琇但笑不语，也不安慰她。

季侑言委屈巴巴。

过了两天，元宵节当天晚上收工，季侑言坐上保姆车，她忽然收到景琇的短信：“元宵节快乐。”

“元宵节快乐。”季侑言正准备回复景琇，景琇的消息先进来了。“对面尾号 20 的轿车看到了吗？”

季侑言下意识地抬眸看对面，不知道什么时候，对面空地上果然停着一辆尾号 20 的黑色轿车。

季侑言还在打“kanjianle”，景琇的信息又进来了。

她说：“你要是愿意过元宵节，就在宾馆停车场下车后换乘这辆车。”

季侑言飞快地回了景琇一个“好”。

景琇高冷地回她一个句号表示已阅。

季侑言一边吩咐司机把车开进停车场不要停在门口，一边通知魏颐真道：“魏姐，阿琇来西城了，我晚上可以去和她见个面吗？媒体那边，辛苦魏姐你帮我注意一下。”

魏颐真反问她：“我说不可以，你就不去吗？”

季侑言坦白道：“我还是会去的。”

魏颐真埋汰她道：“那你还问什么可以不可以。”

敲打过后，魏颐真松口道：“景琇也和我打过招呼了。我知道了，她那边注意着，我这边也会留意的。”

景琇考虑得这样周到，季侑言脸上的笑越发灿烂了。

路上她把自己的外套给了林悦，换了另一件一直放在车上备用的外套，还戴了一顶线帽。

等车子和景琇安排来的黑色轿车先后驶进停车场，季侑言让林悦伪装成自己先下车，用来吸引走不知道存不存在的狗仔。隔了十分钟，季侑言才下车完成换乘。

如愿乘上轿车后，季侑言问司机目的地是哪里，司机守口如瓶，季侑言索性按下好奇心耐心等待。

车行驶了三十分钟，开到了季侑言不熟悉的西城范围。司机通知季侑言快到了，而后在一个红绿灯处停下时，向后递了一条黑色缎带：“景小姐说，你要是不介意的话，可以把眼睛蒙上。”

季侑言看着在空气中飘扬的缎带发愣。

虽然有点迟疑，但季侑言还是给自己蒙上了眼。视野落入一片黑暗之中，时间的流逝就变得漫长起来，期待也越积越高。

不知道过了多久，车子又一次停了下来。

这一次车门被打开了，随着冷风的袭入，一只温软的手忽然摸上了季侑言的胳膊，一瞬间温暖了季侑言在黑暗中渐生的寒意。

她本能地抬手就要去解缎带。

景琇伸手按住了她解绑的动作，笑道：“你都不怕吗？”

“谁敢当着你司机的面谋害我？”季侑言低笑道。

景琇发出一声好听的笑声。她撤开身子，扶着季侑言的小臂：“来，下车吧。”

季侑言一边顺从地听着景琇的提醒往外挪动，一边揶揄道：“不能解开吗？阿琇你是要带我去秘密花园，怕我记下了路线吗？”

景琇牵着她的手下车，淡淡道：“是要把你卖到大山里。”

季侑言笑出声，一点都不慌张。但她站在地面上，由于不能视物，不安全感还是让她迈不开脚步了。

景琇在夜色中凝视着季侑言不安的面容，声音轻柔道：“把自己交给我，跟着我走可以吗？”

呼啸的夜风把景琇的温柔送到耳边。

季侑言不安渐散：“当然可以。”

景琇宽慰道：“不是很远，都是平地。”

季侑言含笑点头。

尽管依旧有些对未知本能的紧张，但她在景琇的提示下行动，步伐是闲庭信步般的从容。

终于，景琇领着她站定了。她解去季侑言眼睛上的缎带，温声道：“到了。”

季侑言依旧紧闭着眼，她听见风吹得树叶沙沙作响的声音。

“可以睁开眼了。”

“我突然有点紧张。”

景琇轻笑：“应该紧张的不是我吗？”收礼物的人紧张什么？

季侑言低笑出声。

她缓缓地睁开眼，而后，惊喜得甚至忘记了眨眼。她猜到了她们应该处在室外，但没有猜到，景琇居然带她上山了。

她们像是处在一个被包场的露天山顶餐厅，此刻四下光线一片昏暖，餐厅右侧是成片的各种小灯笼，仿佛是一个小型的花灯展。季侑言正站在餐厅的正中间，往前眺望，目之所及便是西城璀璨的灯海，灯海的尽头，是暗蓝色的穹苍。穹苍之上，星罗棋布，如梦似幻。

季侑言被迷晕了眼。

她脸上由衷的惊喜之色让景琇觉得自己已经得到了最好的礼物，她为此辗转奔波多日的疲累都一扫而空了。

但她还是故作平淡道："元宵节应该看灯展，灯展人太多不方便，将就看灯海吧。"

什么叫将就看？！

季侑言侧身想要反驳景琇，结果看清景琇的一瞬间就被惊艳到了。

景琇久违地扎了个丸子头，清纯可人，灯光柔和了她的气场，衬得她越发眉目如画，唇红齿白。

季侑言说："不将就，元宵节看灯海是完美的。"说完，她懊恼道："怎么办，我把礼物寄到北城了，来的时候也没来得及带上其他礼物。"

景琇挑眉。

季侑言狡黠道："看来我只能用我自己补上了。送你一个完美知己怎么样？"

景琇哼笑一声，嗔她："强词夺理。"

第五章

季侑言逗她："那这个回礼你要不要？"

景琇想说"不要"，可她望见季侑言眼中隐约的期待，又止住了。她咬唇，清了清嗓子才说："在我回答你之前，你先回答我一个问题。"

季侑言眼眸一亮，连忙道："好。"

"为什么你忽然想通了？"

季侑言疑惑地重复："想通了？"

景琇转过身看在昏暗中随风摇摆的花灯，视线失焦道："突然想和我和好，突然变得勇敢坦然……明明如果没有这一次节目的相逢，你并没有要回头找我的意思。"

"我没有不相信你的意思。"她侧头看季侑言，淡淡一笑道，"我只是有些不相信自己。"

季侑言低落道："我以前……以为你厌倦了和我这样的胆小鬼交朋友，所以才和我提出不要再见了。我以为是我不配，所以，我不敢纠缠你。"

她半真半假地解释道："几个月前，我低血糖昏倒过一次。昏倒的时候，我以为我要死了。迷迷糊糊中我一点都不害怕，反而有一种终于可以解脱的开心感。这没意思的一生终于可以结束了。"在梦里，确实有如此模糊的意识。

景琇动容，眼眶里一瞬间有泪涌出。

季侑言拭景琇的泪水，哄她道："别哭，天冷风又大，脸湿了容易被冻伤。"

这是重点吗？景琇被戳中笑点，哭笑不得。她红着眼嗔了季侑言一眼，季侑言拉着她往稍有挡风玻璃的灯笼区走去，边走边柔声道："所以我

活过来的时候，就当自己余下的人生都是额外捡到的。我在心底发誓，这一次我要做自己，过有意义的人生。”

“而我的人生里，你是我最好的朋友。”她站在成排的红色灯笼下。

灯影幢幢，流光溢彩。摇曳着的朦胧红光，映得季侑言乌亮的双眸像是有星星在闪烁。她抬起景琇的手，从衣兜里取出了一圈环状的纸手镯。

“我们继续做最好的朋友，一起听往后的《高山流水》好不好？”

《高山流水》的典故季侑言曾经和景琇科普过，景琇听懂了，根本无力抗拒。她最后故作矜持假意从容道：“这个手镯是不是有点丑？”

季侑言宠溺解释道：“是我路上临时折的，但不是我临时才起的心意。是用我们重逢那一天的日记纸折成的。”

景琇触着手镯的手指轻颤：“上面写着什么？”

季侑言诱惑她道：“你答应我，我就告诉你怎么样？”

景琇垂下长睫：“那你不要告诉我好了。”这样娇软的语气，季侑言怎么可能听不出她的口是心非。

她霸道地把手镯推入景琇的手腕，含笑道：“不可以哦。”

景琇故作不满地瞪季侑言，却在撞入季侑言眼底的一瞬间，终是无法克制地泄露了笑意。

“你答应和我和好了。”季侑言轻轻感慨。

景琇听出了她隐约的不安。“嗯，我答应你了。”她声音不大，坚定地回答了季侑言。

夜宵是景琇亲手准备的精美西餐，烟熏鲑鱼、清蒸海鲈……一道道菜看得季侑言胃口大开。因为耽误得太久了，景琇不得已把菜肴加热了一遍，开动后，她担心晚上吃多了不利于消化，让季侑言浅尝辄止，季侑言却不听劝地进行了“光盘行动”。

景琇拿她没有办法，庆幸西餐的分量本就很小。

吃完夜宵后，两人闲适地观赏了一阵花灯，时候不早了，景琇提醒季侑言该回去了。

两人一起步行到停车处，景琇透露道："最后一份礼物，我让林悦帮忙放进你宾馆的房间里了。"

季侑言坐在回宾馆的车上，回想晚上发生的一切，感觉像是在做梦一样。

她回到宾馆，打开灯就被床上坐立着的半人高大熊猫玩偶吸去了全部的注意力。

大熊猫做工精致，毛发纤软，手感极佳，眉间一点鲜红，屁股下坐着一个超大的相框。

季侑言拾起相框，里面是九张照片拼在一起，照片上的风景，明显是景琇前段时间去旅行的尼泊尔。九张照片中，除了中间那张，其余每张都有同一只熊猫挂饰入镜。每张照片中熊猫所处位置都不一样。因为这样巧妙的位置不同，熊猫眉心的一点红，在把九张照片连起来看时呈现出一个醒目的弧线。

季侑言抚摸着照片上的熊猫挂饰，虽然很干净，但看材质还是看得出很有年份了。

她确定应该是当年她送给小景琇的那一只。

季侑言轻触着照片中的熊猫，靠着熊猫玩偶坐下，搂紧了熊猫的脖子，忽然笑着笑着就湿了眼眶，悲从中来。

在那个梦里，她不仅忘了景琇，还辜负了她。在她死去的消息传开后，景琇是以什么样的心情，不顾一切来到她的身边？在她变为一抔黄土后，阿琇可以彻底忘记她，开始新的生活吗？

季侑言不敢深想，不敢细想，心已经疼得像是破了一个大窟窿。

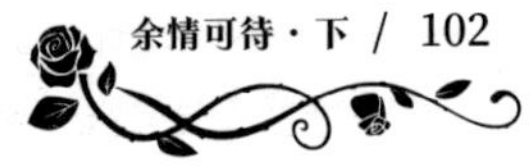

手机剧烈地振动起来，是魏颐真打来的电话。

季侑言吸了吸鼻子，整理好心情接起电话。

“魏姐？”她声音有些沙哑。

魏颐真警铃大响，委婉地问：“你现在在哪儿？”

“在宾馆啊。”

“一个人？”

季侑言好笑道：“对啊，阿琇送我回来了，我半夜还有夜戏要拍的。”

魏颐真松了口气，“她还算讲信用。”景琇和她打招呼的时候，说了只是和季侑言一起吃个饭，不会耽误她工作。

季侑言把脸埋进熊猫软软的绒毛里，笑出了声，笑完她认真地通知魏颐真道：“魏姐，阿琇答应和我和好了。”

“嗯。”魏颐真一点都不意外。

“和魏姐你合作的这段时间，是我从业以来最愉快的时间。我非常希望能够和魏姐你继续合作。”尽管很不舍，季侑言还是坦诚地和魏颐真沟通道：“但是魏姐你在这个圈子是有自己的抱负的，而我可能随时会在半路掉队，走不到魏姐你期望的那个位置。所以之后续约的事情，魏姐你可以提前开始考虑了。不管是什么结果，我都能接受，也都感谢这段时间魏姐你的照顾。”她和魏颐真当时签的合同，是双向的“1+N”模式。

突然说起这么沉重的事情，还提早这么久就通知了她，魏颐真一时不知道是该说季侑言傻，还是说她善良。“为什么这么早告诉我？你不怕我有了别的心思之后，就没心思帮你好好安排接下来的工作了吗？”

季侑言信任道：“我相信魏姐你的职业素养。而且，我希望魏姐你能够有充分的时间做考虑。”

她说：“我也不想委屈魏姐你。”

魏颐真心里百味杂陈，又欣赏又可惜地说：“那你自己呢？不委屈吗？”

“能过自己想过的生活，我不委屈。”季侑言甘之如饴。

魏颐真沉沉地叹了口气。她答应道：“我知道了。不管怎么样，你放心吧，只要我还是你经纪人一天，我就会尽好这一天的本分工作。”

季侑言温和道：“我当然放心了。”

破釜沉舟后，虽然有些不安，但季侑言整个人都轻松了许多。这是她应该给自己和魏颐真的交代。

她给景琇发微信，关心道：“阿琇，你到酒店了吗？”

景琇还在车上，骗她道：“嗯，我到了。”怕给季侑言带去影响，她根本没有在西城下榻，甚至买的机票都不是直飞西城的。她在西城的隔壁城市下了飞机，而后坐了七个小时的车才来到西城，现在正在原路返回。

“礼物我看到了。小熊猫跟着你走遍了尼泊尔，是不是等于你带着我一起旅行啦？”

景琇转移话题：“你是不是该睡觉了？”

季侑言失笑，发了好几个表情调侃景琇。她也不强求景琇回答她，“嗯，是准备睡了。我要抱着熊猫一起睡。”

景琇露出一抹浅笑：“你可以不用告诉我。”

“我不，我就要告诉你。”季侑言调侃。

她说完消失了好一会儿，景琇猜测她可能去拍照片了。

果不其然，几分钟后，季侑言回来了：“你看，是这样的。”她附了一张照片过来。

景琇好笑，她看已经凌晨了，便不和季侑言贫，叮嘱她道：“快睡吧，你是想和你枕边的熊猫拥有同款黑眼圈吗？”

季侑言与“中枪”了的熊猫对视一眼，看着熊猫无辜的黑眼圈，莫名就被戳中了笑点。她又和景琇说了两句，就听话地去冲澡睡觉了。

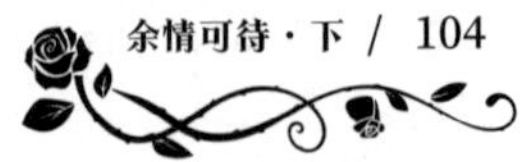

景琇结束了对话，闭上眼靠在座椅背上，右手扣在左手手腕的纸手镯上，心里一阵满足，又一阵痛苦。

往日不可追，来日……会不会只是大梦一场。在这样如梦的圆满中，她久违的不安再次袭来，以至于她甚至希望剧痛再次来临，可以证明这一切是她真实祈求来的。

回到北城后，姚潇一接到她就告诉她："景老师，季老师有礼物托我带给你，你走得急，我没来得及传达，帮你放到客厅里了。"

景琇低声应了一声，回到家看到礼物后顾不上舟车劳顿，第一时间打开了。

第一个盒子里，是一盒永生花。花朵娇艳绚烂，热烈如火，是国内现在最热的品牌之一。

花盒旁是一个厚重的礼盒。礼盒内装着一叠摆放整齐的笔记本，笔记本最上面是一个小巧可爱的方形盒子状物体。

景琇还没想明白是什么，方形盒子突然动了起来，是打印的声音。

景琇又惊又喜，看着纸条慢慢地从机器里探出头。

"02-15 20:08

给你，过去，现在和未来。

季侑言"

景琇难以置信，她下意识地翻开了最上面的笔记本，和她猜想的一样，这一叠笔记本，是她曾经在视频内看见过的——季侑言从小到离家前的日记本。

有了那个打印机后，景琇新的一天，都是由季侑言准时准点给她发来的天气预报和穿衣提醒开启的。醒来的第一眼，看见床头已经传来的纸条，景琇由衷地安心。

休息两日后，景琇全身心地投入到话剧《惊雷》的学习中。《惊雷》是一部结合了京剧元素的话剧，背景设在了二十世纪初的中国，景琇饰演的女主是一名天资过人的坤生。她半生期盼被爱、被庇护，为爱委曲求全，困在深宅大院，却依旧守不住她以为的爱情。山河破碎之时，她被逃生的丈夫抛弃，被迫自立，唱回了京剧，慢慢地觉醒了独立意识和女性意识，成为划破黑暗长空的一道惊雷。

话剧中京剧表演的时长并不多，但是景琇从前鲜少接触京剧，要想唱好、表演好那一小段京剧，并不容易。其实这部话剧更适合有功底的演员来接演，但导演无意中和景琇聊起这个项目时，景琇表现出了浓厚的兴趣，让导演改变了主意。考虑到景琇的诚意，还有景琇的名气与号召力，最后剧方敲定了由景琇出演。

景琇接这部话剧，一是为了回归表演的本身，借助外力沉下心磨炼雕琢自己，二也是觉得这部话剧很有意义，结合了话剧和京剧，弘扬国粹、推广话剧，一举两得。

不做便是不做，要做就要尽全力做好。为这部话剧景琇腾出了大半年的档期，拜了师父，下了大功夫，每日都在上课学习、练基本功、吊嗓子……勤练多听，踏踏实实地从头学起。

季侑言每天晚上和景琇视频，都能听到景琇疲倦沙哑的声音，景琇却乐在其中。

但日子再忙，景琇都坚持着每周给季长嵩写一封信，让住在季长嵩和钟清钰隔壁的手下盯着延州各种文体活动的 VIP 门票，并购来悄无声息地投进季家的大门里。

三月中旬，手下突然给她发短信。

“季教授让我向你转达，他要见你一面。”

随着《瑶华传》剧情的展开，剧方和魏颐真借着瑶华本身人设的天然优势，另辟蹊径，除了男女主官配，还另外暗推了瑶华和剧中各配角的配对。剪辑和同人文营销齐上，给剧中的角色再立人设，强势引导观众嗑 CP，好几个剧中的热词很快就出圈了。

这样一部本来被压了两三年才播出的剧，现在能拿到这样的成绩，在外界看来，季侑言功不可没。《瑶华传》的收视率和话题度水涨船高，季侑言的身价和人气也跟着再上一层楼。

许多曾经无法够到的资源都开始主动向季侑言伸出橄榄枝，季侑言不仅和魏颐真商量着如何选择，还主动告诉了景琇，让她帮忙一起参考。这是从前季侑言几乎不会做的事情，景琇认真地帮她分析了利弊，给出了自己的意见。

仿佛一切都在向好的方向发展，除了季侑言父母那边。

因为从来没有听季侑言问自己关于写信的事情，季长嵩也是通过手下向自己传达要见面的意思，景琇猜测季长嵩没有意愿让季侑言知道他们有在接触。考虑到季侑言和父母如履薄冰的关系，犹豫再三，景琇没有告诉季侑言这件事。

三月下旬，景琇调出两天的假期，如约飞去了延州。

她站在季家的门口，面上是一如往常的淡定从容。她定了定神，不做退缩地按响了门铃。

不过几秒，门内传来了应门的脚步声。

景琇看着门一点点打开，一张男人的面容出现在了门后。

男人看起来与季侑言有三分相像，相貌儒雅，眉心有一道深深的纹路，看起来像是经常皱眉所成，和他严肃威严的模样很是相称。

他像是在打量景琇，几秒后才开口道："景小姐是吗？请进。"

虽然很不满女儿和眼前这个人交朋友被带偏了人生理念，还受到了许多莫名的攻讦，但季长嵩不得不承认，单看外表，景琇果然出众，是他们家人欣赏的那种气质，清清冷冷，如芝如兰。

景琇露出合宜的浅笑，提着礼物一边进门，一边礼貌道：“叔叔你叫我景琇就好了。”

季长嵩不置可否，钟清钰从客厅迎了出来，景琇刚准备打招呼，就看见一个身影跟在钟清钰的身后。

她一眼就认出了，是那个和季侑言青梅竹马的男人——陆放。

“景小姐，有失远迎，我是言言的妈妈。”钟清钰神色平淡，听不出情绪。

“景小姐你好，我是言言的朋友，陆放，今天碰巧过来看望叔叔阿姨。”陆放微微一笑，伸出手到景琇面前。

景琇笑意微敛。

明明知道季侑言有多不喜欢被乱点鸳鸯谱，却还是在她来拜访的这天让陆放出现，景琇很难相信这只是一个巧合。她不知道季长嵩和钟清钰葫芦里卖的什么药，但她的心沉了下来，整个人也冷静了下来。

她勾唇，气定神闲地伸手与陆放轻轻一握，自我介绍道：“你好，景琇，言言的好朋友。”

景琇把礼物递到季长嵩和钟清钰面前：“也不知道叔叔阿姨喜欢什么，一点小礼物，希望叔叔阿姨不要嫌弃。”

季长嵩和钟清钰都不伸手接，不冷不热道：“景小姐太客气了，之前住院时承蒙景小姐关照，还没有和景小姐道谢。”

景琇一点都听不出他们的谢意。但她没有在意，一派温和道：“叔叔阿姨才是太客气了。中国不是有句话说，一家人不说两家话吗？”

嚣张，太嚣张了，季长嵩的脸色彻底沉了下来。他刚想说什么，陆放见气氛不对，打圆场道：“景小姐，叔叔阿姨，我们进来坐下说话吧。”

钟清钰看着景琇与季侑言如出一辙的笃定，叹了口气，缓和道：“景小姐，进来坐吧。”

景琇颔首，从容不迫地与季长嵩对视，无声问询。季长嵩皱紧眉头，

沉默着往茶几走去，是让行的姿态。

景琇跟着进去了，把礼物放到了茶几脚边。

“你们坐着聊一会儿，晚饭快好了。”钟清钰送了果盘上来。

陆放张口，似乎想说什么，季长嵩扫了他一眼，陆放又止住了话。

“喝茶吗？”季长嵩自问自答，“你们法国人，更喜欢喝咖啡吧？中国文化和法国文化毕竟不一样。”意在言外。

景琇自若地拿起了茶几上烧好的热水壶，边烫着茶杯边道：“咖啡我喜欢喝，茶我也喜欢。”

她动作娴熟优雅，显然是深谙此道。季长嵩有些惊讶。

“虽然文化有些不同，但许多东西都是有共通性的，和文化没有关系。”景琇话里有话。

季长嵩撕开了一包茶叶，递给陆放，让陆放来泡。“小放，来试试，你上次给我带的。”

他故意对陆放亲昵，来让景琇对比感受自己对她的不喜。景琇自然察觉到了，她五指微曲，按捺住了被羞辱的不快，和颜悦色。

“我觉得文化不同还是有关系的。”季长嵩冷淡道，“比如说，法国文化氛围热情浪漫，自由、博爱被写在法国国徽之上，法国的父母受此熏陶，自然也爽朗散漫，不爱拘束儿女。但在中国文化里，这不一定就是好的，父母如果真的关心儿女，绝对做不到这样纵容的。”

这是暗嘲她父母不管她吗？景琇轻轻道：“我倒是觉得这依旧和文化不同没有关系，和国籍也没有关系，只和父母分不分得清尊重与纵容、关心与掌控的区别有关系。”

明显的意有所指，季长嵩被她的伶牙俐齿噎住了。

陆放转移话题道：“景小姐的中文很好啊。”

景琇辨不出他是真心还是嘲弄，回答道：“为了言言学的。”

她的心理素质好得超过季长嵩的想象，性格也和季侑言那样的倔强骄傲完全不一样，季长嵩觉得拿捏不住，不想和她兜圈子打心理战了。

“阿嵩，水槽的水管好像堵住了。”钟清钰突然湿着手从厨房里跑出来抱怨道。

季长嵩和陆放同时起身，进厨房查看。

季长嵩上前蹲下，熟练地打开水管连接处，一边修理一边说：“这些事，还是该由男人来做。”

钟清钰了然，附和道：“是啊，一个家要是没个男人，好多事都不知道怎么办。”

景琇听出了他们的弦外之音，不动声色道：“这些可以找物业、管道工来做。”

“雇人哪里有自己快，那些人总是拖拖拉拉的。”钟清钰感慨。

“也不是每个男人都会这种事。”景琇伸手帮着一起把水管里堵住的脏东西取出来，“也不是女人就一定不会。这些也不是什么难事，只是看你想不想学，有没有必要学而已。”

季长嵩看着她的纤纤玉指抓着那些堵塞物，倒是被震了一下。他以为像景琇这样养尊处优的大小姐，应该是高高在上、不可一世、受不得别人奚落的，没想到她不卑不亢，气度、修养都意外地好。

季长嵩反驳道：“总有些东西，是女人一个人没办法做到的，比如安全感和威慑力。”他举了一个社会新闻，是单身女性收快递被骚扰的事情。

景琇洗着手，犀利道：“按照叔叔你话里的意思，她被骚扰是要怪她没有男朋友？”她诘问道：“受害者有罪论吗？她被骚扰，和她有没有男朋友、有没有威慑力没有关系，只和犯罪人意图犯罪有关系吧？银行运钞车配有武警押送，够有威慑力了吧，但不是一样有人意图抢劫吗？”

从她反问的第一句话，季长嵩就后悔了，他知道他举错例子被抓住

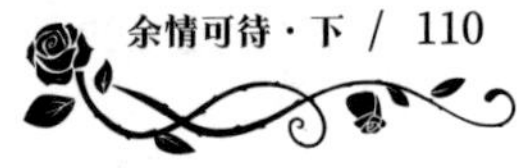

辫子了。

“我觉得景小姐说得很有道理。”陆放意外地跳反了。

景琇、季长嵩和钟清钰的视线都不约而同地投到了陆放的身上。陆放急流勇退，看了一眼手机，借口道：“叔叔阿姨，我临时收到公司消息，要回去赶个材料，看来不能留下来吃饭了。”

傻子都听得出是假的。但季长嵩和钟清钰不好意思留他，本来叫他来就是让他帮忙给景琇施加心理压力的。现在看来，陆放倒是知难而退了。

客套了几句，陆放就告辞了，晚饭变成了季长嵩、钟清钰和景琇的三人晚餐。钟清钰说当是聊表谢意，菜肴很丰盛，色香味俱全。

但景琇完全没吃出味道，因为饭桌上季长嵩转换战术，不和她拐弯抹角了，开门见山直戳她的痛点。

“我不是不可以接受所谓娱乐圈和不婚主义，但我无法接受我的女儿要走这样的路。你这是在带坏她。如果你真的为她好，就应该劝她，让她走回正道。”

“她是成年人了，什么是正道，她有自己的想法。”景琇目不斜视。

“所以她受伤、后悔也没有关系？”季长嵩沉声质问。

景琇沉稳道：“要想过自己想过的生活，每个人都或多或少需要付出代价。而我能做的就是尊重她，尽我所能地帮她、保护好她，尽量降低代价。”

季长嵩被她冠冕堂皇的话气到了，从旁边翻出了两张资料，掷在景琇的身旁，“尽你所能？如果你真的能保护好她，那这都是什么？”

资料上是微博上的言论，各个发言人都顶着景琇的头像辱骂着季侑言。不是景琇的粉丝就是景琇的披皮黑①。

“这些言论不过是冰山一角。你连你自己的粉丝都无法管好，又怎么能真的一手遮天操控好未来未知的一切。你总是带着她走在这些风浪

①披皮黑：打着某明星粉丝的名义，发表不合适言论，胡乱抹黑、造谣别的明星。

的最前面，哪一天她真的因此得罪人了，她的前途怎么办？她是被赶出家门也要去才闯出现在的成绩，断送了也没有关系是吗？”

景琇的心神终于乱了，但她还是强作镇定道：“我不替她做任何决定，我相信她的选择。”

“你如果真的一点都不替她考虑，那我们确实也没有什么好谈的了。”油盐不进！季长嵩气得嘴唇发抖。

三人不欢而散，景琇近乎是被逐客令赶出来的。她几乎是第一次感受到别人对她这样直白的不欢迎，但她还是咽下了委屈与羞耻，强撑着与他们做了体面的道别，并且表示了下次再来拜访。

出了门，站在楼道里等电梯。三月依旧寒冷的夜里，景琇一身冷汗，风吹过，浑身冰凉。

她怎么可能真的一点都不替言言考虑？

许是因为吃饭的时候过于紧张，出门的时候又受了凉，景琇消化不良，胃疼得无法入睡。十二点过后，身体越发冰凉，疼痛仿佛被成倍地放大了。

景琇疼得手都在抖，从包里取出止痛药，拧了好几次才拧开盖子，倒出药就着矿泉水吞服了下去。

止痛药见效慢，景琇在冰凉的被窝里蜷起身子，试图缓解肚子里翻江倒海的痛苦。她闭着眼，思绪万千，耳边交错回荡着的是季侑言的温声细语、季长嵩的尖锐话语，还有老和尚如催眠般的木鱼声和诵经声。

她被季长嵩说得有些动摇了。越了解季侑言的家庭和过去，她便越心疼季侑言，越明白她从前为什么那样重视事业，为什么那样骄傲自尊心强。曾经她希望季侑言能像自己一样坦荡勇敢，是不是太自私、太强人所难了？

景琇欣赏季侑言如今意气风发、闪闪发光的模样，但季侑言这份从容自信的底气，是源于她现在事业的一帆风顺，还是源于她真的可以坦

然面对得失、宠辱不惊?

景琇不敢确定。

药效终于上来了，疼痛稍缓，景琇意识渐渐昏沉。

第二天回到北城，下了飞机刚上车，景琇就收到了季侑言发来的消息，“一大早就接到了我妈的电话。”

“奇奇怪怪地扯东扯西，还以为她要说什么，结果最后是问我清明能不能回去扫墓祭祖，你说这小老太太怎么这么傲娇。”

景琇轻咬下唇，一时间有些不知道该怎么回答。看来季长嵩和钟清钰是真的不希望季侑言知道他们昨天见过的事。钟清钰一大早打电话给季侑言，应该是试探季侑言是否知情。

她没有回答季侑言，季侑言还以为她是在忙没有看手机，自顾自地继续留言道:“可惜我今年档期都敲定好了，不好调整，所以就不回去了。”

她调侃道：“我要提早一年，先把你这个大忙人的清明档期定下来好吧？”

景琇眼神渐柔。她看季侑言没有再发消息过来，问季侑言道：“定下来做什么？”

季侑言惊喜道：“阿琇你午休了？”

“定下来带你一起去扫墓呀。好多好多年都没有去给我外婆扫墓了，明年我们一起去好吗？想把你介绍给我外婆，她一定会很喜欢你的。”

景琇看过季侑言小时候的日记，知道季侑言的外婆是最疼她最纵容她的人。她保存至今的那只熊猫挂饰，也是季侑言外婆亲手做的。

她当然愿意和季侑言一起去。不过扫墓这种事，通常都是一家人一起，季长嵩和钟清钰要是看到她，怕是不扫墓要先把她扫出去吧?

可她看季侑言兴致勃勃的模样，不忍心泼她凉水，回了她一个“准奏了”的表情包。

虽是这样，但景琇把季长嵩的那一番质问听进了心里，心头到底是蒙了一层阴霾。

文字聊天的时候，季侑言无法及时了解到景琇细微的情绪。晚上视频时，因为可以直观地看到彼此，她一下子就看出了景琇的情绪不太对。

“阿琇，是这两天排练遇到什么事了吗？”季侑言关心道。

“没有，怎么这么问？”景琇奇怪道。

季侑言试探道:“你看起来和前几天的状态不一样,好像不是很高兴。”

景琇惊讶于季侑言的敏锐。她心暖道：“你是孙悟空吗？”

季侑言面露疑惑。

景琇露出真切的笑，说：“火眼金睛。”

她不想直说，也不想找借口搪塞季侑言，含糊道：“这两天是有点不开心，不过不是什么严重的事。”

季侑言刨根究底：“不能告诉我吗？”

景琇长睫轻扇，犹豫着没有应话。

“和我有关系的？”季侑言心沉了下来。

“嗯，有关系。”景琇认真道。她见季侑言的脸色越来越凝重，忽然绽放出一抹灿烂的笑，揶揄道，“你这么自觉地往自己身上猜，是不是最近做了什么坏事？”

季侑言错愕，随即她心头一松：“小骗子。”

“我差点当真了，都要开始自我反省了。”她以为景琇在逗她。

景琇挑眉，半真半假道：“没骗你，你确实可以好好反省一下。”

季侑言被她唬得心里没底，“我最近在勤勤恳恳地工作，踏踏实实地拍戏，十分乖巧了。”

景琇笑了笑，主动转开了话题。

季侑言狡黠道：“我剪了个视频，要不要看看？”她把存视频的网盘账号和密码发了过来。

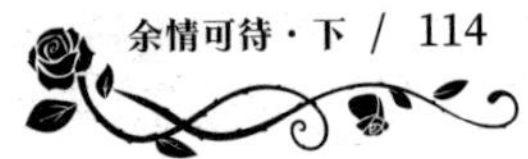

景琇从头看到尾，最后是一段唯美的空境。

景琇还在想这画面是哪里剪来的，就突然听见音乐渐小，季侑言本人的声音传了出来。

季侑言盯着屏幕，等着景琇看完视频的反馈。虽然配音这种事，她从前也没少做过，但这样录给景琇听还是第一次。

她兴致勃勃地等待着。

十分钟过去了，对话框依旧一动不动。季侑言奇怪景琇怎么看这么久，正准备发问，景琇的视频通话请求发了过来。

季侑言接通了视频，问：“阿琇，你看完啦？”

景琇平静地“嗯”了一声，点评道：“挺有意境的。”

“还有呢？”

“还有什么？”景琇装作听不懂她想讨要夸奖。

“画面挺有意境的，那其他的呢？比如音乐、配音，就没有什么想点评的吗？”她婉转地发问。

景琇避重就轻：“最后的画面是从哪里剪的？”季侑言所有的剧她都一集不落地看过，印象中没有这样的场景。

这重点和她期待的完全不一样。季侑言怔了一瞬，解释道：“不是。这是我从前段时间看的片子里剪的。”

景琇看她的模样，唇角不由得扬了起来：“所以，最后的配音，是你一边看着片一边录的吗？”

季侑言回：“没有，只是纯粹的配音，好玩吗？下次我们要一起玩吗？有一个软件可以用的。”

听起来挺好的，但景琇故意逗她说：“不可以。”

季侑言委屈巴巴。

景琇这才表现出一副勉为其难的样子，说：“我考虑一下。”

两人有一搭没一搭聊了许久才互道晚安。

视频后不过几天有一个保护弱势群体提案，时隔五年再一次被提交通过，开始了为期一年的讨论期。其中有几条争议性比较大，受到了很多保守派的反对。梦境里这个时候，季侑言还在被雪藏阶段，完全没有参与这件事。如果和她的梦境没有出入的话，这个提案将在明年正式通过。

所以，其实她参不参与这件事很大概率上对结果并没有影响。她可以选择明哲保身，但她没有。

提案提交通过的消息很快就上了社会新闻的头条，引起了广泛的议论。大众很快就转发了这条消息，并进行了旗帜鲜明的站队，一贯最有影响力的娱乐圈中人，却在这件事情上保持了出奇地沉默。

一部分人是不想参与这件事，怕自找麻烦，另一部分人是觉得枪打出头鸟，就算想站队也不想当吸引火力的第一人。

但总有英勇的人愿意身先士卒，曾经执导了《拂晓》的江树沛导演，再一次扛起了大旗，打破了圈中的一片沉寂。

以此为开端，越来越多的圈中人开始发声，包括和景琇搭戏《拂晓》的那个半隐退的女演员，包括薄雪、顾灵峰、景琇的好友关以玫……

记忆中明明站在了最前线的景琇，这一次却一直沉默着。季长嵩的那一番话，到底还是动摇了她。

她还在顾虑之时，季侑言却抢在她前面坦荡地发了一条微博，表示了鲜明的支持立场。

景琇动容，她和蒋淳打了招呼，为保其周全，还特意给外公也打了招呼。之后特意隔了两天，她大大方方地给季侑言这条微博点了个赞，跟在她后面发声了。

发声后，她给陶行若发消息，向她要了一份季侑言的行程表。

尽管发声是正义的，但由于一部分保守派的强烈反对，季侑言的工作还是受到了影响。

魏颐真和季侑言说，先前精心挑出来还在洽谈的商务合作，在她发声之后黄了一大半。品牌方都不太愿意选用这样立场太过鲜明的艺人，一是怕得罪潜在的客户群体，另一个则是觉得容易触碰警戒线，怕会随时翻车。

这是季侑言预料之中的事，她可以接受。

“不后悔吗？”魏颐真又为其惋惜又钦佩她的勇气，估计季侑言要有一段时间接不到好的品牌合作甚至影视资源了。

季侑言还在片场。她抬头仰望星空，由衷释然道：“不后悔。”

这世界这样美好，她也想为守护一份美好发出一点声音，在这广阔的天地间留下点什么。

什么都不做的曾经，才会让她后悔。

第六章

公开发声支持之后，季侑言微博的后台就彻底沦陷了，除了正常的粉丝和一部分支持赞扬她发声的评论和 @，多了无数阴阳怪气、污言秽语攻击她的评论。魏颐真从宣传团队那里得知了以后，就让季侑言暂时不要上微博了，免得影响心情。

季侑言听从了叮嘱，干脆卸载了微博，一心一意地拍戏。

四月中旬，她有一个《国剧盛典》通告要参加。当天中午，恰巧也是景琇作为亲善大使参加某个以残障人士、弱势群体保护为主题的国际会议的时间，季侑言在从机场前往会场的路上，借用了林悦的手机观看了直播。

前面其他人漫长的演讲后，镜头终于随着主持人的预告，扫到了景琇的身上。直播里，景琇和另外两个中国明星一起坐在一群金发碧眼的老外中间，明明另外两个明星也是数一数二的俊男美女，但景琇坐在他们之间，就是有着让人第一眼只能注意到她，并且注意到了就很难挪开眼的吸引力。

她穿着一身设计大方、裁剪合身的银灰色西装，长发偏分，妆容清淡却不失精致，配合着她清冷的表情，精英感和禁欲感十足。

前面一直平稳更替的弹幕在景琇出现的那一刻瞬间密集了起来，等景琇站起身走上台发表演讲时，弹幕更是变成了疯狂的刷屏。“哇，景琇这侧颜绝了”“啊啊啊啊啊，姐姐这套也太好看了吧”“[爱心眼][爱心眼]”“啊啊啊，这大长腿是真实存在的吗？”“爱了爱了”“气质太好了吧”“我现在开始表白来得及吗？”……

季侑言看着弹幕，与有荣焉。她一边欣赏着景琇的盛世美颜和动听的英语发音，一边疯狂地截屏。

林悦的心在滴血。她的手机内存只有 32 G，估计等季姐看完这一场直播就要崩了。

虽然这几天季姐什么都没有说，但一波接一波地被取消合作，甚至《人间有信》的导演组都对季姐进行了约见，到底还是影响了季姐的心情吧。

算了，季姐开心最重要。林悦忍下来了。

晚上《国剧盛典》快结束时，林悦照例和团队摄影师对接，帮着季侑言从传过来的照片中挑选出了三张满意的照片作为官方宣传照，用自己手机切了季侑言的号直接帮季侑言发布。

刚刚发完微博，魏颐真的电话就打了过来，和林悦交接明天季侑言

的工作安排。

虽然因为立场太鲜明，季侑言之前谈好的许多工作都吹了，但意外的是，也因为立场鲜明，她得到了一些同样立场鲜明或者支持但不便发声的合作方伸出来的橄榄枝。

其中一个就是明天要约见的瑞士手表珠宝品牌的时尚总监。她认为季侑言独立、勇敢的精英女性形象与品牌“永恒经典、时代之声”的理念很吻合，有意洽谈合作。

等林悦在外面与魏颐真打完电话回来，庆典也到了散场的时间。林悦收了电话，陪着季侑言接受了短暂的采访，而后去到更衣室换下了品牌赞助的礼服。

林悦去归还礼服，把手机留给了季侑言。季侑言独自等待期间，忍不住再次登录微博刷看资讯。

热搜的前几条都是关于今晚盛典的，除了“景琇××会议”的那一条。季侑言点进词条，看见广场上都是景琇在会上的演讲视频还有美图。

粉丝们各显神通，截取了各个角度的景琇，加上了自己满意的滤镜，嗷嗷叫着“我可以”。其中有一个博主发言说：“想做景老师手中的那支话筒，被她捧在手心里。”附的好几张照片，调的色调季侑言都很喜欢。

她一张张保存了下来，给面子地点了个赞，盘算着等会让林悦用微信合着傍晚的截屏一起发到自己手机上。

还在继续刷微博，放在包里的手机忽然剧烈地振动了起来。季侑言接通电话，魏颐真气急败坏的声音马上传了过来：“你要干什么？！”

“我没干什么啊，我在休息室等悦悦一起回去呢。”季侑言被斥责得一头雾水。

“我是说，你点赞那条微博是要干什么？”

“什么微博？”季侑言下意识地反问，问完她就反应过来不对劲了。

她连忙把林悦的手机切到微博个人中心的主页，看见用户名……赫然是“季侑言”三个大字！

季侑言握着手机的手都抖了一下。

“魏姐！我上错号了！我以为我是用悦悦小号点的赞。”季侑言尴尬又崩溃。

魏颐真准备了一箩筐的话要教育季侑言，一下子全被季侑言堵进了喉咙里，说：“我该说你什么才好？”

“魏姐，我错了。”季侑言认错的态度十分诚恳，“那现在怎么办？我取消吗？”

魏颐真无力道：“太迟了，已经被人截图传开了。你现在取消，不是此地无银三百两吗？”事发突然，她们根本没有防备。现在太多反对方的人盯着季侑言，一有错漏，他们马上就一拥而上。

“那不取消？”季侑言试探道。

“算了，事已至此，你就放着吧。我去联系蒋淳看看。”魏颐真叹气。

季侑言听得出魏颐真语气里的心累，眼眸灰暗，内疚道：“对不起魏姐，我再也不犯这种低级错误了。”

魏颐真知道她不是故意的，也心疼她这段时间的压力。她缓了语气道：“没事了，万幸你点赞的也不是什么太出格的言论，我们冷处理就好了。”挂电话前，她不放心道：“你实在要刷微博，就把自己微博装回来，只准登小号，不要再碰大号了。”

季侑言从善如流。

林悦回来后从季侑言口中知道这件事，自责得眼圈都红了。是她刚刚帮季侑言发了宣传微博后，忘记切换回去了。

季侑言自己也很沮丧，但还是安慰林悦：“是我自己没有看清楚登录的账号啦。”她弹了一下林悦的额头，笑道：“好了，惩罚你了，扯平了。”

林悦又想哭又想笑。

季侑言装作没事发生一样，把手机还给林悦，说：“好了，把我今天在你手机上存的图都发给我吧，将功折罪。”

两人上了车，林悦给季侑言传图，季侑言给自己的手机装回了微博。她登了小号查看微博上的形势。热搜上还没有关于她点赞的词条，但实时上升的热点中已经有词条了。

不用点开，她也能猜到营销号该是用什么样的口吻描述这件事。她心里沉甸甸的，觉得因为自己的过失，连累了景琇，也连累了魏颐真和蒋淳。

她给景琇发消息：阿琇，对不起，我失误了。

景琇久久没有回她，季侑言再次确认是小号后，登进了景琇的超话查看关于景琇行程的蛛丝马迹，猜测景琇此刻应该坐上了回国的飞机。

季侑言睡不着觉，失眠到半夜，看到那个词条彻底消失在热搜上了，才松了口气迷迷糊糊地睡过去了。

但万万没想到的是，就在她睡下后不久，一波刚平，一波又起。

凌晨五点多，景琇后援会皮下（管理员之一）之一因为不满季侑言总是有意“无意”地带景琇出场，而用自己的私人号发微博内涵（带有讽刺暗示）了季侑言，导致早上开始，景琇唯粉大规模地跟着内涵季侑言。

季侑言粉丝自然也不满，到了中午，反黑组直接把景琇这个后援会皮下的号列入了反黑名单，进行打卡举报。这下景琇的粉丝彻底炸了，双方争了个昏天黑地。该事件发酵到傍晚，季侑言和景琇两人的大名再一次被挂到“实时上升热点”上了。

蒋淳和魏颐真都紧急联系后援会的高层平息事态，但一时间还没有见效。季侑言结束了工作回酒店的路上一直在刷微博。

她看着整个微博广场的血雨腥风，仿佛又看见了多年前她的粉丝和景琇粉丝屡次争吵的局面。

身心俱疲。

不论她怎么做，景琇的粉丝其实根本不可能对她满意的是不是?

她出了电梯，再一次自动连上网，看见微信消息跳了出来，是系统发来的消息：景琇发了一条朋友圈选了要提醒她看。

季侑言精神一振，阿琇回来了？！

她忐忑地点开，入目的是景琇的一张半身照——景琇纤长的五指拉开了半边的西装，故意露出了她西装的左边内袋。内袋上，一条手链一半在袋中，一半露在外面。

季侑言一眼就认出了，是她送给景琇的那条手链。

季侑言愣了几秒，景琇是用这种方式来婉转安慰她的失误吗?

季侑言心上泛过暖意。她给景琇点了赞，而后故作轻松地给她发了自己截屏制作的表情包：“漂亮姐姐，请用大长腿踩我 .jpg”，是景琇穿西装上台时的长腿照。

景琇用语音嗔她道：“无聊。”

顿了顿，她又说：“别想太多，都没事的。”

季侑言听着她含笑的声音，终于低笑出声。她心中的苦闷感尽数消散了去，取而代之的是安定感与满足感。

不论阿琇的粉丝对她满不满意，阿琇在她身边，与她并肩作战着呢。

季侑言站在房门口，回景琇道：“好，我不想太多。”

景琇好几秒没回复，季侑言便取了房卡，刷开了门。

她进了门，还没来得及把房卡放进卡槽亮灯，就看到黑暗中有一道影子。

季侑言心一惊，还没来得及反应鼻尖就闻到了一阵熟悉的香味。

她顿时心安了下来，欣喜若狂。她合上门快步走了过去，反而把景琇吓了一跳。

“你怎么都不慌张？”景琇看着季侑言，微微羞恼。

季侑言不答反问道："你怎么来了？"满满的惊喜。

景琇轻笑，狡黠道："不是让我来踩你吗？"

"吃饭了吗？"景琇关心她。

"吃了。"季侑言由衷感慨道，"阿琇，你真好。"

景琇无情地拍她的手道："去拉窗帘开灯吧。"

口上嫌弃，身体倒诚实，季侑言笑了一声，放过了她。

她拉好窗帘打开灯，转过身看见景琇正蹲在行李箱前整理洗漱换洗用品，应该是准备先去卸妆洗澡了。

"累不累？"季侑言心酸了一下。景琇还穿着工作时的西装，显然是不放心她，连轴转直接赶过来的。

景琇淡淡笑了声，应："还好，飞机上睡了一会儿。"

她抱着衣物往浴室走去。

季侑言取了浴袍坐在椅子上等待。

许久后，景琇出来了。她裹着白色的浴袍，秀发凌乱自有美感，脖颈到脸颊都泛着水润的绯红。出水芙蓉，美得不可方物。

她擦着头发和季侑言说："我好了，你可以去了。"

季侑言眉眼弯弯，笑道："有句话虽然已经说烂了，但此时此刻我还是想说。"

景琇以为她要说什么，微微停住了动作。

结果季侑言说："我可以！"

景琇一怔，脑海中浮现起季侑言曾经给她发过的那只撅着的小熊猫表情包，哭笑不得。

"去洗。"她好笑地把毛巾扔到季侑言的身上。

季侑言接住毛巾，听话地起身去浴室。

她进到浴室里，利索地脱光了衣服，准备速战速决。她把脱下的衣服挂在墙壁的挂钩上，不小心把景琇挂着的风衣外套扯落了。

她把衣服捡起来，忽然听见一声响。她下意识地低头，看见地面的防滑垫上落着一白一红两枚平安扣。应该是她倒提风衣，从风衣内袋里滑出来的。

幸亏是落在防滑垫上，否则怕是要摔碎了。季侑言后怕地把平安扣捡了起来。等她摊开手心想要仔细检查玉是否有恙时，突然发现很是眼熟——很像当年那位僧人送给她和景琇的那两枚。

当年她和景琇在藏地旅行出了交通事故，在事故中意外搭救了一位僧人。僧人说他们有缘，送了她们两枚开光的平安扣。

只是，当年那对平安扣是和田白玉所成的，通体雪白，在环形内侧才有一个隐约的小黑点。而现在她手心中的这两枚，环形内侧也有黑点，但玉却是一红一白的。红的看起来也像和田玉，但颜色不对……

不过，就算是那两枚平安扣，其中一块也应该在自己手上。季侑言只当是巧合，帮景琇把平安扣放回了大衣的内袋。

说起来，她好久没有取出那枚平安扣看过了。在那个梦里，死之前，她手中还攥着那枚平安扣。

不知道她死了以后，有没有人打开过她的手掌取出那枚平安扣……

季侑言打开莲蓬头，思绪四散开来。

洗完澡，季侑言擦干身子裹着浴袍出去了。景琇已经吹好头发，靠坐在床上闭目养神。

听见季侑言的脚步声，景琇睁开眼看了过去。

“阿琇，我刚刚不小心把你衣服弄掉了，捡起来的时候有两枚平安扣掉了出来。”季侑言擦着头发随口说道。

景琇身子陡然一僵。

季侑言没有察觉，继续道：“掉在防滑垫上了，没有裂，你下次换衣服时还是记得先取出来吧。”

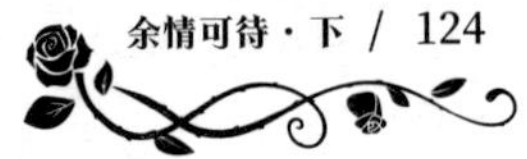

景琇不动声色地松了一口气，说：“好，我记下了。”

季侑言放下毛巾，爬上了床，“有一枚是不是老和尚以前给我们的呀？”

景琇犹豫道：“嗯。”

“那另一枚红色的呢？”

景琇的表情有一瞬间的不自然，避重就轻道：“我偶然得到的。”

怕季侑言刨根问底，她伸手揉了揉季侑言还有些湿的头发，转移话题道：“起来，把头发吹干。”

季侑言赖皮道：“你帮我吹吗？”

景琇轻笑一声，没应好也没应不好。

季侑言知道她是默许了，一骨碌坐了起来取了电吹风插上电，递给景琇。

她盘腿坐着，一副乖巧等待的模样。景琇嫌弃地觑了她一眼，还是直起身，跪坐着帮她吹头发。

晚上两人边看电影边有一搭没一搭地聊着，不知不觉就消磨到了半夜。季侑言精神放松了许多，终于久违地睡了个好觉，做了个好梦。

第二日，季侑言睡到了自然醒。时近中午，景琇侧躺着，依旧睡得正香。

床头的手机忽然振动了起来，季侑言连忙伸手按掉了。

她转过头看景琇没有察觉的模样，松了一口气。

来电是延州，母亲的，季侑言蹙眉，想放回手机稍后再回电话，手机又再次振动了起来。

还是钟清钰。

季侑言再次挂掉电话，不舍地坐起身子，轻手轻脚地下床到浴室里回拨电话。

连打两个电话，还以为是有什么要紧事，结果回拨后，好像只是家长里短的日常闲聊?

季侑言在浴室里压低了声音说话，但还是担心吵到景琇，想找借口长话短说结束对话。

她要挂电话了，钟清钰才吐露了这通电话的真实意图。

“你最近是不是太高调了？连我同事都旁敲侧击地问我你的事。”钟清钰试图放缓语气，但出口的话砸在季侑言的心上还是硬邦邦的。

“所以呢？”季侑言沉了声反问道。

“你说所以呢？这事多少人躲都来不及，你倒好，直接站那么前面，是生怕不够引人注意吗？”她看媒体总结，季侑言已经因为这事丢了多个合作了。

“人人都这么躲起来，都不愿意站出来，那谁来发声呢？我享受着比别人更多的社会资源，就应该承担起更多的社会责任，为这个社会的进步发声。”这是曾经景琇希望她有而她不敢有的担当，她曾经有多胆小，后来就有多后悔。

“能不能通过是多你一个少你一个能决定的吗？” 钟清钰本意是不想季侑言的前途因此受到影响。

但听在季侑言的耳朵里就变成了另一层意思。

“你就是觉得我让你们脸上无光了是不是？”季侑言灰心。

钟清钰一窒。脸上无光？她和季长嵩脸上还有什么光？当年被所有人当成自己家孩子榜样的季侑言，放弃大好前程，悔婚退学，就已经让她和季长嵩沦为众人笑柄了。且不说今天她不是为了面子，就算她是为了面子，难道不对吗？季侑言每周一封信，封封都在试图让他们对她多一点理解，那换位思考，他们要求季侑言也对他们多一点理解，体谅他们跟着陷入这些纷争中的难堪，就不应该了吗?

钟清钰的心也冷了。

两人不欢而散。

景琇在第二通电话打来时就迷迷糊糊地醒了，等季侑言进了浴室，传来隐隐约约的说话声，她彻底醒了过来。

浴室里的交谈进行到最后，是明显的不愉快。景琇的心跟着沉了下来。

怕季侑言难堪，听到浴室开门的声音，景琇连忙闭上了眼装睡。

季侑言坐回床上，怔怔地出神了一会儿，景琇装作刚刚醒来的样子，伸手拉住了季侑言的胳膊。

季侑言转身对景琇道："小懒猪醒啦。"

阳光透过厚实的窗帘漏进光亮，昏暗的光线下，季侑言的笑眼里像是有星星闪烁。

景琇心上泛过心疼，为季侑言此刻的故作坚强，也为她可能没有发现的季侑言曾经的无数次故作坚强。

"如果我是猪，那你也是猪。"她闷声道。像猪也挺好的，无忧无虑，如果她能让言言像猪一样快乐就好了。

季侑言贫嘴道："我不是，你才是猪。"

话音刚落，景琇恼羞成怒地拍了她一下，季侑言一边嗷嗷叫着，一边哈哈笑出了声。

由于季侑言第二天剧组有排戏，吃过午饭后，季侑言不得不离开了。

错开了季侑言的离开时间，晚上景琇才乔装打扮从酒店离开。

前往机场的路上，她接到了一通陶行若的电话。

"琇琇你在哪儿？快回来，外公被舅舅气进医院了。"陶行若心急火燎道。

飞机上，景琇双手紧紧交扣于身前。

那是她紧张时的不自觉动作，姚潇心疼她，说："景老师，睡一会吧。吉人自有天相，林老先生一定会没事的。"

景琇这几日来几乎是马不停蹄地辗转于国内外几座城市，根本没有给自己留休整的时间。姚潇跟着景琇奔波，整个人也疲惫得不行，昨天睡了个昏天黑地才感觉自己活过来了。但她今天一见到景琇，听见她低哑的声音就知道景老师昨天肯定没休息好。

景琇勉强地对姚潇扯了扯唇角，说：“嗯。”

她靠在椅背上，闭上眼，思绪纷乱。

这本是不该发生的事。外公前几年大病过一场，所以格外注重养生，戒躁戒怒，情绪一贯控制得很好。虽然陶行若电话里没有说得很清楚，但是可以听出外公和舅舅争吵的原因和自己之前与肖迭的恩怨有关系。

蝴蝶的振翅，究竟要引来多大的龙卷风？景琇心慌意乱，是她连累老人家了。

抵达北城，一下飞机她就联系了陶行若询问最新情况。陶行若说已在机场外等她了，安抚她林兆元送医及时，血压和心绞痛都缓解下来了。医生说有中风前兆，需要留院治疗，静心调养。

景琇稍稍松了一口气，出了机场坐上陶行若的车直接去往医院。

“你声音怎么了？”陶行若在电话里就想问了。

景琇清了清嗓子，淡淡道：“可能是有些感冒了。”

陶行若关心她：“你从加城过来的？”

“嗯。”

“侑言好像也在那边？”

景琇“嗯”了一声。

又问道：“你刚电话里没有说清楚，到底怎么回事？”

陶行若说起正事，心情又沉了下来。“听说是外公这段时间一直在安排引肖迭上钩的事，马上就要收网了，结果发现大舅阳奉阴违，自己把网先扎破了。”

“外公发现后，把大舅叫到了书房，不知道大舅说了什么，父子俩就吵起来了。然后外公气得往大舅身上摔茶杯，大舅也来了脾气，转身要走，还没走出门，外公就捂着心脏瘫倒了。”

景琇抿唇，满心自责。

陶行若看出她的心思，安慰她道：“你别多想，和你没有关系。外公和大舅这几年来早就积下了很多矛盾，特别是这半年来，大舅眼见着门庭冷落，开始有自立门户的想法了。肖迭的事，只能算是导火线。”

“琇琇啊，林家……”她话没说尽，委婉道，“你要早做心理准备。”

景琇微合眼眸，几不可闻地“嗯”了一声。这些事，她这段时间也有些察觉到了。

到医院的时候，夜已经深了。走廊里静悄悄的，一个中年男人靠在座椅上半睡半醒。

听到脚步声，男人循声看了过来。看清来人是陶行若和景琇，皱了皱眉头。

“舅舅。”景琇颔首，客气疏远地打了声招呼。

林文崟点头回应，张口想说什么又忍下了。他作势要抽烟，站起身走了。

陶行若说，外公醒了以后不肯见他，所以他就只能守在病房外。她推开病房的门，看见病房里只留着床头的一盏小灯，老人合着眼躺在床上，似乎已经入睡了。

两人正犹豫着要不要进去，老人忽然睁开了眼望向门口。

“琇琇啊，你来了？”老人虚弱出声，支起手臂像是要起身。

景琇和陶行若连忙快步近前，一个扶着老人半坐起，一个调整病床的角度，让老人能够舒服地半躺着。陶行若出去给母亲打电话报平安，景琇坐在老人床沿，放柔了声音关切道：“外公，还难受吗？”

林兆元一副不在意的样子道：“没事了，都是老毛病啦。”

“对不起，是我让外公受累了。”她内疚道。

林兆元布满老茧的手拍了拍景琇的手，摇头道："说什么傻话呢。"说完，他像是想到了什么，长长地叹了口气，"是外公老了……"

"老了，没用了……"人都说树倒猢狲散，没想到，连自己的儿子也这样。

这是景琇第一次看见林兆元露出这样灰心的老态，她心里酸酸的，摇头道："哪里的话。都说家有一老，如有一宝，外公你只是需要休息一下而已。"

林兆元露出笑道："我们琇琇的中文越来越地道了啊。"他笑完又沉了眸色，低声道："琇琇，外公答应你的事情，失约了。"筹谋许久，才发现原来一直被儿子蒙在鼓里。林文鉴没有骨气，根本不想得罪肖家，也不想再节外生枝。林文鉴说林家不比以前了，人情留一线，日后好相见，该为以后做打算留退路了。林兆元现在是心有余而力不足了。

景琇哪里看不出老人说出自己要失约时的难堪神情，懂事道："没有的事。外公，肖迭能得到现在这样的惩罚，我已经很满足了。"

她举例道："外公你记得吗？五年前也是这样的时期，肖迭明里暗里和我打了好几场擂台，气了我好几次。可这一次，你看他完全就不敢吱声了，节省我好多精力。"

老人被她哄得心里熨帖极了，点了点她的鼻子爱怜道："你啊……"

林兆元一直都有在关注景琇此前发声的事，赞许道："你那几个舅舅，行事都畏畏缩缩，也不知道像谁。你这性子像你妈，果敢坚毅。"虽然景舒榕和他不亲，但因为他对景舒榕和她母亲有亏欠，也因为景舒榕性格最像他，所以他心里其实一直最偏爱这个女儿。爱屋及乌，孙辈里他也最疼爱景琇。

但他话锋一转，又语重心长道："不过琇琇啊，勇敢没有错，但也要记得保护好自己。外公舍不得你受委屈。"

景琇宽慰老人道："外公，我不委屈。人生之事难有十全十美，我

已经知足了。”

得失由人，喜悲在己。

林兆元又欣赏自己外孙女又无奈。“如果可以，外公希望能帮你铺平所有的路，可是外公可能……”他话没说完，陶行若打完电话回来了，林兆元止住了颓丧的话语。

祖孙三人又说了一会儿话，时候不早了，林兆元该休息了，陶行若和景琇便离开了。

回程的路上，景琇很沉默。外公未尽的话，她听明白了。

林家的失势，季侑言父母的偏见，让她越来越明白从前季侑言的束手束脚是怎样的狼狈与难过。

“陶，你说，我不再和光娱续约，带着蒋淳跳出来成立工作室可行吗？”景琇轻轻开口道。

陶行若惊讶道：“怎么突然想到这个了？”

“因为要留一条退路啊。”景琇的面容在移动的光影中明明灭灭，柔弱又坚定。

陶行若动容。她知道景琇的本心其实只是纯粹地拍好戏，这是她喜欢的事，也是她的艺术追求。连景琇这样纯粹的理想主义者，都开始学着向现实妥协了。

“可行的。”以蒋淳和景琇多年来在圈中积攒下的人脉，再加上蒋淳的执行力、景琇的眼光与名气，不论是签新人、自制影视还是投资电影，前景都很可观。

“但是，成立了工作室，你就不是只管拍戏就好了。”陶行若提醒她。

“我知道。”景琇沉稳道。这个打算，她几个月前就在考虑了。

手机上提示的弹窗跳了出来，是季侑言下了夜戏后给她发的微信。

景琇故作高冷地回了一串省略号。

季侑言秒回了一张狗子裹着小被子凄凉的表情包，显得可怜兮兮。

景琇唇角顿时有笑意溢出。

陶行若了然道："侑言找你？"

"嗯。"

陶行若见她由衷开心的模样，曾经对季侑言的不满悉数散去，透露道："说起工作室，颐真前几天也试探了我的口风。"

听到魏颐真的名字，景琇分了些注意力到陶行若的话上。

"颐真不是很满意侑言没办法把事业当成最重要的事，但又很欣赏侑言的为人，所以权衡之下，她希望能够和冉闻开展新形式的深度合作，想和侑言合伙成立工作室，然后以艺人工作室的形式和冉闻签约。这样就可以共享资源，颐真作为合伙人，也可以继续带侑言，同时还能兼带其他艺人。"

"能让颐真这么烦恼，这次我看到侑言的改变了。"陶行若戏谑道。

景琇维护："她只是兼顾了事业与生活。"

五月下旬，季侑言新剧《人间有信》的拍摄接近杀青，景琇不方便来探班，便悄悄地让人联系了餐厅和车辆，准备以季侑言的名义给全剧组人员安排一顿海鲜自助大餐。

季侑言也有请剧组吃饭的意思，视频的时候和景琇提了一嘴，景琇才平淡地透露道，"你不介意的话，我已经联系好了，可以现用。"

季侑言惊喜万分。

景琇联系的晚餐设在五星级酒店，包下了一整层楼，丰盛得超出了预料。全组人员都觉得自己受到了季侑言真心的尊重和喜欢，自我价值感得到了极大的提升，再加上季侑言长袖善舞，说话好听，又是感谢这段时间大家的照顾，又是为前些时候因为自己生出的风波道歉，亲切诚恳、不端架子，所有人对季侑言的好感度都噌噌上涨。

酒足饭饱，连之前因为站队的事拉着季侑言开小会的导演和制片人都敬了季侑言好几杯酒，客气地表示，如果先前因为立场原因有说过什么让季侑言不舒服的话，希望季侑言不要放在心上。以后有什么能用得上的地方，尽管开口。

一席饭吃得其乐融融。季侑言吃得差不多了，放缓了进食速度。

她借口去洗手间，起身在门口拍了一张大厅的全景图，而后出了门，在正对面空着的大厅坐下，把照片发给了景琇。

“想吃吗？”她逗景琇。

景琇晚上只在剧院吃了简单的外卖，现在刚刚结束排练回到家，看着照片中的美食，忽然饥肠辘辘。

但她靠坐在沙发上，实在累得不想再折腾了。她假装不受诱惑反问道：“还合胃口吗？”

“太合胃口啦。”季侑言回道。

景琇舒展眉眼道：“怪不得有人前几天就在和我哭诉，说自己胖了。”

季侑言理直气壮道：“我那不是吃胖的。”

“那是夜夜失眠才胖的。”季侑言发了个可怜的表情。

景琇唇角的笑意更深。

手机适时地弹出林悦发来的信息，景琇简短地回复了林悦后，话中有话道：“那杀青后，开始减肥吧。”

大厅外有脚步声响起，季侑言下意识地往门外看去，一眼扫见一大捧花。

她上移了视线寻找捧花人，映入眼帘的是林悦那张温顺乖巧的脸庞。

季侑言嘟囔道：“悦悦，是你啊。”

林悦合上了门，边走近边打趣道：“季姐，你听起来好失望啊，是不是在期待什么呀？”

季侑言站起身，弹了林悦脑门一咯嘣，嗔道：“不好好吃饭，来寻我开心吗？”

林悦“哎哟”一声，把花递给季侑言，委屈道：“是来给季姐你送开心的啦。”

季侑言以为是公司常规的杀青礼物，不以为意地接过。林悦凑上前压低声音道：“景老师让我祝你，杀青快乐。”

季侑言眼睛一亮，觉得手中花束的分量顷刻间变得不一样了。

林悦想拿手机帮她拍两张照片，抬手才想起来自己手上还拿着一个小盒子。

“季姐，还有一个杀青礼物噢。”

季侑言的视线落在了林悦伸出的手上。她接过盒子，把花暂交给林悦，满怀期待地解开盒子的丝带，打开盒子的盖子。

盒子里躺着一个扁平的卡片形状的物体。

季侑言拉出卡套里面的东西，看见卡套里装着一张业主出入卡和一张剪成钥匙形状的红色纸条，纸条上写着一串数字——

这是她曾在绝交后归还给景琇的，景琇家的自由出入权。

景琇又再一次交给了她。

季侑言的鼻头竟涌上了酸楚。

她把卡和纸条放进了手包的内袋中，吩咐林悦先回去吃饭，她稍后也回去。

她抱着花，给景琇打电话。

景琇知道季侑言隔了这么久直接打电话过来，一定是已经收到了礼物。

“我只是，缺个给我煮夜宵的人。”景琇道，“你有时间，想来可以来。”

季侑言柔笑出声：“我有时间啊。刚刚好，你负责治疗我的失眠，我负责给你做饭。”她还想再和景琇多说两句，门又被林悦打开了。林悦用嘴型提示她，导演在找她了。

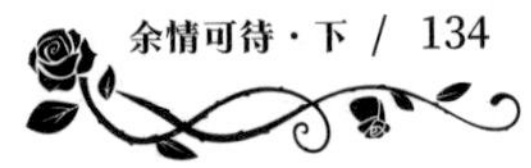

季侑言只好先结束和景琇的通话，回对面厅应酬。

《人间有信》正式杀青，季侑言参加了两个电视节后，受之前风波的影响，意外多出了两周的休息时间。

她参加完电视节，归心似箭地和魏颐真一起飞回北城冉闻总部，与陶行若进行三方会谈，初步定下了之后的续约合作方案。

而后，她直接赖在了陶行若的办公室，等着她处理完公事送自己去景琇家。

陶行若又好气又好笑："你不能自己去吗？"她也急着回家啊。

季侑言不好意思道："我自己的车和魏姐的车太明显了，我怕节外生枝。"

怕节外生枝就不该去。

像是看出了老板的腹诽，季侑言换成了她表妹好朋友的身份解释道："阿琇的话剧过几天就上了，难得我刚好休息可以照顾她陪着她。"

景琇的话剧三天后将在北城剧院连演五场，不可谓不艰巨。好表姐陶行若被打动了。

她只好任劳任怨地送季侑言去景琇家，还答应了首场和末场带着阮宁薇一起陪她去剧院看话剧。

陶行若没有上楼，送季侑言进入小区就离开了，季侑言拖着行李箱独自刷卡走进景琇所在的那栋楼。

过去在这套房子里，她陪景琇招待过景琇非富即贵的朋友们。景琇的那些朋友若有若无的打量，让她觉得在这套房子里找不到属于自己站立的位置。

所以因为自己的自尊心，她们其实很少待在这里。景琇一直迁就着她。

她输入密码打开景琇的家门。合上门，她看见玄关处一如曾经摆着同款拖鞋，看见吧台上放着她们一起做的陶瓷杯，客厅挂着她送景琇的画，沙发上摆着她送的熊猫玩偶……

就像这两年的断交从未发生过一样。

强烈的歉疚感和归属感向季侑言袭来，让她哽了喉咙，泪湿眼眶。

她曾经怎么会觉得这里没有温暖的感觉？明明阿琇在哪里，温暖就在哪里啊。

她坐在沙发上平缓心情，感受着从落地窗吹拂进的温柔晚风，注视着窗外完全降下的夜幕，享受着这一份久违的等待感。

她给景琇发短信试探道：“今晚也要加练吗？”

景琇隔了十分钟才看到消息，回复：“嗯，大概八点半回去吧。”她以为季侑言是例行询问方便视频通话的时间。

季侑言弯了眉眼道：“好，我等你。”

还有一个多小时。

她轻车熟路地起身开灯，摸进厨房打开冰箱查看食材。想好做什么了，她利落地用发绳绑起了长发，挽起袖子，如景琇的玩笑话那般给景琇准备起了夜宵。

接近九点，季侑言煲好了下面要用的汤，听见门外有解密码锁的声音。她连忙放下勺子，快步朝外走去，恰好迎上了推门而入的景琇。

景琇合上门，转过身发现季侑言正系着围裙，站在温暖的灯光下朝着她盈盈而笑，登时又惊又喜，难以置信地愣在了原地。

“欢迎回家。”季侑言含笑走近景琇。

景琇靠在门板上看着季侑言，“哪里来的田螺姑娘？”她眉眼温柔地打趣道。

第七章

“你吃晚饭了吗？”景琇换了鞋进屋，关心她。

季侑言老实回：“还没有，想等你回来一起吃。”

景琇道：“下次不要等了。”

季侑言看着她没说话。

景琇担心自己可能太严肃了，又缓和了语气道：“言言，你胃不好，要爱惜自己。”

季侑言柔声答应道:“好,我都听你的。那我们先吃饭,我给你下面条。”

景琇淡笑着应了声。

两人进了厨房，季侑言在灶台前忙碌着，景琇倚在冰箱旁静静地注视着她。

“你猜我是怎么过来的？陶总送我来的。我还和她约定了，过几天她要陪我一起去看你的话剧……”季侑言一边下着面，一边与景琇闲话家常。

明亮的灯、冒着热气的锅、结束工作后可以闲聊的友人，是平常人再寻常不过的烟火人间，却是她们之间历经艰难才再次拥有的幸运。

“如果你不介意的话，我想明年的工作安排可以参考你的档期，我们协调一下好吗？”季侑言询问景琇的意见。

景琇怎么可能说不好？

她唇角微扬答应道：“嗯，我也会让蒋姐注意的。”

景琇嗤笑道：“我觉得你应该注意一下锅里的面了。”

“要坨了。”

季侑言将信将疑，结果扭头一看，是真的要坨了，顿时没了从容，手忙脚乱。

景琇幸灾乐祸，忍俊不禁。

好在面条虽然是软烂了一点，味道还是在的，景琇久违地尝到了季侑言的手艺，稀罕地连汤都喝光了。

吃过夜宵后，两人在客厅消食，坦白了自己打算成立工作室的想法，就着这个问题给对方出谋划策，探讨了一番。

等话题告一段落，时间也不早了，景琇该准备洗澡休息了。她看季侑言的行李箱还在客厅，奇怪道："怎么不放衣帽间？"

"你没回来，我不好意思，怕有什么不方便的。"季侑言如实道。

景琇蹙眉不悦道："这么客气，把自己当外人吗？"

季侑言没来得及否认，景琇拿出撒手锏道："那你别睡主卧了，睡沙发吧。"

话音刚落，季侑言二话不说，拉起行李箱就往房间跑去。她从行李箱里取出睡裙先扔在床上占位置，而后又拖着行李箱跑向衣帽间。

景琇看着她快三十的人了做这么孩子气的举动，又好气又好笑。

季侑言进了衣帽间，熟门熟路地拉开了属于自己的那半面衣柜。衣柜里却不是空的，而是成排的没有拆标签的衣服。她下意识地转身向景琇看去。

她以为是景琇暂时先占用了自己的衣柜。

景琇却蹲下了身子，一边帮她把行李箱里的衣服整理进衣柜，一边淡淡道："是这几年每次顺手帮你一起买的。"

季侑言目瞪口呆，又感动又内疚。

"你有时间的话可以挑一下，留几件喜欢的，其他放久了过时的就清掉吧。"景琇轻描淡写道。

季侑言的指尖在一件件衣服上滑过，由衷道："我喜欢，不要清。"

三天后，景琇主演的话剧《惊雷》在北城剧院进行首场演出。当天除了季侑言和阮宁薇，《全民大制作》节目组还来了好几个学员，景琇的圈内好友也来了三个。

季侑言隐藏在其中，尽量降低自己的存在感。

《惊雷》全场共三个半小时，景琇接近三个小时都在台上。台词量巨大，景琇却凭借着自己过人的台词功底，几近完美地演绎了下来。

她咬字分明，句句情感到位，配合着她精准到位的肢体、表情表演，展现出了惊人的舞台表现力和感染力，很快就将全场观众带入到剧情之中，随着女主人公的境遇忽悲忽喜、揪心难过。等到大彻大悟走向自我觉醒，她描眉画脸，戴上髯口穿上厚底，身型挺拔、扮相俊秀地站到舞台中央，全场观众像自己跟着觉醒一般，热血沸腾，再等她洪亮淳厚的唱腔一起，更是全场惊艳。

所有人都以为她唱不好的，可她唱得很好，连懂行苛刻的票友们都不得不肯定她是下了苦功夫的。

如果有人生来就适合舞台，那景琇一定是其中一个。舞台上的景琇，光芒四射，散发着无与伦比的魅力，总会让人因为她引人入胜的演技而忘记了她的美貌，而又在不经意间被她的美貌戳到，心生惊叹。

季侑言坐在台下仰望着几尺舞台上熟悉又陌生的景琇，满目赞赏与崇拜。

话剧谢幕的时候，全场掌声经久不息，景琇粉丝们的尖叫声不绝于耳，季侑言心头发烫，与有荣焉。

散场后，季侑言随着陶行若一行人一起到后台找景琇，而后转场去吃饭庆祝。

大家三三两两、有说有笑地走着，忽然不经意的一眼，季侑言眼尖地扫到斜对面的走道中，有一个赤裸着上身的男人气势汹汹地朝着景琇飞扑而来。

几乎是条件反射，季侑言抬脚就往景琇的面前急奔而去，以自己的身体挡住了男人向景琇冲刺的脚步。

下一瞬间，剧痛传来，季侑言眼前一片黑暗。

尖叫声四起。

所有人都在毫无防备的状态中，只看见有黑影一闪，季侑言突然地从斜侧方冲到了景琇的面前，一手向前伸出，一手张开，是防护的姿态。

还没反应过来发生了什么事，下一秒，季侑言就被一个裸着上半身的男人撞倒了，身体和头部撞击在地，发出一声沉重的闷响。男人因为力的相互作用，也一个趔趄，重摔在地。

通道内外响起了此起彼伏的尖叫声，景琇的面上瞬间褪尽了血色，魂不附体地惊叫道："言言！"

她腿脚发软地冲上前要扶季侑言。

被季侑言撞倒在地的男人看见景琇，眼神直勾勾的，颤颤巍巍地竟试图爬起来再次扑向景琇。

关以玫这才反应了过来，条件反射地去扯景琇："琇琇，退开！"

景琇充耳不闻，用力甩开了关以玫的拉扯，跪倒在季侑言的身旁。

陶行若也反应了过来，一边用脚踹那个男人，一边向身后呼喊道："愣着干吗，压住他啊！"

其他人这才回了神智，两个男生跑上前去按倒袭击者，姚潇高呼安保人员，阮宁薇抖着手拨打了急救电话。

季侑言躺在地上，脑袋又沉又痛，眼前一阵一阵地发黑，感觉所有的声音都遥远得仿佛是从天边传来的。

恍惚间，她好像听见了令人心慌的诵经声与木鱼声，脑海中晃动着模糊不清的重影，极力想要看清，却只能看见一路蜿蜒向前的殷红鲜血……

心好痛，痛得要喘不过气了。

有一双温暖的手触碰着她，湿热的液体像雨点般滴落在她的脸颊上。

季侑言像要炸开脑袋的痛楚，在景琇传递来的体温中缓缓平息了下来。奇怪的声音和重影都消失了，景琇如泣如诉的呼唤声进入她的脑海：“言言……言言！”

季侑言勉强抬起沉重的眼皮看向景琇，映入眼帘的是景琇梨花带泪的面容和其他人关切的打量。除了梦境中她死去时，她从来没有看见景琇在别人面前这样失态过。

“我……没事。”季侑言艰难地找回了自己的声音。

景琇紧握着季侑言的手，像是害怕她下一秒就会消失一样。听到季侑言虚弱的声音，她泪水掉落得更厉害了。她想扶起季侑言，又不敢贸然动她，手足无措。

“觉得能坐起来吗？”她哽咽着询问季侑言。

季侑言无力地“嗯”了一声，试图支撑自己坐起来。但用力抬手的一瞬间，肘关节传来一阵剧痛，季侑言倒吸一口冷气。

景琇紧张道：“别动，我们不动了。”她急切地问身后：“车呢？急救车怎么还没来？”

“堵在路上了。”陶行若气恼道。剧院偏门是一个玻璃门，外门等候了许多想要签名与合影的粉丝。事情发生的时候，外头的人看得一清二楚，消息来不及控制，完全传播开来。

四面涌来了想要抢头条的媒体，过多的车辆造成了交通堵塞。

季侑言冒着冷汗安抚景琇道：“别怕，可能就是肩膀脱臼了。你扶我起来。”

景琇见她神志清醒，小心翼翼地绕过她的脖颈去托她，陶行若蹲在季侑言的背后帮扶着。等季侑言完全坐起了身子，景琇这才发现，地面上染着一块鲜红色——季侑言的后脑勺出血了。

她浑身发软，心慌得怦怦作响，极力冷静道：“潇潇，把袋子里的衣服给我。”她接过姚潇递来的衣服给季侑言止血，颤声问季侑言：“言言，站得起来吗？”

季侑言头晕目眩，但还是“嗯”了一声。

景琇当机立断道：“陶，你留在这里等警察善后好吗？”她余光扫到被压倒在地上仍不忘叫嚣着“放开我，为什么抓我”的袭击者，眼神冷得像刀。

陶行若应好。

“潇潇你带着保安开路，挡住外面的媒体，以玫你叫司机把车开到门口，宁薇你和我扶着言言。我们自己去医院。”景琇收回眼神，把外套脱了，罩在季侑言的头上，挡住季侑言的脸，扶着季侑言往外走去。

门口已经聚集了许多媒体和粉丝，看见她们出来了，都想要挣脱保安的隔离，伸长了手，恨不得把话筒和摄像机直接对到她们的脸上。

快上车了，有一家媒体的记者冲破了防线，架着摄像机就向季侑言冲来。景琇的好修养绷到了极限，怒不可遏地伸手拍向摄像机。记者没稳住，摄像机撞到车身，摔落在地。

四下哗然，闪光灯闪得更密集了。

景琇阴沉着脸，熟视无睹地要扶季侑言上车，季侑言担忧地叫她：“阿琇……”

景琇深吸一口气，吩咐姚潇道：“潇潇，留一下这个记者的电话。”而后她搀着季侑言上车，扬长而去。

季侑言疼痛缓了些许，脸色还是一片惨白：“我又给你惹麻烦了。”阿琇为了她与记者起摩擦，不知道那群媒体又要怎么写了。

景琇哑声道：“说什么傻话呢？”她想到刚刚的事还在后怕，颤着唇道：“答应我，再也不要这样了。”这不是第一次了。

一切尽在不言中，景琇的眼眶再次泛红。

车子开到医院时，院方这边陶行若都打点好了，季侑言直接被推进了急诊室，而后是跑上跑下地做检查。

季侑言后脑勺缝了五针，手臂除了肩膀脱臼，手肘还有骨裂。景琇全程陪同着，心如刀绞。

陶行若在现场善后完跟着来到了医院，告诉她袭击者也在医院中救治，救治完会转送警方那里，现在她要去做个笔录。

景琇看着病床上的季侑言道："你睡一会儿好吗？我一会儿就回来。"

季侑言听话地闭上了眼。

景琇帮她掖好被子，起身跟着陶行若出门做笔录。

袭击者自称是景琇的粉丝，对她十分爱慕，所以决意献身自己。

十足的神经病。

景琇的拳头握得咯咯作响，愠怒地配合着做完笔录，要求道："我要见他一面。"

陶行若打点后，陪着景琇进了袭击者的单人病房。为减少攻击的可能性，袭击者双手被扣在了病床头。

见到景琇进来，袭击者露出笑："琇琇，你来看……""我"字还在喉咙中，景琇忽然握起了床头柜上的水壶，扬起手，对着他恶心的嘴脸狠狠地打了下去。

对方被打歪了脸，惶恐痛呼道："救命啊……救……"

景琇没让他喊完，又落下了第二下。

男人嘴唇破皮，鼻血直流，痛得张不开口了。

还不够，她又扬起了手。

陶行若被景琇突如其来的暴戾吓到了，慢了半拍才去拉景琇："琇琇，冷静！会出事的。”

景琇被陶行若圈住了双臂，她身子也在抖，眼神森冷得可怕，是恨不得把床上的人碎尸万段的恨意。

她胸膛急促起伏着，眼神慢慢恢复了清明。

“出事？”她喃喃低语。

不，不知道了……

陶行若也不知道了。没有人知道，季侑言能平平安安地活着，对她是多么难能可贵的事。

陶行若听不懂她的话，她只能轻拍着景琇的后背，无声安慰。

景琇恢复了平日的清冷克制，扶着陶行若站起了身，冷声道：“陶，这种人就不要再让他出来祸害人了。”

陶行若了然道：“你放心，我知道了。”要么在精神病院里老死，要么把牢底坐穿吧。

蒋淳打来电话与她商量这个突发事件的后续处理方案，景琇不愿意再多看那人一眼，转身出了门。

蒋淳说事件火速地发酵了。但明明重点是她们被袭击了，排在热搜的顺序依次却是“景琇攻击记者”“季侑言遭遇裸男袭击”，明显是有人趁机恶意地操控了舆论。

景琇心力交瘁，强打起精神与蒋淳粗略地商谈了方案，挂了电话回到季侑言的病房。

她缓和下脸色，准备推门而入。

“妈，我真的没事。好，我知道了，那我派人去接你们。”病房里传来季侑言无奈的声音。

景琇僵住了身子，耳旁又响起了两个月前季长嵩对她的质问。

她是不是真的根本保护不了季侑言，却还一直没有自知之明地连累季侑言，让她暴露在危险当中？

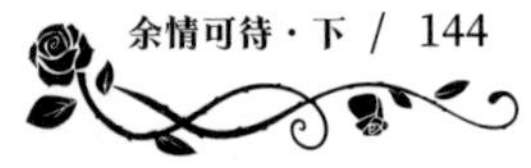

景琇无法回答。

钟清钰忙完了手头的论文，关电脑前习惯性地搜索关于季侑言的消息时，才看见连续好几条有关季侑言的热搜。

她看见“季侑言遭遇裸男袭击”这个词条，心“咯噔”了一下，再点开看见广场上季侑言挡着脸，被景琇和另一个女人艰难地扶着上车、脚步虚浮的视频，顿时六神无主、手脚发软。

她立刻抓起一旁的手机给季侑言打电话，好在电话在她的祈祷中接通了。

季侑言再三安慰钟清钰没大事的，但钟清钰听她说破了头还伤了骨头，知道她一贯报喜不报忧，到底是无法安心，一定要亲自来看一眼。

不论之前电话里有过多少不愉快，来自母亲久违的关心，还是让季侑言觉得心头发热。所以虽然觉得没有必要，但见钟清钰坚持，她也没有过分推托，答应了下来。

她刚挂断电话就看见景琇推门回来了，神色间带着疲倦。

“感觉还好吗？”景琇在季侑言的床边坐下，目光落在季侑言用三角巾固定着的左臂上。

季侑言看出了她的担心，动了动左手的手指头，故作轻松道：“你看它感觉像不好的样子吗？”

景琇说：“别乱动。”

季侑言轻笑出声：“没事的，医生也说可以适当活动。”她顿了一下，转移景琇的注意力道：“阿琇，我妈看到新闻了，放心不下要过来看看。正好借着这次机会，我带你好好见见他们好不好？”

这段时间虽然和钟清钰依旧有口角发生，但季侑言感觉钟清钰对这个行业的看法改变了很多。她觉得等钟清钰真的看见景琇了，一定会折服于景琇出众的魅力。

然而景琇的反应和她预料的不一样。她微蹙着眉头，欲言又止，像是为难的神色。

季侑言以为她可能是不愿意，连忙改口道：“没关系，阿琇你要是不想，我们就等下次。说起来你这几天应该全心放在演出上的，也不适合分心……”

她话还没说完，景琇轻声打断她道：“不是这样的。”

她定定地与季侑言对视着，咬唇坦白道：“言言，我见过他们了。”

季侑言错愕。

景琇垂下眼睑，声音低哑道：“对不起，没经过你的同意，也没和你商量，我给他们写信了。两个月前，你爸爸托人告诉我，想见我一面，我就去了，是我自作主张。”

她本不想告诉季侑言这件事的，可是她现在有一些怀疑无法疏解。她的理智告诉她，她不应该让季侑言像从前一样，一无所知地承担这些问题积压下来的后果。

“不要道歉，我只是很惊讶，一点都没有怪你的意思。”季侑言回过神，伸出右手拍了拍景琇。她知道景琇一定是想帮自己得到父母的理解才这么做的，她怎么舍得怪她。

她深知景琇的为人，更知道自己父母的顽固。联想到景琇刚刚为难的模样，她语气急切道：“阿琇，我爸妈是不是让你受委屈了？他们是不是说什么难听的话了？”

景琇望进季侑言的眼里，想到季长嵩和钟清钰对自己的冷言冷语，鼻头涌起酸意。

她艰涩道：“他们也没有说什么。”

“只是，言言……”景琇迟疑，眼神里是化不开的沉郁，“他们认为我保护不了你，反而一直在拖累你。”

“我当时觉得刺耳，反驳得振振有词，可是我现在有些不确定了。”

她吐露心声。

季侑言道："不确定什么？"

景琇逼迫自己直视季侑言，哽声道："言言，我不确定我是不是做错了。"

"我要你勇敢，可你勇敢后，我却护不住你。我只会让你一而再、再而三地因为我受伤。"她长睫颤抖，泪水顺着脸颊无声滑落，"我们真的适合当好朋友吗？"

她偏过头试图擦干泪水，像是在问季侑言，更像是在问自己。

适不适合这个质疑，和好前她就在问自己，被季长嵩质问过后就更是常在她心间徘徊。她一直努力地相信自己，直到刚刚，她只能眼睁睁地看着季侑言在她眼前倒下，她的心理防线彻底崩塌了。

景琇的自我怀疑让她一瞬间也湿了眼眶，她看着景琇，有一瞬间像看见了当年的自己。

这个问题，在和景琇绝交的那一年，她也问过自己。

她坐直身子，景琇连忙站起身去扶她。

"阿琇，你记得你和我说过吗？我认可你，就是你最大的底气。"她盯着景琇的眼眸。

季侑言撑着手往左挪动身子，道："阿琇，坐上来。"

景琇顺着她的意思坐到床上，坐在季侑言的身旁。

季侑言的声音幽幽远远，像是从回忆里传来的，说："你知道当年你提不要再见了，为什么我没有任何挽留地就答应了吗？"

景琇扭头去看季侑言。

这个心结，曾经横亘在她心中许多年难以释怀。最开始她以为季侑言无心维系这段友情，就等着她这一句"绝交"了，后来她以为季侑言是累了，不想再勉强了。毕竟欣赏是一回事，适不适合当朋友是另一回事。

“你相信我当年迟到的理由吗？”季侑言带着一点苦笑的意味。

景琇双唇嗫嚅，无法欺骗季侑言。

那一年她从高空坠落，以为自己就要死了，在昏迷前吐着血打了唯一一通电话——打给季侑言。

是季侑言的助理接的，说季侑言在拍摄中，不方便接电话。

她痛得说话口齿不清，连一句完整的话都说不清楚，是姚潇看不过，哭着在她旁边帮她传达她出事故了的消息，让季侑言快回来。

彻底失去意识前，姚潇还在鼓励她：“姐你不要睡，姐你振作起来，姐……”

她听进去了。虽然很疼，但她想她一定要醒过来。

可她努力地醒过来后，环顾四周，却依旧没有看见那个最想见的人。

母亲看穿了她寻找的眼神，告诉她季侑言护照丢了，周末大使馆没开门，所以她滞留在意大利了。

多么巧合的事情。

就像和她见面没时间，却能有时间和绯闻对象共进晚餐的巧合；就像节日她总有工作的巧合；就像她过生日，她车子半路抛锚过了零点才能回来的巧合。

这一次是第五天蹲班的媒体逐渐消停后，季侑言才安全低调地抵达医院的巧合。

“你没有信过对吗？”季侑言是肯定的语气。

景琇看着她脸上的自嘲，喉咙哽住：“对不起，言言，对不起，我……”

季侑言低柔道：“我不怪你，是我以前瞒你太多，让你对我失去了信任。”

“我的护照是真的丢了，或者说，和汪珺婵翻脸以后我才反应过来，当年我的护照应该是被她故意弄丢了。”

那一年季侑言在意大利拍摄广告，中午助理就接到了景琇出事的消

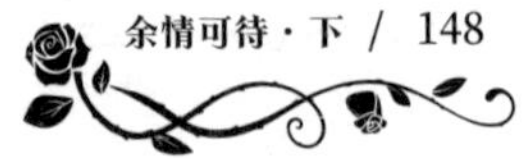

息，可汪珺婵却把消息压了下来，直到晚上完全结束拍摄才告诉她。

宛如五雷轰顶，季侑言身子晃了一下，险些踩空从台阶上滚下去。那时候已经距离景琇打来那一通电话过去八个小时了。

她疯了一般地要回去，汪珺婵说帮她订好了两个半小时后的飞机。她手颤抖着拨打景琇的电话，电话通了，是蒋淳接的。

蒋淳说景琇在做手术了，情况不是很好，问她在哪里。她哭着回答蒋淳自己还在去机场的路上，蒋淳沉默了好几秒才再次开口告诉她医院地址。

季侑言从蒋淳的沉默中听出了她无声的不满与质疑。作为应该第一个知道的人，八个小时了，她居然还在去机场的路上。多可笑啊。

她也觉得自己可笑。她红着眼怪罪汪珺婵没有告诉她，可汪珺婵振振有词。她质问季侑言：当时就算知道了能怎么样，抛下拍了一半的广告不管了吗？违约金怎么办？后续怎么办？以后怎么办？况且她也第一时间查看了机票，发现航班换来换去，最后抵达的时间差不了三两个小时，权衡再三才做的这个决定。

可是好不容易等到换登机牌，这时候，助理却和她说，护照丢了。

季侑言在机场抛下了所有的体面，又哭又闹地求汪珺婵、求地勤、求警察，求大使馆的保安……

可是周末了，大使馆不上班，签证补不了。汪珺婵说没办法。

周日那天，她们终于央人找大使馆开了紧急通道，特别处理了她的签证，让她搭上了回国的航班。

等待的那段时间里，每一分每一秒都是煎熬。

她终于人不人鬼不鬼地来到了景琇所在的医院，在快到病房的走道上被景舒榕截住了。

景舒榕说，有话要和她说。

景舒榕直截了当地表示她和景琇不适合继续来往，希望她能再次慎重考虑。

她说景琇已经很久没有开心过了，家庭心理医生做评估后说，景琇的心理健康情况很糟糕，要考虑接受心理干预了。景舒榕很确定景琇心病的来由是她和季侑言这一段不平衡的友谊——景琇在意得太多，太没有自我；季侑言付出得太少，太过自我。

她问季侑言，如果这么不快乐，还有勉强继续、互相折磨的必要吗？季侑言几天几夜都没合眼好好睡过了，完全是靠着意志撑到了医院。她头脑昏沉得无法思考，她怎么就付出得太少太过自我了？她想变得更好，有错吗？她们为什么就是要用有色眼镜看自己？

她很不服气，很不甘心。她不想失去最好的朋友。可她推开病房的门，看见病床上孱弱的景琇，她脑中绷到极限的那根弦断了，她再也无法自欺欺人了。

是她把这个光芒万丈、明艳夺目的女孩折磨成这个样子。

是她无能垃圾，卑微如蝼蚁却又不甘平庸，所以伤害了景琇。

“所以你提出不要再见的时候，我没有脸挽留。我发现我好像失去了让你快乐的能力。

“我说服自己远离你，我不是你值得当作好朋友的人。”季侑言的声音很平和，是客观审视过往后放下了的平静。

从谈话后半段开始，景琇懊悔的泪水就止不住地连连滑落。

她错怪了季侑言那么久，让她委屈了那么久。她一直以为季侑言当年声称护照丢了只是借口，只是为了避免在风口浪尖上来探望她。她一直以为自己的父母对季侑言是和平友好的。

她滴落在季侑言手背上的泪水灼伤了季侑言。季侑言哄她道：“不要哭，阿琇，我告诉你这件事不是想惹你难过的。”这些事都过去了，

她本不想告诉景琇，怕影响景琇和景舒榕的母女关系。

可景琇的呼吸声却更沉了。她一想到当年季侑言是带着怎样的绝望离开的，心就像破了一个窟窿一样。

季侑言哄她：“如果一定要哭，不要忍，哭出声好吗？我难道不是可以让你放心哭泣的人吗？”

景琇松开唇，终于细细地抽泣出声。

季侑言轻拍她的后背，安抚着她。

“对不起，我什么都不知道。”景琇缓过来了一点，声音沙哑。

季侑言由衷道：“该说对不起的是我。你之前说得对，是我什么都没有告诉你才让你失去了安慰我的机会。所以我很高兴你比我勇敢，选择了告诉我。”

“阿琇，其实当年你提出绝交，是希望我能够改变，对吗？”

景琇垂下头，几不可闻地“嗯”了一声。

季侑言心酸酸的。她懂得太迟了。

“可是那么不堪的我，还有什么值得你留恋的？连你妈妈那样开明的人都不看好我。”

景琇仰头凝视着她，哑声认真道：“不要这么说自己。我从来没有做过这样的考虑。我妈妈怎么想不重要，重要的是我怎么想。我介绍你和他们认识，不是要你得到他们的认可，而是希望能够让你得到更多的爱和开心。”

也许是年少时不能遇见太惊艳的人，八岁初遇，二十一岁重逢，她和季侑言的友谊跨越了光阴与山川大洋。

季侑言露出笑道：“你看，道理明明你都知道的，那你为什么要怀疑自己？”

景琇噎住了。

季侑言拭去景琇睫毛上的泪珠，温声道：“阿琇，我一直在反省，越来越明白自己曾经错在哪里了。过度在意别人的看法而忘记倾听你的声音，是我最大的错。”

景琇像是想到了什么，一刹那泪如雨下。

她捂住季侑言的嘴，用着断断续续的气声哀求她：“不要说这种话……对不起，言言，对不起……”

季侑言不明白她为什么要道歉，连声哄她道：“好，我不说了。”

可景琇却伤心得难以自抑，啜泣得浑身都在发抖。

季侑言担心景琇哭伤了身体，逗她道：“不哭了好不好？再哭明天声音该哑了，到时候媒体都要知道你是小哭包了。”

景琇一下子破涕为笑。

“瞎说什么。”她羞恼地拍了季侑言的大腿一掌。

季侑言低低地笑：“可算是关上闸门了。”

没有了煽情的气氛，景琇有点尴尬，撇过头整理情绪。

季侑言却坐起来，目视着景琇诚恳道：“阿琇，谁也没有办法滴水不漏地保护住另一个人，我没办法，你没办法，换任何一个人都没有办法的。”

景琇的心在她低柔的嗓音中渐渐安定下来。

“也许在父母的眼里，我们永远是需要被保护的孩子。可在我们的相处中，我们是彼此独立的成年人。不论发声还是别的什么，所有的一切其实都和你没有关系，是我为自己想过的生活做出的选择，该为此负责任的也只是我自己。”

“你不介意外界对我的评价，愿意和我做朋友，已经是给我的额外奖励了。所以答应我，再也不要因为别人的话而动摇了。”

景琇动容。她凝视着季侑言，眼波如水，“我答应你。”她承诺季侑言，“你也要答应我，不要再犯一样的错。”

季侑言释怀地笑，“好。”她转了话题，“阿琇，我还没有来得及告诉你，

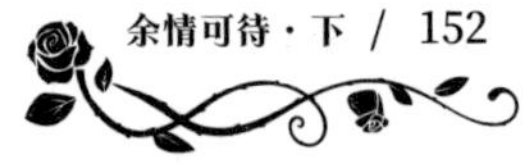

刚刚你在台上有多亮眼。”

“有多亮眼？”景琇微微上扬唇角。

季侑言刚要张口回答，门口传来女人的声音：“侑言，方便进来吗？”

是魏颐真。

季侑言回应道：“魏姐，你进来吧。”

景琇下床从床底挪了凳子出来给魏颐真坐，魏颐真受宠若惊。

她是来和季侑言商量公关方案的。她和蒋淳谈过了，初步的方案已经定下来了。

“现在热搜上的词条明显是有人想泼脏水，想引导大众关注景老师和你的私生活，甚至捏造那个袭击者的身份。景老师的粉丝和我们这边的粉丝都已经自发地开始抗议、澄清了，让大家知道这些媒体模糊重点，别有用心。这个事件已经引起轰动了，多方的人都在向我们问询事情的原委，得知对方袭击的原因后都很气愤。所以我们准备借力打力，把这次事件立为理智追星的标杆事件，扩大战局，让大家转移关注点。”

“可以。”季侑言沉吟道：“需要我发微博报平安，然后解释原委，把这个话题引出来吗？”

这个想法和魏颐真不谋而合：“我也是这么想的，稿子我已经让人写好了，发你微信上了，你过目一下。”

季侑言和景琇低头阅览通稿，魏颐真迟疑道：“有一个事情我需要向你们确定一下。”

季侑言和景琇不约而同地抬头看魏颐真。

“侑言过两天出院了住哪里？回自己家，还是去景老师家？”

显然这几天媒体一定会紧盯着她们。

景琇一直安静地听着，并不喧宾夺主参与谈话。看到季侑言为难，她才开口道：“魏姐你觉得怎么样更好？”

魏颐真坦白道：“当然是回侑言自己家更没有麻烦。”但她话锋一转又道："但如果能去景老师家的话，也不是完全不好。"

季侑言眼睛一亮："怎么说？"

"与其等媒体围追堵截追问详细情况，不如把主动权掌握在我们自己的手里。你可以借着这次作为受害者容易被大众怜惜和相信的身份，大大方方地发微博表明自己暂住在景老师家。理由的话，类似景老师的母亲感谢、心疼你，非要亲自照顾你之类都行。"

"然后顾导那边电影的官宣也差不多到时间了。可以在这个时机，官宣你们主演的电影，同时引导一个类似'有一种友情叫乔月与沈郁'这样的话题，为后面的电影预热。一举多得。"

既能转移大家的注意力，还可以得到更多的相处时间，季侑言心动了。

她用眼神询问景琇，景琇点头了。

季侑言对微博的公关稿稍做润色，添加上自己的个人风格，而后当着魏颐真的面把微博发了出去。

魏颐真通知宣传团队进行跟进，景琇也联系蒋淳做好跟进的准备。

后续的相关事宜商讨完毕，魏颐真准备告辞了。她打趣季侑言和景琇："好好养伤，其他的我会打点好的。不过后天出院，有一个事你们要自己准备好。"

季侑言认真问："魏姐你说。"

魏颐真站起身，挑眉道："阿姨啊，让她接你出院吧。"她目光投向景琇，"我听说还在法国呢？方便吗？"

季侑言跟着看向景琇，景琇回答道："方便。她已经打过电话表示要回来了。"

"这样啊，那就好。"

季侑言关心道："魏姐，时间不早了，再晚你一个人下去我该不放心了。"

魏颐真笑道：“好啦，那我不打扰你休息了，先走了。”

景琇亲自送魏颐真出门。

她合上门，刚转回身就听见季侑言叮嘱她：“阿琇，你也回去吧。”

景琇与她对视一眼，走近了轻轻道：“你一个人在这儿，我回哪儿去？”她拿起了地面上的脸盆，直起腰准备去阳台上的洗手间。

季侑言说：“我怕你在这里休息不好，影响明天的演出。”

景琇抱起盆要走：“再不睡的话可能会的。我去给你接热水洗漱。”

季侑言拉住她手中的盆，体贴道：“不用啦，我腿又没事，我自己来就好了。”说着她回过身单手去拿牙杯和毛巾。

景琇连忙伸手帮她取了过来。虽然季侑言说自己能行，但景琇还是不放心地跟着她进了洗手间。

季侑言先开了水龙头给牙杯接满水，而后用右手把牙刷塞到自己的左手中，再用右手抓起牙膏挤到牙刷上，之后放下牙膏再从左手取过牙刷。明明平时不过三秒就能完成的事，此刻她却要分好几个步骤才能做到。

景琇站在她的身旁，看着缠在她后脑勺和肩膀上的纱布，眼眸黯了下去。

季侑言要再一次把牙刷放到左手上，准备换右手拿牙杯漱口时，景琇及时地伸手把牙杯递到了她的嘴边。

季侑言露出笑意看景琇，却一眼看到了景琇无言的难过。她就着景琇送来的牙杯漱完口，不动声色地调侃道：“要是我伤的是右手就好了。”

景琇在帮她放热水拧毛巾，沉声道：“你又乱说话。”

季侑言腻歪道：“你看我要是伤的右手，我就能心安理得地享受阿琇你给我喂饭了……”她后面的话还没说完，景琇就拧干了毛巾，堵住了她的嘴。

景琇擦完季侑言的脸背过身子清洗毛巾，准备再帮季侑言擦拭一次。

季侑言笑逐颜开。

她洗完脸、洗了脚回到房间里，为了方便照顾她，景琇已经让人把两张病床拼成一张双人床了。

“你先睡吧，我去冲个澡。”景琇看着季侑言上床，帮她调整好舒服的睡姿，掖好被角。

“好。”季侑言乖顺地答应。

景琇帮她关上了灯，借着月光去到洗手间。

季侑言又疼又累，躺了不过一会儿就觉得睡意沉沉。但她还是挣扎着没有睡着，直到景琇轻手轻脚在她身边躺下。

“阿琇。”她轻轻喊道。

景琇听出了她的困意，轻声道：“怎么还没睡？”

“我想起来有话忘记和你说了。”季侑言努力清醒道，“阿琇，就像你说的，你把我介绍给你爸妈是希望能够让我得到更多的爱和开心，我想要把你介绍给我爸妈，也是希望能够给你更多的信任感和认同感。如果你因为我在他们那里忍受委屈，那就和我的初衷本末倒置了。”

她因为自己没有尽到为人子女的责任而觉得有愧于父母，希望能够尽量给予他们一个幸福安乐的晚年。所以她努力争取父母的理解，盼望父母不会对她的职业耿耿于怀，有一天可以像寻常家庭一样和平共处，共享天伦。但这只是她对父母的责任，景琇不应该因此受委屈。

“阿琇，明天你安安心心地去准备演出，我爸妈我一个人接待就好了。在他们能够尊重你以前，你不必再委屈自己迎合他们。

“谁都不能给你脸色看，包括我爸妈也不行。”

景琇哄她道：“好，我知道了。你安心睡吧。”

“晚安。”

“晚安。”季侑言终于心满意足地放心睡去了。

景琇在夜色中凝视着季侑言的睡颜，五指渐渐收拢成拳。她坐起身子，从床头的包里取出那块血红的平安扣，放置在掌心中，双手合十虔

诚祈祷。

第二日中午，钟清钰孤身一人来到北城。景琇虽然前一晚得到了季侑言的理解，但还是特意安排了人去机场接钟清钰。她本想亲自下楼接钟清钰的，但考虑到单独相处时钟清钰有对她发难的可能，她折中选在病房门口等待钟清钰。进病房后，她不卑不亢、有礼有节地与钟清钰寒暄了一番后才去剧院准备晚上的演出。

景琇走后，钟清钰放松了姿态，站起身关切地打量季侑言："医生怎么说的？这以后会不会变成习惯性脱臼？年轻的时候不知道保护自己，这以后阴雨天气有你受的了。"

季侑言故作轻快道："没事的，没那么严重啦。其实本来都不用住院的。阿琇不放心，才让我住两天观察的。"她转移话题道："爸呢？"

钟清钰叹了口气道："你爸本来也要来的，但他这两天感冒了，血压忽高忽低的，早上血压又上去了，我不放心，就不让他来了。"

季侑言不放心道："那你怎么还来了？我这边没事的，爸那边要紧。"季长嵩做心脏手术的事，因为有风险，加上他本人比较抗拒，所以暂时只采取了保守治疗。

钟清钰坐下给季侑言削苹果，沉默着没有应话。

季侑言软了口吻安抚钟清钰道："妈，你也看到了，我真的没事，你和爸别担心了。"

"脑袋都开瓢了还没事？"钟清钰又心疼又生气，翻旧账道，"我让你不要太出风头，不要站太前面，你还和我犟嘴。你看现在出事了吧？"

季侑言应："如果我一个人出事可以换来更多人的警醒，可以避免有更多的人受伤，那我觉得是值得的。"

钟清钰削苹果的动作顿了顿，张口想说什么，迎上季侑言恳切的目光，又什么都说不出口了。

许久后，她把削好的苹果递到季侑言的手中，起身出去洗手了。

季侑言无奈叹气。

因为不放心家里的季长嵩，加上季侑言第二天就出院去景琇家了，所以钟清钰订了傍晚的机票回延州了。

回延州前，钟清钰请林悦当司机，送她去采购了新鲜的食材，而后去了趟季侑言的家，给季侑言煲了一盅骨头汤送到医院。

这个年纪的人，好像总觉得还是自己亲手做的东西更有营养。季侑言心里暖洋洋的。

钟清钰离开后，季侑言拉出小桌板，有一个保温桶的袋子，忽然发现，袋子里放着两双碗筷。

汤也明显是两人份的。

季侑言愣了一下，眼圈蓦地红了。

第八章

季侑言咬着唇拿出了碗和勺子，发现碗下还垫着一张折叠规整的纸。

她打开纸条，看见上面密密麻麻地写着字，是各种补汤的食材和做法。纸张的最末行写着：“让她煲给你喝，别嫌麻烦。”

季侑言捏着纸，对着汤和纸条拍了一张照片，发给了景琇。

“我妈煲了一盅汤收买你，彻底把我这个麻烦交给你了。”配图是一张俏皮的“求收留”表情包。

景琇正在后台做造型，整个后台气氛异常的低沉。

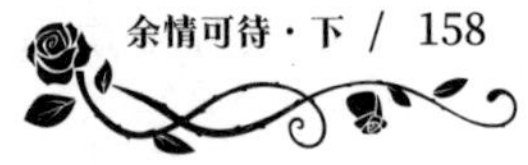

虽然景琇自认为表现得并不明显，但合作的演员不知道是不是心理作用，总觉得因为昨天袭击的事情，景琇今天整个人比平时更冷冽了几分。因此连关心季侑言伤势如何的话，他们都不敢多嘴发问。

发型师和化妆师是剧院长期合作的擅长话剧妆容的特供团队。因为不熟悉景琇的为人，不知道景琇不是会把个人情绪发泄在工作场合里的人，所以整个团队的人给景琇上妆时都小心翼翼、如履薄冰的。

景琇察觉到气氛不对，但碍于她心情确实不佳，想清净一会儿，所以也没有刻意缓和气氛。

“景老师……”姚潇突然打破沉寂。她看到季侑言发来的消息，第一时间举着手机提示景琇。

景琇见姚潇欲言又止的模样就知道应该是和季侑言有关的。言言应该知道她快上台了，这种时候给她发消息是有什么要紧的事？

她立刻示意化妆师停手，而后紧张地打开了对话框查看消息。

所有人的心也跟着她的脸色变化提了起来。

出乎意料的，景琇弯了弯眉眼。

她知道能得到父母的体谅，季侑言会有多开心。

她噙着笑给季侑言回了一个“OK”手势的表情包，简要地回了两句，然后就把手机交回给姚潇。

一抬眸，终于有心思活跃气氛，她淡笑道：“你们被定身了吗？抓紧时间继续吧。”

大家见她终于舒展笑颜，不约而同地松了一口气。

想到季侑言，再想到昨晚的事情，大家又有些惋惜。

为了这部话剧，景琇付出的努力大家有目共睹。台上一分钟，台下十年功。观众只看到景琇在台上的完美演出，他们这些常驻剧院的工作人员却看到了景琇排练时的辛苦汗水。

令人欣慰的是，昨晚首演后剧评网关于这部话剧的评分都很高，口碑爆棚，叫好又叫座。

可惜的是，明明景琇可以凭借着这一部话剧再度封神的，可如今新闻上却几乎找不到关于话剧内容、景琇演技的讨论，所有人的关注点都在景琇和季侑言受袭击的各种猜测上。

这部话剧，显然只能成为这一出闹剧的陪衬品了。

他们的惋惜，是景舒榕的心疼。

景舒榕收到消息后就买了最近的航班飞回来，恰巧赶在景琇话剧结束前来到了医院。她考虑到景琇的安排，下了飞机就给蒋淳打了电话，让蒋淳叫收买好的记者拍自己出入医院探视季侑言的身影。

她抵达病房后，在门口礼貌地敲门：“小言，是我，可以进来吗？”

季侑言刚刚自力更生艰难地洗完澡爬上床。闻声，她惊了一下，立刻正襟危坐，露出稳重又不失乖巧的笑，道：“阿姨，你进来吧。”

景舒榕推门而入，见到季侑言气色不太好的样子，把从法国带回来的滋补保健品放到桌子上，探了探她的额头，关心道：“你脸怎么这么白？还好吗？医生怎么说的？”

季侑言受宠若惊，柔声道：“没事的，可能是昨天失了点血还没缓过来。医生说养养就好，没有大碍。”

她嘴甜道：“阿姨你才是，让你跟着奔波劳累了。阿姨你吃饭了吗？我让人给你买饭上来……”

“不用了，我吃了。”景舒榕被她的周到取悦到了。抛开了之前因为心疼景琇而对季侑言产生的不满，她现在看季侑言倒是越看越顺眼了。

“小言啊，阿姨谢谢你保护了琇琇。”景舒榕顿了顿，深吸了口气诚恳道，“以前我对你说过一些不合适的话，我向你道歉，希望你不要放在心上。”

这一句道歉，令季侑言百感交集，她整个人怔愣住了。

几秒后，她吸了一下鼻子，忍住失态，故作轻松疑惑道：“阿姨你

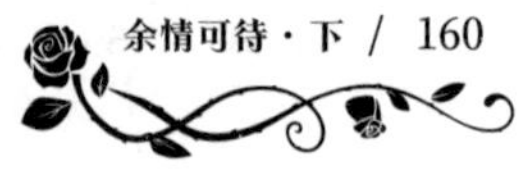

说过什么不合适的话吗？我只记得阿姨邀请我有时间常去法国玩呢。”

景舒榕觑她一眼，不由得笑出了声。以前季侑言在他们面前内敛拘谨，以至于她都不知道原来她这样会说话。

季侑言摸了摸鼻子，有些不好意思。

“你们年轻人的矛盾，我掺和不来，只盼着你们能过得开心。”景舒榕在季侑言的腿上轻轻拍了两下。

季侑言伸手覆在景舒榕的手背上，注视着景舒榕的眼睛诚恳道：“阿姨，我们一定会开开心心的。”景舒榕满意地用另一只手在季侑言的手背上轻拍了两下。

她像是想到了什么，沉了眼眸叮嘱季侑言道：“琇琇身体不好，平时还麻烦你多留心照顾一点，特别是晚上的时候。”

季侑言奇怪道：“晚上？”

景舒榕皱眉道：“你不知道吗？”她见季侑言一脸不似作假的疑惑，如实道：“琇琇从去年开始，有时候会出现突发性剧痛。”

季侑言问道：“不是因为痛经吗？”

“她这样告诉你的吗？”景舒榕否认道，“不是。没有规律的样子。我们做过检查，也没找到原因。最近不知道是不是怕我担心，我也没有听她再提起过了。你和她相处时间多，比较容易发现，所以我才希望你能够留意一下。”

季侑言说道：“我好像见过一次，但她和我说是痛经。怎么会没有原因？是不是因为之前的摔伤？还是没有检查到？要不要……”她整个人都慌乱了起来。

景舒榕握住她的手让她镇定下来，“你也不要太担心，她今年也做了全身体检，还是显示没问题，不要自己吓自己。”

可她见过景琇疼的样子，那样的疼痛，真的没有问题吗？季侑言惶恐。

景舒榕还要说些什么，门外响起了高跟鞋的敲击声，季侑言和景舒榕默契地停住了这个话题。

果然，脚步声渐行渐近，景琇神色柔和地推开了门。

“妈，你怎么来了？”

季侑言跟着说道：“琇琇是心疼阿姨你舟车劳顿，时差都没倒就先来医院了。”

景琇缓了脸色，软声道：“妈，这么晚了，我以为你会先回家休息。累不累呀？”她如今知道了母亲过去对季侑言造成的伤害，无法不担心在自己不在的场合母亲再说什么不该说的话。

景舒榕站起身道：“我现在就回去了。”她向季侑言颔首，转身就要走。

景琇错愕，连忙追了出去。季侑言心里好笑。只是她笑着笑着，想到景舒榕刚刚透露的事情，心又不安了起来。

几分钟后，景琇回来了。

景琇在椅子上坐下，温声询问她：“医生来查过房了吗？”

“查过了，说没问题，明天就可以出院了。”季侑言压下不安，强打起精神调侃她：“晚上演出后是不是又多了一大批迷弟迷妹？”

景琇放下心来，唇角微弯道：“不演出难道就没有吗？”

季侑言笑出声。

两人说笑了一会儿，景琇讨要了钟清钰留给她的汤，去到病房外的走道上用微波炉加热。季侑言担心她大晚上吃太多油腻的会消化不良，让她喝两口意思一下就好了，景琇却执意喝得一滴不剩。

喝完汤时间不早了，景琇要去洗澡，让季侑言先睡。季侑言却执意要等她，有一搭没一搭地与她闲聊着。

夏夜的凉风撩动着季侑言的长发，洗手间里不时传来景琇的应答声。季侑言抬头仰望夜空中的点点繁星，满足着，又隐隐不安着。

夏有凉风冬有雪，这样的人间好时节，若无闲事挂心头该多好。

不知道是不是日有所思，夜有所梦，入睡后她做了一个更不安的梦。

梦里她一会儿觉得自己在白白的云上，一会儿又看见自己在高高的山上，一转眼，又坠入了漫无边际的黑夜。

梦里的黑夜与她之间仿佛隔了一层朦胧的白雾，她隐约看见肃杀的夜色中，有一个背影高挑纤弱的女人，一步一步地朝着仿佛没有尽头的远方走去。

有赤红的血顺着女人的指尖淌落，连绵不绝，没有尽头，在她走过的身后，留下了一路蜿蜒的血迹。

季侑言觉得自己浑身都在疼，想追上那个女人，却怎么都追不上。

不知道这样走了多久，女人的脚步越来越虚浮，直到某一个瞬间，她了无生气地倒了下去……

“不！”

季侑言在梦中悲恸欲绝地哭喊了出来。

明明什么都看不清，明明只有一个背影，可她就是莫名地觉得——那个女人是景琇。

“言言……别怕……”季侑言是在景琇的安抚声中醒过来的。她睁开泪眼，一时间分不清楚是梦还是现实。

景琇关切的面容映入她的眼帘，季侑言条件反射地抓住了景琇的肩膀，动作又急又慌，像是生怕这一伸手抓住的只是一个虚无的幻象。

景琇连忙配合地说道：“只是梦，已经醒了。”她只听到季侑言一直在喊她的名字，在喊“不要”，猜测季侑言应该是做噩梦了。“别怕，我在呢。”

季侑言的呼吸声越发沉重了，泪水打湿了她的两颊，说：“现在这不是梦对不对？”她抓着景琇肩膀的力道越发地大。

景琇被抓得有些难受，柔声安慰道：“嗯，这不是梦。你抓得紧了，我能感到疼。”

季侑言反应过来，立刻松开了手，支着胳膊坐了起来。她泪眼婆娑，眼睛在昏暗中闪着莹莹的光。

景琇帮她拿起枕头垫在背后，护住肩膀。她侧坐着用指腹擦拭季侑言的泪水，轻声道：“是不是做噩梦了？”

季侑言想到梦里最后那个女人倒下的画面，眼里又有水汽漫上来。

她从景琇的指尖细细地打量到手腕，像是要确认她手上没有流血的伤口，没有那可怖的鲜红。

景琇不明所以，由着她打量。

“我梦到了一个女人，看不清模样，但是梦里的我好像很清楚那是你。”她低哑出声。

“嗯。”景琇专注地倾听。

“我看见你在一座山上，又好像不是山，就是很黑的地方，一个人一直走一直走。”她记不清楚梦里的具体场景了，想要仔细想，脑袋却是一阵钝痛。

景琇看她表情不对，紧张道：“难受就不要再回忆了。”

季侑言晃了下脑袋，缓了过来：“没有，就是忽然有一点记不清楚了。”她想了想，继续道：“我看到你手上不知道哪里好像有伤口，于是血就顺着你的手一直往下淌，淌了一路，怎么都止不住。梦里我好像一直在叫你，一直想要让你停下来，可是却怎么都叫不住你，也追不上你，只能看着你一直走到无力……倒了下去……”

说到最后，她声音有些颤抖，心有余悸。

景琇柔和的神情随着她话音的落下，一瞬间变得晦涩难明，像是错愕，又像是震惊，还有一点审视的意味。

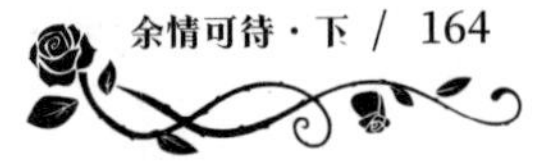

是季侑言看不透的复杂。

“阿琇？怎么了吗？”季侑言心头浮现出怪异的感觉。

为什么言言会知道这个？

景琇注视着季侑言不似作假的茫然，不动声色地压下了惊疑，缓声道：“没有，我只是想象了一下画面。”

她顿了顿，试探性地问季侑言：“梦里还有其他什么吗？”

季侑言摇头道：“没有了，我被吓醒了。”

景琇松了一口气，若无其事地下床给她倒了杯热水，温和道：“喝口水压压惊，你应该是受惊后心里还没缓过来。”她站在月光下盈盈而笑，“我没事的。你没事，我就没事。”

季侑言捧着水杯，望着景琇美好的笑颜，患得患失感却再一次涌上心头。

“阿琇。”她喝完水，把水杯递回给景琇，“今天阿姨和我说了一件事。”

“嗯？”

“阿姨和我说，你从去年开始，晚上有时候会有无故的剧痛。”她盯着景琇说。

景琇掀被子的动作微顿，而后没有应声地坐回了床上。

“陵州那一次难受，是剧痛发作，而不是痛经对吗？”季侑言神情凝重。

景琇整理好了情绪，侧身看着她回答道：“之前是有过疼痛的情况。但那一次确实是痛经。你不要听我妈的，我没事。”相对去年疼痛的频率，今年发作的频率低很多了。

季侑言抿唇不说话，眼底是明显的不信。

“体检过的，都正常。”景琇从容道。

“不可能会有无缘无故的痛。”这样的未知原因，让季侑言觉得像是有一颗不定时的炸弹绑在景琇身上。她怎么可能不担心？

景琇沉默了两秒，忽然回应道：“是有原因的。”

季侑言怔住。有原因可为什么景舒榕会不知道？

景琇垂眸，煞有其事道：“是心理原因。”她低声道：“言言，你知道植物神经紊乱吗？”

季侑言艰涩地应了声，胸口发堵道：“可是，这个会引起剧痛吗？”之前，她和自己的心理问题共处多年，多少也有一点植物神经紊乱症。是有莫名的躯体不适感，但不曾有过剧痛的症状。

“会有的。”

季侑言将信将疑，可景琇神情认真，季侑言动摇了。阿琇没有道理骗自己，不是吗？

况且，如果是植物神经紊乱，就可以理解为什么景琇不告诉景舒榕了——当年是她让景琇情绪出问题的。

季侑言一下子红了眼圈，景琇猜到了她的想法，赶在她道歉之前说：“是我自己心理素质不好。”

季侑言明显没有听进去，满目歉疚。

景琇咬了咬唇，妥协道：“言言，就算和你有关系，那也是过去的事了。从我们重逢后，我就几乎没有难受过了。”这是半实话。她隐隐觉得，季侑言在她身边对缓解疼痛有很大帮助。

“除非有一天你还要和我绝交。”

季侑言吸了一下鼻子，斩钉截铁道：“除非我……”她话还没说完，景琇就蹙眉打断道：“不要乱说话。”

“不会有这一天的。”

景琇露出淡笑道：“所以不用再为我担心这个问题。”

季侑言见景琇笃信的神情，疑虑被打消了大半。景琇顺势放平了季侑言的枕头，结束这个话题道：“才四点多，再安心睡一会儿？”

季侑言担心影响景琇的休息，彻底压下了顾虑，顺从地躺下了。

景琇与她面对面地侧躺着，在季侑言再一次睡过去后睁开了眼，久久地凝视着季侑言。

她怀疑过很多次，季侑言是不是与她一样，但现在看来季侑言不是。这样也好，她不需要季侑言额外的愧疚或感动。所以如果可以，她希望季侑言永远不知道。

景琇释然地弯唇，闭目酝酿睡意。

第二日，景琇故意和景舒榕错开时间，提早去了剧院。十点多，景舒榕亲自到医院接季侑言出院。季侑言按照计划发了微博，附图是景舒榕帮她整理行李的背影照和自己吊着胳膊的自拍照。

文字是：“@ 景琇，阿姨非要让我拎包入住，我可以吗？”

微博甫一发出就激起了千层浪。

季侑言的粉丝关注点都不在内容上，全是“[大哭][大哭] 心疼我姐姐”“[大哭] 言言照顾好自己”“宝贝儿要快快好起来”“姐姐真是个善良的傻姑娘”……当然也有不和谐的声音，“说出来有点自私，如果可以我真的不希望现在躺着的是你……算了，你愿意这么傻我不评价。只是那些黑过我姐姐蹭热度抱大腿的，请滚出来道歉好吗？”

季侑言皱了皱眉，默默地删掉了这条评论。

她打了电话给魏颐真，把控评和后续发酵的事情全权交给了她，特别叮嘱魏颐真尽量不要让任何对景琇不好的评论被顶上热评。她挽着景舒榕的手，大大方方地在医院门口所有记者的长枪短炮下登上轿车，前往景琇的家。

虽然对这样的处理是否能够如愿取得满意的结果有些忐忑，但还是让季侑言感到了前所未有的畅快。

路上她收到阮宁薇发来的消息，说是过两天会和陶行若一起去探望她。同时，阮宁薇还给她发了好多张微博聊天的截图。

季侑言认出了其中的两个 ID，猜测这个群是景琇的“毒”唯群。

“我自闭了。”“[抱拳]”“大家别丧了，去刷友谊长存控一下吧。”“算了，姐姐是真的开心就好”……

“季姐出院快乐呀。”阮宁薇笑道。

季侑言低笑出声。

景舒榕闻声觑了她一眼，季侑言察觉到了，又立刻收敛了些。虽然算是得到景舒榕的认可了，但是单独和景舒榕待在一起，她还是有些拘束。接下来景琇还有两天演出，她都做好了要在景舒榕面前好好表现的准备。

但出乎意料的是，景舒榕把她送到家后，给她切了水果闲聊了两句，说要去给她准备午饭，转身就要往门外走。

“阿姨？你……要去买东西吗？”季侑言奇怪道。

景舒榕一边弯腰穿鞋一边波澜不惊道：“我住你们楼上。”景琇住的这套房子是当初她买给景琇的，楼上的房子是景琇给他们买的。

季侑言目瞪口呆。

景舒榕回过身似笑非笑道：“还是你希望我去打扰你？”

这是一道送命题。

季侑言十分真诚地表示：“难得阿姨你在国内，阿姨你愿意的话，我当然希望可以多跟阿姨聊聊天。”

景舒榕哪里不知道她，但听着还是受用，嗤笑了一声，也没戳穿她。她穿好鞋子开门出去了，“一起吃饭就好了，我十二点再下来，你自己一个人待着没事吧？”

“没事没事，阿姨你忙去吧。”季侑言偷偷舒了口气。

景舒榕一走，季侑言就彻底藏不住笑，乐不可支地倒在了沙发上。

季侑言在沙发上放松了一会儿，坐起身子重新上微博关注事态进展。媒体已经自发地搬运她的微博，把她入住景琇家的消息全方位地推送开

来了。尽管她和景琇的粉丝曾经撕得昏天黑地，此刻却很团结，枪口一致对外。

当然，对此有更多人表示，这次事件的重点不要走偏了，重点应该在“理智追星”上。

不论如何，这一波形势总算控制下来了，并且还借势宣传了电影，暂且是双赢的局面。

季侑言松了一口气。她去换了舒服的居家服，而后给钟清钰打电话关心父亲的身体，顺便探一探口风。

“妈，是我。爸今天怎么样，感冒好点了吗？”

钟清钰在做饭，开着免提。她还没回答，季长嵩冷不丁地一句：“你能顾好你自己就不错了。”

季侑言吓了一跳，被噎住了。听声音，中气还挺足的。

钟清钰把免提关了，挥了挥手，示意季长嵩出去。季长嵩不乐意地站了一会儿，哼了一声出了厨房。

“你爸没事了，你不用担心，你把你自己照顾好就行。”她顿了顿，问，“你现在在哪？”

“我在阿琇家了。”季侑言如实道。

钟清钰沉默了两秒，追问道：“和她妈妈在一起？”

“没有，阿姨住楼上，不和我们一起住。她现在上去给我准备午餐了。”

钟清钰恨铁不成钢道：“那她上去准备了，你就心安理得地在楼下待着了？”

季侑言心想：不然呢？

“你信里不是说她妈妈对你不是很喜欢吗？就你这样不主动的，搁谁谁喜欢？怎么说都是你长辈，你现在伤了是帮不了忙，但起码态度是要有的。你就站在旁边看着她不知所措心里也觉得舒服啊。你怎么这么愣啊。”

季侑言被骂蒙了，随即失笑。

“妈，谢谢你。”她由衷道。

钟清钰知道她在说什么。她叹了口气，转了话题叮嘱季侑言道：“你现在养身体，要吃什么不好意思和她妈妈直说的话，就和景琇说，让她去和她妈妈说。她妈妈做什么，你都要给她面子，捧场一点，真有什么不合胃口的地方，你私下和景琇说就好了，不要傻乎乎地直说。”

季侑言笑道：“好，我知道了，我没那么傻。”

“没那么傻就赶紧上去看看人家做得怎么样了，还要人家端下来给你吃吗？”

季侑言从善如流，赶忙收了话音通话，和景舒榕发了消息后上楼了。

她上楼的时候景舒榕已经准备得差不多了，说正准备送下来。季侑言连忙懂事地表示不用了，两人在楼上吃就好，接下来两天也都如此。

尽管景舒榕没有直接表示什么，但季侑言察觉得到，景舒榕对她能够主动上楼还是挺意外和满意的。季侑言暗暗庆幸自己扳回一局。

于是下午接近做晚饭的时间，季侑言便特意提早上去陪着景舒榕准备晚饭。她手伤着做不了什么，只纯粹地挤在厨房里陪着景舒榕闲话家常，问一点景琇小时候的趣事。

所有母亲提到自己的孩子，话匣子都关不住，景舒榕也不例外。一顿晚饭的时间，季侑言不仅套出了许多景琇小时候的趣事，还在景舒榕那里刷了许多好感度。

吃过饭后，景舒榕要去剧院看话剧邀请季侑言一起去。季侑言考虑到自己的出行可能会带去不必要的风波，委婉拒绝了。

她下楼回到家里，看着落地窗外晚霞满天，身心舒畅，突然很有写歌的欲望。她去书房拿了纸笔，又去音乐室抱了吉他，坐到阳台的躺椅上。等要用到吉他时才反应过来自己现在弹不了，但这并不妨碍她写歌写曲的兴致。

她盘着腿，沐浴着晚风，哼哼唧唧，自得其乐。

景琇结束演出回到家里，一进客厅就看见了阳台上季侑言背对着她的身影。景琇走近了一点，看见她戴着耳机，一条腿放直，一条腿曲起垫着纸张，哼唱着，记录着。灯光罩在她挺拔纤细的身形上，映照得她整个人越发温润卓然。景琇觉得季侑言整个人都好像在散发着柔和的光。

静谧又美好，是她曾经最熟悉的场景。景琇舍不得打破这样的画面。她眉目温柔地看了好一会儿，悄悄用手机拍了张照，转身准备去挪张椅子过来陪季侑言坐着。

转身的时候，她的影子在季侑言的本子上晃了一下，季侑言条件反射地去看身后。

“阿琇……”她摘下耳机高兴道。

景琇顿住了脚步，回过头看见季侑言的笑颜。唇角弯弯，乌黑的眼眸亮晶晶的。

“在写歌吗？”她淡声询问道。

季侑言狡黠道：“你偷听我唱歌哦。”她把景琇拉到了自己的躺椅边上坐着，笑眯眯道：“从实招来，偷听多久了？”

景琇不以为意道：“我光明正大地站着，是你自己没有发现。”她微微勾唇，故意嘲笑道：“况且，你唱歌了吗？我怎么好像只听见一只猪在哼哼。”

季侑言低笑，语气危险道：“你确定？”

景琇但笑不语。

季侑言听不到满意的答案，手便使坏地挠她痒痒。景琇怕动作过大碰到季侑言的伤患处，只能闷笑着拍掉她作怪的手。

笑闹过后，景琇靠在椅子上看着季侑言，觉得忙碌了一天的疲倦都消散尽了。

“吃夜宵吗？”季侑言柔声问。

景琇摇头道：“一会儿该睡了。”她看了看在另一张躺椅上的吉他，关心道：“要我帮你验一下曲吗？”

“不用了。”季侑言说，“你不是觉得弹吉他手指疼吗？今晚这手有别的大作用，不能疼了。”

“嗯？”景琇疑惑。

季侑言收起手稿，说：“我想让你今晚帮我洗个头。”

景琇自然是答应，她去客厅拿椅子给她坐，季侑言在卧室笨拙地换衣服。

两人一起进了浴室，季侑言坐在了景琇搬来的凳子上，俯下身子，伸长了脖子在浴缸里，由着景琇用莲蓬头打湿她的长发，抹上洗发水，一点点细致地按揉着她的头皮。

“好多年了。”季侑言怀念道。这样的时光，最初的时候她们也曾有过。

景琇轻轻地笑了一声，没有说话。

季侑言莞尔，感受着景琇指腹轻柔的动作，享受着此刻的安谧。

她看着浴缸里不停晃动着的波纹，温馨感流遍四肢百骸，有一首歌突然在她心中汹涌着。

季侑言猛地按住了景琇的手，眼眸里星光熠熠：“阿琇，我突然有灵感了。”她说着就兴奋地站起了身子，顾不上头发还湿漉漉地滴着水就往音乐室跑去。

景琇手举着毛巾，看着她离去的背影，眼里满是无奈。她拿着毛巾，快步去衣帽间取了一件衬衫，踩着钢琴声进了音乐室。

音乐室里，季侑言神情专注，眉头微蹙，单手弹着钢琴，弹一小段，停一下在纸上记一下。

景琇轻轻地把衬衫披到季侑言的身上，季侑言转头看她一眼，景琇

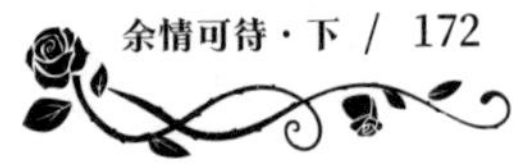

默契地对她点头，季侑言便安心地回过头继续推敲。

景琇帮季侑言擦干了发梢的水，看着她。

不知道过了多久，季侑言把一闪而过的灵感都记录了下来，哼唱了一遍，自觉满意，这才放下了笔收回心神。

她下意识地想和景琇分享这个好消息，后知后觉地想起自己是在什么状态中跑出来的。她低头看披在自己两肩上的衬衫，习惯性地转过身子去寻找景琇。

果然，她转过身就看见景琇一如多年前她们的相处模式——在一方专注工作的时候坐在对方的身后无声陪伴。

即使不说话，各自忙碌，共处一室时偶尔默契地相视一笑，就足够让彼此在疲倦中找到温馨和放松的感觉了。

景琇正在看书，听见琴声和哼唱声都停了，奇怪地看向季侑言。

“写完了？”景琇合上书，拿起膝盖上的毛巾走回季侑言跟前。

季侑言抬头仰望景琇，眉眼弯弯地回了一个“嗯”。她用手摸了摸自己还湿成条状的刘海，很有自知之明地问：“我现在看起来是不是特别傻？”

景琇眼里泛起笑意，把毛巾盖在她的发顶，淡淡道：“是挺傻的。”

季侑言听到肯定的回答，嘟囔道：“你怎么不安慰我？”

景琇轻笑一声，揶揄道：“有自知之明是一件好事，不需要安慰。”

她走近重新擦拭季侑言的发，沉默几秒，低声道：“不傻。”顿了顿，她补充道：“你认真写歌的样子很好看。”

季侑言微愣，信以为真：“其实我一直有一个问题想要问你，但是以前一直不敢问。”

景琇蹙眉：“你问。”

“比起我演戏，你是不是更喜欢我唱歌？”季侑言盯着她，问得很认真。这个问题，从前不自信的时候一直萦绕在她的心头，困扰了她很多年。

景琇看穿了季侑言神色中难掩的忐忑。她敛眸，故作轻松地反问道："你是不是想骗我说好听的话？"

季侑言茫然，反应过来景琇话里的意思，不由好笑。

景琇把毛巾从季侑言的头顶拿走，在季侑言身旁坐下，看着地面上的影子，解释道："我以前是更喜欢你唱歌的，因为我知道你热爱音乐，音乐是你的梦想，所以我希望你能够做自己喜欢的事情。仅此而已。

"你唱歌的时候是很有吸引力。

"但演戏的时候也一样很吸引人。"

景琇道："好了，出来吹头发吧，别把伤口浸湿了。"说完她站起身就要走。

季侑言忙拉住她。景琇挑眉，以为她又要说什么逗她。

"电影的插曲我写好了，还没有唱给你听过，你要听吗？"季侑言很正经地问她。

景琇意外。她舒展眉眼，再次坐了下来，用行动应了好。

季侑言难得有些腼腆道："弹不了琴，我只能清唱。"

"没事。"景琇鼓励她。

季侑言双手合十，清了清嗓子，噙着笑开口。

她的声线清澈又有磁性，低醇如大提琴，景琇始终觉得，季侑言唱歌的时候有一种特别的味道。浅唱低吟，歌词配合着拿捏精准的情绪，像是平静大海下翻涌着的暗波，慵懒中带着压抑的不安与躁动，不是尖锐的痛苦，却在无声无息中淹没了景琇的情绪，触动了景琇的心弦。

季侑言唱完后好几秒，景琇才意犹未尽地鼓掌，眼里满是由衷的欣赏。"我可以预见电影上映后，这首歌的爬榜速度能有多快了。"

这是很高的评价了，季侑言心生欢喜，但又有点不自信："真的吗？

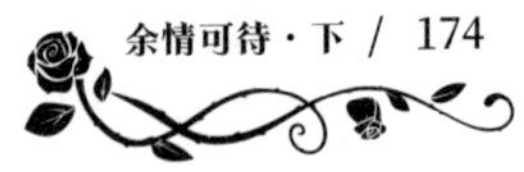

其实我还没有给薄姐过目，不知道是不是还要改。”她在音乐这里受过太多的挫折了。

“这样我已经觉得很好了。”景琇笃定道。

季侑言迟疑。

景琇无奈叹气：“相信自己，相信音乐，相信这个市场。”从前对于市场而言，季侑言缺的是名气，而现在，万事俱备，只欠东风了。

季侑言定定地看着她。半晌，她露出笑，温声道：“我相信你。”

“阿琇，我下个月就和陶总、魏姐正式换合约了。之后我打算调整节奏，一年只接一部电影，在质不在量。其他的时间用来写歌和生活。等《夜色中的向日葵》上映了，这首歌推广开之后，我想发一张专辑。不管成绩，只当作是圆自己一场梦。”

景琇肯定她：“我觉得很好。”她对自己，对季侑言都是一样的想法。她从来没有要求一定要达到什么样的成就，只要自己放得下，觉得开心就好。

季侑言抬起头，故作夸张道：“可是做专辑成本好高啊，要是卖不动的话，我可能要血本无归、露宿街头了。”

景琇想安慰她要真亏成那样也没事，还有自己兜底。可是顾虑到季侑言的自尊心，她张了张口，还是消了声。

季侑言像是看出了景琇的犹豫，半带撒娇地玩笑道：“万一真这样的话，阿琇你收留我吗？”

景琇惊讶地颤了颤睫毛，半晌，她藏不住笑意地点下了头。

景琇若无其事地转移话题道：“对了，以玫说话剧结束以后，几个朋友帮我准备了庆功派对。你和我一起去吗？”

因为很早以前她就隐约察觉到了季侑言不喜欢接触自己的朋友，更没有想融入自己朋友圈的意思，所以景琇一直尽量避免让季侑言应酬自己的朋友。也是因此，绝交前季侑言甚至没有接触过陶行若。

景琇体贴地补充道："如果你不愿意也没关系，我本意也想推托的，但盛情难却。我会早点回来的。"

意外的是，季侑言这次很爽快地答应了："可以呀，如果她们不介意的话，我陪你一起去吧。我也好久没有放松玩过了。"

景琇打量着季侑言的神色，试图分辨出她是否有一丝勉强。

季侑言和她一起往音乐室外走，边走边打趣道："你怎么好像不是很欢迎我的样子？"

"很欢迎。"景琇低声辩解。

她跟季侑言进了卧室，取了电吹风，打开开关准备帮季侑言吹头发。电吹风刚刚轰鸣了两秒，她又关上了。

她坐下来平视着季侑言，再次问出了心底的疑问："言言，你是不是不喜欢我的朋友？"

这个问题景琇曾经问过季侑言很多次，季侑言为了不让景琇难做，一直都推托是景琇想多了。

和从前一样，季侑言垂下长睫再次给出了否定的答案："我不是。"

"我不是不喜欢她们，我只是不喜欢她们眼中的我自己。"季侑言攥了攥五指，抬眸与景琇对视，剖白自己道，"不想和她们多接触是因为她们的一些行为总让我觉得……她们看不起我。我和她们相处的时候，总觉得自己好像赤裸着，一无所有，无地自容。"

景琇的眉头顿时拧起，她发现自己好像总是做错事。不管是把季侑言介绍给父母还是介绍给朋友，她都是出于想让季侑言更开心，想把自己的生活、自己的一切分享给季侑言的目的。但最后她的好意却好像一而再再而三地伤害到了季侑言。

介绍前，她格外叮嘱过不准闹季侑言，不准吓到季侑言。她以为大家都是懂得互相尊重、值得信任的。

"对不起。"景琇喉咙发涩，"不去了，以后我们都不去了。"

季侑言笑道："去呀，为什么不去。"

她应该是让景琇生活变得更美好，她不需要景琇为了她，把自己活成一座孤岛。

"其实也不一定是她们真的这么表现了，更可能是我自己当时太敏感自卑，说者无心，听者有意了。"季侑言反过来安慰景琇。

《惊雷》最后一场演出时，景琇的父亲也来到了中国，季侑言陪同景琇的父母去到了现场支持景琇。

演出结束后，四个人有说有笑地去订好的餐厅吃了庆功夜宵。因为时间已经不早了，景舒榕与丈夫直接住在了酒店，季侑言和景琇自行回家。

车外忽然响起了一阵尖锐的警车鸣笛声。鸣笛声渐行渐近，呼啸着从她们的车边驶过。

景琇被鸣笛声分走了心神，不知道为什么想到了那个"绿色网警"的表情包，忽然被戳中了笑点，别开脸，闷声笑到停不下来。

她以前其实不大使用表情包，但季侑言总是会用些奇奇怪怪的表情包，为了回应季侑言，她才定期找阮宁薇索要近期流行的表情包。

季侑言莫名其妙，噘着嘴追问："你在笑什么？"

景琇回头看她一眼，脑海中都是表情包，自动带入季侑言的脸，笑意不由更甚。

季侑言看她笑得开怀，也就由着她了。

两人回到家分头去洗澡，季侑言洗完澡回到卧房的时候，景琇还没出来。

她心情很好，打开了音响，放了首慵懒舒适的音乐，找了片子想等景琇出来一起看。

两声突兀的短信提示声夹杂在音乐声中，季侑言下意识地扭头看向声源，景琇放在床头柜上的手机屏幕亮了起来。

屏幕顶端的弹窗里“文彦”两个字映入季侑言的眼帘。

没有姓氏的备注，说明是与阿琇熟识的人。阿琇与他究竟是什么关系……在那个梦境里，他们公开婚讯后，媒体专访时宋文彦透露过，阿琇与他的恋情是在今年下半年《夜色中的向日葵》拍摄时，他去探班开始的。

季侑言眼前浮现起梦中景琇与宋文彦大婚的场面，还有慈善晚宴时他们交谈时的场景。

“想什么，这么出神？”景琇不知道什么时候出来了，站在彩灯之下，轻勾唇角。

季侑言咧开了嘴，若无其事地起身问：“在想我们看什么电影呢，你有想看的吗？”

季侑言靠在枕头上，柔声道：“不知道是不是音乐太催眠了，我刚刚好困啊，困得都有点蒙了。”

景琇半信半疑，顺着她的话道：“是挺晚的了，那不然我们今天先睡吧。”

季侑言思绪混乱，一时确实也没了心思，便答应道：“好。你也累了这么久，今晚就先好好休息吧。”

在困倦得失去意识以前，季侑言想，不论如何，如今她都不会再让宋文彦得逞，她会护住阿琇不再受伤的。

睡意渐渐袭来，季侑言的意识开始迷糊。四周昏暗的夜色不知道为什么骤然间都亮了起来。湛蓝的晴空，碧绿的草坪，在欢呼鼓掌声中，景琇再一次穿着婚纱，挽着宋文彦的手出现在季侑言的面前……

突然场景却陡然一变，变到了一个空旷阴冷的会议室里。

会议室里坐着她母亲、小姨、表哥以及其他亲戚，还有陆放、魏颐

真……

“阿姨你放心，殡仪馆火化那边我已经联系安排好了，追悼会结束后他们会派车来接的。”魏颐真沉稳发声。

季侑言脑袋钝钝的，她们什么时候认识的？为什么会坐在一起？

钟清钰打起精神，哑声感谢魏颐真：“这几天谢谢魏小姐你帮忙了，否则我们在这里人生地不熟的，都不知道该怎么办才好。”

“阿姨客气了，我和侑言朋友一场，都是应该的。”魏颐真眼圈有些红。

季侑言突然间反应过来，这是那个梦中她死后的情况吗？还没来得及多想，门口突然传来一声巨响，门被猛地打开了。

所有人的视线都循声而去，包括季侑言——景琇站在门口，身形消瘦，面容是季侑言从未见过的憔悴。

“魏颐真，你骗我。”她环顾会议室内的一圈人，最后目光落在了魏颐真的身上，失望中透着阴冷。

她走进了室内，声音平静中透着脆弱：“你们在商量什么，我也听听好吗？”

随着她的逼近，空气仿佛都凝固了。季侑言看得清，母亲和其他人望向景琇的眼神绝不是友好。

“景老师你想知道什么，我一会儿私下和你沟通好吗？”魏颐真话语中带着无力。

景琇的视线在她身上停留了两秒，像是没有听见她说的话，目光定在了钟清钰的身上。

“阿姨，我不知道魏颐真有没有把我要说的话传达给你。我希望你们……”

她话还没有说完，钟清钰红着眼打断了她：“你不要说了，我一个字都不想听。”

景琇情绪开始波动，语调转急：“阿姨！还有办法的，一定还有办法的！为什么就不能再等等，为什么……”

“你出去好吗？！你有什么资格质问？！你还嫌我们这里不够乱吗？！”小姨呵斥。

钟清钰脆弱的神经仿佛也被她的话刺激到了，嘶哑着嗓子吼景琇：“你到底想干什么？！已经这样了，你还想要怎么样！惺惺作态！你出去，你给我出去！”

场面开始混乱起来，季侑言眼前的血色红雾开始弥漫，人影幢幢，什么都看不清了，尖锐的斥责声充斥着她的脑海。

“这是我们的家事，和你没有关系！”

“你不要太过分，给脸不要脸！”

这么难听的话，是谁说的？他们在骂谁？是阿琇吗？不……

念经声和木鱼声忽然也跟着开始了，季侑言的脑子无法思考了。阿琇呢？阿琇在哪儿？刺耳的梵音和人声像海水一样朝她涌来，一点一点淹没了她的眼耳口鼻。

濒临窒息前，她终于又捕捉到了景琇微弱的声音：“不准火化。”

像是一道利刃破开了迷雾，模糊的场景又渐渐清晰了起来。

是她表哥正站在景琇身旁，扣住景琇的肩膀要推搡她出去。

景琇额头青筋隐现，用十指紧紧地抓住会议桌的桌角，指头泛白，一动不动。

表哥见推不动她，直接一把抓住了景琇的五指要生生地掰开。景琇挣脱不过，被推得一个踉跄，但很快又执着地抓住了另一侧的桌角。

季侑言从来没有见过她这样狼狈的模样，她去拍打表哥蛮横的手，却只能一次次地穿过表哥的身体，无济于事……

陆放也站了出来：“景小姐，不要无理取闹了。”

景琇的注意力落到他身上，眼神冷得像冰刀，身体摇摇欲坠，话却说得越发狠戾了：“我不会允许你们火化的。”

“陆放，你和她废什么话！”表哥推得越发用力，景琇体力透支，一下子没稳住，被推离了能稳住身子的会议桌，接连踉跄了好几下。

魏颐真看不下去了，起身要去维护景琇，可景琇已经倒下了。

季侑言伸手要拉住景琇，却依旧还是扑个空。

“不！”她哭喊出声。

第九章

季侑言睁开眼，眼前是一片可怖的黑。她一时间还沉浸在惊醒前景琇倒下的画面中，头疼得像是要炸开了，泪水像是关不上闸门一般汹涌溢出。

心慌中，她的耳边传来若有若无的呼吸声。

季侑言偏过头，看见景琇正躺在她的枕边，微蹙着眉头，睡得并不安稳的模样。

不真实感渐渐褪去，季侑言意识回笼，认识到自己应该是又做梦了。她的梦话吵到景琇了，但景琇是真的累到了，她眼球动了动，并没有马上醒过来。

季侑言凝视着景琇柔和的睡颜，想到梦里她的憔悴与狼狈，鼻子又越来越堵，呼吸沉重。只是梦吗？为什么觉得一切真实得可怕？前面婚礼的场景，与她的记忆也并没有出入。

她拧着眉头沉沉思索，好像从摔伤了头后，她就开始做这些奇怪的梦。是巧合吗？还是……她因为碰撞，意外地有了一些遗忘掉的记忆？

她一直都知道，那个似乎有着预言作用的梦，并不是完整的，好像漏掉了一部分她死后的记忆，除了知道景琇暂停了婚礼来送她，在她身旁恸哭，其他的很多记忆都是模模糊糊、零零碎碎的。以至于刚刚醒来的那一段时间，她总有些分不清梦与现实。直到许多事情的进展与梦中的一模一样，她才真正确定了，这是个可以预言未来的梦。

但梦也可能真的只是梦。

千头万绪，季侑言一时间无法厘清。她屏住呼吸伴随着一下一下有序的呼吸声，心慢慢地平静下来。

她告诫自己，耐心一点，把一切交给时间。如果真的是遗忘的记忆，也许慢慢地，她就能把所有的一切都想起来。

会有答案的。她如是宽慰自己，却还是失眠到天明才再次睡去。

再一次醒来时，天已经大亮了。景琇床头的手机疯狂地振动着，季侑言以为是闹钟，坐起身子伸长了手取过来准备按掉，“文彦”两个字又一次出现在屏幕上。

“怎么了？”景琇也被吵醒了，慵懒地问道。

“你的电话。”季侑言把手机递给景琇，回答道。

景琇揉了揉眉心，支着手臂坐了起来。她接过手机，看清来电显示的一瞬间眉头似乎蹙得更紧了。

“怎么了，这么早？”

季侑言不动声色地仔细观察着景琇的神色。景琇神色淡淡的，语气最开始还带着点起床气，而后便是对外人一贯的客气与疏离。

好像不大热络的样子。季侑言有些想象不出来，在那个梦里宋文彦究竟是做了什么才能让景琇最后点头。

景琇没说几句就挂断了电话。季侑言收敛好情绪，明知故问道：“谁这么早打电话来，是有什么要紧事吗？”

景琇捏了一下酸痛的脖子，嗔季侑言道：“不早了，快十二点了。”

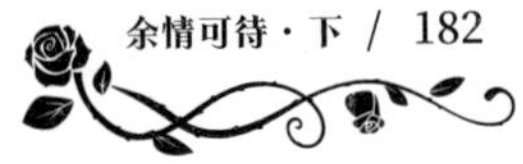

她刚斥责宋文彦“这么早”的时候，宋文彦的这句话把她堵得哑口无言。

“是一个朋友，昨天出差刚回北城，说想请我吃饭，给我庆功。我拒绝了。”景琇波澜不惊地解释道。

“我认识的吗？男生还是女生？”季侑言挑了挑眉，半真半假地调侃道，“又一个追求者吗？我怎么没有啊，我都有点酸了。”

景琇微微一愣，觑季侑言，半开玩笑地反问道：“要一点碱吗？”

Jian？季侑言没反应过来：“什么？”

景琇一边起身去浴室，一边淡笑道：“中和一下。”

季侑言无言以对。

景琇关上了浴室的门，季侑言洗漱完去厨房榨了五谷杂粮豆浆，煎了蛋，做了两个三明治，做了水果生菜沙拉，等景琇出来，两人简单地解决了迟到的早餐。

已经接近一点半了，季侑言抓紧时间也去洗了澡，而后化了妆换了衣服就准备出发去参加派对。

由于季侑言一只手不方便，所以季侑言的妆发都交给了景琇负责。互相化妆这种事，以前也不是没有做过。季侑言对景琇的手法还是非常信任的。

上妆前，她配合造型师景琇的询问，提出自己的诉求：“我今天想穿衬衫，帅气一点，所以妆也帮我化得帅一点吧。”

景琇勾了勾唇，毫不犹豫地答应了：“好。”

结果吹好了头发化好了妆，季侑言转头一看镜子，一脸蒙——这贤良淑德、弱质纤纤的闺秀是谁？！

“阿琇，这妆穿衬衫是不是不搭啊？”季侑言委婉提醒。

景琇从衣柜里取了衣服出来，眉眼带着淡淡的笑意回她道：“嗯，是不太搭。”她把手中的雪纺连衣裙递给季侑言，沉稳道：“所以你穿这个。”

季侑言一脸惊讶，她摸着手中仙气飘飘的裙子，艰难开口道：“不然再稍微改改妆？”

“时间来不及了。”景琇一口否决。

季侑言抬头望进景琇的眼底，看清她狡黠的笑意，终于反应过来——她被景琇摆了一道！

“你是有预谋的对不对？”季侑言又好气又好笑。幼稚！但是幼稚得很可爱。

她认命地抱着裙子起身，景琇坐下身子给自己化妆，但笑不语。

果然，景琇给自己化了一个超级英气的妆。精致的五官、清冷的气质，只搭配着简单的蓝色牛仔衬衫、黑色的背心和修身的牛仔裤，就已经完全让人移不开眼，又美又帅。

她看着镜子里的自己，上撩了一下头发，满意道：“走吧。”

好吧，她开心就好了。季侑言“嗯”了一声，与景琇一起往玄关走去。

派对安排在景琇朋友濮珈的私人游艇上，景琇为了方便说话，没有带司机，自己驱车前往。

路上季侑言听着歌，吹着风，好不惬意。她翻看手机，潜伏在豆瓣各个组里，不时和景琇分享一些有趣的帖子和八卦。

无意间，她瞄到了一个帖子，标题名字是“有人试过那个据说可以梦见未来的催眠录音吗？”，好奇心使然，她点了进去。

帖子里，好多人都说得如假包换。

季侑言又想到了自己昨晚做的那个梦。

她锁了屏幕，攥着手机的手掌不自觉地收握紧了。缄默许久，她侧过脸，试探性地问景琇：“阿琇，你信不信梦可以预言呀？”

景琇听到问话，握着方向盘的手僵了一下。她假装没有听清楚问话，蹙眉用鼻音回：“嗯？”试图躲开这个话题。

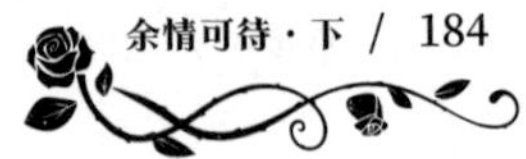

“我是说，你觉得类似梦见未来之类的事情，是真实存在的吗？”季侑言盯着景琇，执着地重复问了一遍。

景琇内心惊疑不定，面上却是波澜不惊。她侧头看季侑言，不答，反问：“为什么突然问这个问题？”

季侑言若无其事地回答：“心血来潮。”她晃了晃手机，解释道：“我刚刚看到一个帖子，说有一个音频听了可以催眠，能够梦到自己的未来。然后我就突然想到我之前做的关于你的梦。”

“你说，我梦见的，会不会是真实发生的呀？”季侑言玩笑般地试探道。

景琇的红唇瞬间抿紧。季侑言察觉到了她情绪的波动，心跟着悬了起来。

然而，景琇很快就淡淡地打趣她道：“只是个梦而已，你想象力会不会太丰富了一点？”

她语气平常得令季侑言怀疑自己刚刚捕捉到的只是错觉。

“可是我总是会做一个梦，这个梦让我觉得很不安。”季侑言进一步真假参半地吐露心声。

“什么梦？”景琇看着前方，目不斜视。

季侑言咬唇，打直球道：“我总会梦见你和一个男人结婚的场景，次次都相同，真实得就像是亲眼所见一般。”

话音刚落，车速陡然间加快了许多。高速路上的车速本来就很快了，季侑言紧张道：“阿琇？”

景琇低哼了一声，连忙放缓了车速。她摸不透季侑言的用意，攥紧了方向盘，勉强找到了自己该有的正常反应：“你是忘了我是独身主义吗？”

“我不是……”季侑言拿捏着分寸，压下疑问，不敢冒险地刨根问底。

景琇怦怦直跳的心慢慢平缓下来。她不确定季侑言是不是真的梦见了什么，以后会不会慢慢梦见更多。可无论如何，这些痛与遗憾，她一个人承受就好，她只希望如今的季侑言能够快乐。

她垂下眼睑，轻唤：“言言……”

季侑言露出认真倾听的姿态。

景琇安抚她道：“只是梦而已。”

她坦荡大方，像是当真一无所知，季侑言打消了一点疑惑。

景琇压下自己内心复杂的情绪，握着方向盘转了个弯：“所以你不需要为那样的梦花费心思。与其在意这些虚无缥缈的东西，不如过好现在，不是吗？”这句话她是说给现在的季侑言听的，也是说给以后可能会知道更多的季侑言听的。

季侑言的心定了下来。此刻的景琇什么都不知道。不论那个梦和景琇有没有关系，她能珍惜的只有当下。过好此刻，才算不辜负自己吧。

“谨遵长官教诲。”季侑言被景琇说服了，夸张地敬了个礼。

景琇松了口气，偷偷看了她一眼，状若随意地打探道：“除了上次的梦，还有今天说的这个梦，你还有做什么关于我的梦？不如一次性清算？”她疑惑季侑言究竟梦到了多少。

季侑言听她冷冷的语气，求生欲爆棚，哄她道：“那可就说不完了。”

傍晚日落时分，景琇和季侑言到了濮珈游艇停泊的码头。把车交给泊车员，景琇打电话给濮珈。

濮珈亲自下船前来迎接她们。她一头妩媚的大波浪，身着开到腿根的收腰晚礼裙，细高跟踩得风情万种，人未至，声先到：“哟，我们大英雄也来了呀。”

季侑言与濮珈见过几面，对濮珈略有了解。她比景琇年长几岁，是景琇所在的光娱传媒的千金，其母亲与景舒榕私交甚好。

濮珈和景琇完全是两类人，季侑言一度觉得惊奇，甚至不安，景琇

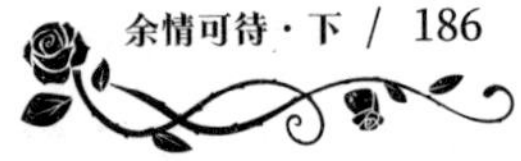

可以和濮珈做好朋友——因为濮珈是圈子里最常见的资本家。

不知道是不是错觉，季侑言第一次见濮珈的时候就觉得濮珈的眼神令她不舒服，仿佛在她眼里，自己对景琇而言，就像濮珈的奉承者之于濮珈的关系一样。季侑言觉得难堪，又没有办法和景琇直说，所以只能闷闷不乐地对濮珈敬而远之。

但今天，季侑言直视着濮珈，从容地回应她的调侃道："濮姐你说的英雄在哪里呀？这里没有英雄，摔成狗熊的倒是有一个。"她晃了晃自己还打着石膏的小臂。

就像季侑言从前觉得濮珈看不上自己一样，濮珈也一贯觉得季侑言假清高，卫道士一般，所以她对季侑言一直没什么好印象。季侑言会主动应她话，濮珈显然有些意外。她用眼神询问景琇：今天太阳打西边出来了？

景琇但笑不语。

濮珈便顺着一贯的毒舌，懒洋洋地回答道："好久不见，小季你倒是精神了许多，因为摔到脑袋了吗？"

熟悉的人知道她嘴坏，不熟悉的就只会觉得这话夹枪带棒。景琇蹙眉想要维护，季侑言反而示意她自己没事。

她没在意濮珈的嘲讽，转开话题道："是好久不见，濮姐你看起来好像比前几年更光彩夺目了。"说完她扫到了什么，奉承道："濮姐你的手镯看起来好别致啊。"

她对这只手镯有印象，是因为梦中，明年濮珈和圈内人的恋情会被踢爆，媒体盘点两个人出过镜的情侣物品时，这只手镯赫然列在前排。她听林悦和她八卦过一嘴，圈内人都说濮珈这次是动真心了，往常都是濮珈逢场作戏、翻脸无情，这次倒过来了，轮到濮珈紧追不舍、死缠烂打了。

夸这个总归没错。

果然，濮珈听到季侑言夸她的手镯，眉梢眼角是藏不住的喜意。“有眼光。”她摸着手镯，赞许地看了季侑言一眼，语气缓了下来：“听琇琇说你在筹备专辑，正好，今晚我给你介绍几个新朋友。”

显然是要给她介绍资源了。季侑言没有扭捏，露出惊喜的表情应承下来。景琇看季侑言不见外的模样，心上泛过喜意。她边登船，边帮季侑言谢过濮珈道：“改天我另外请你吃饭。”

“吃饭也太便宜了吧？等我去法国了，带我去你家酒窖挑酒吧。”濮珈打趣道。景琇父亲的名下有享誉全球的葡萄酒庄园。

景琇故作为难道：“挑酒也太昂贵了吧？”

“哈哈哈哈……”“哟！这演得哪出戏啊？”……嬉笑声此起彼伏。

季侑言抬头向上，发现楼梯上的围栏旁站了一圈的人，关以玫、陶行若和阮宁薇赫然其中。

景琇剜了笑得最大声的崔冉一眼。冷风飕飕的，崔冉㞞了，吆喝旁人道：“走走走，我们进去玩。”

大家都是有分寸的人，见好就收，都溜进了船舱大厅里。

景琇发出一声无奈的笑。她转头看季侑言，神色丝毫不见刚才的冷肃，口吻中带着些歉意柔和道：“她们有点闹。”

夕阳的余晖笼罩在景琇高挑的身形上，她海藻般的长发随着海风飘逸，笑颜比落霞还要温柔绯丽，景与人相得益彰，美得仿若名画家笔下的传世画卷。

从前季侑言觉得这些人太闹了。因为她总觉得热闹是她们的，硬生生地把这时候的自己与景琇割裂成两个世界 。

可此刻，她释怀地摇了摇头，由衷道：“没关系，这些热闹是我们的，我很享受。”她向上跨了两级台阶，和景琇比肩而立，步入了画中，站进了景琇的世界里。

顶层的大厅里零零散散坐了十来个人，大多都是景琇介绍过的朋友，还有几个陌生的面孔，季侑言猜测他们应该就是濮珈所说的要给她介绍的新朋友了。

如季侑言所料，濮珈和相熟的寒暄了几句，便开始为她引见。蓝色眼睛的大胡子，是法国人，拿过世界大奖的大师级编曲人；扎着马尾辫的男人，是 Mu 公司的创始人兼金牌音乐策划人；还有几个穿着朋克，埋头在角落里玩游戏的则是这几年声名鹊起的 soul 乐队成员。

濮珈一个个介绍过去，直到只剩最后一个剃了半边鬓角的长发女人。

女人一无所觉，专心致志地埋头通关。旁边的鼓手夺走了女人手上的游戏机，女人这才不悦地抬头向后看去。

看清彼此的一瞬间，季侑言和她愣了两秒，不约而同出声道：

“小言？！”

“卓凛？！”

周围的空气安静了几秒，濮珈惊奇道：“什么情况，你们认识的吗？”

景琇本在不远处与朋友闲聊，听到这边的动静，下意识地走到了季侑言身后的沙发旁靠着，不动声色地旁听。

气质凛冽的女人盯着季侑言，神色间是显而易见的惊喜。

“我们认识很多年了。”季侑言含笑回濮珈，“算是……他乡遇故知了。”她对着卓凛歪了歪头，是想亲近又有些不好意思的模样：“阿凛，好多年没见了，我都不知道你也来北城了。”

卓凛凝视着季侑言，苦笑道：“你切断了和我们所有人的联系，怎么会知道？”

季侑言的笑顿时僵在脸上。当年她听从父亲的话离开社团，自觉背叛了这些朋友，根本没有脸再主动联系。送她吉他的那个乐队的朋友去世后，她离开延州北上，一事无成，无法面对过去的那些亲戚和同学，更是切断了所有人的联系方式。

卓凛这句话说出口就后悔了。她不是不明白季侑言的性格，也不是没有看到季侑言这些年的辛苦打拼，她只是不由自主。

景琇不动声色地站到了季侑言的身旁。

卓凛注意到了景琇，收敛了情绪，转移话题道："不介绍一下吗？"

季侑言从刚刚的尴尬中解脱出来，落落大方地介绍道："景琇，我最好最重要的朋友。"

景琇露出淡笑，伸出手道："你好。"

卓凛微微一愣，轻轻握了一下景琇的手。

濮珈作为介绍人被晾到了一旁，插嘴道："所以你们不打算和我说一下，你们怎么认识的吗？"这两人一个文着花臂穿着前卫朋克，一个穿着连衣裙清新秀丽，怎么看都不像是一个世界的人吧？

季侑言见景琇也有些好奇的模样，回答道："我进圈子前，和阿凛还有其他几个朋友是一个乐队的。"她提示景琇："我和你说过的。"

景琇立刻了然。但她没有想过，季侑言说的音乐社团是这种风格的，摇滚吗？季侑言后来的歌也不是这种类型的。

濮珈和景琇一样惊诧，说："摇滚乐队吗？"她上下打量了季侑言好几眼，摇头道："我可一点都看不出来。你是乐队经纪人吗？"

季侑言佯装不满道："濮姐，你这是小瞧我嘛。"

卓凛轻笑出声："她第一次来的时候，看上去像个高中生，我们社团的人也这么笑过。"她顿了顿，语气很认真地为季侑言辩护道："不过不能小看她。她一唱歌就把我们都镇住了，是我们乐队的主唱呢。"

濮珈挑了挑眉，是真的有些刮目相看。她几年前看季侑言出单曲没任何水花，一直没把季侑言的音乐能力当一回事。但被"天才的键盘手"卓凛这样认可，看来季侑言应该当真有两把刷子。

景琇淡笑道：“我也有些想象不出来。”

季侑言说道：“延州的家里有刻录下来的视频碟片，下次回家了，我放给你看。”

景琇拿捏着分寸，不咸不淡地和她们又聊了几句，便带着濮珈一起离开了，给季侑言留足了叙旧的空间。

离开后，她在另一角与朋友们品酒闲谈，不知不觉地喝了小半瓶红酒。

那是一个她不擅长的音乐世界。

“没想到，她法语也不错，挺多才多艺的嘛。”濮珈扭头向季侑言望去，第一次当着景琇的面肯定季侑言：“这两年她好像成熟了不少，现在看起来还不错，我放心点了。”

景琇失笑，挑眉道：“她一直都很好。是你不懂。”

濮珈认输：“成成成，是我有眼不识泰山。”

“所以这么高兴的晚上，等会儿我可不可以和她多喝两杯？”濮珈提出申请：“你以前说她不能喝酒，让我们别逗她，我后来可听说了，人家号称‘千杯不醉’呢。”

景琇蹙眉道：“她带着伤，不能喝酒。”

濮珈反应过来，可惜道：“噢，也是。”

崔冉见缝插针：“那怎么办？晚点玩游戏输了可都得喝，不然多没劲。”

“让琇琇替呀。”关以玫与崔冉一唱一和，跃跃欲试，“不行，今晚一定要把这个‘不倒翁’给撂倒。”景琇每次聚会都很克制，总能清醒到最后，是唯一一个没有被所有人见过醉态的人。越神秘，大家就越好奇，逮着机会就想灌醉她。

景琇爱怜地扫过她们，波澜不惊道：“看你们本事了。”她看过季侑言的所有综艺，对季侑言的游戏能力非常有信心。

季侑言一开始果然没有辜负景琇的期待。

在能观海的半开放餐厅吃完正餐后，濮珈提议先玩些简单的小游戏消食，晚点再去下面一层的酒吧放开了玩。

因为今晚的主角是景琇，难得季侑言也在，游艇上又都是些能放开玩的好友，有人便提议说让大家两两自行组队，玩三分钟读唇游戏。擂台赛，看谁三分钟读出来的最多，输的人喝酒。

崔冉和关以玫自告奋勇当擂主。崔冉戴上耳机，放大音乐，猜关以玫说的话是什么。两人本来以为以相识多年的默契，玩这种游戏应该是手到擒来。

结果万万没想到，第一句话她们就卡住了。关以玫说："今晚的鱼子酱真好吃。"

崔冉一脸蒙："什么？你说什么？鸡……鸡什么？"

所有人爆笑。

关以玫重复："今晚……"，崔冉艰难道："鸡爪？鸡……"

关以玫懊恼道："鸡什么鸡呀，今！今！"

崔冉小心翼翼地说："今？"

关以玫开心点头，"今晚，的，鱼子酱……"

崔冉急道："你慢点啊，说太快了！今晚的……"她猜不出来关以玫后面的三个字说的什么，嘴巴学着关以玫发"鱼"的唇形噘了起来，噘了半天没吭出一声。

"愚蠢！"关以玫气急败坏，一把捏住了崔冉噘出来的唇，崔冉"嗷"一声哀号开来。

嬉笑声此起彼伏。

三分钟过去了，她们一个都没猜对，关以玫卒。

季侑言笑到肚子疼。

"看看我身边的这两个笑得多开心，看起来胸有成竹，来挑战一下？"

濮珈看季侑言和景琇幸灾乐祸，点名了。

大家都配合地跟着起哄。

景琇勾唇，轻描淡写道：“好啊。”她眼里带着淡淡的笑，问季侑言：“你猜还是我猜？”

季侑言伸手取过崔冉放下的耳机，说道：“我猜。”

季侑言戴上了耳机。

计时开始了。

景琇问道：“音乐会太大声吗？”她语速适中，字正腔圆。

季侑言全神贯注地盯着景琇漂亮的红唇，几乎是不假思索地大声回答道：“音乐会太大声吗？”她声音变得好大声，还有一点变音，有种别样的可爱。

季侑言从景琇的表情里明白自己应该是猜对了，附带回答道：“有一点，不过没关系。”

大家爆发出一阵惊叹声：“也太快了吧！她怎么猜到的？”

崔冉不服气道：“不可能！她是不是听得到啊？”她凑近了季侑言的耳机，发现音乐声大得都漏音了。

“一定是巧合！”关以玫嘴硬。

景琇气定神闲地看她们一眼，说出第二句话：“今晚的菜你喜欢哪一道？”

季侑言犹豫了一下，“今晚的……”

景琇耐心地复述道：“菜，你喜欢哪一道？”

“菜？”

景琇点头，像哄小孩一样拍了拍手鼓励，“你喜欢哪一道？”

崔冉酸溜溜地抱怨关以玫：“你看琇琇好温柔啊，你刚刚对我那么粗暴！”

关以玫没好气道：“你怎么不看看季老师这么聪明！”

景琇不疾不徐地又重复了一遍。

季侑言恍然大悟，开心道：“你喜欢哪一道？！是不是？”

景琇点头，季侑言笑道：“都挺喜欢的。”她感谢濮珈道：“托濮姐的福，让我大饱口福了。”

濮珈受用，佩服道：“琇琇，你们这默契是怎么练出来的？”

季侑言挑战成功了，和景琇一起站起身，祸水东引地问：“我们是不是赢了崔老师和关老师？输的人的惩罚呢？要不要加点码呀。”

崔冉成功上钩：“刚刚没有规定输了的要加码呀。”

景琇淡笑道：“嗯，刚刚说输的人要喝酒，但没说清楚怎么喝。这样吧，差几题，一人喝几杯怎么样？”

看热闹的人才不在意看的是哪家的，有热闹看就很开心，都连声说好。景琇坏心眼地亲自倒酒，倒了红的，假意要去掺白的，吓得崔冉和关以玫嗷嗷直叫，也顾不得讨价还价，连忙夺了酒杯认下了这个惩罚。

含泪喝下了四大杯酒，崔冉放话：“琇琇你给我等着。”刚有点气势，她就实打实地打了个酒嗝。

大家霎时间又笑得前俯后仰，季侑言也忍俊不禁。

“下一个谁来挑擂？灭灭这两人的气焰。”濮珈挑拨大家。

“我来吧。”陶行若自告奋勇，拉着明显还在状况外的阮宁薇往场中央走。

阮宁薇坐到了陶行若的对面，一脸呆萌。她为什么要灭她偶像的气焰？

陶行若选择阮宁薇来说，自己来猜。她一眨不眨地盯着阮宁薇的唇，目光专注。

陶行若和阮宁薇默契度不错，只输给季侑言和景琇一题。

陶行若和阮宁薇过后，游戏又玩了两轮，依旧没有任何人超过季侑言和景琇的纪录。大家都觉得没希望了，决定转场去下层的酒吧里换游戏继续，就不信景琇可以所向披靡到最后。

下层的酒吧没有外面的酒吧那样宽敞，然而麻雀虽小，五脏俱全，对十几个人来说绰绰有余了。动感的音乐响起，服务生把零食、酒和色子送上来，灯红酒绿，玩闹的氛围更足，大家都放得更开了。

什么色子游戏、划拳游戏、投飞镖、打气枪、九九乘法表……轮番上阵，季侑言即便没玩过也学得飞快，几轮下来，她竟然就没有中招的时候，给景琇赚足了面子。

大家惊叹之余，更是被激起了胜负欲，铆足了劲一定要看季侑言错一次。

又换了个游戏，叫“手口不一”。游戏规则是大家喊口号，喊完口号其中一人一手拍大腿，一手比画出一个数字，比画的同时嘴里必须报出除这个数字外的其他数字。

季侑言的常胜纪录，从这个游戏开始崩坏了。

游戏顺时针开始，景琇报完数后就是季侑言。景琇拍大腿比画出了一个“5”，顺利地报数：“4。”

大家失望地加快速度喊“说一套做一套，手口不一”，口号一结束，季侑言轻碰大腿，比出了一个“耶”的姿势，喊道：“二！”

喊完她就反应到哪里不对。

心心念念的目标实现了，所有人反而难以置信地愣住了。下一秒，哄堂大笑。“哈哈哈，抓到了吧！”

崔冉学着季侑言的样子，笑得合不拢嘴：“耶，这是二。”

“哈哈哈哈哈，季老师真是个表里如一的人。哈哈哈。”

濮珈已经把酒满上递给景琇了：“来来来，庆祝你找到这么实诚的搭档。”

季侑言捂脸：“阿琇我错了。”

景琇愿赌服输，接过濮珈的酒安慰她道：“没关系。”她仰起曲线优美的脖颈，干净利落地把整杯酒一饮而尽。

喝完，她面不改色地倒过酒杯，示意一滴不剩。

气氛被引燃，大家喊了句“好，爽快”，众人都兴致勃勃，迫不及待地开始了第二轮。

很好，第二轮季侑言艰难地躲过去了。然后，在第三轮，季侑言比着一个“1”，实诚地喊了一声“1”，第四轮，第五轮，季侑言每次都想好了不要中招，结果每次一伸手就说了老实话。

景琇被灌下了一杯又一杯的酒，季侑言想死的心都有了。

“我出去上个洗手间。”季侑言试图尿遁。

大家都是人精，哪里看不出来季侑言的意图。“别这样，再玩两局嘛。来来来，我们换个游戏，这游戏太欺负我们小季老师了。”

“对对对，我们换个游戏，季老师你可不能当逃兵哦。”

季侑言为难地看景琇，景琇酒喝多了，眼睛在灯影下泛着浅浅的水波。她轻声道：“没事。”

季侑言露出笑，叹了口气决定继续。

但大家已经摸准了季侑言不擅长这种需要手口配合的游戏，换的游戏也全是这种类型。再加上大家有意要逗她，季侑言屡屡中招。

难得季侑言可以和大家这样其乐融融，景琇无意扫兴，纵容大家闹她，被灌下了一杯又一杯的酒。

又一次出错，季侑言看着景琇明显有了醉意的双眸，按下景琇准备喝酒的动作，讨饶道：“游戏玩好久了，我们玩点其他更嗨的吧。这个惩罚，我自己来吧。”

关以玫饶有兴致道：“什么更嗨的？”

季侑言笑道：“濮姐不是说想象不出我唱摇滚吗？我给大家唱首歌助兴吧。”她站起身，故意摇了摇自己的雪纺裙摆。

穿这样的衣服唱摇滚？大家都乐了。虽然很想一鼓作气把景琇灌醉，但再闹下去可能就不是开心了。大家相视一眼，都有分寸地收手答应了提议。

卓凛跟着起身，提议道："我给你伴奏？"

季侑言眼里浮现出怀念的神采："求之不得。"

乐队的其他人都自发地跟着上去了。今晚他们本来就有准备给大家表演助兴，所以乐器都已经在台上摆好了。

几个人和季侑言沟通了一番，折中定了大家都相对熟悉的曲目，调试好了，便让人停了场内的音乐。

灯光聚焦在酒吧前方的舞台上，季侑言握着固定的麦克风支架，站在舞台的正中央。

她仙气飘飘的裙子真是和其他所有人格格不入，大家忍不住发出嗤笑的声音。

等到气势磅礴的鼓声、贝斯、吉他、琴声一一响起，季侑言撩起头发，跟着音乐轻轻摇摆，周身的气场就陡然不一样了。大家的笑敛了起来，只觉得身体开始跟着音乐沸腾了。

又一声有力的鼓声落下，季侑言低沉浑厚的嗓音应声响起，唱腔美丽又不失力量，收放自如，穿破了躁动的乐器声，又与乐器声完美地融为一体。

在迷幻的灯光里，她像是一颗耀眼的星星，散发着不容忽视的光芒，夺人眼球。

副歌的最后，她少有地甩了一个头，大气狂野中又不失优雅，性感漂亮得一塌糊涂。全场气氛燃到了极致，大家都站起了身开始摇摆，没有人还在注意她穿什么了。

"季老师可以的，真的有一手啊。"一曲终了，濮珈意犹未尽地惊叹。

在大家的强烈要求下，季侑言和卓凛商量，大方地又唱了一首。等季侑言唱完下台，沙发上只剩下景琇了。其他人早已经坐不住，合着音乐滑入舞池跳舞去了。

景琇抽了纸巾，递给季侑言擦额角的汗，轻轻道："你和卓凛配合得很好，很默契。"她们站在舞台上，在曲终之时相视而笑，像是和台下切割成了两个世界。

季侑言被音乐燃到沸起的血液还没有冷下来，犹在兴奋中。她肯定道："这两首歌我们以前经常演奏的，所以磨合得很好。不过太久没有唱了，其实我刚刚有唱错和抢拍的地方……"她兴致勃勃地给景琇总结自己刚刚的表演。

等季侑言说完了，景琇忽然起身："走吧，一起去跳舞。"

季侑言看着舞池里的群魔乱舞，弯了弯唇，跟着景琇过去了。

等到了舞池，景琇松开了季侑言的手，撩起了自己的衬衫，打了个结。

季侑言鲜少见到这样外放的景琇，猜测她应该是醉得有些厉害了。她怕景琇等会儿出汗后骤然吹到海风，容易感冒，哄骗她："我们回房跳好不好？"

景琇不解地看她。

季侑言连哄带骗道："我也觉得这里有点热，我们先回房吧，你还记得路吗？"濮珈刚刚把房卡交给景琇了，她是第一次来这艘游艇，并不知道具体该怎么走。

景琇勾唇道："记得，你来。"她转过身带着季侑言往外走。

季侑言亦步亦趋地跟在景琇的身后，看着她乌黑的发垂荡着，生怕她一个不慎踩不稳摔倒了。

好在景琇似乎并没有完全醉，一路走得虽不如平时平稳，但还是顺顺当当地抵达了三层所在的房间。

合上门，季侑言就赶忙打开了灯，想把景琇扶到沙发上坐着。

景琇却并不肯动，只靠着门板笑。

这样孩子气的景琇，季侑言还是第一次见。

“怎么啦？”

景琇一副似醉未醉的模样，一本正经地反问：“不是要跳舞吗？”

还记着呀。季侑言好笑，说道：“是呀。不过，我走上来有点累了，我们先坐着休息一会儿，好不好？”

景琇没有马上应她，双眸与她对视了两秒，忽然转开眼，垂下长睫，幽幽地问：“你是不是不想和我一起跳舞？”

虽是寻常的声线，但季侑言与她太熟悉了，还是一下听出了她话中隐含的低落。

“怎么会呢？”她反驳道。

景琇不看她，径自往沙发边走去，顺势要求道：“那你给我跳支舞。”

又绕回去了啊。季侑言太久没有跳舞了，知道肯定跳得不成样子，但她看景琇眼眸闪亮的模样，还是答应道：“好。”

她站起身，站到了距离景琇几步之外的地方，强撑着气势说：“掌声在哪里？”

景琇唇角的弧度忍不住加深，配合着给她鼓起了掌。

季侑言便拎起裙角，施施然朝“观众”行了个礼，开始了她即兴发挥的舞蹈。

太久没跳了，肢体难免有些僵硬，但基本功还在，即使只有一只手能动，跳得也并不算太差。满月的清辉为她镀上一层滤镜，海浪的拍打为她敲击节奏，女人在光下翩翩起舞。

她情不自禁地站起了身，去到床头打开了留声机，舒缓的乐声缓缓流淌出来。

夜深了，玩闹了一晚上，季侑言终归是累了，洗完澡沾床不一会儿就睡了过去。

景琇冲完澡回到床上时，季侑言已经睡熟了。她坐下擦着有些被打湿了的头发，余光扫见海风吹拂着窗帘飘动着……

万籁俱寂，游艇外暗蓝色的水面波光粼粼，映照着一片璀璨的星光。

景琇望着摇晃着的星影半晌，露出了释然又满足的笑意。

所有人，包括言言都在为她可惜，可惜这次有口皆碑的话剧被其他乱七八糟的话题夺走了热度与曝光度，可惜她的表现没有得到应有的肯定和热度。

可她想，她知足了。

第十章

海上天亮得早，季侑言生物钟又比较固定，所以尽管闹到半夜才睡，季侑言还是在往常该醒的时间醒了过来。

濮珈待客周到，衣柜里已经为她们准备了几套尺码合适的新衣服。季侑言随意取了一套进了浴室冲澡。

下次不能让景琇多喝酒了，也不知道是真醉还是假醉，拿她一点办法都没有。季侑言冲完澡出来，整理换下来的衣物。

这些换下来的衣服她们也不好带走，一般是留在船上，要么不要了，要么等干洗过后会有人送过来。虽说两人都有带包，衣服的口袋里一般是不放东西的，但季侑言担心会有遗漏，还是顺手检查了一下景琇的衬衫和牛仔裤的口袋。

出乎意料的是，景琇的衬衫和裤子里都装了东西。裤袋里装着的是两枚重叠着用红绳绑在一起的平安扣，一红一白，显然是上次在浴室里滑落的那两枚。

两次都在衣服里，阿琇一直贴身带着这两枚平安扣的吗？季侑言心底里涌现出一种奇怪的感觉。

等到她从景琇衬衫的胸袋里摸出了一枚黄色的符袋时，这种奇怪的感觉升腾到了最顶端，季侑言整个人都愣住了，心跳莫名急促了起来。

平安扣，顾名思义保平安，当年机缘巧合救下那个和尚，和尚送给她们这块玉，说过此玉可帮她们抵挡一劫。当时她们都是无神论者，只当和尚故弄玄虚，谁也没信，所以这个平安扣被当作饰品和信物戴过一阵后，就被珍藏在箱底。而今，阿琇一个无神论者，不止贴身带玉，还贴身带符？

季侑言的眉头紧紧拧起，心悸发慌，耳边仿佛又响起了先前听到过的梵音，脑袋忽然就有些混沌了。

“怎么了？你在看什么？”景琇慵懒的嗓音飘进季侑言的耳朵里。

像是甘霖洗尽了尘埃，季侑言的脑袋清明了起来。她攥紧了手中的玉和符，定了定神，又缓缓松开，转过身对景琇弯唇道：“睡得这么香，怎么舍得醒了？”

景琇逆着晨光淡淡一笑，支着手臂坐了起来，正想打趣她，忽然看见季侑言手中拿着的东西，笑意凝滞，但很快就放松了。

季侑言自然地解释道：“我刚刚把衣服捡起来，怕等会走的时候忘记了，检查了一下你的口袋，想帮你把东西取出来放在显眼的地方。”

“嗯。”景琇淡定地应了一声，目光从季侑言的手上移到季侑言的脸上。

季侑言见她似乎没有多作解释的意思，便把东西放到了桌子上，状若随意地打探道：“阿琇，你怎么会随身带着符啊，你不是不相信这些的吗？”

景琇语调平稳地回答她：“是我外公给我求的。我妈之前和他说了我身体的问题，他很担心，就帮我求了这个符，让我贴身带着，安神保平安。老人家一片心意，我就贴身带着求个心安了。”

季侑言点了点头,坐到了床边盯着景琇的眼睛,赞同道:“宁可信其有,听外公话是对的，带着。”

景琇若无其事地与她对视，露出好笑的神色。

季侑言看不出她神色里有任何异常。

“我去刷牙。”景琇下了床，背对着季侑言，几不可觉地松了一口气。

尽管景琇给出的理由很具说服力，但不知道为什么，季侑言觉得自己心底的不安感和怪异感并没有真的平复下来。她试图说服自己，阿琇昨天说了，与其纠结这些虚无缥缈的东西，不如过好现在。可是这么一回想，她又发现昨天景琇说的话是不是也有点问题?

景琇昨天是不是也假设性地承认了这种梦境的存在？按照以往景琇的观点来说，她是不是应该直接否认这种说法才对?

季侑言心神不宁，一会儿觉得是自己在疑神疑鬼抠字眼，一会儿又觉得哪里有些不对劲。她瞅着桌面上的两枚玉，伸手触摸那玫红色的平安扣，手下细腻的触感给了她一种真切的熟悉感。除了颜色不一样，其他的真的都好像，仔细看，连纹路好像都一样。

等回去了找找自己的那枚平安扣，季侑言快速地下了决定。

两人穿戴整齐地去到了下一层的餐厅。餐厅里已经坐着好几个人了,卓凛、崔冉、关以玫和濮珈都在,一见到景琇和季侑言,崔冉就垂头丧气道:“你们怎么这么早啊？”

景琇自若地在崔冉的对面坐下，挑眉道：“你好像很失望？”

濮珈笑道：“冉冉和我打赌了，她说你们一定会睡懒觉。”

景琇很有气势地睨了崔冉一眼，季侑言问：“那赌注是什么？濮姐要和……”我们分一下吗？

她话还没说完，桌上所有人的视线都汇集在了她的身上。

季侑言的话卡在了嗓子眼里：“怎……怎么了吗？”

这公鸭嗓怎么回事？！大家哈哈大笑，卓凛好心道：“我有带润喉片，你要一点吗？”

季侑言一时尴尬极了。

景琇说道：“应该是昨天唱歌唱的。”

早饭并中饭一起吃过后，游艇停靠在一处私人海滩附近，大家下了水玩起了水上活动。季侑言因为小臂和脑后的伤不便下水，便与景琇两人在沙滩上漫步。

“莫里斯对我的作品很感兴趣，有意向与我合作。卓凛他们乐队也表示，如果有需要，随时可以和他们联系。”季侑言神采飞扬地和景琇交流自己的收获。

景琇喜欢她说起音乐、畅想未来时仿佛有星光在闪烁的双眸。她带着点笑意看向季侑言，她的眼神，比天空的落霞还要温柔。季侑言越过景琇，能看见海滩上她和景琇一路走来踩下的长长足迹。

从彼此不理解到重建信心，原来她们已经一起重新走过了这么远的路。

季侑言顺着景琇踩下的脚印往回走：“那等电影结束后，我再和他们细谈，感觉专辑已经有着落了。”

景琇被迫后退着走，调侃道：“我知道了。我准备好给你打榜了。你说，你想要承包哪个榜单？”这种玩笑她以前怕季侑言在意，从不敢乱开。

季侑言笑意盎然，说：“什么榜单都可以吗？”

“嗯哼？”

季侑言在碧海蓝天下理直气壮地提出要求：

“那我要所有榜单。”

派对结束的第二天，季侑言在景琇的陪同下去医院拆了后脑勺的线，换了小臂上的石膏。伤口恢复得很好，景琇安心了许多。骨科医生叮嘱，季侑言的肩膀还不能做剧烈运动，但是可以做适当的按摩，然后手指头一定要注意多做复健活动，以免固定太久了会出现抓握无力的现象。

回去的路上，景琇和季侑言确认行程：“明天确定要一起去吗？我不回去也没事的。”

明天她父母要回法国，她妈妈邀请季侑言一起过去度假，当下她刚想提出顾虑，季侑言就赶在她前面答应了。再过几天季侑言就有工作安排了，路途遥远，来回奔波辛苦，再加上她脑袋才受过伤，坐飞机容易不适，景琇不放心。

季侑言却很坚持：“我们不是说好了吗？今天检查完没什么事的话就一起去。”

景琇沉默。

季侑言又说道：“阿姨第一次这么热情地邀请我去你家，我得端正一点态度嘛。”

景琇假装嫌弃道：“她也只是和你客套，不会因为你不方便而不高兴的。你不用勉强。”

季侑言瞬间耷拉了脑袋，失落道：“哦，原来阿姨不是真诚地在邀请我啊。”

景琇被她绕了进去，无奈又好笑地觑季侑言，一副“你戏好多”的眼神。

季侑言收了戏，弯唇正色道：“我知道，你是怕我辛苦。可我不觉得辛苦。”

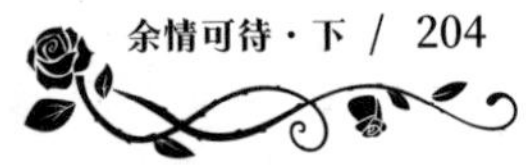

景琇终是松了口：“记得和魏姐说一声。”

季侑言道：“我昨天和魏姐说过了。到时候回来我就直接飞往加城找她会合，而后再一起回北城换合约。”说完她想到了昨天魏颐真吐槽的话，和景琇分享道：“魏姐说，她都已经能想到媒体会写些什么了。”

“会写什么？”景琇顺着她的话问。

季侑言语调轻快，模仿得惟妙惟肖：“比如：震惊！季侑言伤情无碍，好心情飞法国。再比如：景琇与季侑言一同现身机场，有说有笑……”

景琇用气音笑了一声，揶揄道：“你怎么好像还挺开心的？”

“写的都是好话啊，为什么要不开心？”季侑言豁达地反问。

红灯亮了，车子停了下来。季侑言打开车子的天窗，降低了椅背仰望碧空，看着云朵慢慢地变换着。阳光透过天窗洒了进来，并不刺眼，反倒暖洋洋的。

原来换个角度，换个心情，看到的天空是这样的。

就让她继续这样开心下去吧。景琇在心中祈愿。

第二日，他们一行四人依照计划飞往了法国。尽管是私人行程，已经严格保密，但还是有消息灵通的媒体堵在机场门口，咔嚓咔嚓地拍了许多照片。

季侑言和景琇戴着墨镜快速闪过，沉默地没有回答任何问题。

如魏颐真所料，媒体没有撬开她们的口，便只能拿着她们的照片看图写故事。因为早有打点，再加上之前风波后的舆情控制很成功，所以新闻只是给季侑言和景琇白送了一波热度。

最开心的莫过于顾灵峰和季侑言、景琇的粉丝了。顾灵峰的开心是显而易见的，几天没动静的《夜色中的向日葵》官方微博蹭着热度连发了两条宣传；粉丝的开心却是暗戳戳的。为了避免给季侑言和景琇招惹不必要的麻烦，他们连盘点的精华帖都隐藏起来了。

季侑言和景琇躺在庄园草地上数星星，看完新闻去看“优秀超话”，发现头像已经变成了小女孩拒绝脸的“不约”，并且发现精华帖也都消失不见了。

阮宁薇说她们转移阵地了，全转移到官方群里了，实行严格的审核入群制度。

也是很用心良苦了。

季侑言和景琇心血来潮，想偷窥一下他们在聊什么，顶着小号去加群被无情地拒绝了。

阮宁薇表示，她们的主页看起来一片空白，一点相关的东西都没有，一点都不优秀。说着她还发了一条问卷链接给她们，说是群里大家做的娱乐向测评。

问卷是选择题，问的全是和“优秀”组合相关的问题，有“‘优秀’相识于哪个节目”这种基本问题，也有“她们第一次被发现穿的是对方的衣服是第几期节目”这种资深玩家才答得出的问题。

两人扫了几眼问题，来了兴趣，季侑言提议说看谁能答对得多，景琇挑眉问：“奖励是什么？”

季侑言躺在草坪上，想起了几年前的一句玩笑，说：“奖励赢的人今晚能听到婉转的法语歌。”

景琇看了季侑言一眼，默认了。

清风朗月下，隐约的虫鸣声中，两人专心致志地答题，时不时因为被问题唤起了回忆而低声交流，仿佛跟着这张问卷重走了一次来时的路。

只是……有些问题真的太偏了！可能粉丝能够记得，对当事人来说太不值一提了，季侑言和景琇完全没印象。

问卷提交上去，季侑言 51 分，景琇 62 分，两人分数都不高，但景琇至少及格了。

“别担心，我会吩咐 Mary 明天给你炖点雪梨汤的。”景琇勾了勾唇。

季侑言捂住脸，想耍赖。

景琇无动于衷。

季侑言无可奈何。

左右说不动景琇，她琢磨着等回房了再想办法。“给我看看你的答卷可以吗？”她有点好奇景琇比她多答对的是哪些刁钻的问题。

景琇大方地把手机递给了她。

问卷提交后，错误的会显示正确答案。两人一起看答案，有几个问题两人选择是一致的，但答案显示却是错误的。深究起来，应该是粉丝与她们信息不对等的原因。

景琇答对的题目几乎也都是季侑言答对的，然后多出来的几题，是诸如季侑言在第四期节目中纠正过几次景琇走调这种季侑言对景琇所做的小细节。

“我蒙的。”似乎是发现季侑言在类似这种题目上停留过久了，景琇轻描淡写地解释道。

季侑言咬了咬唇，不置可否。

问卷快到末尾了，开始有一些比较难答的生僻问题，比如有一题是，景琇第一次犯甲沟炎是几年前的事。

正确答案应该是七年，景琇选了九年。

这一题，季侑言差点也选错了。她第一反应也是九年，不知道为什么，仿佛从梦中醒来以后过的这一年的时间是不真实的、静止的，很多时候算时间差，她还是需要转个弯才能反应过来。

也因此，她看到景琇也是“九年”的选项时，心上那条敏感的弦瞬间被触到了。

“这题是我手误，点错了。”赶在季侑言发声前，景琇波澜不惊地解释道。

季侑言没问出的疑惑被她堵住了。她装作寻常地调侃了景琇两句，心里再次提醒自己，回家后一定要找出自己的平安扣看看。

四天后，假期结束，季侑言让景琇留下来陪父母，独自飞回国去往加城工作。加城工作一结束，季侑言就迫不及待地回到了北城家中。

她回家送走林悦后的第一件事就是从床底翻出自己的百宝箱寻找平安扣。

没有！箱子里没有平安扣！

季侑言愣在了床旁。她很确定，在梦里，两年后她就是从这个箱子里找出平安扣攥在手心的。这个平安扣自她没有随身携带后，应该一直都收在这个箱子里吧？

她应该很确定，但因为时间太久远了，又有一点点不确定。只是，不在这个箱子里，那会在哪里？

她翻桌倒柜，几乎把能找的地方都找了一遍。没有，连平安扣的影子都没看到。

季侑言脑海里浮现出景琇身上那块触感熟悉的血玉，整个人打了个颤。

几乎是在确定找不到自己白玉平安扣的瞬间，她想到了景琇的那块玉，而后无法自控地想到了梦中从景琇指尖不断滴落、染了一路的鲜血……寒意从她的脚底蹿至全身，季侑言心神大乱。

无稽之谈！这完全是没有根据的事情！季侑言瘫坐在床后的毛毯上，掐着自己的指腹，试图借助痛感让自己镇定下来。红色的玉也不是没有，两块玉相像可能也只是每块玉都差不多。只是巧合吧，一定只是巧合。

她控制不住地咬自己的手，不断地安慰自己一切都是自己多想。可是她的理智和直觉告诉她，自梦醒以来，巧合似乎也太多了。

陶行若因为景琇的推荐，巧合地提早签约了自己；阮宁薇因为景琇的关注，巧合地解开了心结，避免了悲剧；父亲因为景琇的调查，巧合

地得到了及时的救治……

这些，都是她带来的蝴蝶效应，还是，阿琇未卜先知了太多?

天色渐渐沉了下来，季侑言陷入黑暗之中，翻来覆去地想那些蛛丝马迹，寻求不到一个让她真正信服的答案。景琇给的解释似乎都能够说得通，可她就是隐隐觉得不对。

扔在床上的手机忽然响了起来，打破了满室的死寂。季侑言侧过身，看见屏幕在发光，是景琇发来的视频通话请求。

她仰头深深地吸了一口气，倾身向前拒绝了视频。她起身开了灯，站在穿衣镜前审视自己的表情，缓缓地调整出一个如常的笑容。

她坐到桌旁，回拨给景琇。景琇不一会儿就接通了。

“还在忙吗？”景琇清冷的嗓音透过扬声器传来。她直起身子，似乎是把手机放在了支架上。

“忙完啦。刚刚正好要送悦悦出门。”季侑言自若地解释，“你在插花吗？”她看见景琇面前是许多零散的花枝和花艺刀。

景琇坐下身子，优雅地撩了一下耳边的头发回答道：“嗯，闲来无事，陪我妈消遣时间。”说着，她把花瓶挪到了身前。

花瓶里，鲜花色系搭配清新，花枝与花朵错落有致，生意盎然。

“好看吗？是不是剪太短了？”她淡笑着问。

季侑言看着她明亮的笑眼，强压下情绪说道：“不短，刚刚好。”

景琇舒展眉眼，用气音笑了一声。“刚刚潇潇给我打电话了，说是顾导那边联系她，问住宿的安排。”景琇说回了正事。

“你怎么回的？”季侑言明知故问。

景琇勾了勾唇，逗她道：“我私聊顾导了，和他说，季老师好像很想和我一起住。”其实她很正经地回复了服从剧组的安排，当然如果方便的话，希望可以把她和季侑言的住宿安排在一起，方便沟通和对戏。

季侑言捂脸："我的清名！"

景琇好笑，静静地看着她演。

季侑言虽然调动起了全身的积极情绪，但心里到底还是挂着找不到平安扣的事。两人说了一会儿工作上的事，季侑言顺势把话题引了上来，半真半假地抱怨道："今天活动结束后，RUA 送了我耳钉和戒指，我把它们收到饰品柜里了。放的时候，我顺手整理了一下，然后发现了一件事。"

"什么事？"

"我发现我放在里面的平安扣不见了。"季侑言极力冷静，但声线还是有些绷。她一眨不眨地盯着屏幕，不露痕迹地审视着景琇。"就是之前那个和尚送给我们的。"

景琇没有入镜的指节抖了一下，但面部却完美地展现了自己优秀的表情管理能力。"你仔细找过了吗？"她答复得很平常，"会不会后来收到别的地方了？"

"都找过了，就是找不到，就像是不翼而飞了一样。"季侑言蹙眉，又加重语气强调了一遍。

"放在家里，总归会在某个地方的。"景琇开解她，"可能哪天你不特意找它的时候，它就又自己出现了。"

景琇的情绪实在是太沉稳了，季侑言根本看不出一丝异常。季侑言发现，怀疑的种子一旦种下，好像无论景琇怎么回应，她都无法彻底安心了。

心底的彷徨让她有瞬间的冲动想要彻底挑明，可是张开口，她说的却是："嗯，但愿如此。"

景琇转移话题："后天和魏姐一起去找陶签新合约，是吗？"

"嗯，已经约好时间了。"

"网上的消息是魏姐放出去的吗？"网上有小道消息爆料季侑言似乎决定不再续约冉闻，这两天会有大动作。

季侑言点头。像是想到了什么，她烦乱的心绪消散了点，终于又弯了弯唇道："你有看到吗？网上好多人把这个料蘸着我们之前的瓜吃。他们不知道从哪里听说了你也要开工作室，现在都在猜测我们是不是要一起开公司了。"

"我看到了。"景琇波澜不惊道："其实今天已经有一些朋友打电话来问我真假了。"

季侑言愉悦道："我这边也有，我想想居然觉得这个想法还不错。"

景琇打趣她："现在考虑也不晚。"

季侑言摆摆手，眉目温柔道："现在暂时不行，阿琇你再等我两年好不好？"

"好。"景琇应允她，"不过，为什么现在不行？"

季侑言狡黠道："因为我现在得自力更生，先赚点资本才可以嘛。"

景琇被她逗得轻笑出声。

两人有说有笑，景琇又插了一瓶的花，季侑言才在景琇让她早点休息的催促下挂断了视频。

视频挂断后，季侑言唇畔的笑在触及一旁翻乱后还没来得及收拾的抽屉、箱子时，又一点点地消失了。

她站起身进浴室卸妆，最后一遍冲干净脸后，她放了满盆的水，屏住呼吸，把脸完全地浸在里面。

冰凉的水冷却了她的肌肤，让她的大脑越发地清醒。

她承认，是她害怕了，是她不敢坦白也不敢问。

如果景琇不是知情人，她并不想和景琇坦白这个梦。深究那个梦没有意义，她不想让现实再蒙上梦里那些沉重的阴影。不可以一直像现在这样下去吗？

水无情地侵入她的鼻腔，季侑言呛到了，抬起头，咳得死去活来。在呛到前，再让她平静一会儿吧。她太害怕了，害怕打破现在来之不易的平静生活，害怕撕开的真相可能是自己无法承受的。

也许，也许是她想太多了，再等等吧，再观察一下吧……季侑言看见镜子里，自己厌恶的逃避眼神中带着最后一点希冀。

六月中旬，《夜色中的向日葵》即将正式开机。

因为这是两人第一次合作拍摄，季侑言提议，赶在电影正式开机前，她们两人可以提前进组几天。

由于电影不是按顺序拍摄的，顾灵峰安排先拍摄沈郁与乔月的童年戏，和成年后她们比赛完意气风发回乡的戏，所以最开始的拍摄地点是在北方山平城——一个古朴安静的十八线小城。整个剧组的住宿安排在片场附近一栋僻静的居民楼里。她们提前进组，可以短暂地享受一下没有无孔不入的镜头的生活。

景琇答应了。

于是景琇提早回国，两人一前一后地进组了。

一如参加《全民制作人》的时候，这一次依旧是景琇先到，季侑言晚到。季侑言到的时候，是生活制片亲自来接的，他告诉她顾灵峰也已经来了，刚好从外面回来。他吩咐着助理带林悦去安排好的楼层，准备自己带季侑言去见顾灵峰。

林悦却脚下不动，看着季侑言，面露迟疑。季侑言好笑道："没事的，景老师不会再关门的。"

林悦腹诽，你上次不也说你们关系很好？

季侑言看穿了林悦的心思，弹了一下她的额头，无奈道："那这样吧，你在楼梯口等我，我去和顾导打个招呼就来，我们一起上去。"

林悦开心应下。

季侑言打完招呼很快就出来了，拒绝了生活制片的帮助，和林悦一起提着行李箱上楼了。

这栋楼一共九层，没有电梯。顾灵峰给她和景琇、林悦、姚潇安排了一套四室一厅，在六楼，比较安静又不会太高的位置。

季侑言和林悦刚刚走到五楼的楼梯拐弯处，就听见不远处“咔嗒”一声开门声。她们下意识地抬头，看见六楼的防盗门缓缓打开，一条笔直的长腿跨出门框，而后是窈窕高挑的身影，随即，景琇冰雕玉琢的容颜完整地露了出来。

“你是来给我开门的吗？”季侑言语带惊喜。

景琇倚靠在门旁，抬了抬下巴，口气慵懒道：“不然呢？”

时光曾把她对季侑言的熟悉磨灭得面目全非，而今，它真的又把它们完整地送回来了。

说完，景琇转身进门。

季侑言也跟了进去，边走边招呼林悦：“快进来呀。”她调侃道：“今天景老师不把我们关在门外了呢。”

景琇的记忆随着季侑言的话语回到了去年的重逢初见，有些晃神，如今想起来竟恍如隔世了。

她回过头，帮季侑言拉走了行李箱，绷不住逗季侑言道：“怎么，你还要和我翻旧账吗？”

季侑言立马道：“没有，我们之间哪里有什么旧账可翻。”

景琇微微发愣，用气音笑了一声没说话。

“悦悦。”景琇想起来，站在卧房门口点林悦名。“介意和潇潇睡一间吗？”

林悦摇头道：“当然不介意。”

景琇点点头，提醒她道：“潇潇正在整理你们的卧房。”

林悦咧开嘴，道：“那我去帮姚潇姐了。”

季侑言坐到她们还没有铺床单的大床上，揶揄景琇：“你把悦悦打发走了，那我的房间还没有收拾噢？”

景琇走近季侑言，一边蹲下身打开行李箱，一边反问道："所以呢？"

"所以我需要征用田螺姑娘了。"

景琇微勾唇角，装作无情地吩咐道："田螺姑娘不是你吗？起来，自己铺。"

两人嬉闹了一会儿，景琇给被芯套上被套，两人一人拉着一边被角，笨拙又默契地忙碌着。

套好了被单，一人站在床的一边抖被子。景琇大力抖了一下，季侑言没抓好，被子一下子掉了下去，哎哎直叫，景琇忍俊不禁。季侑言见状弯了弯眉，想逗景琇，故意报复，大力抖动被子，带得景琇一个踉跄。

你来我往，两个人年纪也不小了，玩得不亦乐乎。

"我们第一次套被单的时候，你是不是也这么抖过我？"季侑言抖累了，放弃了被单开始套枕套。那时候景琇五指不沾阳春水，根本不知道怎么套被子，帮的净是倒忙。

景琇把行李箱里的常用药分门别类地放进抽屉里，随口回她道："是你先抖我的。"

"明明是你先！"季侑言转回头争辩。

景琇也停下了动作，满眼较劲地和季侑言对视。

僵持了几秒，两人又不约而同地低下了头笑。这个问题，她们当年就没有争明白过。

她们一起从各自的行李箱里取出时钟、耳机等零碎的杂物，一起规划桌面空间。

时间忽然变得好长好长，长得像每分每秒都可以掰开了享受；又好像很短很短，短到她们从彼此眼中，一恍惚都能看到二十来岁那一年的彼此。行李箱渐渐空了，房间一点一点地被她们的东西填满。

在景琇又一次娴熟地把樟脑丸放进房间衣柜角落的一个空洞里时，

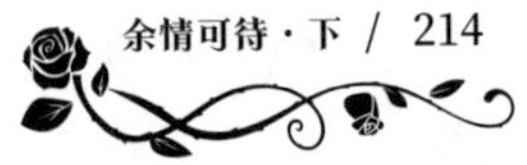

季侑言突然后知后觉地感到了不对劲。

衣柜的那个洞，一眼扫过去根本就不起眼，阿琇是怎么发现的？樟脑丸这种东西，对惯常住高档场所的景琇来说更应该是陌生的，她怎么会这么细致周到？

还有，阿琇今天把东西归类填进这个房间的所有动作，是不是都太驾轻就熟了一点？就好像……曾经在这里生活过一般。

她没来得及深想明白，姚潇礼貌的声音就插了进来：“景老师，季老师，我可以进来吗？”

景琇关上抽屉，奇怪地看了一眼有些失神的季侑言，回道：“进来。”

姚潇探进头，笑着和季侑言先打了个招呼：“季姐好久不见呀。”而后才说正事道：“我收拾了厨房，发现厨具都是新的，可以用，就是冰箱空荡荡的。我准备和悦悦去附近超市添置一些食材，景老师你们需要我们带什么？”

吃的她们不挑，日用品之类的东西，林悦和姚潇一贯都会帮她们收拾妥当，一应齐全。

但景琇想到上一次和季侑言逛超市似乎已经是十多年前的事了，来了些兴致，用眼神询问季侑言。

一贯心思敏锐的季侑言此刻却心不在焉，完全没有反应过来。

景琇只好开口问：“去吗？”

季侑言这才回过神来，挤出笑点了点头。

于是姚潇和林悦原本计划的二人出行变成了四人游。季侑言和景琇换了身居家的衣服，仗着天色已经晚了，周围年轻人少，没有媒体窥探，连口罩都没有戴就出门了。

晚间路上零星的都是散步遛狗的老人，充满了尘世生活的气息。

明月伴行，凉风习习，好不惬意。四个人原本去超市的目的被一路的闲聊冲淡，姚潇本来查好了路线在前头带路，结果忙着和林悦说笑都忘记了。

“潇潇，转弯。”即将路过一个岔路口时，景琇不假思索地提醒道。

姚潇下意识地查看手机导航：“噢，噢！对噢。”

季侑言本就不平静的心跟着姚潇惊喜的声音，再次猛地打了个颤。

“景老师你怎么知道的啊？”姚潇问出了季侑言的疑惑。

景琇笑意微敛，目视着前方道路，平静地回答道：“我看到前面提着超市购物袋的人了，猜的。”

拐进了这个岔路，可以一眼看见路灯下有两个并肩走着的老人家，手上提着两大只印着超市名字的塑料袋。

姚潇连声夸景琇观察入微，林悦也嘴甜地附和，景琇淡淡一笑，不动声色地向身旁的季侑言投去视线。

季侑言刮了一下她的鼻子，笑吟吟道：“眼观六路，耳听八方，厉害了。”

她落后景琇两步，看着景琇被灯光拉得越发颀长瘦削的身影，哀伤渐渐爬上她的眉头。

夜色中，那样远的距离，不经意的一眼，景琇怎么可能那样笃定？人在全然放松的状态下脱口而出的话，往往才是最真实的。

季侑言胸口像被什么压住了一般，沉重得喘不过气。

其实，她知道自己心里的一切猜想，串联起来已经有雏形了，她也知道，是她的逃避型人格又在隐隐作祟了。她怎么还能这样心安理得地掩耳盗铃、自欺欺人？

最后，最后再试探一次。她心尖颤抖着给自己下了最后通牒。

四个人进到超市里，姚潇和林悦去提购物篮，景琇有些新奇地环顾四周，季侑言的目光却一下子锁定在超市拐角处的金银首饰小橱窗上了。

她走到橱窗旁，低头认真地注视着柜台里或白或绿的平安扣吊坠，指着一块白玉平安扣询问柜员道：“可以拿出来给我看看吗？”

景琇回过神来看见季侑言不在身边，对着姚潇和林悦挥了挥手，让她们先进去逛，自己则来到了季侑言身边。

超市灯光不比外面的路灯，亮如白昼，把季侑言和景琇的容颜暴露无遗。柜员一下子看到两个赏心悦目的大美女，瞪着眼睛有些发愣。

“你在看什么？”景琇奇怪。

季侑言莞尔：“想看看吊坠。”

柜员这才反应过来，一边给季侑言取出平安扣，一边有些结巴地表示歉意：“两位美女好漂亮，我都看呆了。特别是这位美女……”她看着季侑言，玩笑道：“你长得好像一个明星哦。”

季侑言故意疑惑地“嗯”了一声，柜员说：“你好像前段时间热播的《瑶华传》里面那个女主角哦，叫什么来着，季……季侑言。”

季侑言和景琇相视一眼，都从彼此眼中看到了明晃晃的笑意。

“嗯，好像是有不少人这么和我说过呢。”季侑言煞有其事地肯定道。她取出首饰盒中的平安扣，和景琇抱怨道：“我看见这些吊坠，又想起我那块不翼而飞的平安扣了。”

景琇的心一紧，状若自然地叹气道：“你还在纠结？”

季侑言点头：“耿耿于怀！”她把玉对着灯光打量，问景琇：“你看这块玉和我们那块像不像？”

景琇扫了一眼，淡淡道：“不大像。”

“嗯？我觉得还挺像的啊。”季侑言蹙眉道，“阿琇，你有随身带着那两块玉吗？拿出来比照一下？说起来，你那块红色的玉和我那块虽然颜色不一样，但是好像特别像呢。”

景琇虽然神色不变，心却慌乱了起来，下意识地否定道：“我忘记带了，留在北城了。”那两块玉被她串在了一起，她担心季侑言真的仔细查看红色那块会看出端倪。

季侑言露出遗憾的表情，把平安扣递给柜员，让她包起来，装作信服道："那等回去了比照看看？"

"嗯。"景琇舒展眉眼。等回去了，把她那块白玉单独给季侑言看就没事了。

季侑言伸手接过包装好的玉，付完钱，转过身面向超市内，在景琇没看向她的时候微微沉了一下眉眼。随后，她歪了歪头狡黠道："那我们走吧，带你逛超市。"

景琇挑眉道："怎么就是你带我逛超市了？我没记错的话，你的方向感似乎有待加强。"

"逛超市要什么方向感？当然是逛到哪里算哪里。"季侑言一点都不心虚。

景琇轻嗤道："胡说八道。"嘴上虽然嫌弃，但她到底还是由着季侑言带着漫无目的地闲逛了。

由于几乎是第一次逛中国的超市，景琇对货架上各色的食品、日用品，甚至儿童区的玩具都充满了新奇感，经常走着走着，就被物品的外包装吸引住了，驻足不前，认真打量。

难得可以见到景琇这样孩子气的一面，在景琇又一次逗留在货架前时，季侑言骗景琇说好像看到了姚潇和林悦，让她在这里等一下，她过去叫她们，而后小跑到超市入口处提了一个购物篮，循着来时的路扫荡过去，把景琇刚刚流连过的物品尽数收入了购物篮中。

等季侑言回来的途中，景琇早已经对这面货架上的物品失去了兴趣。但她没有挪动，确如她所答应的那样，站在原地，站在货架旁，静静地等着季侑言回来。

季侑言回到景琇身边，一边疾步朝她走去，一边叫她："阿琇……"

景琇听到声音，侧过头来，露出淡淡的笑，"没遇见潇潇她们吗？"她见季侑言是一个人回来的。

季侑言摇了摇头，坦白道：“我不是去找她们的。”

景琇蹙眉。

季侑言逗小孩一般地把购物篮从身后拎出来递给景琇：“我去拿篮子了，喏。”

景琇不明所以地低头看篮子，等看清楚篮子里五花八门的物品——全是她刚刚留意过的东西时，她唇角真切的笑意就要藏不住了。

“买这些东西有什么用？”她故作不解。

季侑言弯唇道：“有没有你说了算。”她把篮子放在地上，一手拿起一种口味的马卡龙。景琇撇过头，声音清冷道：“我要绿色包装的那个。”

季侑言了然地弯了弯眼。她听话地把左手绿色的那盒放进了购物篮，而后站到了景琇右侧，一手提着篮子，一手挽住了景琇的胳膊：“走啦，让我们看看下一区有什么惊喜。”

景琇被她带着走了几步，审视着她右手上装了一半的篮子，提议道：“你把篮子放我们中间，我们一人提一边的……”她犹豫了一下，不知道该怎么形容篮子两边的那个提手：“耳朵？”

季侑言被景琇说的称谓可爱到了，揶揄她：“不要哦，我们一人提一边它的耳朵，它会疼的。”

景琇很有气势地冷眼横向季侑言。

季侑言见好就收，正经问道：“为什么要一人提一边？那样不太好走。”

景琇看着前方淡淡道：“不重吗？我看你走得有些不平衡。”

季侑言低笑道：“不重，只是看起来多而已。”

第十一章

四个人回到住宿的地方，姚潇和林悦自觉地把东西提进了厨房，景琇本想跟着进去，突然脚下拐了个弯，准备先回一趟房间。

季侑言截住了她，饶有兴趣道："阿琇，潇潇有没有尝过你的手艺呀？"

景琇顿住了脚步，勾唇道："没有。"

季侑言故作夸张道："哇，你这个老板好苛刻哦。"她哄景琇道："那我觉得她会有点想，难得今晚有时间，我们要不要满足一下她？"

景琇好笑道："是你想，还是她想？"

季侑言推着景琇往厨房走去，笑眯眯道："那如果是我想，你要满足我吗？"

景琇轻笑了一声没说话，身子却顺从地随着季侑言进了厨房。她本准备回房把身上的平安扣收起来的，但想来言言答应等回北城了再看，应该是没有起疑心。景琇放松了警惕，由着季侑言打发了姚潇和林悦出厨房。

两人束起长发，套上围裙，在厨房里兴致勃勃地忙碌。

电磁炉还在使用状态，季侑言接了一壶水，把电热水壶也连接上了。景琇蹙眉，下意识地要提醒她不可以，张了张口，又咽回去了。

她默默地把电磁炉关上，转而使用煤气灶。这套房子电路老化，两个大功率的电器一起使用就容易跳闸。

季侑言看着她突然关火的动作，微微疑惑，随即视线触及灶台四处富有年代感的陈设，想到了什么，眼眸沉了下去。

但她什么都没有问，装作什么都没有发现。

景琇擅长西餐，季侑言擅长中餐，两人各做了几道拿手菜，中西合璧，很是丰盛。姚潇和林悦直呼今天大饱口福，夸张地拍了好多张照留念。

因为气氛大好，景琇还额外放开了季侑言的酒戒，四人边吃边聊，有说有笑，很是尽兴，以至于景琇完全忘记了刚刚还盘桓在心中的平安扣。

餍足后，姚潇和林悦去收拾卫生，季侑言和景琇两人到顶楼的天台散步消食。心血来潮，还说了会儿戏，直到姚潇不放心地打电话提醒才意犹未尽地下楼。

时间不早了，四个人互相道了个晚安，便各自回房休息了。景琇从衣柜里取出睡衣，心思回笼，又想起了身上堪比定时炸弹的平安扣。

她装作不经心地问季侑言："你先洗还是我先洗？"

季侑言在拉窗帘，回答她道："没事，你进去洗吧，我到外面的那间洗。"

景琇应："好，那我先进去了。"

两个人洗过后，又聊了会儿戏，就睡下了。

等景琇睡熟了，季侑言才轻手轻脚地坐起身子，步履沉重地往浴室走去。

浴室里，景琇换下的衣物整齐地摆放在大理石台上。季侑言几乎是不抱希望地捡起了衣物，探入口袋。

果然，口袋里干干净净，空无一物。

季侑言放回衣物，顺着刚刚脑海里预演过的猜想，一个个打开了洗手台上方的柜子，洗手台自带的抽屉、柜子，甚至连垃圾桶都看过了……

都没有。

季侑言心跳得很快，好像要逃出生天的庆幸，又有理智主导作祟的不安和怀疑，让她无法相信景琇是真的没有骗她，是真的没有带那两块玉来。

她不放心地顺着那些找过的地方又仔细地翻看了一遍，依旧一无所获。忽然，她的余光落在了洗手台上，面霜旁摆着一瓶卸妆水，她转头踩开了垃圾桶，垃圾桶里，景琇用过的卸妆棉安静地躺着。

她和景琇摆放化妆品时，一人占一半的位置，几乎是对称摆放的。

阿琇放在旁边的卸妆棉呢?

季侑言仔细回想，刚刚好像在最底层的抽屉里有看见，她一开始以为是备用的。

她蹲下身子，心像是要跳到了嗓子眼，拉开抽屉，取出了那盒卸妆棉。

她打开纸盒子，把盒子里所有的卸妆棉都倒了出来，颤抖着指尖，把卸妆棉在大理石台上摊展开来。

终于，那鲜艳的红色，在满目的白中显露了出来，硌进了季侑言的眼中。季侑言捡拾出那块红玉，在光亮下细细打量——纹路和那个瑕疵的黑点，根本就和她消失的那块一模一样。

她最不愿意相信的猜想还是成了真。像是压死骆驼的最后一根稻草般，季侑言晃了晃身子，泪水夺眶而出。

她再也无法逃避，再也无法欺骗自己了。她怎么还能心安理得地当作什么都不知道?

阿琇为什么要骗她没有带来，还煞费苦心地把它藏起来?答案显而易见——她怕自己发现什么。

她脑海中又浮现出梦中景琇淌血的手臂，痛如锥心。是不是……是不是真的是阿琇的血染红了这块玉?

季侑言的脑袋嗡嗡作响。她怀疑景琇也做过那个梦，她猜想，是景琇拿到了她的平安扣，想起了她们曾经救过的那个和尚，去找了那个和尚，用了某种办法，付出了某种代价，换得了那个梦。

可是，是什么方法，什么代价?按照梦里的那样，她应该什么都知道才对。为什么她想不起来，为什么?！季侑言凶狠地拍自己没用的脑袋，气血攻心，胸闷得要喘不过气。

温热的鼻血不受控制地涌出，顺着她的下颌淌下，滴落在她手中的红玉上。玉瞬间变得烫手，季侑言眼前的光开始失焦，黑一片、红一片，头痛欲裂……

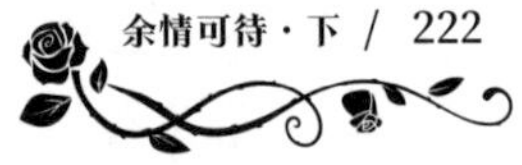

她艰难地扶着大理石台稳住身子，闭上眼，又睁开眼，脑海中仿佛有影像在晃动……

是景琇在大雨如注的古刹外跪立的单薄身影，是景琇在满是转经筒的道场中虔诚叩首，一句又一句的“弟子不悔”……

季侑言虚脱地瘫软了身子，跪坐在了地上，泪如雨下。

原来她庆幸的所有上天的眷顾，都是有人在背后沉重付出。可为什么，所有她的过错，最终都是景琇在为她背负？

她不值得，她对不起景琇。

景琇醒来的时候，外面似乎有淅淅沥沥的雨声，房间里窗帘依旧闭着，昏沉沉的看不出早晚。她转过头，身边是空着的，季侑言已经起来了。

景琇看向对面床头柜上摆放着的闹钟，原来已经接近中午了。她揉了揉额头，坐了起来。

房门外有轻盈的脚步声响起，景琇循声看去，季侑言推门而入。

她穿着再简单不过的短裤和大T恤，一副居家生活的寻常模样。看见景琇已经坐了起来，她走近景琇，自然地问：“醒啦？”

“嗯，你醒很久了吗？”景琇反问。

季侑言淡笑道：“只比你早一点点。饿了吗？”

不知道是不是四下光线太过昏暗，景琇有一瞬间觉得，季侑言的神色间似乎隐藏了些其他什么。

“有点。”景琇打量着季侑言。

但没来得及深究，季侑言就转身去到了窗边，拉开窗帘，随意道：“那快去洗漱吧，早餐我准备好啦。要端进来在这飘窗上吃吗？外面下雨了，一边吃早餐，一边听雨，感觉会很舒服。”

景琇的视线落在外面阴沉沉的天空，果然是下雨了。“都好。”她压下刚刚奇怪的感觉，取了更换的衣服往卫生间走去，关心道：“潇潇和悦悦呢？吃过了吗？”

季侑言自若地回答她道：“吃过了，她们出去了。难得可以偷闲两天，我给她们放了个假，让她们四处随意逛逛。你不介意吧？”

“我要是介意呢？”景琇揶揄她。

季侑言笑道：“那我只能给你当助理了。”

景琇关上了电动牙刷，季侑言的声音又传了进来：“助理姚潇二号已上线，请问主人需要我为你做什么？”

景琇嗤笑一声，伸手无情地把卫生间的门关上，顺带反锁了。

一门之隔的卫生间外，季侑言长久地站立着，眼圈渐渐泛红。

景琇洗漱完出来，季侑言已经把早餐放好在飘窗的小桌子上了。她长腿盘起，倚靠在窗框上望着窗外，长发挡住了她的神色，景琇却从她的身影中敏锐地察觉到了萧索的意味。

她情绪也蓦地低了下来，盘坐在季侑言的对面。季侑言回过神，扯动嘴角对她露出笑。

“为什么不高兴？”景琇沉默两秒，开门见山地问。

季侑言愣了一下，张口似乎想掩饰什么，景琇又笃定地补充道：“从刚才我起来的时候，你情绪就不是很高。”

她稍作思索，直戳重点道：“所以，是昨晚，或者早上我还没醒的时候发生了什么吗？”

季侑言惊叹于她对自己情绪的敏感程度，哑口无言。她喉咙滑动了一下，顺势艰涩地承认道：“阿琇，我心情确实不是很好。但是，你先吃饭，吃完饭我再和你说，好吗？”她本也没有立场再掩耳盗铃了，只是短时间内不知道该怎么揭开这些事。景琇的问话，恰好给了她开口的时机。

但季侑言怕说开了之后她们都要吃不好了。

景琇心里七上八下的，秀眉蹙得更紧了，严肃道：“现在这样，你觉得我能吃好吗？”她一时间猜不到季侑言在为什么事忧心，但直觉是很严重的事。

季侑言露出难过的表情，欲言又止，景琇难受，叹了口气问她：“你的呢？”

“我吃过了。”想到景琇不知道付出了什么代价，想到她身体上奇怪的痛可能是代价所致的，季侑言根本没有胃口吃早饭。

景琇是显而易见的不相信。她拾起刀叉，分了一半的餐点给季侑言，说：“你陪我再吃一点。”

季侑言听懂了她的言外之意，只好顺从地陪她进餐。两人安静地咀嚼着，满室安静得只听得见窗外滂沱的雨声。

食不知味。

“现在可以说了吗？”景琇在季侑言放下餐点不再进食后，也跟着放下了。她接过季侑言递来的湿巾，擦了手和嘴，神色凝重地望着季侑言。

季侑言眸色沉沉地与景琇对视着。她心里其实害怕极了，害怕突然加诸她们之间的梦会让如今难得的愈合产生裂缝，害怕即将撕开的真相，会残酷得让她们此刻所拥有的快乐都变成转瞬即逝的泡沫。可她还是极轻地应了一声：“嗯。”

不问清楚，她从此往后都无法安心。

她缓缓地从裤子的口袋中取出了什么，伸到景琇面前摊开——那块红色的平安扣，在她的手心里静静地躺着。

景琇的心“咯噔”了一下，但还是强作镇定，试图以静制动。

“这是媒介吗？”季侑言却语出惊人。

这个问题完全在景琇的意料之外，景琇一时间没有反应过来。

“什么媒介？你在说什么？”她下意识地掩饰，但神色间一闪而过的慌乱还是被季侑言捕捉到了。

季侑言知道自己应该是猜对了，摊开着的手控制不住地发颤，声音轻轻的，却掷地有声：“我们做了那个可以预示未来的梦的媒介。”

至此，一直蒙在她们之间的那层薄纱，彻底被揭开了。

景琇难以置信地望着季侑言，整个人都愣住了。言言这句话是什么意思？

景琇脑海中闪过千头万绪，心慌意乱。为什么一直隐藏着却突然挑破？她是突然想起了什么吗？！

“我不懂，你在说什么？”景琇极力冷静，怕季侑言只是在试探她。但她的尾音已经不受控制地有些抖了。

季侑言越发地肯定了自己的猜想，明白景琇一定是付出了什么，但不想让自己有负担，所以才极力掩饰。她眼里水汽氤氲，握住景琇的手，声音因为克制而沙哑得不成样子：“阿琇，不要再瞒我了，我都想起来了，对不起，我到现在才想起来。”

她说得那样真切，景琇动容，眼神渐渐变成了季侑言分辨不清的复杂。

曾经的裂痕，仿佛倏忽间横亘在了她们之间。

景琇张了张口，却找不回自己的声音。她不知道该说什么，也害怕说多错多。她依旧不确定季侑言想起来了多少。

季侑言见景琇不说话，吸了一下鼻子，顾自说了下去：“阿琇，我猜，你做那个梦的时间应该比我早一点，所以你才能为我做好一切安排，包括让陶提早签约我，帮我照顾我父母。”

景琇的呼吸声更加沉重了，叩在桌面上的手，指节用力得发白。

“我曾经一直以为是上苍怜悯我，才给我一次机会。直到昨晚……”季侑言声音染上了哭腔，“直到昨晚，我握着这块玉，记忆回笼，我才真正想起，根本不是什么上苍眷顾，是你，是阿琇你不顾一切换来的……

“阿琇，是你付出了沉重代价换取了新的未来……”她的记忆还是很零碎，但她观察景琇的神情，确定自己说的应该八九不离十。

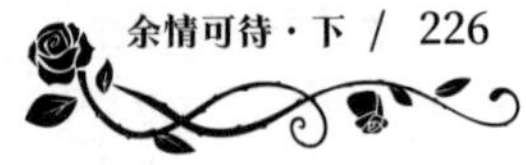

“阿琇，你真的还要瞒我吗？你要我一直这样不明不白地内疚下去吗？”季侑言的情绪绷不住了，泪珠大颗大颗地滚落。

景琇喉咙涩得发疼。她颤了颤唇，挂在睫毛上悬而未落的泪珠，终于顺着脸颊汹涌滑落。

季侑言说得都对。

那些她一直藏在心底不敢回想的时日，终于又避无可避地浮出了她的脑海。

在预言的梦里，那一年，景琇是在消息传出一个小时后才知道的。没有人敢在婚礼这样喜庆的场合告知她这件事，是她自己发现的。

当时婚礼的宣誓刚刚结束，她去换了身衣服回到婚宴场内，坐进主桌稍作休息，准备过一会儿与宋文彦一起去敬酒。她从容地面对宾客的祝贺与夸赞，得体地应付桌上双方的家长和亲戚，不经意间注意到主桌的右侧方，媒体人座席突然躁动了起来，出于从业多年的敏感度，她多留意了一下。不知道是不是错觉，她总觉得有“季侑言”这三个字隐隐飘来，牵动着她的心弦。

景琇捏着高脚杯的手几不可觉地颤了颤。明明是已经和她无关的人了，可在这样的场合听到这个名字，她还是被牵动了心绪。

她挥了挥手，招呼作为伴娘之一的姚潇过来，贴着她小声耳语，让她去打听一下那边的媒体朋友们都在窃窃私语什么，别闹出什么乱子。

姚潇不疑有他，点点头就过去了。

景琇目送着她远去，看见姚潇与桌上的人说了几句，忽然脸色大变，整个人像被雷击中了一样。景琇的心“咯噔”了一下，姚潇就在这时候回望了她一眼，面如白纸，眼里是没来得及掩饰的震惊。

景琇猛地站起了身子，动静大得连旁边宋文彦的父母都有些惊诧。景琇稍稍稳住心神，端起了桌上的高脚杯，对他们勉强一笑，装作要出去敬酒的模样，快步地朝姚潇走去。

姚潇听到了消息，难以置信，再三和对方确认消息是否属实，直到确认无误，整个人都开始恍惚。怎么会这样？怎么办？她六神无主，下意识地要去找蒋淳拿主意，景琇却直接在半道上截住了她。

“怎么了，你脸色这么难看？”景琇的面容很平静，声音却因为过分紧张而有些不自然。

姚潇看了看景琇，目光落在她身后气氛欢欣的现场，攥了攥衣角，勉强回答她道:“没事，就是国内突发了一些新闻，他们讨论得有点激动。”

“什么新闻？”景琇追根究底，剔透的双眸紧紧盯着她，周身的气场低了下去。

姚潇不是擅长说谎的人，扛不住景琇这样追问的目光，支支吾吾，进退两难。

景琇的心慌耗尽了她的耐心，声音彻底冷了下来，“姚潇。”她叫了她全名，完全不见了往日的平和，威压感慑人。

“告诉我！”

这是景琇第一次这样疾言厉色地与自己说话，姚潇强撑住慌乱，试图稳住景琇：“景老师，我们等婚宴结束了再说，好吗？”毕竟事情已经发生了，回天无力，现在告诉景琇，一定会出乱子的。

可姚潇红了的眼圈让景琇越发地不安。“就现在，告诉我！”景琇命令她，眼神冷得像刀子。

显然是毫无退路了，姚潇张了张口，声音没发出来，泪水先滚了下来。她深呼吸了好几秒，才鼓足了勇气对景琇吐出那句残忍的话：“国内……国内媒体传来消息，说……说季姐她……她几个小时前去世了……疑似……”

她眼见着景琇的脸色随着她的话语惨白下去，随即歪了身子，站不稳撞到了旁边的桌上，错手打碎了好几瓶红酒。

“景老师！”姚潇紧张叫道。

景琇手撑在桌面上，一瞬间好像什么都听不到了，耳中尽是尖锐的耳鸣声，天地都在旋转。红酒洒在了她白色的纱裙上，红得刺目。

“景老师！”姚潇紧张地上前要去扶她。

景琇不知道哪里来的力气，一把拂开了姚潇伸出的手，厉声呵斥她道：“你胡说什么！”

动静太大了，所有人的目光都被吸引了过来。

姚潇哽咽着不敢再说什么，也不敢再靠近景琇。景琇失神一般地倚靠在桌旁，喃喃自语：“我不信，不可能，胡说……”她的声音那样坚定，眼圈却已经红了。

“姚潇，订机票，我要回去。”她慢慢站直了身子，面无血色地吩咐道。

“可是……”姚潇犹豫。

“没有可是。”景琇声音冰冷得像机械音。她强压住一阵阵的眩晕，转过身就要往场外走。

本还在远处和人谈笑风生的宋文彦经人提醒，赶忙追了过来。他拉住了景琇的手腕，赔着笑脸想哄景琇：“琇琇，怎么了，你这是要去哪儿？”

景琇回过头来，看着他，语气平缓，一字一字道：“放，开，我。”

宋文彦愣在原地，拉着景琇手腕的手不自觉地放松了力道。

“琇琇……”他不知所措地又叫了一声。

见势不对，宾客都在注目却无人敢上前，蒋淳、景舒榕、景琇的父亲，还有宋文彦的父母都连走带跑地围了过来。

景舒榕和蒋淳已经知道了季侑言去世的消息，看景琇这样失态，一时间也不知道该怎么安抚她。

“琇琇，你先冷静一点。”景舒榕小心翼翼地伸手要抱景琇。蒋淳在宋文彦耳边耳语。

景琇抬手一点点拉下景舒榕环在她肩膀上的手，身体在发抖。她克制着不在这么多人面前哭出声，下唇上是渗出血的红色。

景舒榕心疼得失去了动作，景琇环视全场一眼，对着不明所以的宋文彦的父母鞠了个躬，决绝转身。

“姚潇，备车。”她轻声叮嘱。

新娘跑了？！全场哗然。

“文彦！这……”宋文彦的父母气血攻心，就要差人去追，景琇的父母挡住了，并且使眼色让蒋淳和姚潇跟上景琇。

宋文彦咬了咬牙，制止了自己的父母，面如死灰道：“爸妈，对不起，让她走吧，我回去和你们解释。”

一场全球直播的盛大婚礼，最后变成了一场盛大的笑话。

所有的媒体人都沸腾了，等反应了过来，一部分人留在现场，一部分人追了出去。但景琇走得很快，已经消失无踪了。

离开婚礼现场后，景琇问姚潇拿了手机，自己沉默地浏览了几分钟新闻，而后就关了手机，一语不发。

姚潇不知道在那漫长的十几个小时的飞行中，景琇在想什么。一贯注重仪态的她，穿着令所有人侧目的脏污礼服，静静地坐着，不吃不睡，叫她也不说话。

回到北城，她们走 VIP 通道。一落地，蒋淳就一边联网看消息一边快步跑走。现在媒体都炸开了，先是影后景琇的世纪婚礼，后是新晋影后季侑言的突发性死亡，几乎占据了全部热搜版面。

外面估计都是想堵景琇的媒体，机场没堵到，估计就要堵在去季侑言遗体停放的追悼会会场了。飞机上蒋淳已经和姚潇说好了，自己先出发，准备和同事扮成景琇转移媒体的注意力。她叮嘱姚潇，如果他们失败了，景琇直面媒体，也尽量控制住场面，不要让景琇和媒体起正面冲突。

姚潇跟在景琇身后，看她根本没有准备多给蒋淳转移视线的时间，

心里直打鼓，却也不敢开口要求景琇放慢脚步。

果不其然，蒋淳的预料是正确的，并且蒋淳伪装的计划应该是被识破了。她们坐的车子一开到会场门口，门口的媒体人就闻风而动，蜂拥而来，把她们的车子团团包围住了。

后头车子里跟的保镖已经下车试图开道了，但媒体人太疯狂了，保镖怕影响景琇声誉又不敢太粗鲁，拿他们完全没有办法。

姚潇气得脑壳疼，却又没有办法，还在犹豫该怎么处理更好，景琇就苍白着脸，提起软得像不受控制的双腿，拉开车门，径直下了车。

媒体人看见了正主，顿时越发兴奋了。景琇看起来衣服都没来得及换，也太憔悴太狼狈了吧？她的悲伤，是媒体的狂欢。

他们咔咔地拍着照，奋力地推搡着保镖，一哄而上，长枪短炮几乎都要对到景琇的脸上，叽叽喳喳抛出一个又一个尖锐的问题。

景琇视若无睹，她的视线越过人群，落在了会场门口的白色花圈与季侑言的大幅黑白照片上，身体晃了晃。

她抬脚想要朝着季侑言走去，却发现，她被困在了乌压压的黑色恐怖中，举步维艰。

姚潇护着景琇，只能勉强帮她挡开部分镜头。

“让开。”景琇听不出情绪地开口。这是她时隔接近二十个小时后说的第一句话，声音低哑得不成样子。

媒体见撬开了她的口，更加不肯让了，恨不得把话筒塞进她的嘴里。

“让开。”景琇阴沉着脸重复了一遍。

没有人当一回事。

“让开。”景琇闭上眼说了第三遍。媒体人依旧当作耳旁风，闪光灯一下一下刺激着景琇的双眸，刺在她的心上。

景琇白皙的额头上隐约有青筋跳动，姚潇心叫不好，却已经来不及了。景琇睁开眼，忽然伸手用力夺走了距离她最近的那台摄像机，狠狠地抛了出去。

摄像机砸在地上，发出一声沉闷的破碎声。

“滚开啊！”她身子努力绷得端直，声音里却有了隐约崩溃的哭腔。

一切都发生在瞬息之间，所有人都被她的粗暴震惊到了。被砸摄像机的女记者哭了，媒体人也愤怒了。世界安静了两秒，力道更大的推搡袭来，频率更令人崩溃的闪光灯亮起，更尖锐难听的问题再次向景琇抛来。

景琇整个人眼前一阵一阵地发黑，想吐。她揪着胸口，声音不稳地命令保镖：“不用客气，全砸了。”

姚潇胆战心惊地叫她：“景老师……”

保镖们也难以置信，不敢有动作。

景琇目光直视着前方季侑言的照片，质问保镖：“都聋了吗？”她扫视过保镖迟疑的眼神，蓄满泪水、布满血丝的眼底是神挡杀神、佛挡杀佛的怒气。

保镖们确定了景琇的决心，不再留情面，一手一个夺过话筒和摄像机往外面砸。

媒体人这才意识到景琇是来真的，蒙了两秒，不停地边拍边退，躲开保镖的手臂，在不知不觉中让开了路。

“这是疯了吧？！”各种骂声不绝于耳。

景琇置若罔闻。她拖曳着单薄的身形，一步步脆弱却坚定地向前走去。

一片混乱中，会场的大门被打开了，蒋淳和魏颐真带着人出来接应她们。两人一起用衣服罩住了景琇，护着她快速往门内移动，保安和保镖们则在不远处站成一条防线的阵形，挡住躁动的媒体。

厚重的木门“吱呀”闭上，把门内与门外隔绝成了两个世界。门内再也听不见外间刺耳的喧嚣。

灵堂很大，灯光很白，季侑言的遗体是刚刚移到这里不久，整个室

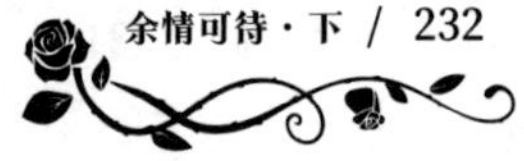

内除了挽联和桌上摆着的遗照，只有孤零零的一副冰棺。

景琇进了门，眼底就闯入了正中央停放着的冰棺。她浑身战栗了一下，腿绷得紧紧的，背对着所有人，一步一步，很沉很稳地走向了盖着毯子的冰棺。

一时间谁都没有说话，只有连接着电源的冰棺在嗡嗡作响，和着景琇的脚步声，一声一声，沉闷又压抑。

蒋淳、魏颐真和姚潇站在门边不敢打扰景琇，见景琇伫立在冰棺旁久久没有动作，不放心地交换了一个眼神，准备上前。

景琇忽然移开了凝视冰棺的视线，环顾灵堂四周，很轻地发声："言言呢？"

祭奠的白布旁，她的脸似乎比布还白，眼睛充血般通红，唇角却带着一点柔软的笑，诡异得瘆人。蒋淳、魏颐真和姚潇一瞬间都僵住了身体，毛骨悚然。

没有人敢回答她，也不知道该怎么回答她。

景琇的目光扫过蒋淳、魏颐真、姚潇，自言自语般地又问了一遍："言言呢？"她睁着眼睛一眨不眨，泪水却不受控制地簌簌下落。

依旧是可怖的死寂。

她不问了，倔强地站着，像是在等待季侑言会从某一个角落突然走出来一般。

许久后，她唇角强撑的那一点点弧度彻底消散了。她咬着唇，缓缓地弯下了腰，伸出手像是想要触碰盖在冰棺上的毯子又不敢的模样，整个人抖得不成样子。

蒋淳动了动喉咙，眼圈蓦地红了。她何曾见过向来从容有度的景琇这般模样。她刚想上前劝慰景琇，景琇突然又直起了身子，伸长手抓过了桌上的金属烛台，狠狠地砸在了自己的脑袋上。

蒋淳的瞳孔放大，胆战心惊地尖叫道："琇琇！"

姚潇连跑带滑地冲到了景琇的身边，一把夺过了景琇手中的烛台，圈住景琇的手臂不让她乱动，吓得呜呜大哭。

景琇浑身发软，眼神直直的，由着蒋淳和姚潇在她头上摸来摸去。她脑海里一直在想，为什么？

是不是不够疼？为什么她疼得要死了，这一场噩梦还醒不过来。景琇太阳穴上的头发渗出了湿湿的血。“去医院！”蒋淳心焦道，“颐真，你帮忙联系一下好吗？”季侑言的母亲接受不了打击，也还在医院，魏颐真应该已经打点好了医院。

景琇却忽然剧烈地挣扎了起来，试图伸手去抓桌上的另一个烛台。

魏颐真眼疾手快地移开了烛台，阴沉着脸吼景琇道：“别闹了！你……”她知道她这样无端的怒火完全是迁怒。季侑言的去世完全是意外，甚至是季侑言咎由自取，作为和季侑言早已明确绝交的朋友来说，景琇没有任何责任。可她就是忍不住。

景琇抬眼看向她，眼里浓重的绝望，让魏颐真忽然哑火了。

她颤了颤唇，终于找回了一点温和的语言，说：“景老师……节哀。侑言看到你这样，走也不会安心的。”

可她的话语却无情地揭穿了现实，延迟的真实感裹挟着千刀万刃向景琇袭来。景琇早已是强弩之末了，闻言像是被抽去了所有的力气，彻底瘫倒在了蒋淳和姚潇的身上。

她闭上了眼，终于崩溃地哭出了声：“为什么……”

魏颐真听到她的泣问，以为她在问季侑言的死因，艰涩地回答道：“根据现场和法医鉴定，排除他杀和自杀，明显是因为酒精中毒和胃部大出血。”

她声音里是明显的痛苦。是她太掉以轻心了，她怎么能让季侑言一个人，她怎么就相信了季侑言说的没关系，她发现得太迟了……迟到破门而入时，季侑言已经没有抢救的意义了。

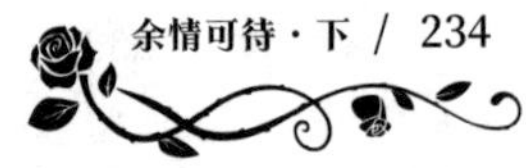

闭上眼，季侑言的音容笑貌还历历在目，转瞬间，她却变成了满脸是血的冷冰冰的尸体了。魏颐真一想到那一幕，心就揪成一团，内疚与后悔压得她喘不过气。

可偏偏景琇还在质问她："为什么？"声声刺耳。

"为什么不拦着她喝酒？明知道她胃不好，为什么不拦着她？"她指责她。

凭什么？她凭什么指责她？魏颐真胸膛剧烈起伏。她忍了又忍，后槽牙咬了又咬，不理智的话语还是冲出了口："我怎么拦！你告诉我我怎么拦！"

她话还没说完，蒋淳就又急又怒地打断了她："魏颐真，你给我闭嘴！"她红着眼怒视着魏颐真。

事情变成这样，谁都觉得很悲痛。

交好的那些年里，景琇有一丝一毫对不起季侑言吗？从绝交的那一刻起，不就是默认从此天涯陌路，此生悲喜都与对方无关吗？

也就是景琇重感情，所以她还站在这里为季侑言悲恸欲绝、要死要活。魏颐真深呼吸了两秒，扶着额头哑声道："我去联系医院。"

景琇止住了哭声，垂下了头，好几秒都没有声音，只有不停打落在蒋淳手上的泪水让蒋淳知道她还清醒着。

忽然，景琇发出了几声冷笑，凄厉又悲凉。蒋淳越发紧张地搂住景琇的双臂，她却一无所觉地弯起了手臂，搭放在冰棺的毯子上。

指节慢慢地蜷起，季侑言的容颜在毯子扯动间一点点显露了出来……

她闭着眼睛，睫毛又长又翘，唇色红润，就像只是安静地睡着了一样。

景琇挣开双臂，蒋淳见状松开了力道，给了她自由，但依旧时刻防备着她再做傻事。

景琇低下头，隔着玻璃，指尖轻柔地滑过季侑言的额头、鼻梁……

从来没有想过，再见面会是这样的形式。

如此，倒不如再也不见。

景琇俯下身子，泪如雨下。

言言，告诉我，你在想什么?

为什么她从来读不懂季侑言?她想，绝交真的是季侑言祈求已久的解脱吧?

但这些都不重要了，她都不在乎了。

她只想她好好活着。她只想她坐起来，一如二十岁重逢时那样对她微微一笑，哪怕天涯陌路再无瓜葛也好。

她只要她活着。

“起来。”她贴着玻璃哽咽。

“起来，你给我起来。”她满是哭腔的声音大了起来。蒋淳和姚潇心头发涩。

“季侑言，你给我起来！”她试图打开冰棺却找不到开关，最后用手掌重拍在棺面上，歇斯底里。

冰棺被拍得“轰隆”了一声，牵动得电灯也忽明忽灭。蒋淳和姚潇大惊失色，怕她再做出什么过激的行为，连忙想再一次缚住景琇。

景琇却没等她们伸手，就歪了身子，晕了过去。

景琇醒来的时候，入目的是一片刺眼的白，头沉得恶心。她怔怔地看着天花板上的灯，有些恍惚。这是哪?

“景老师，你醒了！”姚潇惊喜的声音在她耳旁响起。

景琇迟疑地看向姚潇，看清了她担忧的眼神，记忆渐渐回笼。

“景老师你头感觉怎么样?缝了好多针啊……”姚潇忧心忡忡。

景琇的眼神在姚潇的问话中慢慢死寂了下去。为什么这可怕的噩梦还不醒?为什么……不是一场梦啊。

姚潇见她眼神空洞得瘆人，紧张地又叫了一声：“景老师?”

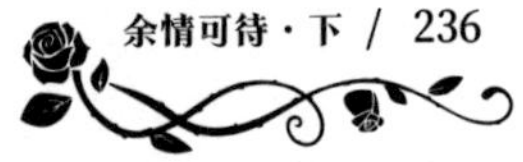

景琇依旧没有回应她。她看着窗外，天已经完全黑了啊。

姚潇怕景琇是受了大刺激，出现了创伤后遗症，慌忙就要叫医生：“景老师你别吓我，医生，我……”

“叫车。”景琇打断了她，声音哑得像是用气音发出的。

姚潇听见她说话了，松了一口气，劝阻她道：“医生说你身体太虚弱了，需要多休息……”

“叫车。”景琇固执地重复。

天黑了，夜深了，言言怎么能一个人孤零零地在那样冷冰冰的地方过夜。

她支着胳膊坐起身子，姚潇连忙去扶她。

扶起景琇，她去到床尾准备把床摇起来。可她刚走到床尾，余光就扫见景琇抬起左手，“嘶啦”一声把右手的留置针管胶布撕掉了。

姚潇大惊失色，跌跌撞撞地扑了回去，说：“景老师！水还没挂完……”

她把景琇的双手按在被子上，景琇挣扎不过，眼神冷得像冰，说：“姚，潇。”她声音很轻，砸在姚潇心里却像有千斤重。

姚潇退缩：“我去叫护士好吗？你稍等一下……”

景琇不置可否，姚潇当她答应了。谁知道她刚刚收回手，还没转身，景琇就干脆利落地把针头拔了出来。

下一个瞬间，血珠就涌出，顺着景琇的手背淌落。

姚潇手足无措，想帮她止血却找不到棉签，正疯狂按铃叫护士，放在床边的手机却跟着按铃声闹腾了起来。

姚潇无暇接听，景琇垂眸扫见来电显示是魏颐真，嘴唇颤了颤，划开了接听键。

“景琇醒了吗？”她按下扬声器，魏颐真的声音传了过来。

“醒了。”景琇死气沉沉地回复她。

护士进来了，姚潇向护士要了棉签，帮景琇压住针口，景琇由着她，失焦地盯着手机的通话界面。

魏颐真愣了好几秒，才反应过来是景琇接的电话，说：“你还好吗？”

还好吗？还能好吗？

她没有回答魏颐真，通知她道：“我现在要回言言那里，你和那边管理的人说一声。”

魏颐真顿时紧张：“这么晚了，景老师你先休息吧。”

景琇抿唇不答，拒绝的态度溢于言表。

魏颐真很为难。她深呼吸了口气，语气沉重道：“我现在在去找你的路上，你等等我，我有点事想和你说。”

“不能在那边说吗？”景琇一刻都不想多等。

“不能。”魏颐真声音也很疲惫。

景琇沉默。半晌，她似乎察觉到了什么，几不可闻道：“好。”

姚潇帮着景琇止了血，用酒精擦干净了她手背上的血迹，才发现景琇拔针的时候太粗鲁了，针头在她手背上划了长长的一道细口子。可景琇却毫不在意，她只静静地看着虚空，像和周围的一切隔绝成了两个世界。

直到魏颐真夹杂着一身萧索到来。

“侑言的母亲和亲戚从延州赶过来料理后事了，所以关于侑言身后留下的东西，我没有权利插手处理。”魏颐真在景琇床边的椅子上坐下，手上捏着一个透明文件袋。

明明已经痛到麻木了，可当“后事”“身后”这些反复提醒着她季侑言已经真的不在了的字眼刺进耳里，景琇还是感到了钻心的疼。第一次听说言言家里的事，却是在这样的时候啊……

“不过，在她母亲来之前，我收拾现场时，觉得这些东西，可能侑言更想交到你的手上。”魏颐真把文件袋递给了景琇。

景琇凝视着魏颐真手中的文件袋，她抬起手，指尖都在颤抖。

她捏住了文件袋，再也抑制不住地把文件袋贴在自己的胸膛上，用双手紧紧压着，泪如雨下。

魏颐真看得动容，无力感蔓延全身。这怎么会是表演？钟清钰他们如果真的见到这样的景琇，还能说出景琇只是虚情假意这样尖锐的指责吗？

“里面装着的是侑言写的歌的手稿，可能是写给你的。还有一块玉，是……法医交给我的，是侑言最后攥在手里的。”

景琇紧咬着下唇，泪水越发地汹涌，却没发出一点声音，满室沉寂得只能听见她压抑又急促的呼吸声。

许久后，她松开了双臂，把文件袋放平在双膝上试图打开。开口在另外一面，景琇却没有察觉地反复摸索寻找。魏颐真看不下去帮她翻了一面，景琇的视线不经意间就落在了那一块白玉平安扣上。

往事一幕幕在她脑海中如走马灯般回放着。

“潇潇呢？让她马上订机票……”她抬起虚软的双腿下了床，一副马上就要出发的样子。

魏颐真不得不出声提醒她：“景老师，后天就是侑言的追悼会了。”

景琇顿住脚步，扶在桌面上的指尖用力得发白，用不容辩驳的语气嘱咐道：“推迟。推迟追悼会……不准火化。”

这不现实！魏颐真的眉头拧了起来，断然否定道：“不可能的。”话一出口，她怕自己的语气太冷硬伤到了景琇，又解释道：“日子是侑言母亲决定的，媒体讣告也都发出去了，她不可能同意更改的。”

“我去说服她。”景琇坚定地说道。

“你说服不了她的。”魏颐真斩钉截铁。

“你带我去见她。”景琇置若罔闻。

魏颐真好言好语地相劝，景琇却好像根本没听进去，机械地换好了衣服，只反复强调着她要见季侑言母亲，要推迟葬礼。

魏颐真焦头烂额，她尽力了。委婉的话景琇听不懂，只能直说了：“景老师，不是我不想带你去，是……侑言她妈妈不想见你。”

景琇终于如她所愿地停住了所有动作。

半晌，她垂下眼睑，声音涩得像是从喉咙里挤出来，说：“阿姨怪我……害了言言对吗？”

是她的错，她也怪自己。

魏颐真想否认，却又无法否认。是，钟清钰怪景琇，甚至憎恶她。

魏颐真默认了，避重就轻道：“侑言的母亲知道你今天来吊唁侑言的事了。她让我帮她传达谢意，然后……她……觉得你大喜在身的人，不方便参与白事，还是多休养身体比较好。侑言这边的事让你不要操心了，这是他们自己的家事，他们会办妥当的。等过两天追悼会，你和其他朋友一样来送侑言最后一程就好了。”

“他们自己的家事”“其他朋友一样”，言外之意——她是外人，景琇听得再清楚不过了。她紧咬着下唇，像被风折倒的细竹，倔强又脆弱。

沉默了好久，她再次开口，还是那一句：“让我和阿姨见一面吧……”

魏颐真忍无可忍，看着景琇的眼神就像在看一个偏执的疯子，说：“景老师你清醒一点！人死不可复生！我们所有人都要接受现实。”吼完她也有泪落下。

她们谁都在难过，谁都在后悔，景琇这样闹是要戳谁的心。

景琇与她对视着，挺直的脊背终于渐渐佝偻了下去。

魏颐真以为景琇放弃了，景琇却又开口了，声音低哑：“求你了……”

那是一种魏颐真从来没有在景琇身上看到过的卑微。

魏颐真心里说不清是什么滋味，再拒绝的话，她都觉得自己不近人情了。

她妥协了。

景琇注视着她："你带我去见阿姨。"景琇声音轻轻的。她用力攥着玉，掌心被硌得生疼却没有松懈分毫力气。

第十二章

魏颐真为景琇折服，她还是带景琇去找钟清钰了。

钟清钰从医院回来后，落脚在季侑言这两年新购置的私密度极高的房子里。如魏颐真所料，钟清钰别说是答应景琇推迟追悼会了，她甚至都不愿意见景琇。

魏颐真有门卡，径直刷开门后走了进去，景琇刚准备跟着进去，忽然有一个男人从客厅出来稳稳地挡在了门口。

他伸手压在门框上，阻拦的态度很坚决，语气却很客气："景小姐你好，我是言言的未婚夫，感谢你百忙之中抽空回来送言言。"

他手臂上系着白条，看起来似乎因为一时间过于悲痛而疏于打理自己，胡子拉碴，却依旧掩不住斯文英俊。

他作为季侑言的遗属，名正言顺地为季侑言戴孝，阻止她踏入季侑言的家。景琇的指甲掐入掌心，尽力平静地向他请求："我想见见阿姨。"

陆放拒绝："阿姨现在身体不是很舒服，不方便见客，还请景小姐体谅。"

魏颐真转身挡开了陆放，说："我进去和阿姨说说看吧，你在外面等等可以吗？"

景琇看了看陆放与客厅里另一个瞪着她的男人，咬了咬唇，艰难地答应了。

她一个人在楼道里不知道站了多久，魏颐真终于出来了。

她对她摇了摇头，表明提议的失败，并游说景琇：“阿姨今天情绪比较激动，等明天吧，明天阿姨也要去会场，到时候她避无可避，你们再细谈，好吗？”

景琇本不愿意就此离开，可别无他法，最后只好先去了会场陪季侑言。

但到了第二日景琇发现，所谓的到今天再细谈，也完全是魏颐真联合钟清钰的缓兵之计——钟清钰到了会场，魏颐真根本没有通知她，还是蒋淳多留了个心眼才发现的。

当景琇赶到会议室的时候，听到的便是他们商谈追悼会后火化的事宜了。

她心急如焚地想要阻止他们，得到的却只有钟清钰与她身边亲戚的斥责与驱逐。白口莫辩，急火攻心，景琇再一次昏了过去……

“阿琇！”一声哀伤的哭腔把景琇叫回了现实。

景琇的目光落在季侑言因为哭泣而通红的面颊上。

言言在哭，是鲜活的；她的泪一滴滴打在景琇的手背上，是温热的。

那一场噩梦，幸好，只是一场梦啊。

景琇望着她，万般情绪在胸腔中翻搅，她抬起头想要逼回自己的泪，泪水却顺着她的下颌、脖颈，淌进她的胸口。

“为什么要想起来？”她像是在问季侑言，也像是在问虚空。

她的这句问话，等同于验证了季侑言的所有猜想。悬着的巨石彻底坠落，碾压在季侑言的心上。季侑言张开口，有千般心疼万般愧疚想说，最后却只发出了羞愧的抽泣声。

她曲起腿掩住了脸，一声又一声崩溃的“对不起”从她的喉咙里挤出，刺痛着景琇的心。

景琇深呼吸了一口气，推开了小桌子，移坐到了季侑言的面前。

她叫季侑言：“言言，你抬起头来，看着我。”

季侑言的哽咽声渐止，停顿了好几秒，还是抬起了头注视着景琇。她整个人因为过于克制情绪在发颤，胸腔剧烈起伏着。

“是外面的雨漏进来了吗？”景琇柔着声，故作轻松地揶揄道。

季侑言笑不出来。

“阿琇……告诉我，你会一直痛吗？”她听起来是那样惶恐。

景琇轻声安抚着：“不痛了，那些事情我们已经躲避了。”

“真的过去了吗？”季侑言掐着自己的指腹，冷静了一下问景琇，“阿琇，告诉我，代价是什么？”

景琇呼吸微滞，所以，其实言言并不是真的都想起来了？

季侑言像是知道景琇在想什么，她松开了景琇，还湿润着的双眸与景琇对视着：“我听见你答应了什么。可是，我记不清了。”

她见景琇蹙眉不语，顿了顿，忽然抬手狠狠拍向自己的脑袋。

“言言！”景琇反应不及，惊叫出声。她直起身子要去看季侑言的脑袋，季侑言却制止了她。

她注视着景琇，低哑道：“阿琇，我很没用。我昨天撞到脑袋才忽然想起了很多。如果你不愿意告诉我，那我只能自己想办法想起来了。”

景琇又急又恼，声音冷了一点：“你在威胁我吗？”

她眼神里透出的失望与难以置信让季侑言有些喘不过气，季侑言鼻息一声比一声重，却坚持着不肯让步。

景琇败下阵来，问季侑言：“就过好现在不好吗？”

季侑言闭上眼，一直忍着的泪落了下来，说：“阿琇，怎么过好现在？不知道你付出了什么，不知道你承受了什么，不知道你为什么会痛，不知道这是不是一场有时间限制的美梦，不知道你是不是什么时候……就会消失……不知道……”她喉咙涩得说不下去。

什么都不知道。时时刻刻，担惊受怕，患得患失。这样还能好吗？

她声音里的痛苦让景琇心痛。

“别乱想了。”景琇投降，“我告诉你。”

“没有你想的那些东西。”

她说的是真的，只不过，避重就轻了而已——说太轻，言言不会信的；说太清，不可以。

那时候言言与自己绝交已久。

她捏着手中的那块玉，在烈日风沙下站了很久，终于找回了自己的声音，转过身对陶行若说：“你可以先回去。”

陶行若错愕，说：“那你呢？”

景琇的眼神沉得像是一潭死水，陶行若读懂了她无声的坚持。

景琇找借口支开了陶行若，一个人带着保镖走了。

道空先前给过的地址，因时日久远，景琇只隐约记得个大概。藏地大大小小佛寺众多，她依照着零碎的地址线索，跋山涉水，辗转多地，终于寻到了道空所在的那座佛寺。

那是修建在一座偏僻高山上的古刹，大雨刚过，山路崎岖又泥泞，景琇几次脚底打滑，几乎是撑着最后一口气往上走的。站在半山腰上，他们可以看见不远处被大雨洗刷过的佛庙，看起来陈旧破落，大门内香火寥落，怎么看都不像是会有高僧加持的圣地。

但景琇还是上来了。她站在山门外，先抖落了一身泥泞，端正身姿，双手合十地福了福身子，而后才抬脚要入门。她从前什么都不信，而今，她愿意做佛祖脚边最虔诚的信众。

她一踏入山门，门边不远处一扫地的素衣小和尚抬头见了她，就远远地朝她合了个十。

他走到景琇的身边，念了句佛号道：“师父知施主会来，施主请回吧。”

景琇坚持着要见道空一面，小和尚却领了师命，说什么都不肯引见。“凡事都讲机缘，不可强求。”小和尚如是规劝。

景琇一个字都没有听进去。

她屈下双膝，在大殿前叩首祈求：“求大师见弟子一面。”

夜里如注的大雨浇不灭她的痴妄，晨间清妙的梵音清不尽她的执念，她在大殿前跪了两天，在最后一口气几乎都要散去之时，道空慈悲，终于接见了她。

他叹息：“痴儿，都是劫数啊。”世事因果相承，是她命中该有此劫，也是他命中该有此劫。受她一命，还她一命。

景琇留下书信，处理好身后事。

她说她愿意。

道空说，她本是有大功德的人，所以命格显贵，享有十世福禄，荣耀显达。而今逆天而行，牵扯太多人的命数，犯下太多造业。从此该是功德尽毁，荣光尽失。

景琇说，她不悔。

季侑言神情恍惚，跪坐着的身子发软。

季侑言用手压在飘窗上支住身体，心像破了个大窟窿一样，填不上，血也流不尽。

泪水再一次模糊了季侑言的视线，让她看不清景琇温柔的眉眼。“为什么这么傻……”

“阿琇，我哪里值得你这样为我。”温热的液体顺着季侑言的脸颊滑下。

景琇擦拭着她的眼泪，她像是有些无奈。

她认真道：“你不要再妄自菲薄，更不要再说对不起了。如果非要说对不起，那也是我欠你一句对不起，言言。”

“言言，你不需要愧疚感动，我也不会自我感动。”她看得很清楚，“是我想要我们变得更好，我做的一切其实都是为了实现我自己的愿望。这是我为我自己的后悔付出的代价，不是为你做出的牺牲。”

她开解的话，并没有让季侑言好过一点，甚至像一记记沾着盐水的鞭子，抽在她已经血肉模糊的心上。

自惭形秽。

可她知道，再说任何道歉、自卑的话，都是对景琇的侮辱。她不说了，不说对不起，她注视着景琇，字字真诚地说：“谢谢你。”

“阿琇，谢谢你。”

景琇琥珀色的眼里愁闷化开，像太阳拨开了阴云，露出柔软的笑，融开了孤寂与苍凉。

窗外的雨渐渐停了，景琇和季侑言协商：“关于这件事，你还有什么想问的吗？今天以后，这件事我们就翻过去了，好吗？”

季侑言知道景琇在宽慰她。她把所有的情绪都敛进心底，答应景琇道：“好，我们过好现在。”

景琇眼波荡漾，神色轻松了许多。

“我想问最后一个问题。”季侑言沉声道，“莫名其妙的痛，真的和这个没有关系吗？”

景琇蹙眉道：“大师和我说的代价里，没有提到过这一项。也许有关系，也许没关系。”她说的是实话。

“既然身体检查没事，你不要担心。”

季侑言沉默了几秒才低声道：“好，我知道了。”

景琇转了话题，主动提起道：“关于……梦中我和宋文彦结婚，你没有什么想问的吗？”

季侑言由衷说：“如果你不想说，我就没有任何想问的。”

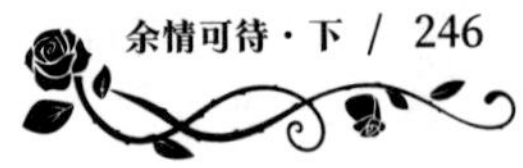

景琇直起腰，目视着季侑言轻轻道：“我没有不想说，那你想问吗？”

季侑言目光闪了闪，诚实道：“想。”

景琇露出淡淡的笑，带着点了然的意味。“我和宋文彦是形婚，他另有喜欢的人。”她言简意赅。

季侑言微微张唇，连眨眼都忘记了，一脸的错愕。

“为什么？”她找回了自己的声音。

婚姻不是儿戏，接受了形婚，就意味着把自己关进了柜子里，放弃了可能拥有的、真正幸福的婚姻生活。

景琇垂下羽睫，回答道：“因为我本就是独身主义，如果逼不得已退无可退，一定要结婚，那么和谁结婚都没有区别。”

“我外公和宋文彦的祖父私交很好，我和他很小的时候就见过几面，后来他随父母来欧洲开拓市场，我和他当过几年同学，慢慢地就成了关系不错的朋友。他一直都有喜欢的人，但对方家境很复杂，所以他父母一直不同意。因为父母关系不好，父亲管不了他，母亲睁一只眼闭一只眼，所以这件事也就一直没开诚布公。直到差不多今年九十月，他爷爷身体出了问题，家里小辈因争夺家产矛盾严重，事情被捅到了他爷爷那里。他爷爷是守旧的人，他可以接受宋文彦和别人逢场作戏，但不能接受他真的要选择这样一个家庭情况复杂的对象。于是给宋文彦下了最后通牒，要么收心听从家里的安排结婚，继承家业，要么净身出户，把家业都拱手让给他爸爸的私生子。

“他妈妈无法接受丈夫被人抢走，更无法接受属于儿子的东西还要被人抢走，又哭又闹。宋文彦没办法，特意来片场探我的班，第一次来找我协商，能不能与他形婚，是帮忙也是合作，因为我是他爷爷给他圈定的商业联姻合适的人选之一。我当时觉得把婚姻当成这样欺世的谎言很可笑，拒绝了他。”

当时她劝慰宋文彦，鱼与熊掌不可兼得。宋文彦很落寞地问她：“为什么所有人都可以兼得，我就活该不能同时拥有？”

景琇张了张口，想起了一些事情，再回答不出冠冕堂皇的话了。

“接下来的一年多里，宋文彦选择了感情，一直都没有听从家里的安排。他爷爷身体每况愈下，没有耐性等下去了，于是放弃了他，把他爸爸的私生子带入了公司开始栽培，与他打擂台。宋文彦的母亲坐不住了，以死相逼，进了医院。我代表我家里人去探望他母亲时，撞见了他与对方在走道上的分手对话。

“他们狼狈的样子，让我觉得于心不忍。

“回去以后，我在音乐室的钢琴旁发呆，好像想了很多，又好像什么也没想。天黑了，我想，反正我也不可能和谁真正地步入婚姻的殿堂，那我和谁结婚又有什么区别，死守着这一份虚名又有什么意义？不如成全一对可怜人吧。

“言言，我是不是很愚蠢？”景琇自嘲，眼底有浅浅的水意。

季侑言吸了吸鼻子，眼圈还泛着红，缓和气氛道：“你是很笨。”

景琇蹙眉不满。

“但笨得善良。

“阿琇，这世上，没有景琇就没有季侑言。

“所以，景琇要长命百岁。”

景琇怔了怔，说：“会的。”她答应她。

季侑言心安定了许多。

昨夜太累了，一醒来情绪波动又过大，景琇体力透支，和季侑言一起躺着有一句没一句地聊着，不知不觉中竟睡了过去。

屋内一片静谧，窗外雨慢慢停了，太阳从阴云后探出了头，和煦的光透过玻璃，洒在两人身上。

景琇在睡梦中微微蹙眉。

季侑言怕吵醒景琇，没有起身拉窗帘。

她心里沉甸甸的，闭上眼，在脑海中慢慢勾勒出道空大师的那张脸。

自从那天说开了之后，季侑言和景琇没有再刻意交流过，只是在偶尔遇见什么事时，会像闲话家常般顺口提起，不再遮掩。两人间的相处，是前所未有的舒适和默契。

《夜色中的向日葵》开机仪式暨发布会的前一天，主创人员几乎都悉数进组了，剧组进行了漫长的围读剧本。晚上，围读剧本结束后，顾灵峰和编剧就一些景琇刚刚围读过程中提出的问题需要和景琇继续探讨，景琇带着姚潇，单独留了下来。

季侑言跟着副导演去确认了服化相关后，先行回到了住宿的地方。她洗了澡，洗去一身的黏腻和燥热，心慢慢静了下来。这几天她和景琇几乎形影不离，所以有些事，直到现在她还没来得及做。

她去到了书房，从抽屉中取出了纸和铅笔，一边用小刀削铅笔，一边在脑海中回放道空法师的面貌，而后，她抿着唇，聚精会神，下笔如有神地在纸上勾勒出道空的样子。

她必须找到道空，否则她永远无法真正安心。

不多时，道空慈眉善目的样子渐渐跃然于纸上，季侑言正准备做调整，放在一旁的手机忽然响了起来。

是魏颐真打来的电话。

魏颐真和她商量工作室的相关事宜，并且希望季侑言能够抽个时间回来，和她一起面试准备签的新人。季侑言翻了一下制片给的拍摄进度表，和她商定下了时间。要挂电话前，她想起了一件事，拜托魏颐真根据她之前和汪珺婵相处时发现的一些零碎线索，尽可能地帮她扒出汪珺婵的微博小号、贴吧小号以及一切社交媒体号。

魏颐真眼皮直跳，问季侑言：“怎么突然提到她？”

季侑言把纸翻到空白页，在纸上写下几个日期，听不出情绪地回答：

"魏姐你到时候就知道了。"她安抚魏颐真:"魏姐你放心,我做事有分寸的。"

有分寸?她确定?!魏颐真被她的毫无自知之明气笑了,但说到底,大部分时候季侑言行事还是很靠谱的。魏颐真姑且信她,答应了下来。

季侑言挂了电话,眼神幽幽地看着纸上的那几个日期。

那几天,是圈子里一个男歌手因为家人言语不当,被扒出在一些事件立场上态度有问题,引起了公众的广泛议论。正巧时值敏感期,有人推波助澜,从这个男歌手的问题开始,公众很快就被带了节奏,纠察起了在相关问题上同样可能有立场问题的明星。

而汪珺婵,季侑言和她相处很久,早已摸清了她是一个外黄内白、十分瞧不上自己人的人。曾经还有汪珺婵生活账号的时候,她都能偶尔看见汪珺婵在朋友圈里暗戳戳地讽刺别人。到那个时候,她们只需要抛个引子,后面自然会有人群情激愤地帮忙把火点上。什么都不用做,借力打力,汪珺婵洗不干净的,作为媒体人的生涯就算是结束了。

季侑言其实并不喜欢做这种事,但对汪珺婵这种人,她不想心慈手软。

季侑言看着纸张,眼神渐冷。她极缓地撕下这张纸,就像在撕汪珺婵那张恶心的脸。她冷笑了一声,用力地把纸揉成一团,厌恶地掷进了垃圾桶里。

门外隐约有开门的声音,应该是景琇回来了。季侑言眉宇间的冷戾顷刻间散去,随手把画压下,起身出门去迎接景琇。

景琇回来后与季侑言讨论了一会儿剧本改动的事,见时间不早了,就准备去洗澡,季侑言却拉着她要给她例行推拿。

不知道是不是时近端午,这几天阴雨连绵,景琇肋骨的伤患处总是隐隐作痛。季侑言心疼,坚持要帮景琇推拿。不管有没有用,总归聊胜于无。景琇拗不过她,只好叮嘱季侑言不能使用还没完全休养好的那只手,

只许用一只手推拿。

正推拿着，季侑言的电话再次响了起来。这次来电显示是钟清钰。

季侑言停下动作，用另一只手接了电话。

钟清钰知道她已经进组了，端午回不了家，所以询问季侑言想不想吃粽子，方便的话，把地址给她，她寄一点自己家里包的粽子过去。

这些年出门在外，季侑言几乎是不过年节的人，今年要不是因为是和景琇一起过的，她险些都要忘记端午将至了。家乡的粽香，她早几年还馋过，这几年她早已经放下了。可到底还是不想拂钟清钰的好意，季侑言答应了下来。

要挂电话前，钟清钰顾左右而言他，突然憋出了一句："她喜欢吃咸的还是甜的？"

"嗯？"季侑言一时没反应过来。

钟清钰提高了些音量，但没好气地又问了一遍："她爱吃什么口味的？"

这下季侑言听明白了，她下意识地看向景琇，景琇趴着，侧过头静静地望着她。季侑言弯了弯眉眼，打开了扬声器，"妈你等一下，我问问她哦。"

景琇莫名其妙。

季侑言笑道："阿琇，我妈问你喜欢甜粽子还是咸粽子？她包给你吃。"

景琇轻声道："阿姨包的我都喜欢。"

季侑言对钟清钰愉悦道："妈你听到了？"

钟清钰发现季侑言是开着扬声器的，低声地说了一句"那我就咸甜都包一些。好了，就这样吧"，便挂断了电话。

景琇觉得钟清钰的反应有些好笑。

"阿琇，"季侑言按揉间沉吟道，"其实如果你不喜欢我妈的话，没有必要为了我和她接触的。"

景琇奇怪道："为什么这么说？"

"她以前……对你那样不礼貌。"季侑言叹息道。

景琇淡淡地笑了一声，说："都是过去的事了，一切都已经重新开始了，不是吗？"她侧头看季侑言，反问道："我妈妈一样也做了很过分的事，你记恨她吗？"

季侑言自然是摇头。设身处地，将心比心，景舒榕也只是站在母亲的立场，做了认为对她女儿好的事情罢了。

景琇勾了勾唇，语气凉凉道："那在你看来，我是比你小气的人吗？"

季侑言听懂了她的意思，莞尔认错道："是是是，是我以小人之心度君子之腹了。"

景琇哼了一声，没理她。过了一会儿，又问道："吃粽子，是端午节快到了吗？"

季侑言"嗯"了一声，接话道："你过端午吗？"

"偶尔过。"在法国是不过的，回国后，外公或者陶行若偶尔会邀请她回家一起过节。

季侑言追问她："那你知道端午节有什么习俗吗？"

景琇摇头，饶有兴趣地看她。

季侑言朝她眨了眨眼，转身伸长手拉开床头的抽屉，从中拿出了两个什么，放进了景琇的手心。

景琇低头查看，是一个精致的香囊和一个用黑白线编织出的熊猫头模样的可爱……什么东西？？

"蛋袋。"季侑言回答她的疑惑，"端午节装咸鸭蛋的。"

景琇打量着香囊和蛋袋，有些新奇惊艳。季侑言给景琇解释道："旧时端午节算是一个很隆重的庆祝活动，所以流传下了很多习俗，包括众所周知的吃粽子、赛龙舟。端午节给小孩子佩戴香囊，也是其中一个习俗，可以辟邪驱瘟的。"

景琇逗季侑言道："我又不是小孩子了。"

景琇摩挲着手中蛋袋上的熊猫眉间的一点红，问季侑言："那这个呢？为什么要装咸鸭蛋？"

"这里有一个神话故事的。据说端午节用袋蛋装着鸭蛋，带在身上，可以逢凶化吉。"季侑言语气认真道，"所以端午节那天，你要记得带。"

景琇嘴上打趣她道："你好迷信噢。"

季侑言微微愣，笑了笑没有说话。

第二日，季侑言醒的时候景琇还在睡梦中。她偏头看了一下闹钟，时间还早，便下床进了浴室，抱了洗漱用具轻手轻脚地出了卧室。

客厅里，林悦和姚潇已经正准备轮流熨烫今天季侑言和景琇要穿的衣服。姚潇蹲着身子帮林悦拉平T恤，见到季侑言惊讶道："季姐，这么早啊？"

季侑言捂着嘴，打了小半个哈欠，带着点刚醒来的慵懒嗓音回答道："刚好醒了，起来给你们准备早餐。"

这几天剧组不开机，季侑言见难得有时间，便一直自己准备早餐。

前几日闲着有时间，大家起得都晚，做早餐也能算是生活趣味，林悦偷懒也偷得心安理得。但今天有工作，季侑言还特意早起做早餐，林悦就有些不好意思了。

她熨好衣服，关了熨斗劝说道："王哥昨天说，今天算正式开工了，剧组开始供应三餐，等会儿我和姚潇姐下楼去取早餐就好了。现在时间还早，季姐你再去睡会儿吧。"

季侑言走近她，低头打量她们挂着准备熨的衣服，随口打趣道："哟，看来悦悦你已经迫不及待想试试楼下早餐的味道了，怎么，吃腻了我做的早餐了？"

林悦辩解："我是不想季姐你这么辛苦嘛。"

季侑言弹了一下她的脑门，莞尔道：“嗯，那今天就少做一份你的，轻松一点。”

林悦“哎哟”一声，眉头拧成“八”字，欲言又止，委屈巴巴，姚潇笑出了声。

季侑言逗完林悦，瞌睡虫笑跑了不少，温声解释道：“不逗你了，之后就要辛苦你们了。开机了就没时间了，所以我才想再准备一次早餐。”

开机仪式暨发布会的地点离住处不是很远，全组人员徒步过去，因为沿途有许多路人和粉丝在路拍，景琇与季侑言便没有刻意走在一起，与其他演员们一样，由助理打伞，一前一后地走着。

等到了发布会现场，四下一片混乱，助理退了出去，伞收了起来，演员们站到一起。

仪式进入了流程，监制上台致开场词，介绍出品公司、演员阵容，场务在场下开始点香，准备致辞完后的仪式。

演员们就站在香炉的不远处，烟顺着风向，全往演员站的方向飘。

现在粉圈什么都能撕，演员们都学聪明了。《夜色中的向日葵》是双女主电影，景琇和季侑言都是一番。导演组的上完香，轮到演员了，两个主演不动，其他演员便也都不敢动。

“阿琇？”季侑言示意景琇带头。

论戏份，她们都是主角，但论电影圈的资历，显然景琇更称得上真正的一番。

景琇却不动，淡声邀请道：“一起吧。”

季侑言愣了愣，看到景琇眼底的坚持，顺从地与她一起出列了。

她用只有景琇听得到的声音打趣道：“我感觉，我可能会被骂了。”

景琇在香炉前站定，唇角弧度隐现：“那你怕吗？”

季侑言嗤笑了一声，没说话。两人举着香，在香炉前又福了福身子。弯下腰的一瞬间，季侑言轻声道：“被骂就被骂呗。”

第十三章

仪式结束后，主持人和场务引导着导演组和演员们分散站到两个机位旁，在齐数“三二一”后，掀起了盖在摄像机上的红布，放响鞭炮，宣告着开机仪式的完成。

开机仪式后，马上进行的是简短的发布会。主持人请主创人员上台，导演顾灵峰和编剧饶桉先上台，而后是演员们自觉地按照戏份依次上台站开。季侑言跟在景琇的身后，准备落后景琇小半步登台，景琇却在台阶旁站定身子，朝着她示意。

季侑言落落大方地一笑，和她一起登上了台。

她站在景琇的右侧，与景琇一同面对着台下纷杂熙攘的镜头与媒体。

这不是她第一次以电影人的身份站到这样中心的位置上，可没有哪一次能让她像现在这样，感慨万千。

这是第一次，她和景琇一起相对平等地站在这样的位置上。

就像是一场做了多年的梦终于圆了，可和想象中的不一样。有渴望已久的满足与欢喜，但更多的居然是没有预料中的释然与轻松。

主持人照例先采访导演和编剧，询问他们关于电影筹备时长、剧本创作背景之类的常规问题，最后是问顾灵峰，关于两个女主选角的考量：

为什么会选择景琇和季侑言来出演？

顾灵峰的回答非常官方："自然是因为景老师和季老师都是非常合适的人选。我和景老师之前合作过，我很欣赏她，所以合作后就一直打算有机会要再合作一次。这次也很高兴，景老师接受了我的邀约。而季老师，我在《全民制作人》的时候与她接触过，发现她是一个非常优秀非常有想法的演员，她让我眼前一亮，而且她本人和这个角色有许多相似的地方，到时候你们就会知道的。"

因为是双女主电影，所以关于季侑言和景琇的采访，对台本时主持人和顾灵峰确认过，两人可以放在一起采访。

主持人顺势走到景琇和季侑言身旁，采访两人道："两位老师在生活中也是很好的朋友呢，所以当得知对方将和自己一起参演这部电影时，有没有觉得惊喜或者意外呢？"

此刻话筒在季侑言的手上，季侑言却没有回答，而是把话筒伸到了景琇下巴前，示意景琇先答。

景琇与季侑言对视一秒，低头就着季侑言举着的话筒，言简意赅道："有惊喜，但没有很意外。因为她真的非常适合这个角色。而且知道这个角色是交到了她的手里，我也感到很有信心。"

台下的媒体人都有些惊讶，这番话出自一贯内敛、说话平实的景琇之口，算是很高的评价了。

季侑言见景琇没有要再发言的模样，才收回话筒，正了正神色低缓道："我知道景老师参演，只有喜，没有惊。

"我相信任何角色交到景老师的手上，景老师都能够很好地演绎出来。虽然生活中我和景老师很熟悉，但在荧幕上，我和景老师还是有很远的距离。某种程度上，景老师算是我演戏的启蒙老师，所以这次能够有机会和景老师合作，我觉得非常荣幸。我也希望，我不会辜负顾导和景老师对我的信任。"她认真起来，唇角惯有的笑收敛了许多，侧脸线

条分外迷人。

景琇与她相视而笑，说：“季老师过誉了，也过分谦虚了。”

两个人站在台上，美得各有千秋，却丝毫没有争妍斗艳的感觉，反而气场契合，相得益彰。

“两位老师都谦虚了。”主持人不由感慨。

“接下来让我们感受一下周老师带给我们的火花吧。”采访顺势滑向了后面的演员们。

景琇和季侑言乐得清净。

开机发布会散场后，季侑言和景琇稍做休整，各自还有媒体的后台采访要做。

休息间歇，林悦小声地给季侑言打预防针：“季姐，你刚刚和景老师一起上香，又一起上台，可能会被有心人做文章。”

季侑言喝了口水，拧上盖子，说：“没事，他们做文章要是能多配几张图就好了，最好能修一下图。”

林悦顺了顺自己被摸乱的头发，哭笑不得。这是重点吗？

“走啦，跟上，去做采访了。”季侑言回过头叫她。

林悦瞥见了季侑言眸中闲适的笑容，心情也跟着轻快了起来。算了，季姐开心就好，让魏姐多辛苦一点吧。

晚上是剧组开机宴，饭桌上，有不知深浅的投资人和监制逮着季侑言敬酒，说是常听顾导说季老师在酒桌上是女中豪杰，和季老师喝过一次酒后就对季老师刮目相看了，想见识一下。季侑言推托不过，应酬了两杯，对方酒兴却上来了，拉着季侑言一杯接一杯地喝。

景琇坐在季侑言的身边，在季侑言准备再一次举杯时，她伸手轻巧地取走了季侑言的酒杯。

她纤白的两指捏着杯脚，对着投资人挑了挑眉，笑不达眼底道：“季老师胃不好，喝多了容易难受，这杯酒我帮她敬赵总吧。”说完，不等投资人反应，她便垂首，仰头把酒饮尽了。

比起重逢后第一次她在酒桌上看见季侑言与人狂饮的生气与无奈，而自己只能旁敲侧击呛季侑言，这一次，她不满得坦坦荡荡、光明正大。

投资人笑意僵住了，求救般地朝顾灵峰投去眼神，顾灵峰几不可觉地摇了摇头。

投资人懂了。

“季老师胃不好啊，那是该注意点。哎，季老师平时喝茶吗？我这里有上好的红茶，很是养胃，回头我给季老师捎点过来。”投资人骑驴下坡，绝口不再提让季侑言喝酒的事了。

桌上的人都是人精，谁都看懂了景琇无言的警告，一席饭，再没人敢打季侑言的主意了。

季侑言由着景琇保护，难得在酒桌上得到了喘息的机会，卸下了多年来长袖善舞的面具，恢复了安静的本性。

她一直都是一个人在撑着。

原来，安心依靠另外一个人的感觉，是这样踏实。

景琇像清冽的甜酒，无声无息地侵入了她的所有神经，抚平着她的所有不安。从前她的自卑让她保留着最后一点警觉，让她负隅顽抗，而今，她愿意全身心地信赖和依靠景琇。

晚宴散后，时间已经不早了，季侑言和景琇身上都沾染了烟酒的味道，回到宿舍后，她们分开去洗澡。

季侑言洗完澡，景琇还没有出来。想起编剧宴散时和她说的，剧本新修版已经发到她邮箱了，季侑言擦着头发去到书房，开了电脑打印剧本。

打印机在吱吱吱地打印，季侑言靠坐在电脑椅上，百无聊赖地浏览

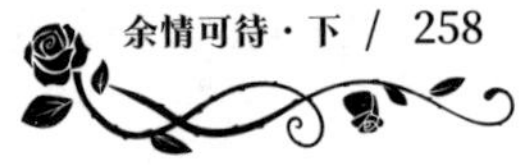

网上的消息。

《夜色中的向日葵》开机发布会算是从简进行的，剧组也没有买热搜，所以热度不算很高，但由于季侑言和景琇两人自带流量，还是在话题榜的中部占据了一席之地。

点开话题，广场里前几条都是中规中矩的开机消息播报，下拉后才发现，果然还是有几条意料中的不和谐声音，在指责季侑言心里没点数，抢番位，甚至合影的时候抢中心位。

这种言论出现的可能，林悦已经和魏颐真报备过了，季侑言不愿意在这上面多费心思。她连评论都没有点开，只是看着她和景琇的合照，想收图又有点嫌弃图糊。

噢，对了。

优秀的“优秀”粉，应该已经帮她们修好了很多精美的图吧？季侑言唇角噙着笑，点进了“优秀超话”。

果不其然，粉丝没有让她失望，超话里一片欢欣，喜气洋洋，恨不得每一帧画面都帮她们修出一百种色调。

季侑言喜滋滋地保存了一张又一张图，甚至忘记了擦头发。

收图过程中，一条微博吸引了季侑言的注意力。微博文字写的是“论冷面冰山琇在开机发布会上融化了多少次”。

季侑言戳开视频，发现视频里是关于今天整个仪式暨开机发布会的视频剪辑，把景琇笑的时刻都剪出来了。

音乐非常欢快，引人发笑，每个镜头，视频都放大了景琇含笑的眼睛，每个瞬间，视频都在一旁配上夸张的“冰山化水”的字幕，并且还在计数：冰山化水 ×1、冰山化水 ×2……

简直魔性，季侑言不由得跟着背景音乐哼起了小曲。

景琇洗完澡在卧室里没看见季侑言，到书房来找季侑言时，看见季侑言整个人笑得花枝乱颤的模样。

“你在看什么，这么高兴？”景琇奇怪。

季侑言看见景琇，唇角的弧度又上扬了几分，眼睛亮晶晶的，狡黠地哄景琇道：“阿琇快过来，给你看个好东西。”

景琇不疑有他，走近了季侑言。

季侑言向后退了点椅子，拉着景琇站到了她的身旁，给她重放视频。

景琇一开始没反应过来这视频是什么内容，直到“冰山化水 ×1”的计数开始，她终于明白季侑言在笑什么了。

她看着视频里的自己，好笑得不行，转身就要走开。

季侑言拉住她，逗她道：“还没看完呢。”

景琇别开头，声线压得极冷呵道：“有什么好看的。”

季侑言：“不好看吗？”

景琇没绷住，破功了，用气音低低地嗤笑了一声。但到底没有真的走开。

计数还在继续，都 ×12 了，景琇忍无可忍，下拉了页面，就着季侑言的小号，一脸冻死人的高冷，在评论框里输入几个大字：数什么数，和你有什么关系！

季侑言笑到肚子疼。

季侑言笑得太荡漾了，景琇听着她开怀的笑声，面子上挂不住，冷着脸，侧了一点身子，用眼神警告季侑言。

季侑言逗景琇积累了经验，十分懂得见好就收。她接收到了危险的信号，笑声顿止，立刻抿唇憋住了笑，一张端秀精致的脸硬生生拗出了一股滑稽的傻气。

景琇冷着的脸绷不住了，沉默地转回了身子，背对着季侑言。

季侑言坐直了身子，哄景琇：“阿琇别生气嘛。”

她知道景琇不是真的生气，但她还是愿意配合景琇：“况且，虽然我笑得很大声，但我已经得到了惩罚不是吗？”

景琇滚动鼠标，浏览着超话内的其他微博，波澜不兴地问："你得到什么惩罚了？"

季侑言叹了口气卖惨："哎，你不知道，我自从上次加群被拒绝以后，辛辛苦苦在超话签到了好久呢。但你刚刚回复的语气有点凶，我微博里又都是关于你一个人的相关转发，我可能要被打成来偷窥超话的'琇球'了。主持人大概不久后就要把我关进小黑屋了。"

"人家辛苦经营了好久呢。"

她的语气可怜兮兮的，景琇被她逗得轻笑，装作无动于衷道："那刚好……"她话还没说完，余光扫到了一条微博，沉下了眉眼，话音戛然而止。

比较有经验的粉丝在提醒超话内的其他粉丝："我刚看到有人在发番位之争的事情，我知道大家都在为 YY 委屈，可是在超话里讨论很容易被戴帽子，所以大家还是谨言慎行吧。"

番位之争……她回来后就去洗澡了，还没有上网看过消息。但是，开机发布会后她就联系了蒋淳，让她注意动态，把控好风向，还让她联系了安插在后援会里的工作人员，避免"琇球"们被带节奏攻击言言，蒋淳没有做好吗?

季侑言迟迟没有等到景琇把话说完，探头去看景琇在看什么。

她的视线落在了屏幕正中央的那条微博，她知道景琇在心疼她、在为此不开心。

她伸长手臂，滑动鼠标，把微博页面关上了，说："阿琇，你知道吗?其实我今天能和你一起上台特别开心。"

景琇敛起低气压，微微偏头，接她话道："为什么？"

"因为像今天这样站在你身边，站在无限接近你高度的地方，我梦想了好久。"季侑言声音低缓。她咬了咬唇，张开口，坦诚道："阿琇，有件事，我以前一直都不敢告诉你。我以前觉得自己是一个特别卑劣不堪的人。”

景琇错愕，季侑言对自己用了这样严重的词。她紧蹙秀眉，转过身注视着季侑言。

季侑言微微弯唇，声音带着几不可觉的落寞，说：“我有段时间甚至觉得，这样污浊的我，不配进入你的视野。”

“言言……”景琇不赞同地打断她。

季侑言止住她的话头道：“阿琇，你让我说完。”

景琇喉咙动了一下，垂下长睫默许了。

“你记得吗？你第一次接拍电影的时候，我没有工作，经常陪在你身边。首映宣传会的时候，我想见证你所有的第一次，也跟着去了。当时你站在舞台上，我混在台下的粉丝中。我看着你在台上落落大方地和其他前辈们侃侃而谈，听着耳边粉丝们对你狂热的尖叫、追捧，由衷地为你骄傲，为你高兴。”

“我记得。”景琇轻声地应。

那时候她们才刚刚结束比赛，所有人对选秀出身的流量明星几乎都有着本能的偏见，大众对景琇的定义普遍都是“花瓶”。结果她一出道就接了名导演的大制作，惹得别人眼红，从官宣后，嘲讽、谩骂她的声音就没有断过。她向来都觉得自己是一个心理素质很好、抗压能力很强的人，可那时候，她也渐渐明白了失眠的滋味。她咬着牙，铆足了劲要演好这个角色，提前两个月进组，起早贪黑，摸爬滚打，跟在武行后面训练打戏。

那是她当时二十一年的人生中过得最辛苦的日子，也是最快乐的日子，因为有懂她的季侑言陪伴着她——嘘寒问暖，相互依靠。以至于后来与季侑言渐行渐远的很多年里，她觉得，如果放弃一切能回到那个时候，她也愿意。

可季侑言却说：“但当时好像也有那么一个不经意的瞬间，我仿佛

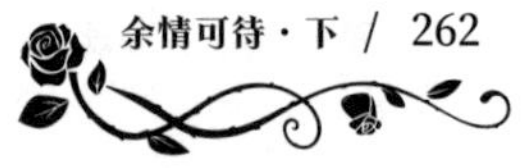

被隔绝在了喧嚣之外。我有些惶恐，觉得台上的你距离我好像有些远。站在台下平平无奇、一文不值的我，与周围这些仰望着你却无法触及你的粉丝有什么区别，又或者，有一天不会有区别？

“好像就是从那个时刻开始，我对成功的渴望变得迫切了。我害怕被你甩下，急切地想要追上你的脚步，想要站到你的身边。”她的语气有些悠远，但很平静，像是一个局外人在客观地审视过往，“尽管我不愿意承认，但人与人之间真的是不一样的。不论我如何努力，我都追不上你的脚步。于是惶恐和不甘日日折磨着我，可我无能为力，只能眼睁睁地站在原地看着你越飞越高，离我越来越远。”

人生的前二十年，季侑言都顺风顺水，光芒万丈，做着被别人瞩目的角色。可是进入娱乐圈后，她才慢慢发现自己有多么渺小，甚至平庸。汪珺婵为了让她听话，对她实行心理打压策略，一次次地故意打击她的自信心，磨灭她对自己的认可，逼着她一点点承认，她不行，她不可以，她要顺着汪珺婵的规划走才可以出头——没有了流量，她就什么都不是。

“直到有一天，我守在电脑前，看到直播中你再次站上高台，斩获大奖时，我突然发现，我竟然无法全然真心地为你开心了。我甚至有一闪而过的念头，如果……如果你可以成功得慢一点，如果……如果你可以再稍微等等我多好。”她平静的声音有了丝丝波动，染上了让景琇心疼的痛苦。

景琇喉咙发紧。她至今没有尝过失败的滋味，所以，那时年轻的她从来没有站到这个角度上考虑过季侑言的煎熬。走得太快不是她的错，可是作为挚友，没有察觉到季侑言的情绪，她有责任。

她心间发酸，歉疚道：“对不起，我……我没有注意到。”

季侑言摇了摇头，说：“不是你的错，是我藏得太好，不敢让你发现。

“是我在回过神的一瞬间，忽然觉得自己变得好可怕。我其实知道我后来变得急功近利，但我不知道，原来我已经变得面目全非了。连对自己最好的朋友的成就，我居然也会有嫉妒不甘的情绪，我觉得我像个阴暗的怪物。连我都唾弃、都无法接受的自己，我怎么敢让你发现，怎么敢奢求你能够接受？”

她厌恶那样的自己，可情绪不受控，她已经变成那样的人了。怕失去景琇，于是她只能继续伪装，继续追求功利，可越伪装、越追逐，却好像把景琇越推越远了。恶性循环，她像一头陷入沼泽的困兽，挣扎着出不来，只能看着自己一点点没顶、窒息。

曾经那样难以启齿的话，而今，她终于也能够微笑着说出来了。她接纳了那个自己，与过去的那个自己达成和解了。

是景琇给了她底气。她相信了，相信了这世界上有一个朋友会真切地接纳她，接纳那个完整的、真实的和不完美的她。

果然，景琇轻抬羽睫，郑重地回答她：“我可以。”

她说：“言言，从业这么多年，我们都演过形形色色的人物，进入过许许多多人物的内心，难道还不能明白，人性是复杂的，七情六欲在所难免吗？再高尚的人，也不敢说自己从没有过阴暗的念头。这不过都是人的正常情绪，为什么要求全责备？”

她轻抚季侑言的头发，低喃道：“我知道，我是在和一个人交朋友，而不是一个神。”

季侑言慢慢弯起了唇角打趣自己，说：“我知道我错了。我也不知道那时候我哪里来的偶像包袱，也许是因为我在和你交朋友，所以我误以为自己和你是一样的吧。”

“嗯？”景琇闷声问。

季侑言语气很轻快，却很认真，像是发自心底的慨叹：“你是神啊。”

景琇心弦微动，有万语千言在口边萦绕，一下子却又无从说起，最后只好嗔她一句：“花言巧语。”

季侑言低低地笑，也不恼。

半晌，她体贴地问："我们今晚早点休息吧，我去拿电吹风。"

景琇"嗯"了一声。

季侑言刚走到门口，林悦就遥遥地叫她："季姐，你房间里的手机好像响了。"

景琇想起了什么，拿过一旁的手机给蒋淳发了消息。她一个人独坐在书房里，耳旁又回荡起季侑言刚刚的那番话。时过境迁，回看往事，她越来越明白，她们曾经的错过，是互相造成的过错，仿佛是一种注定。

第一次演《夜色中的向日葵》她没有发现，而现在想来，某种程度上她们与沈郁和乔月好像——互相都以为对方是天上的那一轮艳阳，而自己则是那一株向着太阳而生的向日葵。

憧憬，是距离理解最远的感情。

景琇抽出笔和便签，笔走游龙，在便签上写下两行字。她想把这张便签夹进季侑言日常使用的那本笔记本里，桌面上却没有寻找到它的踪迹。

她拉开书桌下的抽屉，笔记本果然被收在了里面。拿起笔记本，下面压着两本书，一眼扫过去就知道，是佛学相关的。

景琇微愣，下意识地拿起这两本书，意外地在最底下看见了道空栩栩如生的画像。她眼眸微荡，无奈地叹了口气。

言言在知道真相后做不到毫无负担，对此，她不意外，如果做这些事能够让她心里好受一些，她无意阻止。

没有藏在难以发现的地方，说明言言没有打算刻意隐瞒她的不安，那么她也没有打算隐瞒自己的已知和理解。

心照不宣。

景琇把便签压在了画像与书籍之间。

六点钟，闹钟催促着季侑言从梦中醒来，她快速地按掉了闹钟，下意识地去看景琇是否也被吵醒了，侧头却发现，身边空空如也，景琇不在。

季侑言腾地跃坐了起来，叫了一声：“阿琇？！”

她残存的一点睡意都消散了去，赤着脚就往外跑去。

天已经亮了，但四下依旧是一派静谧，她急促的脚步声在房子里显得分外突兀。

景琇微微蹙眉，从稿纸中抬起头向外看去，就看见书房门口，季侑言披散着头发，一眨不眨地看着她，随即，缓缓地对她露出了一个笑容。

“怎么跑得这么急，鞋子也不穿？”景琇莫名。

季侑言把秀发别到耳后，走近了景琇，站在椅子旁，半晌才说道：“我醒来没看见你，以为是做梦了。”

从知道是景琇付出了某种代价换回了现在后，她心中本已消停许久的不安感又卷土重来，一不注意就会重重蜇她一下。

景琇放柔了声音嗔她：“说什么傻话。”

她弯腰把自己脚下的拖鞋送到季侑言的脚边，盘起双腿叮嘱季侑言道：“穿鞋，快去洗漱吧。”季侑言有一个怪症，赤脚踩地容易皮肤过敏起水泡，偏偏她自己总不当一回事。

季侑言看着景琇出现难得不文雅的坐姿，低笑出声，顺从地穿上景琇的拖鞋，转身出去了。

很快她就洗漱完回来了，问景琇：“怎么起得这么早呀？”

今天是第一天，要拍的镜头不多，所以通告单上要求的时间并不早，她以为自己已经起得够早了。

景琇淡声解释道：“想在拍摄前研究一下顾导的分镜图。”这样可以更好地体会拍摄中分镜是怎么作用的。

季侑言拉过椅子在景琇身边坐下，探头和景琇一起看她手中的图稿，好奇道：“阿琇你对导演感兴趣？”分镜图对演员的指导意义并不大，在拍摄现场，演员能达到导演对画面的要求即可，但对大部分导演来说，分镜图却十分重要。

景琇没有隐瞒：“嗯，最近和光娱谈好了，工作室已经在筹建了。蒋姐那边收了个项目，我挺感兴趣的，在考虑自己导。”

“自导自演吗？”

“不，只导演。”景琇没有犹豫道。

季侑言试探道：“那你以后工作的重心，是要放一半在幕后了吗？”

景琇喉咙动了动，否认道：“应该是大部分。”

这是她从筹建自己的工作室后就在考虑的事情，算是她为自己、也是为季侑言留的一条后路。

况且……如果荣光已经不再眷顾她，她也必须要为每一个邀约她、对她寄予厚望的团队负责。

做出这个决定并不是一件容易的事，但其实也不算是多为难的事。依旧在这个圈子里，从事着自己喜欢的影视艺术工作，只是换一种方式罢了。

季侑言欲言又止，神色间显然是错愕和惋惜。

景琇安抚她道：“但是有好的、感兴趣的角色找我，我还是会考虑的。”

季侑言有一瞬间很想劝景琇慎重考虑，因为她太清楚如果景琇继续从影，在未来的两三年里甚至往后的二三十年里将会取得的艺术成就。景琇的卓越天赋，所有人都有目共睹。

可这些，景琇也一样知道。她既然选择做出这样的决定，一定是权衡再三的。季侑言咬了咬唇问：“这是你更想做的、会让你更开心的事吗？”

景琇微微一笑道：“嗯，是。我规划了很久的。”

季侑言见她说得认真，放下心来。优秀的条件应该是让人拥有更多自由选择的空间，而不是反过来成为负担，束缚人做选择。

她释然道：“那我支持你，只要是你想做的，我都支持你。”

说完，她缓和气氛，半真半假地揶揄道：“哎，只是作为你的影迷，我心里有点空落落的，不是滋味。”

景琇嗤笑了一声，不以为意道：“你什么时候成我的影迷了？”

“我一直都是啊。”季侑言表忠心，“阿琇，你所有电影的台词，我几乎都能背下来……”说着，她就开始绘声绘色地演绎景琇演过的角色的经典台词。

景琇被她哄得开心，但还是装作无动于衷的模样，道：“这么有精神，背中午的台词吧。”

季侑言哪里看不出来她是装的。她也不拆穿景琇，拉长了尾音打趣道：“好，景老师教导的是。”

《夜色中的向日葵》是一部女性主导的成长类情感电影，以女性叙事的角度，细腻深入地探索了女孩之间友情里的微妙与敏感，以及人与人关系之间存在着的无形枷锁。

电影里，季侑言饰演的沈郁家境良好，八岁时从南方随父母工作迁移到北方时认识了景琇饰演的乔月。乔月的父亲是吸毒后畏罪自杀的杀人犯，母亲在父亲吸毒后就抛下她离开了，她由祖母抚养长大，小小年纪就活在父亲的阴影下，被街坊邻居指指点点着长大。所有的家长，都会严厉告诫自己的孩子，不要和乔月玩。

沈郁一家迁居后不久就是除夕，年夜饭后孩子们成群结队地到院子里看烟花，玩手拿小烟花。彼时她和那些孩子都不熟，不好意思凑上去一起玩，无意中看见了不远处角落里与她一样落单的乔月。

那女孩站在阴影中，一根又一根地划着火柴，燃起星星点点的火光。影影绰绰中，沈郁看清了女孩，她长得清清秀秀，穿得干干净净，似乎

很好相处的模样。

她鼓起勇气，借口向她借火柴，接近了乔月，与她打了个招呼。从此，就像两人手中驱走了黑暗的绚烂小烟花一样，沈郁照亮了乔月漆黑的人生。

乔月仰望着她，欣赏着她，羡慕着她，把她当成自己的太阳。

沈郁享受着她的仰慕，背负着她的期待，努力装成她的太阳。

可太阳如果不是真的太阳，光亮总有一天会暗淡；向日葵如果不是真的向日葵，向阳性总有一天会消失。羁绊早晚会断。

沈郁害怕着、强撑着，最后也只能在残酷的现实面前承认自己的无能为力—— 一直跟在自己后面的乔月，其实是比自己更有才华的人。一直自命不凡、绑定着她的自己，在明眼人眼里反而是拖累她的存在。

她暗暗地失落、自卑、嫉妒。

乔月不愿意抛弃沈郁单独发展，为了得到两个人一起成名的机会，接受了有权有势的中年男人的追求，而沈郁勾引了那个男人，被乔月当场发现。

最后一点太阳的光终于也暗淡了。乔月失望至极，与沈郁分道扬镳。

后来，乔月发展得很好，沈郁和那个男人好了两年后，销声匿迹了。

很多年后，乔月在台上开演唱会，沈郁和朋友在台下听。演唱会结束后，沈郁与朋友两人一起走出会场，朋友问她，在台下与当年和乔月一起站在台上的感觉有什么不一样。

沈郁抽了一口烟，望着前方苍茫的夜色，把烟蒂扔在地下，用脚尖慢慢碾着，笑了笑说：“更自由了。”

电影整体画面很有顾灵峰个人的风格，色调干净，含蓄内敛，即便是高潮的争吵戏，都是平静克制的。拍摄的结构上，影片在所有观众都以为是乔月与沈郁争吵过后，被沈郁伤害，离开了沈郁时揭开了反转——事实上，做出选择的是沈郁。

她知道乔月与那个男人是利益关系，她不需要乔月这样牺牲，也不想再继续伪装下去。她其实从来都不是什么太阳，她只是自大的向日葵，渴望着乔月像太阳一样用仰望的目光照耀她。

她用自己的虚荣与傲慢束缚了乔月十几年，让她被迫敛起了光芒不敢展露真实才华；乔月又何尝不是用她的期待与憧憬束缚了她十几年，让她被迫戴起了面具，成为她眼中的楷模。

机会在前，乔月的忍耐要到极限了；自我折磨，沈郁的忍耐也要到极限了。她给乔月递上了一把称手的刀，砍断了羁绊，解脱了彼此。

向日葵的太阳，照耀着向日葵，又束缚着向日葵。夜色中没有太阳眷顾的向日葵，也许才能够真正地自由生长。

娓娓道来，余韵悠长，季侑言第一次看这部电影的剧本时，便有万般滋味涌上心头，喉咙哽得难受。她太喜欢这部电影了，不管是沈郁的台词，还是乔月的台词，她都烂熟于心。

季侑言模拟过许许多多次，当她和景琇演这个对手戏，她会怎么演。

她很有信心她能够演好，演得比任何人都让景琇满意。

但万万没想到，真的进了片场演起来，她却被景琇皱着眉头叫停了："季老师，我觉得你似乎没进入状态。"

季侑言和景琇到达片场的时候，片场搭景已经差不多都完成了，顾灵峰在做最后的调度。

看到顾灵峰，季侑言和景琇远远地和他打了个招呼，场务就领着她们两人到一旁的化妆间化妆了。

景琇本就是出了名的冷面美人，进入工作状态后，表情更是淡了许多，周身自然而然就凝成了一股生人勿扰的气场，化妆师和发型师除了必要的沟通，都不敢和她攀谈，沉默之下效率倒是比一旁平易近人的季侑言要高出了许多。

“我先过去了。”景琇换完衣服，季侑言还在上妆。

季侑言看着景琇手中的分镜图，知道景琇应该是要先过去找顾灵峰还图，点了点头示意。

景琇一走，季侑言身后的化妆师就松了口气，抱怨道：“景老师真是自带制冷效果啊。”

季侑言闻言敛了些笑意，神色淡了下去：“天气热，冷一点不好吗？林姐你要不要测一下我的制冷效果怎么样？”

化妆师一下子没摸透她是在开玩笑还是意有所指。她抬头透过镜子打量季侑言，发现季侑言眸中哪里还有刚才的和气，只剩下与景琇如出一辙的清冷了。化妆师心一惊，自觉失言，连忙换了神色尴尬道：“季姐说笑了。”

季侑言轻笑了一声，不置可否。她抬眼看林悦，林悦默契地唱白脸打圆场，缓解了化妆师的尴尬。

接下来的时间，季侑言恢复了最初的神态，像刚刚只是说了句玩笑话般。但化妆师知道了分寸，再不敢乱说话了。

季侑言换好服装到拍摄间时，远远地就看见景琇和顾灵峰站在一起视察现场，像是发现了什么，景琇微蹙着眉头，指着前面和顾灵峰说了几句，顾灵峰点了点头，脸上露出了欣赏的意味。

季侑言不自觉地停下了脚步。

从演艺工作者的角度来看，毋庸置疑，景琇是她们这一代演员的楷模。没有真正踏上演员这条路时，她还无法切实地感受到景琇的业务能力有多么出众，浸染越深，她便越明白，景琇是多么卓绝的演员。想到即将和景琇演对手戏，她居然像初入行的新人一样，紧张到手心有些汗意了。

季侑言为自己的表现好笑。

顾灵峰看见了她，朝着她挥了挥手示意，景琇察觉到了，也转过头看她，柔和了眉眼，微微一笑，如春风拂面，积寒尽融。

季侑言的心跳在景琇的笑容中缓缓安定了下来。她抬脚上前，站到了顾灵峰的身边，与景琇还有饰演沈郁父母的两个老戏骨一起听顾灵峰给他们讲戏。

业内人士一贯钦佩顾灵峰选角眼光毒辣，顾灵峰也一向对自己选的演员很有信心，所以他更喜欢跟着演员走。他讲戏很简单，只讲这个镜头要拍什么，他想要什么样的效果，并不做具体的指引要求。

讲完戏，第一场第一镜就正式开始了。

这一幕戏讲的是沈郁和乔月出道不久后，恰巧遇上年关，一起回家过节的情节。这个时候的沈郁和乔月都不过二十岁出头，对未来有着无限遐想，意气风发。乔月的祖母已经过世了，乔月与沈郁一同在沈郁家吃饭，四个人闲话家常，画面和睦温情。但这场戏的重点不仅仅是温情，还有温情之下暗涌着的巨浪，侧面反映了沈郁与乔月之间相处模式的微妙复杂。

开拍后，镜头从沈郁母亲和乔月身上切入，沈郁和父亲坐在镜头外的餐桌旁候场。

沈郁母亲一边抱怨着“你们父女俩怎么跟大爷似的，都不知道进来帮忙”，一边端着卤鸡翅往外走，乔月噙着温和的笑端着另外两碟菜跟在沈郁母亲后面。

一切都很好……突然，扮演沈郁母亲的演员手不稳歪了一下，一个鸡翅从碟子里滑落，“吧唧”一声，掉在了地上。

全场爆笑。这条算是废了。

季侑言捂着嘴笑得欢畅，下意识地想和景琇分享快乐。她向景琇看去，景琇眉眼弯弯，也在笑，笑得秀气又无害，在满场张扬肆意的笑脸中，那样低调不起眼。

季侑言微讶，瞬间反应了过来，这不是景琇在笑，是乔月在笑。她收敛了身上所有属于景琇的气场与光华，彻底变成了那个习惯跟在沈郁身后仿佛毫不起眼的乔月。她只要站在那里，甚至不需要交代背景，旁人都能从她的身形、神色，甚至是走路姿势中看到她身上可能有的故事。

季侑言蓦地感到了一种压迫感，心中涌起了战意，打起了十二万分的精神。

大家笑够了，这一镜重来。

沈郁母亲再一次端着鸡翅从厨房走出，乔月跟在身后。沈郁被唠叨后，笑嘻嘻地起身把杯子和碗筷分了分。她把饮料从桌下提到桌上，乔月放好菜，自然地帮她接过，打开后一杯一杯接满。沈郁习以为常地接过倒满的杯子，自然又敷衍地道了声“谢谢”，沈郁母亲在一旁唠叨沈郁没乔月一半懂事，乔月微微笑着听她们讲话。

就这么短短的一小段，放在荧幕上不过一分钟的戏，顾灵峰让他们四人拍了一次又一次，不论是动作还是表情又或者是台词的感觉，只要有一点瑕疵，他都不留情面地打断，要求重来。

电影时长紧凑，又是在大荧幕上被放大了观看，他不容许留下的画面里有任何一帧是将就的。

高压之下，四个人都越来越进入状态，越来越默契。好不容易这一镜顾灵峰终于喊了个“过”，演员们得了喘口气的时间。两个老戏骨坐在原位补妆整理头发，季侑言和景琇则被顾灵峰叫到监视器旁。

顾灵峰回放了一遍过的那一条，拍了拍季侑言的肩膀，鼓励道：“还不错，保持住状态。”

他是由衷的。虽然与景琇对比之下，季侑言的表现说不上令人惊艳，但已经算得上是令人惊喜了。

电视剧和电影虽然都是荧幕上的表演，但实际演绎起来其实差别很大。电视剧由于受众限制，多作为普通人日常消遣时观看，少有人会慢慢地品味演员的一颦一笑，所以通常需要演员放开了演；而电影则需要演员收着演，以余味定输赢。很多从电视剧跨到电影的演员往往把握不住这其中的尺度，不得其法，铩羽而归。而季侑言第一次“触电”，能演成这样已经让顾灵峰刮目相看了。

季侑言正准备谦虚地回应几句，景琇却盯着监视器，冷不丁地开口道：“季老师，我觉得你似乎没有进入状态。”

她蹙眉与季侑言对视，神色间是就事论事的严肃。

季侑言的笑一下子僵住了。周围听到耳风的工作人员也都放缓了手中的动作，竖起了耳朵听着这边的情况。

景琇见季侑言变了脸色，察觉到周围投来的视线，缓了语气解释道：“我不是指季老师你现在表演得不好，只是觉得，你可以更好。”

她看着季侑言的眼神里除了旁人可见的凛冽，还有季侑言可以看懂的期待。

“怎么说？”顾灵峰的语气中有些兴奋。

季侑言也用眼神询问景琇。景琇沉吟道：“我没有办法准确表达，但是我和季老师对戏的时候，我觉得我和你，是有距离感的，或者说，有一种空间感。”她后半句话直接是对着季侑言解释的。

她说得太抽象了，季侑言把握不到精髓，有些无措。

气氛微微凝固。顾灵峰回看画面，也说不出所以然，便圆场道：“先继续拍下去吧，再感受感受。”

季侑言心里有了更大的压力，更努力地回想自己的不足，力求表现得完美。

但事与愿违，顾灵峰喊暂停了。他惊叹于景琇的敏锐。

人物的塑造是镜头里一秒一分堆叠起来的，失之毫厘，谬之千里。

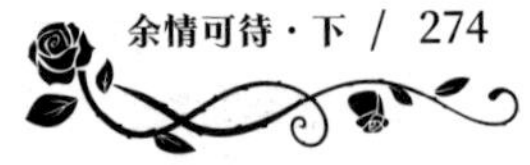

从监视器上看，单独的一两个镜头看不出什么，但几个镜头连在一起就能看出差距了。季侑言的表演其实每一处都堪称完美，但就是过于完美，反而好像缺了什么。人物有一种失真感。

顾灵峰让季侑言休息一会儿，调整一下状态，先拍摄沈郁父母单独的戏份。

季侑言和景琇出了拍摄间，站到了片场门口眺望远处，呼吸新鲜空气。两人都在沉默，气压低沉。姚潇和林悦抱着水杯站在她们身后不远处不敢上前。

季侑言思绪有点乱，顾灵峰说她的问题是过于完美？如果过于完美是错误的话，那要调整成不完美？显然这不会是正确答案。

她一直注视着远处，不好意思看身旁的景琇，她害怕在景琇的眼中看到对自己的失望。明明……她是想表现好的。

“也许顾导说的过于完美并不准确。”景琇在陪她沉默许久后淡淡出声，“是一种不容易察觉的设计感，每一个动作、眼神，都分寸不乱的拘束感。”

“你看着我。”景琇要求道。

季侑言侧目看向景琇。景琇直视着她，询问道：“言言，你是不是看过太多遍剧本了？”

季侑言咬唇“嗯”了一声。

景琇找到关键了，一针见血道：“你是不是在心里预演过很多遍了？”

季侑言点头，隐约意识到了什么。

景琇知道这就是问题所在了，眉头舒展开来，柔声道：“言言，不要再设想我以前是怎么表演的，你应该怎么应对才是完美的。”

季侑言微张薄唇，醍醐灌顶。

是的，她一直过度在意从前的景琇是如何表演的，设计好了自己该如何反馈，沉浸于表演欲中，以至于错漏了此时此刻景琇是如何表现的、两人该如何塑造引力磁场。

她欣喜地弯唇，道：“阿琇，我知道了。谢谢你。”

景琇微微歪头，两人相视一笑。

姚潇和林悦跟着松了口气。

沈郁父母单独的戏结束了，季侑言和景琇进去了。

进餐间，沈郁父母询问她们最近的生活，沈郁神采飞扬地回应着，乔月偶尔才答一两句。桌面上有一道菜是蒜薹炒肉，乔月伸筷子想夹肉，沈郁正好也伸过来夹走了一块肉，乔月夹筷子的两指动了一下，不动声色地偏移了筷子，夹走了两根蒜薹。

沈郁父亲开玩笑地问乔月：“沈郁没欺负人吧？”沈郁笑嗔说：“我哪能啊，说得我跟土霸王似的。”

沈郁母亲接茬说：“你不是吗？”她嘴上教育着沈郁不要仗着乔月性子好就没分寸，要互相照顾，手上却只疼惜地给沈郁夹菜。

乔月温顺地笑对着沈母，眼神里有压抑着的羡慕一闪而过。

沈郁注意到了乔月的目光，眼神一柔，状若不经意地给乔月夹了两大筷蒜薹，打趣着回应沈母的话。

乔月低头夹起蒜薹缓慢地咀嚼，唇角有似满足又似落寞的笑。

她常在沈郁家吃饭，一开始怕沈郁父母不喜欢她，所以吃饭也十分守分寸，多吃饭，少夹菜，就算夹菜，也多只挑着眼前的菜夹。沈郁便一直以为她是草食动物，不爱吃肉。

这一场戏，初看时满是温馨，看到后面回想起来，却变成了一片压抑，暗波汹涌，意味深长。所以在这一场戏里，演员的每一个表情、每一个眼神，都必须要精准无误。

景琇表现优秀不足为奇，意外的是季侑言竟然分毫没被压戏，与景琇难分伯仲。

现场的所有人都在心里暗暗称奇，刮目相看，惊讶于季侑言怎么仿佛在短暂的休息后打通了任督二脉。

季侑言听到顾灵峰喊“过”，第一时间去看景琇的反应，景琇对着她小幅度地点了一下头，季侑言彻底定下了心，找回了自己的状态和节奏。

接下来的拍摄就都很顺利了，季侑言和景琇甚至提早完成了今天的戏份。

天色已经晚了，剧组还有一些转场的镜头要拍，季侑言和景琇收了工先回去。因为拍摄的时候吃多了，两人都表示不用另外安排晚餐了，直接回住宿地就好了。

回到了住宿地，下了车，季侑言摸了摸肚子还觉得有点撑。

景琇好笑，看了看已经完全降下来的夜幕，问季侑言：“要不要去散步消消食？”

季侑言连连点头。

两人让姚潇、林悦去吃饭，叫了两个保镖远远跟着，换了一条与上次去超市不同的路线，路灯昏暗，行人稀少，沙沙作响的树叶声送来阵阵凉风，很是清净惬意。

两人有一句没一句地闲聊着，不知道走了多久，突然被一处人工湖吸引了注意力。由于这里两旁路灯少，光线幽暗，倒显得天边倒映在水面上的点点繁星分外明亮。

季侑言举着手机琢磨着构图，找角度要拍下来。

“我刚刚是不是伤你面子了？”景琇咬了咬唇，忽然开口。

季侑言按下快门，随口回她：“什么？”

“刚刚在片场说你没进入状态。”

季侑言动作一顿，偏过头望进景琇的眼底。景琇看着她，眼底是隐约的不安。季侑言嗔她道："你想什么呢?

"艺术就应该这样直言不讳，有批评才有进步，我感谢你还来不及呢。"

季侑言正色道："阿琇，剧本上更轻松就能够出彩的角色是沈郁，可最终能够得奖的却是你。我和你一起演过才真正明白是为什么。

"我很庆幸能够有机会和你一起拍这一次，让我看清我们之间还有很远的距离，有了继续前进的方向。"

"过分谦虚不是什么好事。"景琇叹息，"言言，你要自信，有一天你会站得比我更高。"

季侑言笑道："我不需要，最多站得和你一样高就好了。"她怕景琇因为昨天自己与她坦白的事而有压力，由衷道："我们是一起的，你的荣耀，就是我的荣耀。"

夜风把季侑言的话送到耳边，景琇注视着季侑言的笑颜："你说得对。"

她叮嘱季侑言："你的荣耀，就是我的荣耀。你也要一直记得。"

季侑言和景琇在山平城要拍摄的戏份并不多，这里主要是其他演员戏份的场地。三天后，季侑言结束了在山平城的拍摄，按照之前和魏颐真说好的，回北城处理工作室的事情，景琇则留在片场跟顾灵峰学习导戏。

季侑言傍晚抵达北城后，魏颐真来接的机。因为季侑言还在拍摄中途，并且还是第一次拍电影，临时离开剧组是一件有风险的事情，一不小心就容易被有心人带节奏扣个不敬业的帽子。魏颐真怕出什么乱子，不亲自来不放心。再者，时间紧迫，面试就安排在第二天，魏颐真想抓紧时间把该交代的事情都和季侑言交代了。

然而季侑言似乎并没有感受到她的紧迫感，上车后，她就冷不丁地

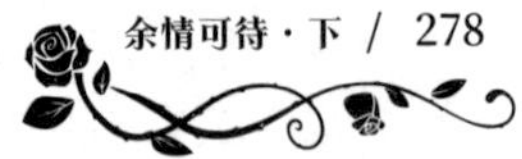

问：“魏姐，你有认识什么找人很厉害的私家侦探吗？”

魏颐真想到她之前吩咐自己深挖汪珺婵料的事情，眉头一紧，有危机感道：“你又想做什么？”

季侑言被她如临大敌的状态逗得好笑，“魏姐你怎么一副我又要做坏事的样子？”

魏颐真瞪她，没好气道，“你自己也知道加个‘又’字了。”

季侑言轻笑两声，说：“这次真的不是了。”她从包里取出道空的画像递给魏颐真，正色道：“魏姐，我是想找这位高僧，但他现在云游四方，行踪不定，所以才想问问你有没有什么能用的人介绍一下。”

万万没想到，魏颐真听到解释眉头却是拧得更紧了，语气更是少有的严厉：“侑言，你不要动那些歪心思。”

季侑言莫名其妙，慢了好半拍才从魏颐真的表情中明白魏颐真指的是什么。

这个圈子内外都流传着一句话：小火靠捧，大火靠命。虽然只是笑言，但对一些人来说，却是可以压死骆驼的最后一根稻草。于是许多人信命却不肯认命，四处打听“高人”，甚至寻些旁门左道的方法试图改命。

魏颐真向来敬鬼神而远之，所以一听季侑言这话，寒毛都要竖起来了。

“不是你想的那样。”季侑言连忙解释，“我不是为自己找的，是想帮阿琇找。”

她低垂长睫，半真半假道：“听说这位高僧精通医理，我想找他来帮阿琇看看。你知道的，阿琇几年前受过伤，我有点不大放心。”

这个解释听起来还算是可以接受，魏颐真打消了刚刚的怀疑，关心道：“景老师是……有后遗……”她说到一半，自觉这样打探景琇的隐私并不好，又转口询问道：“关于这位僧人，你知道的信息有多少？”

“只有法号和样貌。”季侑言说得很没有底气。

魏颐真沉默了。她侧目看季侑言，车穿行在隧道中，季侑言的面容在明暗交错的光线下若隐若现，可她神态里的低落与心疼却是那样清晰可见。

魏颐真在心底里叹了口气，松口道：“我晚上回去帮你问问吧，明天给你答复可以吗？”

“好，那先……”“谢谢”两个字还在喉咙里，魏颐真就打断季侑言道：“你先别谢我，我最多也只是帮你牵条线，侑言，找人不是件容易的事，信息这么少就更别说了……”

她的弦外之音季侑言听得懂。她舒展开眉头，低缓道：“我知道，魏姐，我做好长期寻找的准备了。”

魏颐真点了点头，就着这个话题又聊了两句，自然地转到了季侑言之后的工作上，季侑言也顺着她的话题接下去了。

回到住所后，魏颐真和她确认好明天的工作安排后就离开了。季侑言在寂静中独坐片刻，按着心口垂挂着的平安扣，给卓凛打去了电话。

她请卓凛吃饭，一是商量后期专辑制作的事情，二是想拜托她帮忙牵线。之前聊天的时候，卓凛谈起这些年的生活时，无意中说过她有位朋友和佛学颇有渊源，常年流转于道场之间。

多一条路，多一些可能。她虽然与魏颐真说做好了长期准备，但如果可以，她自然还是希望越快越好。她自知是心思重的人，不找到道空，不亲自再确认一遍，她一颗心总是悬而未决的。

安排好了一切，季侑言才后靠在沙发上，踏实地吁了一口气。心一定，她就想找景琇说说话。

但今天有场夜戏，是小演员沈郁和乔月初见的重头戏。季侑言看了看表，估摸着景琇应该还在片场，便压下了心思先去洗澡，而后抱着魏颐真留给她的新人简历上床，一边等一边翻阅简历。

说是新人，但其实并不完全没有作品，只是多数演的是些不起眼的

龙套，所以籍籍无名。季侑言看得很认真，有作品的还特意打开了平板电脑在网页上搜索查看。

她做事情容易专注，一晃神时间就过去了，等她回过神来，已经是凌晨十二点多了。

季侑言心一惊，以为自己错过了什么，立刻打开了微信查看消息。出乎意料地，微信置顶的对话栏里并没有她以为会有的红点——景琇没找过她。

季侑言隐隐有些奇怪，略微犹豫，文字询问景琇："阿琇，夜戏结束了吗？你睡了吗？"

过了好一会儿都没回应，当季侑言都怀疑景琇已经睡下了时，景琇终于回了她："刚洗完澡，准备睡了。"

季侑言笑逐颜开，立刻拨打了视频通话过去。

响铃响了许久，景琇才接通了视频。视频里景琇只开着两盏特别暗的床背灯，饶是景琇姿色动人，屏幕里也只剩下黑乎乎的脸了。

季侑言温声问景琇："你这是要睡了吗？"

景琇"嗯"了一声。

不知道是不是错觉，季侑言觉得景琇的声音似乎和平时不太一样，格外地轻。但看景琇举着手机的距离，季侑言只当是因为距离收音的地方太远了。

"路上跑了大半天不累吗？怎么这么晚才休息？"景琇像是调整了一下坐姿，手机下放了一点，镜头拍不到她的脸了。

"晚上魏姐给我排了一下工作，一不小心就忙到现在了。"

"还顺利吗？"

"嗯。准备明天和魏姐一起去面试新人，晚上和卓凛一起吃个饭，讨论一下专辑的事情，后天应该就能回去了。"

“嗯，那录音棚定了吗？”景琇忽然问。

“没有。”季侑言如实回答道：“因为具体的录制时间还没有定下来，所以没办法预约。”

“这个可以先不急，到时候我帮你联系。”景琇沉吟道。

季侑言也不和景琇客套，笑着答应道：“好，是哪一家呀？”

没想到景琇卖了个关子，说：“到时候你就知道了。”

北城内的商业录音棚很多，但能满足季侑言需求的并不多，季侑言相信景琇的选择，也就没有刨根问底。

季侑言还想说些什么，景琇忽然抬手轻捂檀口，做了一个小小的打哈欠的动作。季侑言连忙体贴道：“时间也不早了，阿琇你累了一天，快去睡吧。”

景琇轻轻道了句“晚安”。

挂断视频，季侑言还在看着微信界面，就看见显示“对方正在输入”，随即，有一条景琇的新消息发来——“，2”。

一个逗号和一个“2”是什么意思？季侑言一开始没反应过来，反应过来后便觉得像是有糖块落到了心里。

她一连给景琇发了好多个表情，景琇脸色苍白，蜷缩着身体，看着屏幕上那一串表情。

痛意沉沉袭来，即使吃了止痛药也没有缓解多少，和季侑言通话的那几分钟，已经是她忍耐的极限了。

她把脸埋进枕头，咬着唇，试图麻痹自己的神经。

第十四章

季侑言发完表情，见景琇没有再给她回应，也不意外。

她把视频截图转存到了封面为景琇送她的那一只熊猫玩偶的照片，命名为“×21’4”的相册里。

她一张一张地翻着，从景琇还没有答应与她和好时截下来的动图开始，顺着时间一直翻到今天的最新截屏。其实她截屏技术挺好的，每张截屏里的景琇都是美颜盛世，只有今天这张，黑糊得像个非洲人。

季侑言被自己的联想逗乐了。虽然她觉得很可爱，但阿琇估计不会喜欢。季侑言保留着原图，打开了修图软件，准备另存一张调高亮度的。

女明星的修图技能几乎都手到擒来，季侑言更是个中翘楚——虽然她自己本身并不怎么需要，但与她合照的艺人需要。这也算是处理人际关系要学会的一环。

她是笑着修这张“废片”的，可等照片修出来了，季侑言的笑却消失在了唇角。

为什么阿琇看起来不大精神的样子？

她想到了什么，回到手机主页确认日子——果然，算着日子，这两天应该是阿琇的生理期了。

阿琇……是不是又疼了？季侑言心头的弦骤然绷紧。

她想回拨通话询问景琇，可看时间已经是凌晨一点多了，担心景琇万一刚刚睡下就被自己吵醒。可不问出个答案，她一颗心悬在半空中，难受得甚至想不顾一切地回到景琇的身旁亲自确认。

无可奈何，季侑言只能够打扰姚潇。

她径直给姚潇打去了电话。

漫长的响铃过后，姚潇终于接起了电话：“喂，季姐……”姚潇显然是已经睡下了，声音带着刚睡醒的沙哑。

虽然姚潇的语气听不出什么起床气，但季侑言还是很内疚地先道了歉：“对不起潇潇，这么晚吵醒你。”

“没事，怎么了季姐？”姚潇打着哈欠善解人意道。

她坐起身给林悦拉了拉被踢到半腰上的被子，下床走到窗边回话。这么晚了，没要紧事季姐也不可能特意打电话过来。

“我半个小时前和景老师视频，感觉景老师精神好像不太好的样子，有点不放心。所以想问问你，景老师今天状态怎么样？”

姚潇认真地回想了一下，说：“好像和平常一样。我们晚上快十一点回来的，景老师当时看起来还好的样子。”

“她今天是不是生理期？”季侑言追问。

“应该不是，我今天没有听景老师提起过。”姚潇否认。

季侑言听她连连否定，心稍稍安定了一些，但犹豫片刻，还是不放心地请求道：“潇潇，你可以过去看看她吗？”

姚潇觉得在景琇不知情的情况下做这种事有点逾越了，但她听季侑言担忧的语气还是答应了。

可惜……景琇反锁了房门，姚潇进不去。

季侑言别无他法，只好结束了通话：“那没事了，可能是我多想了，打扰你了，你快去睡吧，晚安。”

可能是光线问题，也可能是她截屏的时机问题。季侑言宽慰自己。她放下手机，试图把注意力转向手中的资料，可心思却怎么都收不回来了。

她疲倦地靠在床背板上，手中的纸页在不知不觉中被她捏皱了边角。

毫无睡意，一夜无眠。

第二日一大清早，季侑言整理好了所有今天行程会用到的资料，争取高效率解决。而后她下床冲了个澡，强打起精神，坐在沙发上等着景

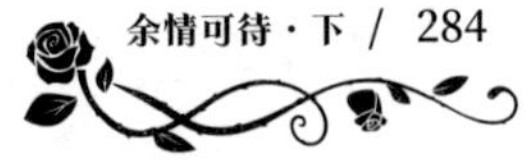

琇睡醒。

短信问过姚潇，确认景琇正在吃早餐，季侑言才拨通了视频通话。

季侑言一大早就拨去视频通话，怕景琇觉得奇怪，季侑言借口抱怨和魏颐真大清早就因为签人的事有口角。

景琇不疑有他，认真地听季侑言讲述，诚恳地给她意见。

季侑言的心思却不在上面，只全神贯注地打量着景琇的脸色和神采——看不大出什么，但就是觉得哪里不太对。

“阿琇，我看天气预报，今天山平挺热的，你不要贪凉喝冰的哦。”季侑言状若自然地叮嘱。

景琇愣了愣，随即又若无其事地揶揄季侑言：“你又知道了？”

季侑言心“咯噔”了一下，果然。她其实只是诈一诈景琇的。

“这次疼吗？我看你脸色不太好的样子。”季侑言蹙着眉头，煞有其事。

景琇长睫扑闪了两下，轻描淡写道：“有一点点难受，但不是疼，今天就好了。没事的。”她转移话题道：“子楠既然有心要跳到你那里，你可以重点考虑一下，我觉得她是个好苗子。”

“嗯，我也这么想的。”季侑言装作没发现她的心思，顺着她的意思绕开了话题。

本来一天半的行程，季侑言硬生生地压缩成了一天。晚上和卓凛吃过饭后，她就乘着最后一班飞机赶回了山平。

魏颐真本觉得这样太累了，可季侑言坚持。再者，在北城逗留的时间越短，媒体那边就越安全，最后魏颐真便也随她去了，只答应了找人的事情她会帮她办妥的。

凌晨一点多，季侑言回到了山平城。因为事先只通知了林悦，让她悄悄地留个门，所以进屋的时候，四下黑漆漆、静悄悄的，所有人都睡下了。

季侑言轻手轻脚地用钥匙打开卧房的门。月光下，景琇正在大床上静静地睡着，她的怀中，正亲昵地抱着一个枕头。

她睡得好香呢。季侑言露出笑，安心地转身出去洗漱、换睡衣，而后回到卧房里爬上床，小心翼翼地想要抽出景琇怀中的枕头。

可景琇抱得太紧了，季侑言如果要用不惊醒她的力气根本抽不出来。

算了。

景琇却像察觉到了什么，“言言？”她发出慵懒的呓语，恍惚间以为自己还在梦中。

“嗯，我在呢，我回来了。”季侑言应她。

景琇渐渐转醒，说：“言言？几点了，你……”

她话还没有说完，季侑言低声道：“才凌晨一点，你别醒，放心睡。”

景琇听到她的回答却是更清醒了。她揉了揉眼，逗季侑言：“可我已经醒了怎么办？”

“那你再睡个回笼觉。”季侑言说得理所当然。

景琇笑了一声，关心她：“怎么回来得这么赶？饿吗？要不要吃点夜宵？”

季侑言摇头，“不饿，赶着回来睡觉觉啊。”

景琇刚想嫌弃她的恶意卖萌，就听见季侑言又低缓地答复：“阿琇，我一个人睡不好呢。”

景琇什么怼她的话都说不出口了。

“那睡吧，晚安。”

人一放松下来，困倦就再无法强挡着了。季侑言不知不觉中，就被睡意席卷走了所有的意识。

并且，睡得比景琇还香！

她再次醒来的时候，已经是接近上午的十点了。房间被细心地拉上

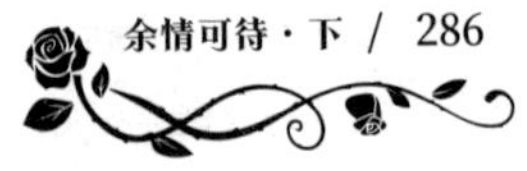

了遮光窗帘，床畔空空如也，床头放着一张便签：“我先去片场了，早上给你做了三明治，醒来让悦悦给你热一下。”

吃过迟到的早饭后，季侑言带着林悦乘车去往今天的片场找景琇。然而到了片场一问，她才知道景琇到片场后又跟着美术组和道具组转去城中的另一个取景地观摩搭景了。

执行导演说应该也快回来了，季侑言见小演员演得正入戏，便站到一旁细心观察。

不论是拍摄电影还是电视剧，如果所演角色的年龄跨度比较大，稚嫩的少年时代就难以避免地需要小演员来出演。大部分电视剧里，因为整体集数较多，小演员戏份所占比重很小，所以导演和成年演员通常不会过分严苛地要求小演员。但电影不同，每分每秒都是珍贵的、有价值的，所以小演员的演绎，也同样举足轻重。如何让观众观影时，会信服小演员和成年演员所饰演的角色是一体的，不会有分离感，更是成败的关键一环。

季侑言便是在观察的同时琢磨着这些。她试图从小演员的演绎中找到一个可以让观众很容易就把小演员和她自己连接在一起的设计点。可以是外貌上的，但那只是最基础的，季侑言想找到更深入一点的，比如眼神、无意识的小动作等。

只是她还没有找到这个点，表演就中断了——饰演沈郁的小演员在一条反复重拍后，闹脾气不想拍，想要休息了。

天气太热了，不过才七八岁的小朋友，在大太阳底下暴晒一个多小时了，闹脾气也是正常的。但剧组寸秒寸金，小演员的母亲怕耽误进度，有些急了，声音大了起来，甚至吓唬性地动了手，把小演员直接吓得号啕大哭，更是无法拍下去了。

整个片场闹哄哄的，季侑言心疼那个哭得满脸通红的小演员，上前参与调解。

等景琇回来的时候，看见的便是片场中央，季侑言蹲在小女孩面前，在给小女孩擦眼泪、逗得小女孩破涕为笑的画面。她侧脸对着景琇，唇角是上扬的弧度，整个人宛如夏日的凉风一般柔和清爽。

景琇站在人群外，取出手机，不动声色地抓拍着。

季侑言无意中扫到景琇来了，安慰好小演员，把她还给了她妈妈，就快步朝着景琇走了过去。

“怎么出了这么多的汗？”她一边拿纸巾给景琇，一边用手给景琇扇风。

“可能是走上来太远了。”景琇示意季侑言和她一起坐到一旁的遮阳棚下，“这么热，怎么还过来了？”

季侑言跟着她一起转移到棚里坐下，拿起椅子上的小电风扇递给景琇，自然道：“来找你呀。”

季侑言的余光忽然扫到景琇腰间挂着的一个香囊——是她前几天送的那个。

平心而论，香囊其实挺好看的，但……和景琇今天这一身的气质真是格格不入。噢，今天是端午了，季侑言顿悟。

剧组在山平城拍完了镜头，转到了北城附近的取景地里。道空一直没消息，日子却在忙碌又充实地往下走着，平静得不可思议，季侑言一直笼罩在心头的阴霾也稍稍散去了些。

然而，八月的一场事故，打破了一切美好的假象。

“不好了！快来人！景老师好像溺水了！”片场游泳池旁，不知道是谁的一声惊吼，震散了整个剧组的心魂。

当夜，剧组正在租用的度假大酒店的游泳池前拍摄。这场戏的镜头没有沈郁，是只属于乔月的——由于沈郁过于清高，在应酬中得罪了人，

连累两人的组合被半封杀后，乔月见沈郁颓废，为了给两人寻求转机，便瞒着沈郁参加了上层名流的泳池派对。也是在这个派对上，她被那个投资人相中了。

也是在这场戏中，乔月从沈郁的身后走到了沈郁的身前，让戏里的众人、让观众看到了属于她的真正魅力与光芒。景琇平肩细腰长腿，身材比例本就卓越得令人挪不开眼，再穿上显身材的泳衣，卸下平日里的低眉顺眼，换上妩媚风情的妆容，只需要站在那里，就已经可以让所有人信服，凭什么那个投资人会在这美女如云的泳池旁一眼相中她——她和旁边的所有人都不一样，妩媚中又带着点清冷，艳光四射却媚而不俗，勾得人征服欲满满。

这场戏对景琇来说并不算难拍，但因为是交际大场面，涉及的配角众多，顾灵峰眼里又容不下一粒沙子，所以这场夜戏反复 NG，停停歇歇，一直从天黑后的七点多拍到了午夜十二点多。

饶是盛夏，入了夜凉风一吹也是冷的，更何况景琇的身体在夜间本就比常人要凉，还穿着清凉，反复出入冷水。季侑言担心景琇身体受不住，但见景琇自己一声不吭，因为了解她的敬业，也不好多说什么，只好一直站在镜头外抱着浴巾等待。

景琇再一次要入水拍摄前，化妆师给她补妆，季侑言见她唇色已经冻得发白了，弯腰和景琇说："我去酒店内给你接点热水，你上来了喝好不好？"

景琇忽略身上冷到有些刺痛的感觉，对她微微一笑，"嗯"了一声。

于是季侑言把手中另一条干的浴巾交给姚潇，拿着水杯往不远处的酒店走去。

她在酒店大堂饮水机上接满了热水，转身往回走，快走到拍摄地的外围时，忽然看见前方人群慌乱了起来。

隐约间，她听见有人在喊："溺水了！景老师溺水了，快打 120！"

像是一道惊雷炸在季侑言的耳中。

水杯从季侑言的手中滑落，摔了个粉碎，热水溅到季侑言整条小腿上，季侑言却毫无知觉。她大脑一片空白，仿佛无法思考那句话意味着什么，但身体却比思想反应得更快，抬起腿就推开人群往里冲。

右侧方的泳池旁，顾灵峰和一个男艺人正把景琇拖带到岸上。景琇秀发凌乱，青白着脸，像一只没有生命的娃娃，一动不动。

“景老师！景琇！”顾灵峰去探景琇的鼻息，“没有呼吸，救生员呢？！医务员呢？！都死哪去了……”顾灵峰慌了神，口不择言。

季侑言本就双腿发软，听到顾灵峰的吼声，脚底打滑，摔在了景琇的脚边。

“阿琇……”她顾不上疼痛，手脚并用地爬到景琇的身边，单腿屈膝地跪着，推开正要粗鲁掰开景琇下颌的男艺人，一边叫景琇的名字一边伸手去探景琇的鼻息和颈部动脉。

她之前拍摄过一部医疗剧，饰演过一个急救医生，当时对一些急救相关的知识和手法进行过非常专业的培训。

没有意识、没有呼吸，但有脉搏！季侑言牙关都在发抖，脑袋里全是糨糊，但还是凭借着本能，手法娴熟地打开了景琇紧闭的牙关，快速地清理景琇口鼻腔内的异物，准确地进行三十次胸外按压，而后进行了两次人工呼吸。按照着比例，往复循环。

景琇的胸前全是季侑言刚摔伤的手腕留下的血痕，看起来触目惊心。急救员带着担架到了，见季侑言动作专业标准，也就没有强行拉开季侑言。

季侑言贴着景琇冰凉的身体，在心底不停地祈求：“阿琇，求你了，醒过来。”

漫长的一分钟过去了，景琇依旧没有反应。季侑言气喘吁吁，胳膊开始发颤，却一刻也不敢松懈。

“求你了，快醒醒。”

季侑言咬牙继续着，泪水模糊了她的视线。

又十秒钟过去了，景琇终于张口呕出了一口水，有了自主呼吸。

她睁开眼看着季侑言，意识朦胧，难受得说不出话。

季侑言抱起她伏在自己大腿上，拍她的后背帮助她呕水，带着哭腔哄她：“没事了，别怕，不难受了，不难受了……”

急救员围了上去，把缓过来的景琇抬上担架。季侑言想跟着一起上救护车，却在起身的一瞬间，双眼发黑，昏了过去。

黑暗中，她仿佛看到了景琇去往无尽的虚空，她无力阻拦，跟着踏行而去，整个人却痛得像是要被撕扯开来一样。

老和尚在远处双手合十，在虚空中画了一个符咒，叹息道：“阿弥陀佛，都是痴儿。有舍有得，求仁得仁，莫负天恩。”

有舍有得，她已知道“得”是什么了，那么“舍”又是什么？本应平平安安的阿琇，为什么现在要受这样的苦，这也是舍吗？季侑言尝到了铁锈的腥甜。

“季姐！季姐！”她听见有人在喊她。

季侑言艰难地睁开眼，入目的是头顶一片刺目的光晕。她躲开光，便看见林悦一张担忧的脸，“季姐，你醒了，有哪里难受吗？我叫医生进来？”

医生说她是受惊过度虚脱了，没有大碍，多休息一下就好了。林悦本想让她好好休息，结果看见季侑言睡梦中一直在流泪，担心她做了噩梦才叫醒她的。

季侑言意识回笼，哑声问她：“景老师……”

她还没说完，林悦就善解人意道：“季姐你转个头。”

季侑言转过头，便看到景琇手上挂着点滴，像睡美人一样安安静静地躺在她隔壁床。像是生怕景琇下一秒就要消失般，季侑言要下床，林悦紧张地来扶她，借着林悦的帮助，她脚步虚浮地坐到了景琇的床边，趴下身子看着景琇。

“你刚刚晕倒吓到景老师了，景老师不敢睡，一直意识清醒地坚持到医院，听医生说你没有大碍，才又昏睡了过去。医生检查过了，其他的目前看都没事，就是有一点吸入性肺炎，需要住院观察一周。”

“傻瓜……”季侑言想哭又想笑。

“季姐……”林悦欲言又止。

“怎么了？”怕吵醒景琇，她声音很轻。

“你手上和膝盖上的擦伤过几天结痂了就没事了。小腿怎么烫伤了？医生说有点严重，可能会留疤……”

季侑言这才后知后觉地感觉到了小腿上的刺痛。怎么烫伤的？她也记不起来了。

“没事的，留疤就留疤。”

她嗓音艰涩地问：“悦悦，你当时有看到怎么回事吗？景老师怎么会……溺水？”

林悦诚实道：“我其实没有看清楚具体是怎么回事。听摄影说，景老师好像是游得好好的，突然就脸色痛苦，像是在发抖，然后就沉了下去。”

季侑言的眼眸也跟着沉了下去。

阿琇水性很好，下水前也做了足够的热身准备，没有道理突然抽筋到溺水这么严重。

是……

林悦的手机忽然振动了起来，打断了季侑言的思路。

是魏颐真的电话，打来询问季侑言醒了没有。林悦说季侑言醒了，魏颐真便要求林悦把手机交给季侑言。

“还好吗？”魏颐真关心道。

“没有大碍了。”

“景老师呢？”

“没事的，让魏姐你担心了。”

魏颐真松了口气：“那就好。”她又关心了两句，转入正题问季侑言：“虽然我不应该在这时候和你说这个，但是这个事故太严重了，消息被传出去了，媒体炸开锅了。

“有些无良的媒体又借着这个舞起来了，因为太突发了，所以一下子没压下来。我准备……”

她还没有说完准备如何应对，季侑言忽然恹恹地说：“魏姐，随他们去吧，只要人好好的，这些都不重要了。

“我不想一直管这些纷纷扰扰了，人生究竟还有多少时光可以蹉跎。”她喉咙发紧，声音沉闷得像是从胸腔中挤出来的。

魏颐真沉默了。半晌，她答应道：“嗯，你先好好休息，这些事我都会处理好的。”

“嗯，辛苦魏姐了。”

她挂了电话，把手机还给林悦，看着天花板发呆了许久，想起来关心林悦：“几点了？”

“早上五点多了。”

“我没事了，你回去休息吧。”

林悦本是不肯，说要等到七点和姚潇换班，但拗不过季侑言，最后还是回去了。临走前，她把季侑言的手机交还给了季侑言：“手机没电自动关机了，我和护士借了个充电器刚充满电。”

林悦走后不久，季侑言毫无睡意，打开了手机。手机卡刚读取出来，钟清钰的电话就进来了。

季侑言强打起精神，下床到阳台接电话。

一接起电话，钟清钰就劈头盖脸地责问：“我给你打了这么多通电话，你怎么才接？”

季侑言疲惫道：“刚刚手机没电关机了，怎么了？”

钟清钰恼道：“你说怎么了，我一大早起来就看到新闻了，是剧照还是真的？”

“嗯，真的。”季侑言心累，她以为钟清钰是问责她又闹上了热搜，没有心思照顾钟清钰的情绪，刚想找个借口挂断电话，就听见钟清钰缓和了语气紧张道：“那……那没事吧？她怎么样了？你呢？我看照片上你手上怎么都是血？”

突如其来的关心让季侑言发怔。

好几秒后，季侑言才回答：“她没事，有一点肺炎，我也没事，只是走太急摔伤了。”话出口，她才知道自己的声音已经是哽咽了。

钟清钰听出了她的哭腔，放柔了声调安慰道：“没事就好，没事就好。是不是吓到了，哎，没事了，下次你们都注意点，拍戏赚钱重要，但是安全更重要。她以前就受过伤了，怎么还不知道多注意，你多看着点啊。”

在这样的时刻，母亲话语中难得的温柔让季侑言更是想哭。她卸下了在所有人面前强装的平静，忽然就崩溃了，泣不成声。

这是成年以后，季侑言第一次在她面前露出这样的柔弱，钟清钰既心酸又心疼，想安慰却无措，只能笨拙地说着：“没事了，没事了，别怕……”

“别哭了，多大人了。”男人硬邦邦的声音传了过来。

季侑言被季长嵩吓得止住了声。

季长嵩语气古板道：“没事就好了，我早和你说过，哭是解决不了问题的。”

季侑言被他教育得没心情哭了。

季长嵩似乎有点尴尬，清了两下嗓子，语重心长道：“身体是一辈子的事，不要因为年轻就觉得没事，好好养病，知不知道？”

季侑言没想到季长嵩会说这样的话，半晌才找回自己的声音，鼻酸道：

“我知道了，爸爸。”

父女俩都有些不适应这样温情的对话，默契地无言几秒后，季长嵩就找借口挂断了电话。

季侑言在阳台看着从天边升起的朝阳，有些怀疑自己还在梦中。

她回到床上，凝望着还在沉睡中的景琇，百感交集。

你看，一切都好起来了。你也要好好的才行。

季侑言心里装着事，睡得很浅，一下就惊醒了过来。

睁开眼，天已经是大亮了，景琇面对着她侧躺着。

察觉到季侑言的动作，景琇视线上移，露出了一张没什么血色的脸，声音微哑道：“你醒了。”

季侑言一眨不眨地注视着她，恍如梦中，半晌才露出一抹笑。

她坐起身子，一边给景琇倒热水一边关心道：“喝点水吗？头疼不疼？胸口难受吗？”

景琇摇了摇头，说：“还好，没事的。”喉咙和胸腔是有点疼，应该是呛水后的正常症状。她的视线落在季侑言皓白的手和小腿上，低声道：“你的手和腿怎么了？”

季侑言扶着景琇半坐了起来，若无其事道：“走太急摔了一跤，过几天就好了，没关系的。”

怎么会没关系？景琇看着她腕内猩红的伤口，可事情已经发生了，说什么都于事无补了。

她诚恳道：“对不起，吓到你了。”

季侑言敛了笑意，把水杯放到一旁的桌上，轻声回她：“阿琇，你是吓到我了。”

景琇看到了她神色间难掩的脆弱。

“阿琇，你……当时怎么了？是不是……突然像以前那样疼了？”

季侑言咬了咬唇，试探性地问。

一语中的。

景琇不想让她担心，可也不想骗她。她艰难地“嗯”了一声，解释道：“其实下水前，就发现好像不太舒服了，但我以为是因为太冷了。没想到下水后，突然有一个瞬间就很疼，四肢伸展不开了。”

季侑言的脸色登时煞白。

景琇想起来也有些后怕，可她不能表现出害怕。她张口想要安慰季侑言，季侑言却目光深深地望着她，艰涩问：“阿琇，你真的不知道为什么会痛吗？”

景琇回望着她，肯定道：“嗯。没事的，这只是个意外。”

季侑言没有刨根问底。

景琇道：“你别胡思乱想了，没事的。”

季侑言还想说些什么，门口忽然传来动静，随即，姚潇提着早餐推门而入。

“潇潇，进来吧。”景琇出声招呼姚潇。

季侑言望向门口，姚潇合上门道：“景老师，季老师，你们醒得这么早啊。还好吗？我给你们带洗漱用品和早点来了。”

季侑言收拾好情绪，露出如常的笑，一边下床一边开玩笑道：“除了肚子饿其他都好，你来得刚刚好。”

两人洗漱过后，刚准备吃饭，季侑言的手机就开始响个不停。是诸如阮宁薇、关以玫、顾子楠等圈内的朋友打来关心两人的，等到卓凛的来电显示跳出来时，季侑言借口出去洗个手，不动声色地走到了阳台接电话。

她出去后，姚潇连忙见缝插针和景琇说蒋淳交代她的正经事：“景老师，昨天的事情媒体上闹得挺大的，网上又有人吃人血馒头了。蒋姐

说这次魏颐真挺奇怪的，好像有点听之任之的意思。蒋姐让我问问你的意思。”

魏颐真是不可能无缘无故这个态度的，只可能是言言做了什么决定。景琇看着阳台上季侑言的身影。

她摇了摇头，轻声道：“你让蒋姐谴责带节奏的人，把视线转移走。”

姚潇偷偷地松了口气。不论如何，把这些事都妥善地处理好，对景老师的前程自是有百利而无一弊的。

然而，景琇对自己的前程如何心里已经有预见了。梦中她曾凭借这部电影拿下过小金杯，但如今，无论她如何努力应该也都是枉然。

“好，我知道了，那我和蒋姐转达。”姚潇一口应下。

医生原来建议景琇住院观察一周，但景琇恢复得比想象中要好，各项检查都显示没有问题，所以为了不影响拍摄进程，景琇坚持在医院只住了四天就回剧组了。

她缓过来后，除了前几天还有点不适，后面便没有大碍了，季侑言腿上的烫伤反而难办。

因为得不到休息，频繁动作，再加上天气炎热，汗如雨下，季侑言的伤口恢复得十分缓慢。虽然季侑言一声疼都没喊过，可景琇却看在眼里。

她私底下和顾灵峰商量调整通告，让季侑言先休息几天，可顾灵峰却看着季侑言这几天精神明显沉下来了的状态很适合拍沈郁这一阶段的戏，因而犹豫了。他觉得季侑言正好是入戏的状态，不拍可惜，景琇心底却知道并不是这么回事。

季侑言不是体验派的，她演戏不会有这样明显的人戏不分的情况。言言是心里有事，无法开心。

两人谁也无法说服谁，最后顾灵峰推说让景琇问问季侑言本人的意见。季侑言自然不想因为自己一个人耽误整组的行程，景琇拗不过她，这件事只好不了了之了。

出院后一周的晚上，六点半要拍一场沈郁和乔月争吵后，沈郁独自一人留在公寓里的夜戏。

这是一场沈郁的独角戏，顾灵峰选择用长镜头来拍。灯光等各方面都已经提前排过了，为了画面真实连贯，所以从六点半天色昏暗开始，季侑言就要进入状态，一直在镜头下等到天色完全转黑的那一刻开始自然演绎。一天只能拍到这么一次，一丝一毫容错率都没有，拍摄难度可想而知。

死寂的空间内，沈郁穿着随手套上的睡裙，衣冠不整、失魂落魄地独坐着。夜幕完全降了下来，屋内没有开一盏灯，幽暗得像个被关上的大匣子。

她终于像找回了灵魂一样，站起身去开灯。可按下开关，灯没有亮起来。她这才想起来，卧室里的灯昨天坏了，她买了灯泡，乔月今天回来还没来得及换上就离开了。

她坐回床上，摸索着打开了床头的抽屉。抽屉里放着一个古旧的铁铅笔盒，里面装着一盒火柴、一盒手拿小烟花。

她打开了火柴盒，顺着边，轻轻划下，一簇微弱的火光在暗夜中燃起。她看着火光，眼神很静很悠远。

很快，光灭了。于是她划开第二根、第三根……

一根熄灭，一根燃起，一整盒火柴，只剩下最后一根了。

现在没有人卖火柴了。

也没有人会借给她火柴，燃起烟花点亮黑夜了。

沈郁靠在床背板上，眼里有泪，唇角却是解脱的笑。

她本不是美得令人惊艳的长相，可在这一幕里，她每一帧表情都恰到好处，每一帧画面，都美得让人叹为观止。

景与人相得益彰。

全场静得针落可闻，所有人都沉浸于季侑言营造出来的意境之中，直到顾灵峰喊出那一声振奋人心的“好，过！”。

一次过！全场爆发出一阵欢呼声，顾灵峰上前和季侑言谈话，四周都是夸赞季侑言这一场戏的声音。

顾灵峰和季侑言说了几句话，满面春风地回到了监视器前，场务和道具组请示过导演，进场开始整理现场，林悦举着小电风扇小跑到了季侑言的身边。

季侑言还在床边休息，林悦把电风扇对着她吹，嘴巴张张合合说了很多，一脸的崇拜与兴奋。季侑言接过她递来的冰水攥在手里冰着手，仰头看向林悦的神情淡淡的，笑意不达眼底。

似乎是情绪还没有抽离出来，像沈郁，也像过去的季侑言。景琇穿过人群走向她。

季侑言对着景琇挤出了一抹笑。

这个圈子，外面人看起来有多风光，圈内人压力就有多大。不是没有压力，她自律得惊人，季侑言和她交好的那些年，一直用同样的标准要求自己。直到两人绝交，她彻底迷失，彻底失控了。

她怕景琇不高兴，没想到景琇却只是沉默了几秒，轻声问她：“要不要吃片口香糖？”

季侑言打量她，确信景琇与她对视着的双眸里没有低气压。她露出了放松的笑，点了点头：“要。”

景琇从手包里取出一片口香糖，拆了一半的包装递给她。随后问季侑言：“晚上出去吃饭吗？这里附近有家店口味偏甜偏清淡，我以前去的时候常想，你应该会喜欢的。”

季侑言眼底泛起了真切的笑。

景琇站起身吩咐道：“走吧，你去换衣服。”

“想什么呢？收拾下走啦。”季侑言愉快地弹了林悦一脑崩儿。

林悦委屈地捂住额头。

“帮我叫潇潇过来，一起去吃饭。”景琇听不出情绪地说。

林悦点头跑开了。

夜里十二点多，季侑言再一次在景琇睡着后睁开了眼，一眨不眨地凝视着景琇，确认着她的安好。

从景舒榕与自己透露的和自己亲眼所见的两次疼痛发作中，她总结出景琇的剧痛大抵都是在半夜发作的。自景琇溺水后，她就变成了一只惊弓之鸟，身体的生物钟比闹钟还要准时，一接近零点，她浑身的神经就完全无法放松下来，思维根本不受控制。

再加上从卓凛那里传回的关于道空的消息，恐惧夜夜来袭，让她无法安眠。

究竟要怎么样，景琇才能平安顺遂。凭什么代价都要由景琇承担，凭什么景琇忍受痛楚的时候自己还能够安枕而卧，她甚至觉得自己的安好是罪恶的、可耻的。她知道自己这样的状态不对，可她却没有办法调整过来。

她克制住自己想要咬手、想要用手按压腿上伤口的欲望，光着脚下了床，出门去到客厅。

她转身站到了窗边，开了窗，把手肘支在窗框上，幽幽地望着远处寂静的夜色。

最多的是还未飘远，便飘散了……季侑言出神地看着。

轻盈的脚步声自身后传来，季侑言僵住了身子，下一瞬间，她鼻尖嗅到了若有若无的熟悉香气，身体放松了下来，思想却紧张了起来。

“有开心一点吗？”女人清冷的声音从她背后传来。

她太了解季侑言了。季侑言这几日的状态不对，景琇比谁都清楚。她隐约知道季侑言在不开心什么，可这个问题，她自己也没有答案。她不知道该怎么样才能够说服季侑言，让她真正安心。

“好像没有。”季侑言苦笑。

“等周末休息了，我们回北城吧。”景琇没有责备她的意思。

电影剧组不比电视剧剧组，每一镜每一秒都需要精雕细琢，不仅需要每位演员呈现出饱满状态，也需每一个工作人员的良好状态来配合。所以电影剧组通常不加班，顾灵峰剧组甚至安排了每周一到两天的休息日。

季侑言微微发愣，随即漾出了些笑，问：“回北城做什么？”

景琇但笑不语。

等到周末，车子跟着导航一路驶回北城，下了高速，导航播报了好几次，季侑言才后知后觉地发现路线不太对。

“阿琇，不是要回家吗？”季侑言探头看导航的目的地，显示的是一个陌生的地址。

景琇勾了勾唇，漫不经心道：“嗯，骗你的。”

车子顺着导航下了高架桥，往市郊方向继续前进。城市灯火通明的夜落了下来，两旁高耸的大楼渐少，除了呼啸而过的车辆，只剩下一盏又一盏仿佛没有尽头的路灯在飞速倒退。这是一条季侑言没有走过的路，有点幽静，又有点新奇。

“骗我的？”季侑言咂巴着这三个字，“那我们现在去哪儿？”

景琇唇角含着清浅的笑，卖关子道：“到了你就知道了。”

“噢，这么神秘啊……”季侑言配合着捧哏，靠回椅背上，有点好奇又有点期待。

景琇看穿了她的心思，扫她一眼，唇角的弧度渐深。

不知不觉中，车子开到了一个大院里。季侑言降下车窗看向外面，似乎是在一个胡同里。周围静悄悄的，除了路灯，楼房里也没什么光亮透出来。

像是看出了季侑言的好奇，景琇打开车门解释道："这一片主要是做文创产业的，晚上没什么人。"

季侑言跟着解开安全带下车，打量四周，看见不远处的院门口有个男人在朝景琇请示，景琇点了下头，男人关上了院子的大门，拐进了一旁的屋子里。

"阿琇，这里是……"季侑言疑惑。

景琇锁了车，绕到她身边，带着她往前走，说："你看得清前面房子上的标识吗？"

季侑言的视线顺着景琇的话投向前方的建筑，夜色太浓了，看不清建筑的外观装饰，只看得清是一栋不高的楼房。距离近了，她停下脚步，借着路灯的光亮仔细地打量房子上装饰的黑色英文。

E、X、C、S……她一个字母一个字母地拼着，拼完念了一遍，心跳骤然快了起来。

EXCSTUDIO……她睁大眼睛，惊喜地向景琇看去。

景琇已经到了门前。她刷开了门，微微偏头，朝着她盈盈而笑："欢迎来到季侑言的专属录音棚。"

季侑言终于知道景琇为什么可以胸有成竹地对自己说"录音棚不急"了。

她抬起脚朝景琇走去，越走越快，最后几乎是小跑着冲到景琇身前的，话语里带着藏不住的欢喜："藏得真严实，什么时候开始准备的？"

景琇说："从你说想要制作专辑开始。"

她不无遗憾道："本来想当生日礼物送给你的，但是中途施工出了

点问题，没办法在预定的时间内完成。”说着她合上了门，打开了顶灯和壁灯。

季侑言这才看清门内的空间构造，现在她们正处在一条狭长的走廊里，走廊的尽头左右侧各是一扇门，门上标牌分别写着“studio A”“studio B”，应该是录音室的主体空间。

走廊的两边是布置简约又不失设计感的展示墙，季侑言一眼就可以看见最靠外的展示区上放着的是她刚出道时发行的那张销量不佳的专辑和海报，第二个展示区上，放着好像全是写有黑字的纸张。

她走近了细看才发现，那些纸张，有揉过展开的，有撕碎贴好的，一张张全是她过去的废弃手稿。

景琇指着唱片的那个区域，暗示季侑言道：“这里很空……”

季侑言默契地许诺道：“有一天，我会填满它的。”

景琇露出满意的笑，“走吧，进去看看喜不喜欢。”

她推开了 studio A 的门，坦诚道：“音乐方面我是外行人，声学设计我是找 Herbert 设计的，这方面应该没有问题。但其他的设备，我是综合着别人的意见购置的，所以不确定会不会合你心意。”

“再不会有比它们更合我心意的了。”季侑言站在门口环视室内，由衷地回答道。这是一间排练室，玻璃隔板的对面应该是控制室，场地很大，一眼扫过去季侑言心里就有底了。

与她去过的顶级商业录音棚不遑多让。太奢侈了。

景琇却并不满足，她说：“有不合适的你现在提出，还来得及改。”

“这里是一个大的排练室，方便乐队排练，对面是控制室。这个 studio A 有一个比较特别的设计，你看天花板，是玻璃的。二楼的 studio C 与这里三个空间是可视的，方便同期录音。”她指着墙壁的设计、排练室内的吉他箱、鼓、话筒箱……一一介绍过去。

季侑言起先还比较冷静，渐渐地被这些从前只在介绍里见过的顶级设备吸引住了，爱不释手，一个个说起来如数家珍，反过来给景琇介绍了。

景琇跟在她身边，看着她眼底纯粹的热爱与开心，也跟着感到由衷的开心。

季侑言从一楼玩到二楼，最后在 studio C 中试着录唱了一小会儿，又去控制室中琢磨了许久。

等她从定制的操作台上抬起头，不经意间透过玻璃撞入景琇凝望着自己的双眼，一股懊恼之情油然升起。

她品玩得忘记了时间，把景琇晾了好久好久。

她摘下耳机走出录音室，坐到景琇身边，问她道："是不是很无聊，困了吗？"

景琇摇了摇头，"还好。"顿了顿，她又问了她一次："喜欢吗？"

季侑言一字一字说得认真："喜欢，非常喜欢。"她不说谢谢了，只是真心道："阿琇，辛苦你了。"作为一个外行人，打造出这样一个录音棚，还是在这样忙碌的行程下，要耗费多少心神可想而知。

没想到景琇敛了敛长睫，盯着季侑言澄澈的双眸，难得不客气道："嗯，是挺辛苦的。"

季侑言玩笑道："那我想办法让你放松一下？"

景琇笑道："要用我的办法。"

"什么办法？"

景琇说："你刚刚唱歌了。"

季侑言不明所以："嗯。"

"现在，我想听哼的。"景琇狡黠道，"言言，在这里给我哼一首歌。"

季侑言自是应允。

由于两人在录影棚里待得过久，时间太晚了，两人便直接睡在了录影棚三楼的房间里。

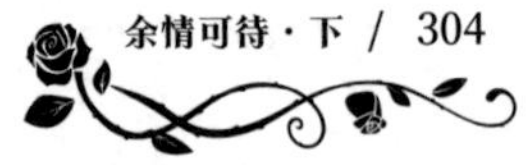

第二日两人睡到日上三竿，吃过门卫送来的早餐后，季侑言和景琇离开录音棚，驱车回去。

路上景琇随口和季侑言提起：“studio 还有一个美国定制的调音台还没送来，等拍完电影，你回来录制专辑的时候应该刚刚好能赶得及。”

季侑言想到了什么，眼神暗了下来。她指节微微曲起，开口和景琇坦白道：“阿琇，我的专辑应该要到明年才会开始制作了。”

“等拍完电影，我想先出国一趟。”

车速陡然慢了下来，景琇错愕地看着季侑言。

季侑言不再隐瞒，和景琇挑明说：“阿琇，你知道，我在找道空大师。”景琇在画像上留的那一张便签，她看到了。

“有消息了？”景琇微微蹙眉。

季侑言点点头，又摇摇头：“是，我托卓凛学佛的朋友帮忙留意的。她朋友前段时间在不丹的一次辩经会上见过道空大师。但是……”她声音染上了痛苦：“大师不愿意回来见我们，他说‘前缘已了，不可强求，好自为之’。”

不可强求，表示道空显然知道她们有所求，也表示了——不是猜测，景琇身上当真有所缺。这十二个字分量太重了。像是宣判，季侑言怀揣的最后一点希望都落空了，于是夜不能寐，日日煎熬。她看着景琇在她身旁，却总觉得仿佛都是镜花水月。

“他不愿意回来，那我便去找他。”季侑言眼神里是破釜沉舟的坚定。

第十五章

景琇侧目看季侑言，眼神晦涩，欲言又止。

失望不是没有的。但佛家讲究因果缘法，道空会说这样的话，她并不意外。她虽然盼过找到道空问明身上不时疼痛的原因，可如果这是不可强求的事，她也不盼着季侑言能够找到道空。

不可强求，强求就有代价，她比谁都清楚。现在这样，季侑言平平安安的，已经比什么都好了。这本来就是她最初的诉求，佛满足了她，如果一定要从她身上拿走什么，那也是她心甘情愿的。

然而她也知道季侑言这段日子在不开心什么。如果她不去这一趟，怕是心结难解，过不了自己的那一关。

景琇开了转向灯，在前方可以临时停靠的小巷子口拐了个弯，停了下来。

“大师现在还在不丹吗？”景琇缓和了神色问。

季侑言眉目沉郁，摇头道：“不知道。大师似乎有意避开，卓凛的朋友没办法强留他，来不及等我通知人持续追踪，他就已经无声无息地离开了。”

这一次错过令季侑言捶胸顿足。如果不是拍电影无法走开，她当时就恨不得插上翅膀飞过去了。

景琇若有所思：“那现在那边有什么消息吗？”

季侑言低落道：“没有。不过根据之前他在辩经会上透露的行程，他这半年应该都会在不丹、尼泊尔一带大大小小的寺庙游访。”她拾起了一点信心，笃定道：“有这个方向，耐心一点，一定可以找到他的。”

景琇却理智得过分：“那你准备跟着寻找多久？”

季侑言的指甲掐入掌心。她咬唇看着景琇，没有马上回答。

景琇长睫低垂，现实道："言言，大海捞针，不是诚意和努力就能够做到的事，有时候，靠的是机缘。"

而机缘，是最琢磨不透的事。季侑言的时间耽误不起。

她抬眸凝视季侑言，心里有了决断，与季侑言商量："你说他这半年都会在不丹、尼泊尔一带。等我们电影杀青，大概还剩下三四个月的时间。言言，我们就定这个时间，三个月，你去找他，找到了最好，找不到也没事，你回来，我们定下心生活，等待下一次机缘好吗？"她见季侑言犹豫，道："只是一点点疼，没事的。"

景琇又说道："况且我想过，也许是我们太着急了。等到后年，时间差不多了，我们去之前我找到他的地方找他就好了。"

说是这么说，可她们心里都清楚这个梦带来的蝴蝶效应，谁又能确定道空的足迹还会是过去的那个足迹。

季侑言害怕这两年会有更多的变数，她害怕景琇等不了这两年，害怕景琇要再次承受之前的痛与危险。

可景琇却叹息着说："言言，不留遗憾不是最重要的吗？我们与其把时间都蹉跎在寻找上，不如珍惜时间，好好地生活，不是吗？"

这一声叹息砸在季侑言的心上，砸得她鼻头发酸。她知道，景琇说的是对的。

她只是，只是不能甘心。

她垂下头，乌黑的秀发挡住了她发涩的双眼。她说："我答应你，三个月。"

像是在安慰景琇，又像是在安慰自己，她呢喃低语："一定会找到他的。"

景琇的眼神透出柔软，附和她道："嗯，一定会的。"

可如果是有代价相抵，那就算了吧。她在心底里偷偷地祈求。

气氛有些沉闷，景琇有意缓和。她像是突然想到了什么，低沉道："这样的话，圣诞你也不回来了是吗？”

季侑言微愣，抬起头看着景琇。

她振作了起来，逗景琇道：“可能不止圣诞噢，生日也不能陪你了，跨年也不行了。”

景琇不悦地挑眉，语气凉飕飕的：“我怎么觉得你好像挺得意的？”

季侑言连忙否认：“错觉！”景琇被她取悦到了。她转开脸看向窗外，道路的尽头，T 字路口两边，来来往往的车川流不息。

阳光透过树叶洒在她的身上，景琇的侧脸线条是混血儿特有的深刻锐利，可神色却是那样柔和。季侑言未沐浴在光下，周身却是暖洋洋的一片。

“我和蒋淳准备明年联合新互科技，以出品方的身份投资两部网剧，蒋淳发了几个本子给我，你在电视剧这边比较有经验，晚上可以帮我参考一下吗？”景琇和她商量。

季侑言弯了弯眉眼，接她的话道：“好啊。”说完她又打趣她：“那帮完忙有没有什么犒劳呀？”

景琇轻笑一声，回答她：“送你两瓶眼药水？”

季侑言无言以对。

景琇唇角扬起一点弧度，沉吟道：“你要是正好看到想留给你工作室新人的角色，和我说一声。”

季侑言工作室也要签人，但主要是魏颐真人脉广，季侑言在电视剧这一块的名气打出来了，有很多外接资源可以分，和她工作室是不同的方向。

季侑言愣了愣，也没有客气，只是揶揄道：“他们运气真好。”

“嗯？”

季侑言狡黠道：“签了我，有这么大方的老板可以蹭。”

景琇嗔了她一眼，发出一声好听的笑气音。

气氛轻松，景琇略微踌躇，还是借机问出了口：“最近戏有点压抑，正好回来了，我明天想预约一个熟悉的咨询师聊聊，你要和我一起去吗？”

她话说得自然，可抓握在方向盘上泛白的指尖还是暴露了她的紧张。

季侑言心头发软，不再逞强，答应道：“好，我和你一起去。我最近也觉得需要聊一聊了。”语气轻快，没有一丝丝勉强。

景琇稍愣，略带惊喜地望向季侑言。季侑言则大大方方地由她打量着。

如果脆弱可以得到理解，示弱便也不再可耻。景琇让她不安的赤裸，变成了一种安心的存在。

景琇的唇角有不加掩饰的笑意爬上。

十月中旬，《夜色中的向日葵》在映州杀青。景琇和季侑言杀青后在映州散心了三天，为避免节外生枝，两人在机场直接分头走了。景琇回北城处理工作，季侑言回延州看望父母。

两天后，季侑言从延州出发，经尼泊尔转机飞往不丹。

这本是私人的行程，但还是有媒体挖掘了出来。季侑言为电影闭关许久，所有媒体都在翘首以待之时，她居然又闭关了，去的是佛国不丹，一待还是两个多月。

这就很引人遐想了。

闻风而动的媒体与一些因季侑言这一年来地位上升而有利益冲突的花旦们浑水摸鱼，适机抹黑季侑言，各种猜测层出不穷。最有板有眼的一种说法是季侑言拍戏过程中遭受了巨大打击，看破红尘，借佛疗伤。这个猜测故意没有言明是什么打击，经小道传播，便越传越离谱，越传越龌龊。

景琇气得发出冷笑，雷厉风行地把言论背后的推手都以牙还牙收拾了一遍。林家是不如以前了，但景琇、蒋淳和魏颐真在圈内深耕多年，也有自己的人脉和渠道。有些消息压不住、撤不下来，那就用别的新闻来转移焦点，分散大家的注意力。她景琇行事是比从前谨慎了，但也不怕得罪人。

背后的人见有人护着季侑言，行事狠戾，也不敢继续乱咬季侑言了。景琇便让蒋淳和魏颐真引导舆论，声称季侑言是因为电影后劲太强，演得过于投入，所以需要时间出戏，去不丹是为了散心，寻求一种宁静的状态。

这种说法出现后，粉丝自发拥护，季侑言敬业的人设被巩固了，观众对《夜色中的向日葵》也越发好奇。电影未上先火，省了一大笔宣传费，顾灵峰心里最美滋滋。

外界时有风雨，但对两人的影响其实不大。除了道空不时出现的消息总让人带兴而去、败兴而归外，一切都好。

景琇在北城一边跟顾灵峰学习电影后期制作，一边应酬工作室各项事宜。季侑言在不丹、尼泊尔寻人，换了个远离喧嚣的环境，心渐渐静下来，关于专辑、关于演艺，甚至关于景琇给她看的剧本都有新的灵感和新的感悟。

两人每日都会联系，有时候兴致高起来可以聊到手机没电，有时候累极聊着聊着也会睡着。像是回到了最开始刚出道时的时光，两人都满怀着赤诚，一同在为热爱的事业、美好的未来奋斗着。

一直到一月份的某天傍晚，一通从延州打来的电话打破了平静的日子。

钟清钰满含无助地说："景小姐，我是言言的妈妈。你联系得到言言吗？言言爸爸吃饭的时候说心口难受，手和嘴唇都在抖，我立刻开了车送他去医院，刚进急诊，他就昏过去了。医生说是突发性心肌梗死，之前建议过的心脏支架手术不能再拖了。我想和言言商量，却怎么都联系不上她。她现在到底在哪儿？"

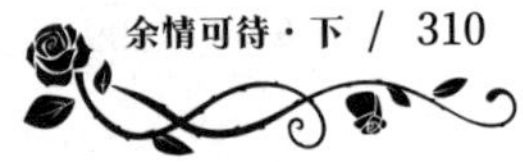

景琇的心"咯噔"了一声，手脚发凉。

"阿姨，言言在尼泊尔，早上还和我通过消息，应该是一时没有信号，我马上联系她。"景琇平稳住情绪，语速飞快。她和顾灵峰点头示意，边往剪辑室外疾走边问："阿姨，叔叔现在怎么样？"

钟清钰声音喑哑："现在人是救过来了，但还没脱离危险，送ICU了。医生建议手术，但是又说他情况复杂，手术有风险，我……"她有些说不下去了，仰起脖子深呼吸平复情绪。

景琇心乱如麻，她拉开休息室的电脑椅，极力冷静下来安慰钟清钰："阿姨，叔叔一定会没事的，你们现在在哪个医院？"

"市医院。"

"上次的那个医院？"

"对。"

"好，阿姨，我稍后会把你的联系方式给上次主治的专家，让他们过去会诊。你留意一下电话。"景琇当机立断。她开了扬声器，双手啪啪啪地敲击键盘在电脑上查询航班信息。因为手抖，连续打错了好几次。

她一会儿想到上次季长嵩病重时季侑言的崩溃，一会儿想到季侑言怎么会联系不到，如果真的发生了什么，言言错过了……

"好，那麻烦你了。"这种时候，钟清钰也无心再和她客气了。

"那我先挂电话联系言言和医生了，有消息我马上通知你，好吗？"景琇掐着指腹让自己镇定下来。

"好。"

她挂断电话，姚潇正好提着午餐推门进来："景老师，今天……"

景琇站起身，急促道："正好，潇潇，你过来，订最近一班去延州的机票，你和我一起过去。"她低头快速地翻着手机通信录，面沉如水。

姚潇意识到不对劲，敛了笑道："好。"

景琇压住对季侑言的担心，先给朋友打去了电话，让他联系专家过去给季长嵩会诊，而后才拨打季侑言的手机。

如钟清钰所言，季侑言失联了，手机中只反复机械地传来“你好，你所拨打的电话暂时无法接通”的女声。

景琇的心越发乱了，转而又联系了跟着季侑言去了尼泊尔的林悦，一样的，无法接通。

这是之前从来没有过的情况。不安感弥漫全身，景琇声音有些发颤地吩咐姚潇：“潇潇，你查一下尼泊尔今天有没有什么新闻。”

姚潇已经从她拨打的电话里推测出发生什么事了，她买好了机票，听到景琇这么说，心也跟着提了起来。

她指节跳动，关于尼泊尔最新的新闻转瞬就跃然于屏幕之上，最上面的那条赫然是“尼泊尔 XM 峡谷雪崩”……

姚潇整个人僵住了，还在想要不要如实转告景琇，就看见景琇的视线已经落在了屏幕之上。她张口想说什么，景琇唇线紧抿，一言不发地背过了身打电话。

“珈珈，你有卓凛的电话吗？给我……”她声音沉稳，听不出任何异样，可姚潇却看见，她的肩膀几不可觉地在发抖。

她有条不紊地拨打了一个又一个电话，辗转从尼泊尔的私家侦探那里得到了季侑言的消息。

“今天早上我们得到消息，道空大师在 S 山的寺庙里养病，怕再次错过，所以季小姐一得到消息就马上赶过去了。只是临近中午的时候，我们经过 XM 大峡谷，遇到雪崩了。”

景琇伸手压在椅子的扶手上撑住身子。“言言呢？”

“我们一队走得快，所以只受了一点皮外伤，但我们身后的一行人都被埋了。我们帮着救完人，决定原地折返，等过两天山体稳定了再来。但季小姐很坚持，也不让我们跟着冒险，准备一个人走，林小姐不放心，跟着她一起走了。”

对方也很慌张，“这个时间按理说季小姐应该已经到庙里了，怎么会突然联系不到了？”

景琇眼前发黑，脑袋嗡嗡作响。她克制住巨大的恐慌，勉强找回自己的理智，问：“现在能过去吗？”

“不可以，现在封路了。”

“你把具体的地址和路线发给我。”

她挂了电话，接连打了好多通电话，找了一层又一层关系，让人联系路段沿途的当地人一路寻找季侑言。

一切都安排妥当，景琇才松开椅子扶手，靠坐在了桌子旁。她垂着长睫，脸色煞白。

“可能是雪崩影响了季姐的信号……”姚潇笨拙地组织着语言安慰景琇。

景琇紧抿着的唇颤了颤，低哑地应了声“嗯”。

几秒后，她深深地吸了一口气，边强打起精神往外走边说：“走，通知接机的司机。”

“去……”姚潇一下子没跟上她的思路。

“去延州。”景琇低声道。言言不会有事的，季长嵩也不能有事。她不能让言言再有遗憾了。

姚潇了然，帮景琇提着包，边打电话边快步跟了上去。

飞机上的每一分每一秒都是煎熬，景琇双手交握，后槽牙咬得紧紧的，借由着十指相压的痛感转移自己的注意力。

两个小时后，飞机一落地，景琇就立刻连了网络查收消息。

什么消息都没有。

夜深了，一阵冷风刮来，景琇通体发寒。她抗拒着身体的瑟瑟发抖，告诫自己，没有消息，也是一种好消息。

通往医院的路上，车子路过繁华的路段，姚潇小心翼翼地问景琇：“景老师，我下去买点东西给你好吗？”她自己在飞机上吃了飞机餐，但景琇却是一口没动。

景琇眉目沉郁，淡淡道：“不用了，我没胃口。”顿了顿，她想到了什么，又改变主意道：“算了，你下去买三份吧。”

三份？姚潇微愣，但马上就反应过来了。她应了声，让司机在能停车的地方停了车，小跑着过去买了三份晚餐上来。

抵达医院的时候，已经是九点多了。景琇只套了件黑色的长羽绒服，戴上了帽子和口罩，无心查看四周是否有狗仔，行色匆匆地从住院部的偏门进去。

住院部的走道空荡荡的，四下一片寂静，景琇和姚潇急促的脚步声显得分外清晰，一声声敲在钟清钰的耳膜上。

她似有所觉地看向声音来源，意外的，下一秒景琇颀长的身影出现在她的视野里。景琇也看到了她，一边摘下帽子一边加快了脚步走来。

行色匆匆，风尘仆仆。钟清钰的心颤了一下，忽然觉得心中涌上了百般滋味，说不清辨不明，张口想说什么却又哑然失声。

倒是景琇没有和她见外，她摘了口罩，露出一张平静的脸，站在季长嵩病房的玻璃前询问钟清钰：“阿姨，叔叔怎么样了？专家来过了吗？怎么说的？”

季长嵩戴着呼吸机，睡得很沉。

钟清钰压下复杂的心情，回答她道：“还在昏迷中，专家来过了，说后面 48 小时是关键期，等人醒了，还是建议手术，具体方案他们要综合评估一下。”她说完顿了顿，忍不住追问：“言言呢？联系上了吗？”

景琇压下心口的不安，轻声道：“尼泊尔发生雪崩，信号断了，所以言言暂时联系不到。”

“那言言……”钟清钰急道。

“言言没事！”景琇斩钉截铁地打断，缓了语气宽慰钟清钰的心：“只是联系不上，我已经让当地的朋友去通知她了。”

钟清钰微微松了一口气，脸色稍霁。

景琇提过姚潇手中的快餐，放到椅子上，沉吟道：“阿姨你吃饭了吗？没吃的话我路上给你带了点，你先将就下。我去找医生再了解一下具体情况。”

钟清钰摇头，站起身道：“我不饿，我和你一起过去吧。”

景琇见她坚持，又把打开了的饭盒盖上，答应道：“好。”她转头吩咐姚潇：“潇潇，那你在这里照看一下。”

姚潇点头。

两人便一前一后地往楼层中心的医生办公室走去。景琇本就不是擅长主动交际的人，此刻心事重重，也无心没话找话。沉默着，气氛有些尴尬。

“我没想到你会来。”钟清钰忽然出声。说到底，其实他们也不过见了一面，她有自知之明，那一次景琇登门拜访，她和季长嵩的态度足够得罪人的，景琇不记恨就不错了。在现在联系不到季侑言的情况下，千里迢迢，景琇能够主动这样赶过来，她不是没有一点触动的。

景琇脚步不停，声线淡淡道：“言言是我最好的朋友，她的家人，就是我的家人。一家人，都是应该的。”

钟清钰心上像是有什么滑过，她侧目看向景琇，想说些软话，结果触及景琇沉静的眉目，有些话又说不出口了。

她的行为和话语都让人觉得心暖，可她的神情又好像过分冷清了。

这种气氛一直持续到她们咨询完专家的意见。问询专家意见时，景琇神色肃然，字字句句都直戳重点，出来后，也能有条有理地和钟清钰分析情况。钟清钰心里忐忑不安的，景琇镇定自若的态度让她找到了能依靠的感觉。

她们回到了ICU外的走廊，季长嵩依旧在沉睡中。景琇劝钟清钰吃点东西，姚潇也有眼力见在钟清钰面前劝景琇：“景老师，你急着过来，晚饭也没能吃呢。知道你没胃口，但是多少也吃点吧。阿姨，你劝劝景老师吧。”

钟清钰听姚潇说景琇也没吃饭，便拆了一双筷子递给景琇：“和我一起吃些吧。”

景琇怔了怔，抬手接过了。

姚潇放下心道：“景老师，那你们都在这里，我下楼去外边的小卖部买点日用品上来？”走得急，什么都没带，只能将就一下了。

景琇“嗯”了一声，低头夹了几粒米饭送进嘴里，食不知味。

几个小时了，言言为什么还没有消息？

忽然，她放在包里的手机响了起来。景琇身子一绷，立刻放下筷子去取手机。

“言言？”

那边不知道应了什么，她一直紧绷着的身子突然放松了下来，唇角浮现出笑意。

没有描述雪崩的惊魂，季侑言只是说：“阿琇，我找到道空大师了。可是，我路上耽误了时间，没能见到大师的最后一面。”

“大师圆寂了。”她的声音里透着浓浓的疲倦。

不重要了，都不重要了。景琇心里的巨石落下，一直压抑着的恐慌夹杂着虚惊一场的欢喜刺激着她的泪腺。

“你没事就好，其他的都没关系。”她吸了吸鼻子，难堪地别过脸不想让钟清钰看见。

钟清钰放下了筷子，犹豫再三，还是伸出手拍了拍景琇垂放在桌面上的手以示安慰。

这是她第一次这样正面地与景琇示好，景琇没意识到，略微的诧异后以为钟清钰是示意她要和季侑言通话。

她和季侑言长话短说：“言言，你爸爸急性心梗，目前在ICU。我现在在延州，你妈妈在我旁边，我把电话给她。”

说完，她把手机递给了钟清钰。

钟清钰没有推辞，接过了电话与季侑言仔细交代季长嵩的病情，并催促她尽量早点回来。

“手术的事，等你爸爸醒了我问问他自己的想法。你路上注意安全，家里有我，还有景小姐呢，你也别太担心。”

景琇听见钟清钰如是宽慰季侑言，有一点意外。

她们又说了两句，钟清钰把手机递回给景琇：“言言说再和你说两句。”

“阿琇……”季侑言刚张口声音就哑了，带着鼻音。

景琇放柔了声调道：“我知道你想说什么，别说客气话了，你知道我不爱听。”

季侑言发出沉闷的呼吸声，半晌，她又说：“阿琇，大师……”

景琇打断她：“没关系的，我们已经尽力了不是吗？等回来了再说。”

“好，我不说了。阿琇，你等我回来。”季侑言许诺。

景琇应她道：“嗯。这里有我在，你放心。”

挂断电话后，走道上忽然没有了人声，她们又陷入了尴尬的沉默。

景琇的心情显然比接电话前好了许多，她喝了几口热汤，冷不丁开腔：“阿姨，你不嫌弃的话，叫我琇琇或者小景就好了。”

钟清钰的筷子一顿，反应到她应该是在说自己刚刚叫她“景小姐”的事。她点了点头，但一时间也叫不出，只好转移话题道：“你从哪里过来的？”

“北城。”景琇如实回答。

“耽误你工作了吧？”

景琇也没否认，只是有技巧性地回答：“事有轻重缓急。”

两人有一句没一句地聊着，景琇见姚潇还没回来，不放心地打了电话询问，姚潇说去附近的超市买毛毯了，景琇才放下心来。

她收拾了外卖的盒子，准备提到楼梯间的垃圾桶扔掉。临走时，钟清钰后知后觉地想起了景琇大明星的身份，连忙跟上去阻止道：“我去扔吧。”万一碰到人被认出来就麻烦了。

丢完垃圾回来时，她看了看表，劝景琇道：“等你助理回来了，你们一起回去睡觉吧。”

景琇拒绝：“不用了。阿姨，我和主任借了他平时午休的休息室，晚一点你困了，可以过去睡一会儿。”

钟清钰心里也怕万一夜里有什么事没个人照应，客气了两句，便应承了下来。

半夜钟清钰挨不过困意，坐在椅子上睡了过去，景琇把自己身上的毛毯披在了她的身上。

窗外寒风呼啸，走道里阴阴冷冷的，景琇裹紧了身上的羽绒服也止不住身上直冒的寒意，她站起身活动，试图让手脚暖和一点。

道空圆寂了，是蝴蝶效应的自然结果，还是之前帮了她们付出的代价？景琇看着窗外无边的黑夜，思绪飘得有些远。

不知道过了多久，她收回了心思，习惯性地走到 ICU 的玻璃窗前往里看。

这一看才发现，季长嵩不知道什么时候醒了，身体好像隐隐在动。

景琇心喜，连忙转身叫醒了钟清钰，而后去往值班室叫医生和护士。

主治医生检查后，表示情况暂时稳定下来了，不过心梗容易反复，情况随时可能有变，还是需要注意。

毕竟季长嵩清醒过来了，多少还是让钟清钰和景琇放心了一些。两人都没有了睡意，景琇拿着手机给季侑言发微信，告诉她最新的情况。

等季侑言抵达延州机场，已经是两天后的事了。彼时季长嵩依旧在ICU，每天只有下午三点半到四点可以进去探视。医生表示脱离危险了，等指标再上去一点就可以准备手术了。钟清钰对于是否手术还在犹豫，景琇在这种事情上也不好发表意见，季长嵩之前很抗拒手术，这次倒是想开了一般，对手术很支持，只不过表示要等季侑言回来见一面再说。

景琇亲自跟司机去接的机。

季侑言一路上挂心着季长嵩的身体，见到来接机的司机，一贯随和的笑都带着几分勉强。她打开后座的门，一边摘了墨镜一边弯腰往里坐，余光不经意一扫，景琇的面容就撞入了她的眼底。

她带上车门，低喃："阿琇……"

景琇轻轻地应她。

她拍拍季侑言的肩膀，第一时间安慰她道："叔叔脱离危险期了，这两天情况稳定，人也很清醒，只等过两天的手术了。手术是我联系的，北城过来的专家，临床经验丰富，是国内心外科第一人。你别怕。"

"我不怕，我相信你。"

司机和林悦放好了行李上车。关于在尼泊尔找到道空的事情，有外人在她不好详细讲，她伸手从包里取出一条手链，牵起景琇的手，准备给她戴上。

景琇视线下移，第一眼看见的是季侑言手背甚至手指上的划伤。

"你手怎么了？"

"没事，雪崩救人的时候划到了。"季侑言说得轻巧，她把手链套进景琇的皓腕，调整了一下长度。

景琇打量着手链，手链由黑色细线编织成，两边各穿着一颗白玉珠，正中间坠着一块血红色的平安扣，和季侑言的那块很相似，但仔细看又不太一样。

她的心蓦地一沉，急忙抬头用眼神询问季侑言。

“不是你想的那样，我没事的。”她的眼神悠远了一瞬，安抚景琇：“等晚上我和你细说好吗？”

景琇勉强“嗯”了一声。

“幸亏有你。”季侑言转移她的注意力，“这几天要是没有你，我妈妈一个人不知道要多难受了，辛苦你了。”

景琇打量着她带着红血丝的眼睛，压下了担忧，故作轻松地叹息道：“你看起来更辛苦。”

季侑言疑惑。

“黑了，瘦了，还很憔悴。”景琇的口吻仿佛带着嫌弃。

季侑言眨巴眨巴眼睛，装出了委屈的神色，还没辩解，景琇就已经放柔了声调说道：“是不是没睡好？靠着睡一会儿吧，到医院还要大半个小时。”

季侑言身体很疲倦，大脑却很清醒，睡不着，便有一搭没一搭地和景琇交流季长嵩的病情，询问钟清钰有没有为难她。

景琇关心她雪崩的事，季侑言怕她担心，刻意描述得很平淡。

“车子穿过大半的峡谷，前面的路太崎岖了，当地导游都建议徒步过去，所以我们一车五个人都下车了。其实距离不是很远了，顺利的话一个小时就能到，没想到刚走了大概二十分钟，突然就听见山顶传来巨响，紧接着是当地导游叽里呱啦的惊叫声，我们还没反应过来他在干什么，回过头看他，就看见他身后不远处的雪像洪水一样从天上泻下。”

劫后余生，季侑言不是没有后怕过。“有冰碴儿往我们这儿砸，我们拔腿就往反方向跑，听得见后方的雪一层层压下的声音，等我们停下来的时候，那边来不及躲的人已经被白雪活埋了。”

“我们能看到有些人的鞋子、手、包露在雪面外，在挣扎着。雪崩好像停下来了，旁边有其他国家的人在喊叫着救人，我们回过了神，也连忙扑上去救援了。在救援队来前，没有工具，我们就用手刨开一层层的厚雪。”

她的手应该就是那个时候伤的。景琇听得心惊肉跳，她动了动肩膀示意季侑言起来。季侑言识趣地坐正了身子，听见景琇沉着声叫她的名字：“季侑言。”

“都这样危险了，你还坚持要往前走？”景琇的脸色很严肃。

季侑言咬了咬唇，垂下头低落道：“可即使这样，我也没来得及见到他最后一面。”

景琇当然知道季侑言不顾危险是为了什么，但比起那些未知的可能，她更想要的是季侑言确定的平安。

她缓了些语气叮嘱：“答应我，下不为例。下次不要再让自己陷入这样的危险。”

季侑言“嗯”了一声，像是想到了什么，郑重道：“不会再有下次了，我答应你。”

因为事先和院方打过招呼了，车子直接开到了住院部的门口，季侑言和景琇戴着帽子和口罩，一前一后地下了车，快速朝楼里的电梯走去。

季长嵩稳定下来后，景琇提前向院方申请了一间高级病房，方便钟清钰休息和之后季长嵩转出 ICU 入住。

病房里，钟清钰等待已久，看见季侑言安然无恙地推门而入，听说女儿遭遇雪崩了之后一直提着的心才真正落了下来。她关心了几句季侑言在外的生活，嫌弃她灰头土脸，像去了非洲一趟，而后和景琇一起陪着季侑言去主治医生的办公室了解季长嵩的情况。

医生说的情况和景琇路上向她交代的一样，现在暂时是稳定下来了，但是再拖着不手术，随着季长嵩年龄增长，以后的情况可能会更糟糕，要想手术也会更艰难。所以，要手术的话还是要趁早。当然，任何手术都是有风险的，更何况季长嵩还有糖尿病和其他毛病。

季侑言权衡再三，倾向于动手术，但事关重大，她也不敢马上下决断。

从主治医生的办公室出来后，时近三点半，是医院ICU开放的探视时间。探视时一次只能进两个家属，景琇便表示她在外面等，季侑言和钟清钰进去探视。

ICU里，季长嵩已经撤下了呼吸机，可以自主说话了。看见季侑言，他只是上下打量了几眼，声音虚弱，语气却是一贯的波澜不惊："黑了，经常在外面跑吗？"

季侑言点了点头，还没来得及说话，季长嵩又问："听你妈说你是去找人的，人找到了吗？"

季侑言不知道该怎么回答，只含糊道："算是吧。"

"那就好。"季长嵩肯定。

季侑言眉头紧锁，开门见山地问季长嵩："爸，手术的事你是怎么想的？我听妈说你的意思是要做？你之前不是很不愿意的吗？"

"早晚都要挨一刀的事，逃避不是办法。"季长嵩说得风轻云淡。

季侑言一时语塞，季长嵩垂着眼皮，沉默几秒，解释道："我之前有放心不下的事。"

"言言，我就叮嘱你一件事。万一手术有什么意外，你照顾好你妈妈。她比我好相处，刀子嘴豆腐心……"

像是在交代后事，季长嵩说得很平静，季侑言却听得鼻子发酸。"妈你留着自己照顾，我一个人照顾不来。"她难得露出了小女孩一般任性的姿态。

季长嵩定定地看了两眼，从鼻腔里发出一声轻轻的笑声。他语重心

长道：“我现在没什么放心不下的了。既然你自己认准了要走的路，我和你妈都左右不了你，那以后的路就好好走，不要让我和你妈觉得现在对你的尊重是纵容。”

那之前他不愿意手术，是放心不下自己吗？季侑言看着他一如往日的严肃面容，喉咙发涩，眼眶发酸。

“我会好好的，您来监督好了。”她吸了吸鼻子，带着鼻音打趣道。

季长嵩眼里有笑意一闪而过，不置可否。

出了 ICU，三个人又去了一趟主治医生办公室，确认了手术的时间和各种注意事项。回到病房，季侑言接了魏颐真的电话，处理一些工作上的事情。景琇在一旁围观钟清钰与林悦闲聊在不丹和尼泊尔的事。

等季侑言打完电话，钟清钰就催着季侑言带着景琇和林悦回去吃饭休息。季侑言眼里的血丝和林悦眼睑下的乌青，她都看在眼里。

季侑言拗不过她，也有话要和景琇单独说，便应了下来，和钟清钰约定晚上十点再过来陪她。

三个人回到家时，姚潇刚好做好了饭，四个人一起吃了晚饭。随后姚潇送饭去医院，林悦和季侑言冲了个澡，各自回房间补觉。

景琇洗完澡出来的时候，季侑言依旧在床上坐着，低头看着手中的书，像是陷入了沉思。

景琇掀开被子上床，随口问她道：“在看什么？不困吗？”

季侑言回过神来，勉强笑了笑，笑意不达眼底，说：“阿琇，我有东西要给你看。”

“什么？”

“因为听给线索的人说大师染了重病，所以我才很怕错过，坚持要尽快过去。但人算不如天算，路上被雪崩耽误了时间，就差这大半个小时，我错过了。”说着，她从书页中取出一页信纸交给景琇，“大师知道我们在找他，留了这一封信给我们。”

景琇觉得她语气像是在压抑着什么。她怔了怔，伸手接过了信纸，一目十几行。

信中道空似乎知道她们在困惑什么，言简意赅地解释了景琇会在午夜不时疼痛的原因。

道空说，季侑言是景琇的运，也是景琇的药。

她们求了这么久的真相，而今水落石出，季侑言却更难过了。果然没有无缘无故的剧痛，她最担心的事情还是发生了。而景琇所有厄运的源头，都是她。

“信上没有提这条手链。”景琇看完信，抬手对着季侑言，微微蹙眉，“言言，玉是我给你的那块玉吗？为什么变了颜色？”出发去尼泊尔前，为防不时之需，季侑言带走了一红一白那两块平安扣。

她话里没有责怪，只有掩不住的担心。季侑言伸手用大拇指轻抚平安扣与旁边的黑色细绳：“是你给我的那块玉。”

景琇眼眸沉了沉，追问季侑言：“会对你造成伤害吗？”

季侑言的声音有些干涩地哄她：“傻，对我能有什么伤害，我只是出了一点画符的血而已。”

她说得轻描淡写，但事实上，制成这条手链并不容易。

道空只留了两张纸，和一句“但行好事，修身即是修命”的箴言给她们。道空的徒弟说，如果有缘相见，手链本该是道空为她们做的最后一件事。但是天地有缘法，季侑言为了救人在路上耽误了时间，道空因为她救人的大智慧，减轻了天道加诸他身上的惩罚，于是少受疼痛折磨，早登极乐。两人就此错过。

之前她们救他一命，如今他还她们一命了。过往的因果终结在他们三人之间就好，所以道空没有教徒弟如何制作手链，也不让徒弟为季侑言护法，只把方法写在纸上，随信一起交给季侑言。

如果季侑言心意够诚，天地慈悲，会成人之美的。

盏中的玉触到血就变了色，季侑言松了口气，脱力昏了过去。

这一昏就是好几个小时。再一醒来，她编好手绳，打开门出去便听见林悦告知她，景琇联系不到她，很着急。

“以后除非必要，你都贴身戴着好吗？”

景琇放下心来，点头答应了。

“阿琇，是我又一次连累你了。”季侑言到底还是自责。

景琇低低地叹了一口气：“为什么总要说我不喜欢听的话。”她侧身面对着季侑言，一字一字说得郑重：“言言，不是连累，是成全。”

“生生世世，是一个太美好的词，不是吗？”景琇低喃。

季侑言动容。

“阿琇，我会让你长命百岁的。”她许诺。

景琇应：“我信你。”

第二日，季侑言得了空闲，联系了朋友询问捐助修缮寺庙的事宜，还有成立慈善基金会的事项，景琇只知道她想修缮寺庙，表示也愿意出一份力。

三天后，季长嵩动了手术，度过危险期，平稳恢复。

季长嵩的情况稳定下来后，季侑言和景琇就要回北城处理工作的事了。离开前，两人到医院和钟清钰、季长嵩告别。季长嵩在看报纸，只点了点头，钟清钰例行叮嘱她们注意安全，照顾好身体。

时间差不多了，两人转身要走时，季长嵩忽然严肃地叫景琇：“景琇。”

这是他第一次叫景琇的名字。他摘下了老花镜，问：“言言春节没有安排工作，你有吗？”

景琇下意识地摇头。

“回法国过年，还是在这边的亲戚家过？”他接着问。

景琇再听不出他的弦外之音就是低情商了，她弯了下唇角骗他：“法国不过年，我在这边自己一个人过。”

季长嵩找到了台阶，满意地点了点头，邀请道：“一个人过年到底是冷清了，你不介意的话，和言言一起回来过吧。”

季侑言和景琇相视一眼，从彼此眼中看到了藏不住的笑意。

“好啊，那我先提前谢谢叔叔阿姨的招待了。叔叔最近出门不便，阿姨你也忙，你们不用准备年货了，我过几天让人送到家里。”

钟清钰揶揄地看了季长嵩一眼，也有些好笑。这倔老头子，真是太阳打西边出来了。她推辞道：“不用啦，你们什么都不用准备，人回来就好了。”

季长嵩被钟清钰看得面子挂不住，又戴起了老花镜，看了一眼手表，古板地催促道：“好了，时间差不多了，我就不留你们了。快走吧。”

季侑言忍不住笑出了声，被季长嵩瞪了一眼。

“好，那叔叔阿姨我们先走了。”景琇见好就收。

大年腊月二十七，季侑言独自先回了北城，年二十九，景琇从北城落地中间城市，带着满后备厢的礼物，驱车从高速来到延州季侑言的家。

和第一次登门截然相反，这一次，季长嵩和钟清钰非但不让她“修水管”了，连打下手都不让她做了。

年三十的傍晚，三个女人在厨房里准备年夜饭。

钟清钰在一边炖，一边油炸，让季侑言从冷藏柜里拿干贝，景琇站在冰箱旁，距离更近，转身打开冰箱，想顺手帮忙拿出来。

钟清钰翻着锅里油炸的鱼，余光扫到景琇的动作，紧张道：“言言，你去拿。”

景琇莫名其妙，只听见钟清钰语重心长的叮嘱：“小景啊，言言说

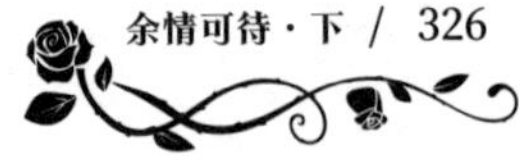

你体寒，现在天气冷，你要多注意些，冰凉的东西尽量少碰。”

季侑言急忙两步踱过来，弯腰拉开冷藏柜的抽屉，说：“我来吧。”

年夜饭，四个人第三次这样同桌吃饭了，不比前两次的拘谨，如今也算是渐入佳境，吃得有滋有味、其乐融融了。

延州虽然禁止在市区燃放烟花爆竹，但零点放鞭炮的传统仍影响着一批人，季长嵩的身体熬不了夜，所以看了半程的春节联欢晚会，就回房休息了，留下了季侑言和景琇在应付着钟清钰不时指着某个明星问她们认不认识中，看完了全程。

临近十二点，钟清钰带着小鞭炮下楼，准备在小区指定的地方燃放。

下一刻，震耳欲聋的烟花爆竹声此起彼伏，响彻天地。

过完春节，季侑言和景琇两人低调地回北城开工。顾灵峰放出了《夜色中的向日葵》的预告片，宣布电影的定档日期。

预告片一经投放，点击量就呈爆炸式增长。结果一点进预告片，大家就被屏幕上“作词、作曲、演唱”这三排字后面统统写着“季侑言”给吸走了注意力。

季侑言还会唱歌、作词和编曲？多数人都在心里打了个问号，将信将疑地看了下去。

预告片画面的色彩运用出众，踩着背景音乐的各个节点，剪辑节奏张弛有度，展现了顾灵峰导片的高水准。他是成名已久的导演，观众对他本就抱有很高的期待，所以并不算惊喜。但意外的是，季侑言的歌似乎还不错。

很快，“《夜色中的向日葵》定档”“季侑言 好听”等热搜排名快速上升，在其他各个八卦娱乐的论坛里，相关讨论的帖子也飘满了首页。

点开词条广场，多数发言都是吃瓜路人被惊艳到了，还有季侑言粉丝们喜极而泣的“嘤嘤嘤”，“我的宝藏女孩终于被大家听到了”。

在听到市场的真实反馈后，季侑言才松了口气，允许魏颐真联系关系好的知名乐评人帮她造势，联动营销。

季侑言以“过去被低估的音乐人”的身份，被所有人重新认识，收割了一大波路人粉。

当天，这首歌就空降各大音乐 App 的新歌榜榜首，而后几天，荣登热歌榜榜首，并且成功蝉联了长达几周的冠军。这个成绩，在新生代以演戏成名的演员里，季侑言是第一人。

在粉丝的呼声中，季侑言顺势宣布：时隔多年，她将再一次推出新专辑。

在忙碌的专辑筹备中，时间转入四月，电影正式上映。如那个梦境所示般，《夜色中的向日葵》叫好又叫座，在一片肯定声中，票房节节高升 。

一切都很顺利，除了景琇和季侑言的粉丝，在短暂的和平后又开始暗戳戳地撕起来了——因为季侑言的表现居然难得地不输景琇。于是总有人把她们二人在电影中的表现进行对比，然后总会有不服气的粉丝进行反驳，你一句我一句，夹枪带棒，不小心就开战了。

这场战争一直打到了六月末的金鹊电影节——季侑言和景琇都凭借着在《夜色中的向日葵》中的出色表现，入围了最佳女主角的提名。

对于粉丝们的明争暗斗，季侑言和景琇又无奈又好笑。她们对这个“影后”其实都没有想法。魏颐真和季侑言商量关于获奖的通稿方案，季侑言都直接笑眯眯地表示不需要。她下意识地认为一切都会按照梦中的轨迹走，景琇拿下这个影后是水到渠成的事。

景琇知道她的想法，并不点破，只是私底下联系了魏颐真叮嘱她仔细准备，参与了全程。

一直到电影节进入最佳女主角的角逐环节，主持人在台上卖关子。季侑言在台下不动声色地轻拍了下景琇的手背，一副等着为景琇骄傲的

心态。

所以当银幕上的画面定格在沈郁——季侑言的个人巨幅海报，全场欢呼着向她投来视线时，她失态了。

她怔怔地看着景琇，脸上却不是欢喜的表情。

镜头正放大捕捉着季侑言的一颦一笑，景琇装作祝贺，侧身挡住她的表情，小声提醒："言言，该上去了……"

景琇感觉肩膀有湿润滑过。随即，季侑言"嗯"了一声，坐正了身子，微微红着眼对她说了声"谢谢"，站起身上台。

万丈的星光在前方等着她，所有人只看到她穿着黑色的鱼尾晚礼服，一步步走得多么摇曳生姿，只有她自己知道，这一步步，她走得多么艰难。

在那极度惊愕的一瞬间里，她遗失已久的记忆突然像被打开了闸门。

所有的一切她都记起来了。她记起那时候，景琇一声声"不悔"前，道空问的是什么：

命格自毁，造业自担，你可不悔？

来世寿数，余世荣光，你可不悔？

生死有命，成败在天，你可不悔？

她又夺走了一个本该属于景琇的东西。季侑言站在台上，悲从中来。

她深吸了一口气，压下了万般心绪，接过嘉宾手中的奖杯，应对主持人的恭喜，发表获奖感言。

她坦言自己没有想到会获奖，所以其实没有做好发言的准备。

"谢谢评委老师的肯定，谢谢顾导给我这个机会，谢谢……"，一番得体又官方的感谢后，她说："最后，我要谢谢我的 partner，景琇景老师，没有出色的乔月，就没有出彩的沈郁，没有她，就没有我。"

掌声如雷响起，所有人都觉得季侑言高情商，懂得做人，给足了景琇面子。

季侑言下了台，把奖杯交给了等在台下的魏颐真，借口去洗手间出了会场。

一直到快要结束了，季侑言都没有再回来。景琇放心不下，发短信问季侑言，季侑言过了好几分钟才回复说她在休息室。

景琇和旁边的人交代了一句，立刻起身出了会场。

休息室里，季侑言的眼妆已经花了，耷拉着脑袋看着来找她的景琇。

景琇在心底里叹了口气。她反锁上门，走到她的身前，学着平时季侑言逗她的样子，刮了一下季侑言的鼻梁说："这是谁欺负我们言言了？"

季侑言闷声不语。

"我们拿大奖了，应该开心的。"

她不说还好，一提季侑言的情绪又上来了。她张口，低哑道："阿琇，我都记起来了。"

景琇愣了愣："记起什么了？"

季侑言的声音涩得像是从喉咙里挤出来的："记起你答应大师的所有条件。阿琇，是我……"

景琇不让她说下去："不论有没有那些条件，今天你获得这个奖，都是实至名归的。"

"况且，你都记起来了，那你记得我说了什么吗？"

她注视着季侑言，说："言言，我说过，你的荣耀，就是我的荣耀。"

从电影上映后，季侑言开挂的表现就惊艳了所有人，所以关于这次电影节的最佳女主角，虽然景琇的呼声更大，但季侑言也一样不乏拥护者。当晚，季侑言拿下最佳女主角的消息一经传出，瞬间席卷网络。

她被称为杀出来的黑马。

如今她影后加身，五月发行的新专辑也好评如潮、销量惊人，一时间国民度、好感度飙升，风头无两。

七月生日前夕，季侑言参加另一个电影节，开幕前有后台采访，景琇也在旁边休息。记者问季侑言：“今年是出道的第十年，前一个十年，硕果累累，后一个十年即将来临了，侑言你能不能和我们分享一下对未来的期待？”

季侑言咬了咬唇，莞尔道：“我在期待一个头衔。”

“噢，什么头衔？”记者好奇。

季侑言狡黠地眨了眨眼睛，不肯说了。

这个视频传出后，被一部分早就嫉妒季侑言的人断章取义，质疑季侑言是不是太膨胀了，当着景琇的面这么嚣张不好吧？

魏颐真看到了网上的评论，也很奇怪地问季侑言这句话是什么意思。

这个误会，一直到七月份才解开。

因为这几年事业有了起色，又恰逢出道十周年，所以季侑言早在年初就答应了粉丝，今年生日当天，会举办十周年生日会，免费赠票，感谢大家十年如一日的陪伴。

生日会地点选在了桓州大剧场——当年《偶像创造计划》的录制地点，她、景琇以及粉丝们梦开始的地方。生日会当天，除了季长嵩因为心脏问题不适合前来，钟清钰、景琇、景琇父母、陶行若、阮宁薇都来到了现场，满场几乎座无虚席。

生日会前半场是对这十年的回顾、粉丝互动等环节，互动环节的最后，舞台上，季侑言轻轻地唱起了当年《偶像创造计划》的主题曲，唤醒了所有人对当年青葱岁月的回忆。

全场大合唱，在催泪弹中，生日会转入了下半场。

季侑言戴上景琇为她定制的耳返，握着景琇为她定制的麦克风，用歌声带着大家走回过去，走到现在，走向未来。

她唱了三首过去比赛演唱的歌，三首在首张专辑里沉没了的歌，在大家哽咽的轻和声中，唱到如今新专辑里大家耳熟能详的十首歌。

曲风舒缓的放前，节奏感强的放后，一首比一首燃，气氛一点一点高涨，最终引爆全场。

俨然是一个氛围极佳的中型演唱会。

景琇在台下仰望着季侑言，挥着手中的应援棒轻轻哼唱，趁着灯光昏暗、现场混乱，她跟着粉丝们在演唱的间歇里给季侑言应援。

专辑里最后一首磅礴大气的另类摇滚过后，季侑言回后台换下了皮衣，卸下了浓妆。

灯光再一亮起，她出现在舞台上，妆容干净，抱着一把吉他，穿着再简单不过的白 T 恤和蓝色九分牛仔裤，一如最初相识的模样。

她调了调话筒的高度，微笑着对台下说："最后，要带给大家的是三首还没有发布的新歌。"

"第一首叫《归航》，送给一路陪我从籍籍无名走到了现在的你们，谢谢你们的支持和陪伴，谢谢。"

第一首歌唱完，等粉丝擦着眼泪宣泄完对她的喜爱，她才再拨动琴弦，唱起第二首歌。

第二首歌叫《归途》，是送给支持她、理解她的父母。

最后一首歌，和前两首不一样，她看着台下的景琇说："等唱完我再告诉你们名字。"

"乌云藏起二十岁的脚步，带着你突然闯入……"她一直噙着笑，浅唱低吟。

"星河照亮三十岁的远处

刻着你温柔眉目

蒙住万物如同荒芜

清晨日暮

阳光雨露

唯你可拨开迷雾……”一字一字，悦耳动听。

全场开始躁动。

季侑言放下吉他，拿起支架上的麦克风，起身清唱。她朝着舞台边缘走去，最后一个字音落下，她刚好在景琇座位正对的舞台前方站定。

“这首歌的名字是《启明星》。”

“景琇，谢谢你，一直做我夜空中最亮的星，照亮着我的前路。”她盈盈而笑。

在万众瞩目中，景琇站起了身，从台下徐徐上台，与季侑言相对而立。

她说：“我也谢谢你。”

7 月 21 日的最后五分钟，季侑言发了一条微博：

“前不久做采访，有媒体老师问我对未来有什么期待，我说我在期待一个头衔。很幸运，29 岁的最后一天，这个愿望实现了。”

景琇转发：

你好，我的钟子期。

高山流水遇知音，幸得相逢。

——全文完——

番　外

一年后，在国内市场不看好的情况下，由景琇执导、季侑言担当女主角的现实向电影《无药可救》在法国国际电影节上首映，一举揽获最佳外语片大奖，引起国内轰动，直接拉动了两个月后的票房。

《无药可救》成了寒假档杀出来的黑马。在四月的金凤奖中，《无药可救》获得多项提名，包括最佳女主角和最佳新人导演。有记者问季侑言对自己获最佳女主角有没有信心，季侑言很谦虚地表示：能入围就已经很开心了，毕竟对手都太优秀了。

记者又挖了新坑给她跳，问她：对景琇的最佳新人导演有信心吗？

这次季侑言很不谦虚地跳下坑了，说：“我当然有信心了。”

后来，季侑言凭借《无药可救》再一次拿下了最佳女主角，电影也斩获了多项大奖，圆满收官。季侑言一路高走，事业红火，在电影圈内隐约有接班景琇，成为同生代里第二个传奇的势头。

有多少喜欢她的人在等着看她的神话，就有多少眼红她的人在等着看她的笑话。

季侑言和景琇都深知月盈则亏、物极必反的道理，除了必要的工作宣传，两人行事越发低调，但无奈两人的存在就是一种高调，媒体不肯错过流量，自然也都不肯放过她们。

电影上映后的第二年，某个休假的傍晚，季侑言心血来潮带景琇夜游崇武门和母校京华大学，被路人偶遇后拍照传到了网上。

事后，季侑言父母的工作也被扒了出来，还没来得及公关，关于季侑言是毕业于京华大学的学霸也被有心人挖了出来。

季侑言走到如今的这个位置，其他的所有人设对季侑言来说都没有必要的了，毕竟，她只要有一个人设就够了——业务能力很强的双栖影后。

再立起其他的人设，可能只会有一个用处了——用来崩的。

但季侑言和魏颐真骑虎难下，只能认下了这个人设。

果然不久后，季侑言这个学霸人设就猝不及防地崩了。

她的人设崩在了八月末官方电视台专门给中小学生投放的一档公益性教育节目上。节目中，季侑言在和学生互动的环节里说到了一个词——“热血”。

当时都没有人觉得有问题，没想到几天后这档节目播出后，引起了轩然大波。

有人指出，季侑言读错音了，这个词应该念做热 xuè，但是季侑言读的是热 xiě。

当然也有人帮季侑言说话，认为这个字本来就是多音字，一不小心读错了也是很正常的。

但也有人嘲讽，季侑言不是号称京华高才生吗，这么基础的多音字也能读错，高考语文怎么考一百三的？这样给这些中小学生做榜样吗？怕不是人设翻车了吧？

早就等着的有心人立刻舞了起来，通稿、水军下场，把这件事闹大，恨不得顺势撕下季侑言一层皮。

季侑言还在国外和景琇度假，接到电话时她正在帮景琇涂防晒霜。

手机开着扬声器，景琇跟着听完了全部，季侑言还皱着眉头在想怎么处理时，景琇翻了个身坐起来，冷不丁地发声：“魏姐，你别担心，我有处理的办法了。”

季侑言诧异，景琇眼底闪过狡黠。

下午，当事人季侑言还在沉默，景琇先她一步对她“崩人设事件”作出了回应。她发了一条微博，微博内容只有“老师，我错了”这简单的五个字，下面附着一个短视频。

视频显然是来源于多年前她们参加的《偶像创造计划》的未公开画面，因为景琇和季侑言都穿着当时的学员服。

视频里，学员们像在自由学唱考核曲目。季侑言本来在帮另一个同学分解高音，结果耳边远远地传来了景琇跑到喜马拉雅的调，没忍住一个回头，笑了出来。她快速地和同学说了两句，跑回了景琇身边，无奈笑道："你怎么又跑调了？"

她抽过景琇手中的词谱，和景琇并排坐着，好脾气地开始纠正景琇："还有噢，你是不是紧张了，这个字的音你又念错了，是热 xuè，不是热 xiě。我还是帮你把拼音标上吧？"

景琇只是"嗯"了一声。

这条微博发出之后，舆论如预料的一般开始反转。景琇是法国人，中文不是第一语言，多音字会念错很正常的，而季侑言显然是原本会念，不小心被景琇给带歪了。

这个解释大家都能够接受，不仅接受了，还开始美滋滋地吃起了瓜。

吃瓜群众纷纷表示"哈哈哈，惨还是季老师惨""哈哈哈哈，季老师：我心好累啊""季老师，你怎么回事啊"……

季侑言紧随其后，在景琇这条微博发酵半小时后也发了微博，写着：对不起，给小朋友们做了不好的示范。已经在反省了。附图是写满了"热血"，上面标着拼音的 A4 纸照片。

吃瓜群众这下更开心了，感慨"字也太好看了吧"。

这是一场堪称典范的公关。

晚上景琇在洗澡，季侑言吹完头发，一边等景琇出来一边用手机浏览消息。

风波已经平息了，季侑言看着自己微博下 @ 景琇调侃的评论，来了兴致，点进了优秀超话。

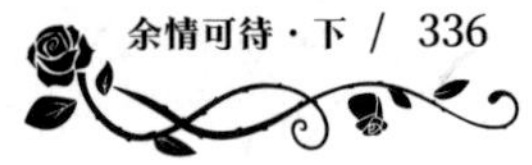

超话里十多年的老优秀粉们在感慨：

“关于《偶创》优秀到底还有多少存货，呜呜呜，想看。”

季侑言下拉着主页，无意中看到有一个粉丝在感慨：“XX 唱歌跑调也太可爱了吧，哈哈哈哈哈。”

其实比赛的时候她还感慨过，景琇真的适合现场，不管私底下练习如何，到了真正录制时她音准还是挺稳的，只是差在了情感和技巧上，唱不了难度太高的歌。

浴室门被打开，景琇带着一身清新的香气走出。

“怎么了？”她在床边坐下，一边连接电吹风一边问。

季侑言取过她手中的电吹风，跪坐起来帮她吹头发。

“我刚刚在逛超话，突然看到有个粉丝在感慨。”

“感慨什么？”景琇舒服地微合了眼睛。

“她们说你唱歌进步很大噢，没想到以前唱歌跑调那么厉害。”季侑言意味深长道：“阿琇，我想想，好像是挺神奇的，上次你唱歌已经完全不跑调了呢。”

说着，她把手机递给景琇自己看。

景琇一目十行地看完评论，放下手机，垂着眼睑装作自然：“可能是季老师你教得好。”

“噢？这样吗？”季侑言语气戏谑。

景琇咬了咬唇，抬头横季侑言，季侑言笑：“景老师，其实你教得也很好。”

她坦白：“我跳舞本来也没那么差了。”